KB000120

아발론 연대기

Hic jacet Arthurus

Rex quondam

Rexque futurus

아더 왕 이곳에 잠들다

일찍이 왕이었고

이후로 왕일 사람이…

—글래스턴베리 수도원, 아더 왕의 묘비에서

Le Cycle du Graal

Rex quondam rexque futurus

LE CYCLE DU GRAAL
GALAAD ET LE ROI PECHEUR tome 7

국립중앙도서관 출판시도서목록(CIP)
아발론 연대기. 7, 갈라하드와 어부왕 / 장 마르칼 지음 ; 김정란 옮김
서울 | 북스피어, 2005p. ;   cm
원서명 | Le cycle du graal
원저자명 | Markale, Jean
ISBN 89-91931-08-1 04860 : \11000
ISBN 89-91931-01-4(전8권)
863-KDC4   843.914-DDC21   CIP2005002263

Le Cycle du Graal

아발론 연대기

07

Hic jacet Arthurus
Rex quondam
Rexque futurus

갈라하드와 어부왕

장 마르칼 지음 | 김정란 옮김

● 편 집 자 의 말

'꿈의 시대' 에 잘 오셨습니다

우선, 짧은 변명부터 시작하자. 편집자로서 자신이 만든 책에 이런 글을 싣는다는 게 조금은(어쩌면 상당히) 우스워 보이리라는 것은 안다. 하지만 가능하다면 책바치의 글이 아닌, 이 책의 첫 독자이자 신화학도(?)의 한 사람이 덧붙이는 도움말 정도로 이해했으면 좋겠다.

누구나 어떤 식으로 읽어도 좋은 작품이 있는가 하면, 어떻게 접근하여 어떻게 읽느냐에 따라 가치가 만별하는 책도 있다. 『아발론 연대기』는 후자에 속한 책이다. 나는 많은 사람들이 이 책의 가치를 제대로 발견하길 바라고, 아마 발견할 것이라 믿는다. 이 책을 순수하게 소설로 읽는다면 여러분은 실망할지 모른다. 수십 수백 가지의 이야기는 산만하게 흩어져 있는 것처럼 보이고, 무의미한 장면들이 반복되는가 하면, 등장인물들의 행위는 때로 어처구니가 없다.

그러나 이것을 알아야 한다. 지금 여러분이 걸어 들어와 딛고 있는 땅은, '이곳' 이 아니라 '저곳' 이다. '이 시간' 이 아니라 '저 시간' 이다. 오스트레일리아 원주민들은 그것을 '알케링가' alcheringa라고 부른다. 굳이 우리말로 부르자면 '꿈의 시대' 랄까. 신화와 전설의 시대, 신화를 사는 신과 영웅과 인간의 시대다. 『아발론 연대기』를 읽는다는 것은 그래서, 문학 작품을 감상한다는 것과는 조금 다른 의미를 갖는다. 이야기의 실체가 이야기의 앞면이 아니라 뒷면에 자리하고 있기 때문이다.

이쯤 되면 조금 겁을 집어먹을 수도 있을 게다. 하지만 크게 걱정하지 않아도 된다. 신화에서도 그렇지 않은가, 모험의 소명을 받은 이에게는 늘 안내하는 자가 나타난다. 이 안내자를 따르라. 번역자인 김정란 선생의 각주는 여느 주들과 다르다. 읽어도 그만 읽지 않아도 그만인 첨언이 아니라 길을 제대로 찾아가기 위해서는 반드시 참고해야 할 안내서 같은 것이다. 그런 의미에서는 해설이라고 불러야 옳다.

지난해, 『아더 왕 이야기』라는 제목으로 책을 낼 때보다 각주의 양이 몇 배로 늘어난 건 그런 이유이다. 뒤로 보냈던 미주를 모두 본문으로 끌어올린 것도 그런 이유이다. 수많은 일러스트레이터와 화가들의 도판을 찾아 삽입한 것도 그런 이유이다. 여러분들이 이 책을 그냥 재밌는 소설이나 문학이 아니라, 그 뒷면과 행간에 새겨진 정신세계까지 함께 경험할 수 있기를 바란다.

처음에는 조금 곤혹스러울 수 있겠지만, 이런 연유로 『아발론 연대기』는 뒤로 갈수록 재밌어진다. 아마 중간을 넘어서면 더 많은 해설, 즉 각주를 원하게 될 것이다. 그러니까, 조금 귀찮더라도 처음부터 각주는 놓치지 말고 읽을 것. 신화에 관심을 둔 독자라면, 김정란 선생도 역자 후기에서 얘기했지만, 저자 후기 또한 놓치지 말 것. 아더 왕 전설을 조금이라도 아는 독자라면 특히나. 어떤 부분은 대단히 지루하지만, 각 등장인물에 대한 그의 통찰력은 그들을 사랑하지 않을 수 없게 만든다. 주인공들의 행위는 장 할아버지의 설명으로 비로소 깊이 있게 납득할 수 있다. 더불어 그들에 대한 무한한 애정까지 솟구친다(내가 가장 감동한 후기는 바로, 5권 뒤에 실린 "실패하는 영웅" 가웨인에 대한 것이다).

여덟 권이나 되는 분량을 한 번 통독했다고 해서 금방 책꽂이에 꽂지 마시길. 내 자신의 경험에 비롯해서 하는 말이지만, 이 책은 첫 번째보다 두 번째, 두 번째보다 세 번째 읽을 때가 훨씬 재미있다. 별것 아니었던 이야기들과, 별것 아니었던 등장인물과, 별것 아니었던 행동들이 읽을 때마다 다른 차원에서 읽힌다. 맙소사, 세 번 정도 읽었다면 아더 왕과 성배 전설에 관련된 다른 신화책들을 원하게 될 것이다. 우리의—나의 목적은 여러분이 세 번 읽기를 마치기 전에 다음 책을 준비하는 것이다.

사실, 여러분보다 내가 더 신화에 몸이 달아 있다. 사적인데다 편협한 공부

이기는 했어도 나는 십여 년 가까이 신화를 들여다봐 왔고, 독자로서 좋은 신화책들이 많이 소개되길 바랐다.

돌아가신 캠벨 할아버지의 표현을 빌려 말하면 "어쩌다 보니" 직접 책을 만들게 되었지만, 본질적으로 나는 신화를 공부하는 학생이자 독자다. 그래서 『아발론 연대기』를 만들며 흥분했고, 앞으로 더 흥분할 계획이다. 여러분도 이 책을 읽으며 비슷한 오르가슴을 느꼈으면 좋겠다. 부디, 나처럼 '알케링가'에서 신화의 희열에 흠뻑 빠지실 수 있기를.

2005년 가을과 겨울 사이

임지호(『아발론 연대기』 책임편집자)

 contents

Le Cycle du Graal

1권_마법사 멀린

보티건의 배반 / 멀린의 어린 시절 / 멀린과 엠리스 왕 / 야만인 / 최고의 시인 / 경이의 시대 / 틴타겔의 마법 / 미치광이 멀린 / 엑스칼리버 / 거인들의 시대 / 성배의 진정한 역사

2권_원탁의 기사들

왕국의 정복 / 왕의 가문 / 아더의 불안 / 가웨인 / 비비안 / 원탁 / 쿨루흐 공의 기마 여행 / 멀린의 순례 / 자랑스러운 입맞춤 / 창과 '고통의 일격' / 멀린의 유언

3권_호수의 기사 란슬롯

거대한 공포 / 호수의 부인 / 놀라운 모험 / 하얀 기사 / 고통스러운 감시의 성 / 머나먼 섬들의 주인 / 치욕의 수레 / 칼의 다리 / 란슬롯의 반격 / 이름 없는 왕국 / 리고머의 마법 / 어부왕의 딸

4권_요정 모르간

불귀의 계곡 / 밤의 노트르담 / 샘물의 부인 / 꽃의 여자 / 사자의 기사 / 먼 곳의 그대 / 불길한 예언 / 모험의 궁전 / 불행한 음모 / 위험한 자리 / 모르간의 성

5권_오월의 매 가웨인

위험한 아궁이 / 붉은 도성의 왕 / 이름 없는 기사 / 실망스러운 편력 여행 / 경이의 섬 / 가웨인을 찾아서 / 일곱 기둥의 섬 / 카두엘로 가는 길 / 건너편 강가에서 / 대머리 아가씨 / 안개의 성 / 아발론의 길

6권_성배의 기사 퍼시발

숲의 아이 / 필요한 시련들 / 사라진 기회 / 어느 곳에도 이르지 않는 길 / 여황제 / 구름의 감옥 / 황폐한 숲 / 체스의 성 / 꽃의 성 / 멀린의 딸 / 퍼시발의 복수

7권_갈라하드와 어부왕

불확실한 징조들 / 선한 기사 / 퍼시발의 방랑 / 란슬롯의 고뇌 / 브루니센의 과수원 / 곤의 보호트 / 크나큰 고난 / 신비한 배 / 희생 / 란슬롯 / 어부왕의 치유 / 잃어버린 왕국

8권_아더 왕의 죽음

카라독의 이상한 이야기 / 황금 가슴을 가진 여인 / 에스칼로의 아가씨 / 영원한 화상 / 검은 돛대 / 귀네비어의 사랑을 위해 / 모르간의 통치 / 깨어난 용 / 아더 왕과 란슬롯의 전쟁 / 반역 / 죽음의 전투 / 아발론 섬 어딘가에

주요등장인물

main characters

갈라하드 Galahad

원탁의 '위험한 자리' 에 앉을 '선한 기사'. 그는 란슬롯과 어부왕의 딸 사이에서 태어났다. 갈라하드는 강을 따라 떠내려온 바위에 박힌 검을 뽑아 아더 왕과 원탁의 일원들에게 선한 기사로 인정받고 성배 탐색의 모험을 떠난다. 그는 어부왕에게 적절한 질문을 던짐으로써 어부왕을 치유하고 탐색을 완결한다.

보호트 Bohort

란슬롯의 사촌. 갈라하드, 퍼시발과 함께 사라스로 떠난 성배의 기사 가운데 한 명이다. 나중에 란슬롯에게 아그라베인과 모드레드의 음모를 경고해 준다.

퍼시발 Percival

에브라욱의 아들. '웨일즈인 퍼시발' 이라고 불린다. 원탁의 기사 가운데 가장 순수한 기사로, 그 때문에 처음에는 시골뜨기 취급을 받는다. 처음 나선 성배 탐색에 실패했으나, 갈라하드, 보호트와 함께 사라스로 떠나 결국 성배 탐색의 임무를 완수한다.

어부왕 Fisher King

성배 수호자. 아리마테아 요셉이 처음 운반자가 된 후, 어부왕은 상처입은 몸으로 성배의 성에서 성배를 지키며 '선한 기사' 를 기다린다. 어부왕은 적절한 질문을 받아야 상처를 치유받을 수 있는데, 그런 후에야 세상은 풍요를 되찾을 수 있다.

아더 Arthur

아더 왕과 성배 전설의 중심 인물로, 브리튼의 왕이다. 마법사 멀린의 도움으로 우터 왕은 이그레인 왕비와 관계하여 아더를 낳는다. 아더는 안토르라는 가신의 손에 자라 열일곱 되는 해에 바위에 박힌 엑스칼리버를 뽑고 브리튼의 왕위에 오른다. 아더는 멀린과 함께 원탁을 설립하여 기사를 모으고 왕국을 정비하는 데 힘을 쓴다. 아더는 원탁의 기사들을 중심으로 성배 탐색에 나서지만, 탐색의 성공 뒤로 브리튼 왕국의 불화가 앞당겨지고 결국 캄란 전투에서 죽음을 맞이한다. 그를 상징하는 동물은 곰. '과거와 미래의 왕' 으로 불린다.

모르간 Morgan

'위대한 여왕' 이라는 뜻. 자주 '요정 모르간' 으로 불린다. 아더의 이복누이이자 멀린과 같은 예언자이며 마법사이기도 하다. 아더 왕 전설 전반에 걸쳐 수많은 여성으로 변신하여 등장하며 때로는 멀린 이상의 중요한 역할을 수행하기도 한다. 멀린이 건설자이며 유지하는 자라면, 모르간은 파괴자이고 변화를 일으키는 자이다. 아발론의 주인이기도 하며, 그녀의 역할에 비추어 보면 본래는 고대의 대여신이었을 가능성이 크다.

란슬롯 Lancelot

베노의 반 왕의 아들. 어릴 적 호수의 부인 손에서 자라 '호수의 기사'로 불린다. 아더 왕 전설을 통틀어 가장 유명하고 가장 출중한 원탁 최고의 기사로, 어부왕의 딸과 관계를 맺어 성배 탐색을 완수할 '선한 기사' 갈라하드를 낳는다. 하지만 나중에는 귀네비어 왕비와의 불륜 때문에 왕국을 해체시키는 장본인 역할을 떠맡고, 결국 아더 왕과 전쟁까지 벌이게 된다.

가웨인 Gawain

웨일즈 이름은 그왈흐마이. '오월의 매'(또는 '평원의 매')라는 뜻의 이름이다. 로트 왕의 맏아들로 아더 왕의 조카이자 후계자로 지명된 그는, 란슬롯과 함께 원탁의 기사 가운데서도 가장 걸출한 기사이다. 그는 해가 중천에 떴을 때 가장 큰 힘을 발휘했다가 해가 지면 힘이 점점 빠지는 태양 영웅의 원초적 성격을 띠고 있다. 다른 기사들과 함께 갖가지 모험을 겪는다.

거플렛 Girflet

원탁의 일원. 아더 왕과 함께 모드레드와 전쟁을 벌이며, 아더 왕의 최후를 지킨 기사이다. 왕의 명에 따라 엑스칼리버를 호수로 돌려보낸다.

고바논 Govannon

본디 웨일즈의 대장장이 신으로, 두 동강 난 퍼시발의 검을 고쳐 준다.

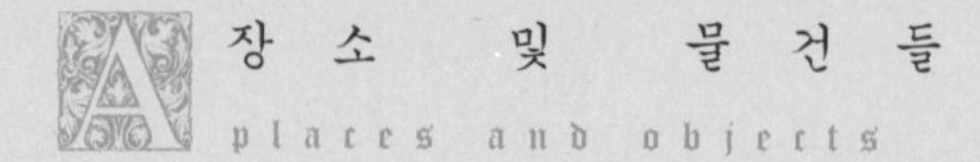

성배 Graal(Saint Grail)

성배는 예수의 피를 담은 잔으로, 본래는 단순히 '그릇' 이나 '잔' 을 의미했지만, 아더 왕 전설에서는 세상의 모든 부정을 정화하는 성물聖物로 등장한다. 아리마테아 요셉이 성배를 운반할 역할을 맡게 되며 나중에는 성배 수호자인 어부왕의 손에 넘겨져 탐색을 완수할 기사들을 기다린다. 많은 기사들이 성배를 찾으려고 노력하지만 갈라하드와 보호트와 퍼시발만이 성배의 탐색에 성공한다.

아발론 Avalon

'사과나무 섬' 이라는 의미로, 아더 왕이 죽은 뒤 이곳으로 옮겨진다. 한편으로는 저승이면서 한편으로는 낙원인 아발론의 주인은 아더의 누이 모르간이다. 북유럽 신화의 발할라와 비교되기도 하는 아발론에서 아더 왕은 영생을 누리며 세상이 그를 다시 필요로 할 때를 기다리고 있다고도 전해진다. 아발론의 실체를 밝히려는 학자들에 의해 글래스턴베리를 아발론과 동일시하려는 노력이 있었으나 정확히 알려진 바는 없다.

원탁 The Round Table

멀린과 우터 펜드라곤이 함께 설립한 탁자. 그 자리에 앉는 자들은 모두 평등하다는 의미에서 둥글게 만들어졌으며 원탁에 앉은 자들은 아더 왕과 함께 '원탁의 기사' 로 불리며 많은 무훈을 세우게 된다.

위험한 자리 Siege Perilous

원탁의 한 자리로, 성배 탐색을 완수할 '선한 기사' 가 앉을 자리이다. 선택받지 않은 사람이 앉으면 죽임을 당한다.

엑스칼리버 Excalibur

'격렬한 번개' 라는 뜻. 엑스칼리버는 아더 왕의 검으로, 몬머스의 제프리는 칼리번Caliburn으로 부르고 있다. 이 검에 대한 전설은 꽤 많은 편인데, 원래는 가웨인이 소유했던 검이라는 설도 있지만 가장 유명한 이야기는 역시 아더 왕에 연관된 것이다. 아더는 돌에 꽂힌 엑스칼리버를 뽑음으로써 정식으로 왕위를 획득한다. 토마스 말로리는 엑스칼리버를 바위에 박혀 있는 검으로 묘사하지 않고 호수의 여인에게서 받는 것으로 이야기한다. 마지막 전투에서 깊은 상처를 입은 아더는 거플렛 또는 베디비어의 도움으로 호수에 엑스칼리버를 던지고 죽음을 맞이한다.

- **카멜롯 Camelot**

카얼리온과 함께 아더 왕이 자주 머물렀던 성. 아더가 사랑하는 성 가운데 하나였다.

- **카얼리온 아르 위스그 Caerleon ar Wysg**

'위스그 강가의 카얼리온'. 카얼리온은 웨일즈 지방의 작은 마을인데, 웨일즈어로 '군 요새' 라는 뜻을 가지고 있다. 카멜롯과 함께 아더가 자주 머물며 궁을 여는 장소였다.

- **코르베닉 Corbenic**

아리마테아 요셉이 운반한 성배가 위치한 성. 아더의 치세 동안 이 성의 주인은 펠레스였다. 코르베닉이라는 말은 '성체聖體' 라는 의미에서 유래했으며 많은 기사들이 성배를 찾기 위해 이 성을 방문했다.

- **틴타겔 Tintagel**

콘월 지방의 골레이스 공작이 다스린 성. 콘월의 북쪽 해안에 위치해 있으며, 이그레인이 우터에게 속아 아더를 잉태한 곳이다. 나중에 마크 왕이 콘월을 다스리면서 그의 소유로 넘어갔다.

- **브로셀리앙드 Brocéliande**

온갖 모험의 무대가 된 브르타뉴의 마법의 숲. 비비안이 멀린을 속여 가둔 숲이기도 하다.

- **캄란 Camlann**

아더의 마지막 전투가 벌어진 장소. 이 전투에서 아더는 모드레드를 죽이고 자신도 목숨을 잃는다. 이로서 아더의 긴 치세는 막을 내린다.

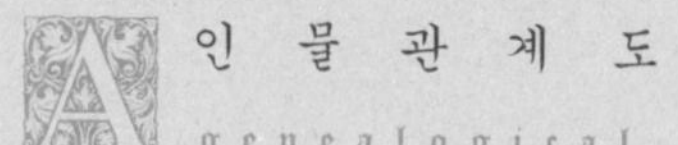
인 물 관 계 도

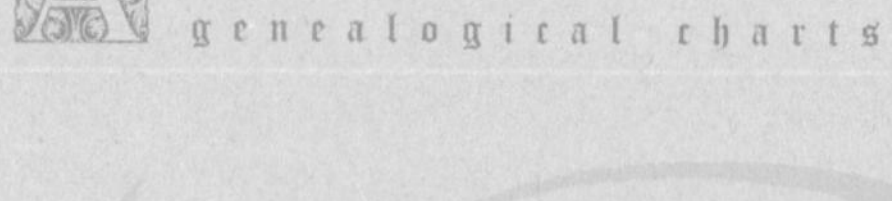
genealogical charts

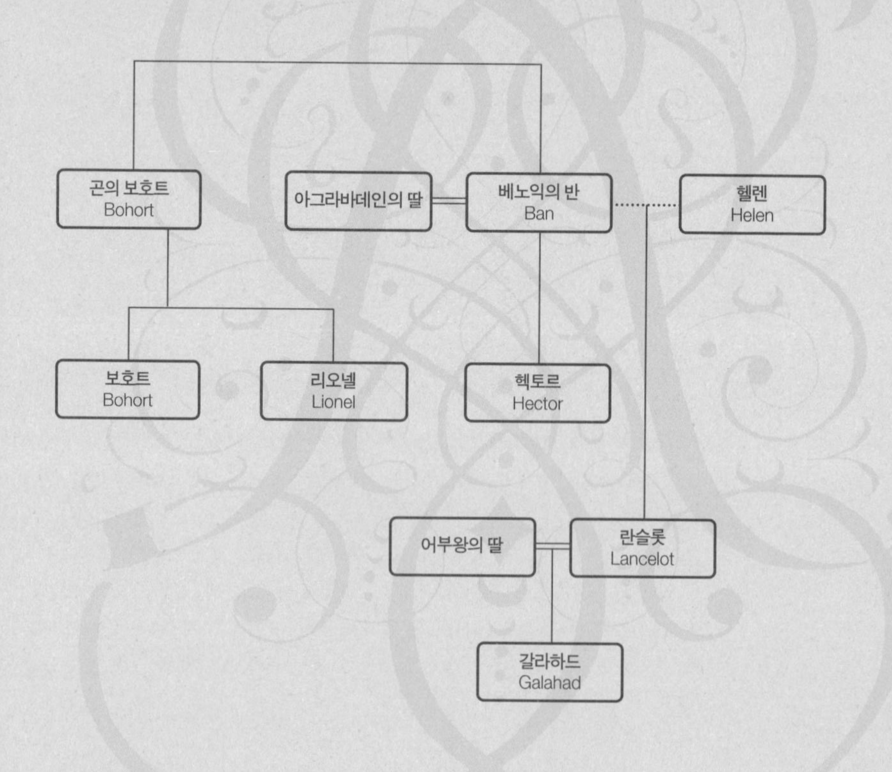
곤의 보호트
Bohort
아그라바데인의 딸
베노익의 반
Ban
헬렌
Helen
보호트
Bohort
리오넬
Lionel
헥토르
Hector
어부왕의 딸
란슬롯
Lancelot
갈라하드
Galahad

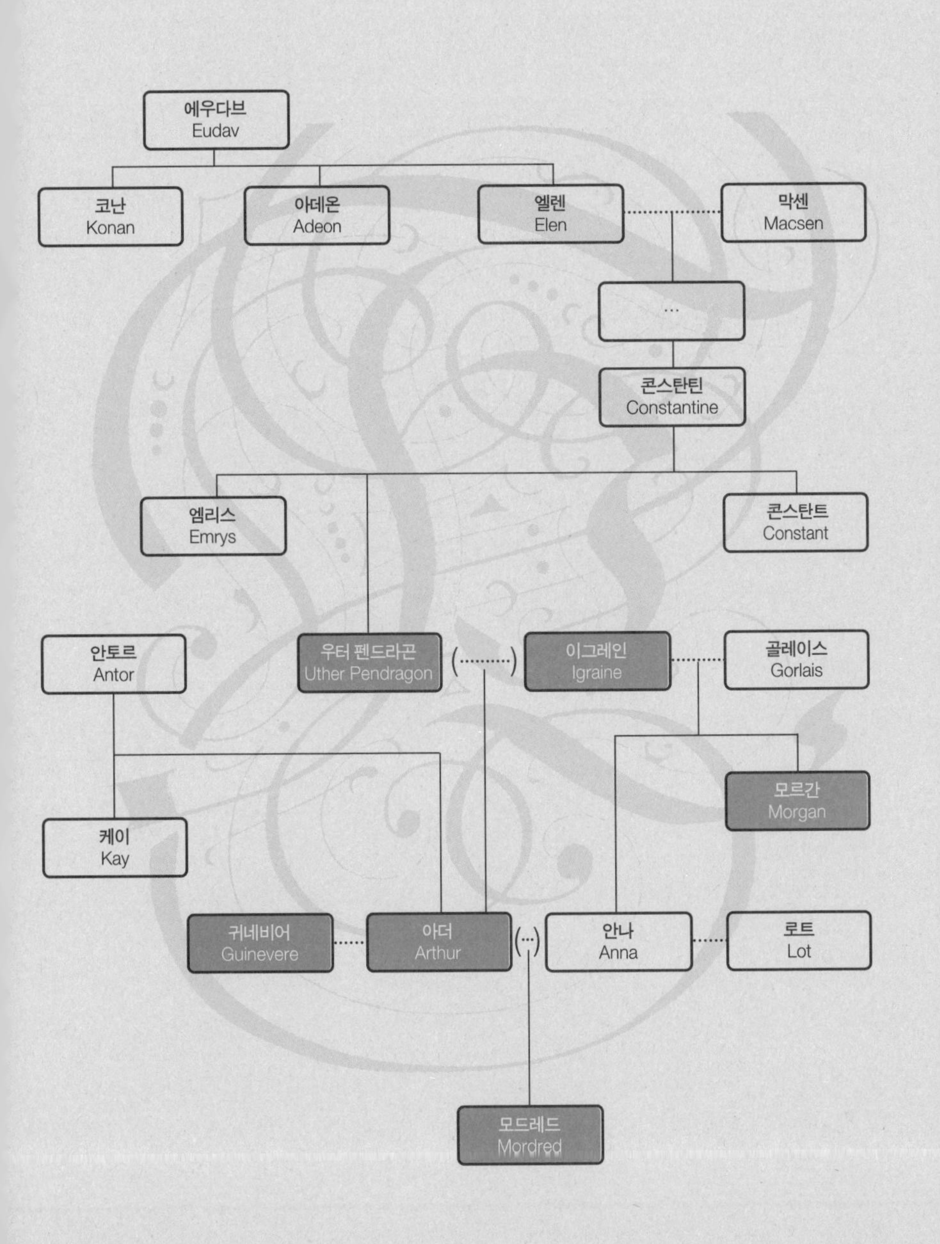

에우다브
Eudav
코난
Konan
아데온
Adeon
엘렌
Elen
막센
Macsen
...
콘스탄틴
Constantine
엠리스
Emrys
콘스탄트
Constant
안토르
Antor
우터 펜드라곤
Uther Pendragon
이그레인
Igraine
골레이스
Gorlais
모르간
Morgan
케이
Kay
귀네비어
Guinevere
아더
Arthur
안나
Anna
로트
Lot
모드레드
Mordred

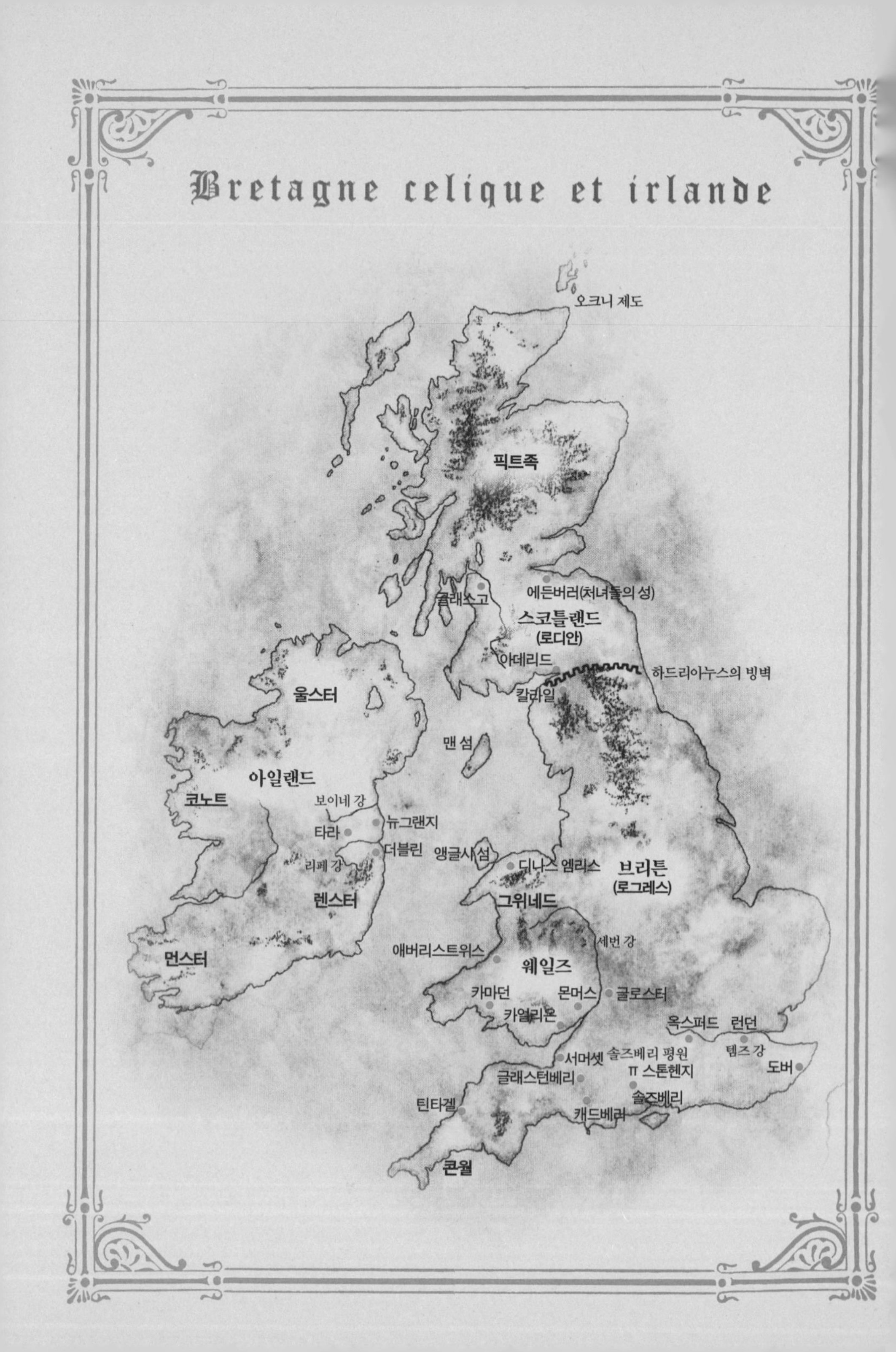
Bretagne celique et irlande
오크니 제도
픽트족
에든버러(처녀들의 성)
글래스고
스코틀랜드
(로디안)
아데리드
하드리아누스의 방벽
칼라일
울스터
맨 섬
아일랜드
코노트
보이네 강
뉴그랜지
타라
더블린
앵글시 섬
디나스 엠리스
브리튼
(로그레스)
리페 강
렌스터
그위네드
세번 강
애버리스트위스
웨일즈
먼스터
카마던
몬머스
글로스터
카엘리온
옥스퍼드
런던
서머셋
솔즈베리 평원
템즈 강
스톤헨지
도버
글래스턴베리
솔즈베리
틴타겔
캐드베리
콘월

01 불확실한 징조들

오순절까지는 사흘이 남아 있었다. 아더 왕은 왕국 전체에 전령을 보내어 카멜롯에서 대회의를 열 것이라는 소식을 전하게 했다. 왕은 신하들이 모두 참여하기를 간절히 바랐다. 기사의 직무를 수행하느라 먼 곳에 붙잡혀 있는 몇몇 기사들은 언제 만났는지 기억이 까마득했다. 왕은 그들이 무척 그리웠다. 벌써 몇 사람은 왕궁에 도착해 있었다. 기사들은 자신들이 직접 주인공이 되어 겪었거나 옆에서 지켜본 모험담을 신이 나서 왕에게 들려주었고, 왕은 즐거운 마음으로 그 이야기를 들었다.

화창하고 더운 여름 날씨였다. 하늘은 맑고 고요했다. 많은 기사들이 왕을 에워싸고 즐겁게 담소를 즐기고 있었다. 우리엔 왕의 아들 이베인, 호수 왕의 아들 에렉, 누드의 아들 이더, 그리고 가웨인과 격렬한 성품의 아그라베인, 영리한 가헤리에트, 그리고 나이는 제일 어리지만 사납고 비열한 성정이 벌써 얼굴에 뚜렷이 드러나 보이는 모드레드 등 왕이 사랑하는 조카들도 함께 있었다. 풀밭 다른 쪽 끝에는 호수의 기사 란슬롯이 돈의 아들 거플렛과 체스를 두고 있었고, 웨일즈인 퍼시발은 나무에 기대앉아 게임을 구경했다.

귀네비어 왕비와 그녀의 주위에 모여 있는 시녀들은 시인이 하프를 뜯으면서 들려주는 애절한 사랑 이야기를 듣고 있었다. 란슬롯은 이따금 머리를 들고 귀네비어 왕비를 바라보았다. 왕비를 보고 있으면 마음이 편해졌다. 왕비가 그를 향해 몸을 돌릴 때마다 란슬롯의 얼굴에 환한 빛이 들어왔다. 란슬롯의 눈길은 왕의 조카들 위에도 머물렀다. 그럴 때면 얼굴 표정이 갑자기 어두워졌다. 란슬롯은 로트 왕의 맏아들을 친구로 여겼지만, 다른 아들들은 별로 좋아하지 않았다. 모드레드는 특히 싫어했다. 란슬롯은 그를 마음 깊이 증오했다.

어느 날인가, 모드레드가 자신에 대한 비밀을 밝혔다는 이유로 죄없는 어떤 노인을 살해하는 광경을 목격한 적이 있었다. 란슬롯은 그 잔인한 범죄를 잊지 않았다. 모드레드와 관련된 비밀도 생생하게 기억하고 있었다. 그는 자기가 알고 있는 사실을 그 누구에게도 말하지 않겠다고 맹세했다. 너무나 엄청난 비밀이어서, 그 비밀이 폭로되면 왕국이 위험해질지도 모른다고 생각했기 때문이다. 그는 그저 사람들이 로트 왕의 아들이라고 여기는 모드레드와 가능하면 부딪치지 않으려고 애쓸 따름이었다.

오후가 반쯤 지나갔을 무렵, 커다란 흰 망토를 두른 아름다운 여자가 잿빛 의장마儀仗馬를 타고 풀밭 위에 모습을 나타냈다. 짐말을 탄 종자가 뒤를 따랐다. 타고 있는 말이 땀으로 범벅이 된 것으로 보아 빠른 속도로 달려온 것이 틀림없었다. 그녀는 왕이 있는 곳으로 다가가 말에서 내린 다음 허리를 굽혀 예를 표했다.

"아더 왕이시여, 신께서 폐하를 축복하시고 폐하의 왕국을 지켜 주시기를!"

왕이 대답했다.

"그대의 청이 무엇이든 환영하노라."

"반 왕의 아들 호수의 기사 란슬롯 경께서 이곳에 계신지 알고 싶습니다."

"물론 이곳에 있다. 저기 풀밭 끝에 있는 큰 나무 아래에서 체스를 두고 있구나."

여자는 급히 란슬롯이 있는 곳으로 갔다. 그녀는 란슬롯에게 인사한 다음 말했다.

"란슬롯 경, 펠레스 왕께서 저를 경에게 보내셨습니다. 저와 함께 숲까지 가 주실 것을 청합니다."

란슬롯은 여자에게 누구를 왕으로 섬기느냐고 물었다.

"펠레스 왕을 섬기고 있습니다."

"그가 어째서 나를 필요로 하는 거요?"

"아시게 될 것입니다. 지금은 그 이상 말씀드릴 수 없습니다."

"알겠소. 기꺼이 따라가리다."

란슬롯은 즉시 시종 한 사람을 불러 말 위에 안장을 올려놓고 무기를 가져오라고 일렀다. 풀밭에 있던 사람들 모두 란슬롯이 정말로 여자를 따라갈 결심을 굳혔다는 것을 알고 걱정스러운 표정을 지었다.

왕비가 다가와 엄한 목소리로 나무라듯 말했다.

"란슬롯 경, 무슨 일이지요? 폐하께서 대회의를 소집한 날이 사흘밖에 남지 않았는데 떠나시겠다니요?"

젊은 여자가 끼어들었다.

"왕비 마마, 심려치 마소서. 경께서는 내일 만찬이 시작되기 전에 돌아오실 것입니다."

"그렇다면 떠나셔도 좋다. 더 오래 궁을 비우셔야 한다면 흔쾌히 보내드릴 수 없구나."

란슬롯과 아가씨가 말 위에 올라탔다. 아무런 전별 의식도 없이, 아가씨를 호위하는 종자 한 사람만 데리고 떠났다. 일행은 풀밭을 벗어나, 숲이 있는 곳까지 말을 달렸다. 그 다음에는 한 시간쯤 큰 길을 달려 맑은 강물이 흘러가는 아늑한 골짜기에 도착했다. 길 끝에 수도원 건물이 하나 보였다. 아가씨는 수도원 문을 향해 다가갔다. 종자가 큰 소리로 부르자 문이 활짝 열렸다. 세 사람은 말에서 내려 수도원 안으로 들어갔다.

수녀들만 살고 있는 수도원이었다. 호수의 기사 란슬롯이 도착하자 수녀들이 다가와 환영 인사를 했다. 그들은 란슬롯이 갑옷을 벗을 수 있도록 방으로 데리고 갔다. 란슬롯은 시중을 받는 동안 무심한 표정으로 주위를 둘러보다가 낯익은 얼굴을 발견하고 깜짝 놀랐다. 사촌 보호트와 리오넬이 침대에 누워 깊은 잠에 빠져 있는 게 아닌가. 란슬롯은 반가운 마음에 두 사람에게 얼른 다가가 흔들어 깨우고 두 사람을 차례차례 안았다.

보호트가 눈을 둥그렇게 뜨고 물었다.

"아니, 어떤 모험을 하다가 이곳까지 오게 된 건가? 우리는 경이 카멜롯에 있을 거라고 생각했는데?"

란슬롯은 이름을 알 수 없는 어떤 아가씨를 따라 이 수도원에 왔는데, 목적이 무엇인지는 모른다고 대답했다. 보호트와 리오넬은 아더 왕의 궁으로 가다가 날이 어두워져 수도원에서 하룻밤 신세지고 있다고 말했다. 그들은 오랫동안 헤어져 있다가 이렇게 우연히 만나게 된 것이 기뻐서 이런 저런 이야기를 나누느라고 바빴다. 그때 우아한 차림의 잘생긴 젊은이가 수녀원장으로 보이는 수녀의 손에 이끌려 방으로 들어왔다.

수녀는 란슬롯 앞에 서서 말했다.

"저희가 사랑으로 키운 젊은이✤를 여기 데려왔습니다. 이 젊은이는 우리의 기쁨이며 위안이며 희망입니다. 청컨대 그에게 기사의 계戒를 내려 주십시오. 경보다 더 용감한 사람에게서 계를 받기는 어려울 테니까요."✤✤

란슬롯은 젊은이를 한참 동안 바라보다가 그 청을 기꺼이 받아들이겠노라고, 그 청은 자신에게 특별한 영광이 될 것이라고 대답했다.

수녀가 말했다.

✤ 이 젊은이는 물론, 란슬롯이 한번도 보지 못한 갈라하드이다. 이 대목은 두 사람의 공통점을 강조하고 있다. 아버지는 호수 부인의 요정의 세계에서 여자들의 손에 자랐고, 아들은 완전한 기독교 교육을 위해 수도원에서 수녀들이 키웠다. 이 수도원은 아마도 시토회 소속인 듯하다. 이 주제는 켈트적이다. 고대 시대에 영웅들은 언제나 여전사들이며 동시에 여마법사인(따라서 초자연적 세계와 연관되어 있는) 여자들의 손에 자라난다.

✤✤ 기독교화가 덜 진행된, 켈트 원형이 많이 보존되어 있는 성배 신화의 초기 판본에서 탐색의 영웅인 후계자(정치적 · 종교적)는 언제나 모계 혈통을 따른다. 그러나 여기에서 장 마르칼이 주로 참조한, 고티에 맙이 썼다고 알려진 『성배 탐색』(십자군 원정과 연관된 시토 수도회 영향이 강하게 나타난다)에서 이 혈통은 부계 혈통으로 바뀐다. 갈라하드는 어부왕 펠레스의 손자이며, 란슬롯의 아들이다.
신화는 미묘하게도, 아더 왕이 아니라 엄밀한 의미에서 원탁의 이방인이라고 할 수 있는 란슬롯을 계보에 끌어들인다. 이 계보는 성배(가톨릭 교회는 한번도 성배 로망을 진지한 종교적 참조물로 여기지 않았지만, 이 로망의 대중적 인기는 늘 간접적으로 이용했다)를 둘러싼 세속적 왕권과 교황의 종교적 권력 사이의 경쟁관계에서 왕을 배제시키는 결과를 가져온다. 『성배 탐색』은 명백하게 교회의 성직자 역할에 방점을 찍고 있다. 독자들은 그 점을 충분히 감안하고 이 작품에 비판적으로 접근할 필요가 있다. —역주

"저희는 오늘 밤이나 내일 아침 식을 올리기를 바라고 있습니다."

"그러시지요. 원하는 대로 하십시오."

란슬롯은 그날 밤 수도원에 머물게 되었다. 그는 청년에게 성당에서 밤을 새울 것을 명했다. 날이 밝자마자 란슬롯은 청년에게 기사의 계를 내렸다. 그는 몸소 젊은이의 박차 한 짝을 채웠다. 나머지 박차는 보호트가 채워 주었다. 란슬롯은 젊은이에게 검을 둘러 주고⚜, 엄숙한 태도로 젊은이의 양쪽 어깨를 검으로 가볍게 두드렸다.

필요한 절차를 모두 마친 뒤 란슬롯이 젊은이에게 말했다.

"동지, 나와 함께 아더 왕의 궁으로 가지 않겠는가?"

젊은이가 망설이지 않고 곧 대답했다.

"아닙니다. 따라가지 않겠습니다."

란슬롯은 젊은이의 단호한 거절에 조금 놀랐지만 내색하지 않고 수녀원장에게 말했다.

"수녀님, 새 기사가 우리와 함께 왕의 궁으로 가도록 허락해 주십시오. 수

⚜ 란슬롯은 아더 왕에게서 계를 받았으나, 그에게 기사의 최종적 신분 획득을 상징하는 검을 둘러 준 사람은 귀네비어였다. 그는 아직 여신의 그늘 안에 있는 사람이다. 갈라하드에 이르면 그것이 아버지가 아들에게 직접 검을 둘러 주는 것으로 변형되고 있다. 기독교화 이후에 켈트 원형의 모권 특징은 성배 신화에서 상당 부분 사라진다. 그렇긴 해도 『성배 탐색』이라는 기독교 신비주의 판본조차 켈트 원형의 모권의 성격을 완전히 지워내지는 못하고 있다. 갈라하드가 수녀원에서 자랐다는 점, 중간 중간 나타나는 은자들이 충고와 조언을 하지만 성배에 관한 결정적 정보는 거의 언제나 여성들이 제공한다는 점, 성배에 이르는 결정적 투쟁의 무기인 갈라하드의 두 번째의 검을 퍼시발의 누이가 갈라하드에게 둘러 준다는 점 등을 상기할 것. —역주

녀님들과 함께 있는 것보다 그곳에 가면 많은 명예를 누리고 더 완벽한 기사가 될 수 있을 것입니다."

"이 젊은이는 경을 따라가지 않을 것입니다. 제가 경에게 보내겠다는 결정을 내릴 때까지 우리와 함께 머물 것입니다."

란슬롯은 강권하지 않았다. 수녀들은 세 기사의 말에 안장을 올리고 갑옷과 무기를 가지고 왔다. 세 사람은 수녀들에게 작별을 고하고 카멜롯을 향해 떠났다.

일행은 날이 저물 때쯤 궁에 도착했다. 왕은 기사들을 대동하고 저녁 미사를 드리러 성당에 가 있었다. 세 명의 사촌은 위층에 있는 방에 올라가 왕을 기다렸다. 기다리는 동안 그들은 란슬롯이 기사로 만들어 준 청년에 대한 이야기를 나누었다. 보호트가 불쑥 그 젊은이가 란슬롯을 닮았더라고 이야기했다.

"나는 그 젊은이가 어부왕의 딸에게서 태어난 갈라하드가 틀림없다고 생각해. 어부왕 가문과 우리 가문 사람들을 빼다 박았어."

리오넬이 덧붙였다.

"나도 그렇게 생각해. 젊은 시절의 란슬롯 경을 생각나게 하더라니까."

두 사람은 란슬롯이 무슨 이야기든 꺼내길 기다리면서 오랫동안 대화를 나누었다. 그러나 란슬롯은 두 사람이 실컷 떠들도록 내버려 두었다. 그는 한마디도 하지 않고 창가로 다가가 바깥을 뚫어져라 응시하고 있을 뿐이었다.

왕이 성당에서 돌아왔다. 란슬롯이 예상보다 일찍 돌아왔을 뿐만 아니라, 보호트와 리오넬까지 데리고 온 것을 보고 왕은 매우 기뻐했다. 왕이 식탁을 차리라고 명령하자, 모두들 즐겁게 식탁에 앉았다. 그날 저녁과 다음 날 하루 종일 왕국 전역에서 기사들이 속속 도착했다. 그들은 성대한 환영을 받았으며, 왕은 기사들이 도착했다는 소식을 들을 때마다 몸소 맞으러 나갔다. 사람들은 각자 원하는 방식대로 즐거운 시간을 가졌다. 대화를 나누거나 놀이를 하기도 하고, 악사들이 연주하는 음악이나 가수들이 부르는 노래를 듣기도 했다.

오순절 아침이 밝았다. 해가 뜨자마자 아더 왕은 화려한 옷차림을 하고 관을 쓰고 성당으로 가서 미사를 올렸다. 왕의 충성스러운 기사들도 모두 미사에 참례했다. 가웨인과 그의 형제들, 우리엔 왕의 아들 이베인, 호수의 아들 에렉, 보데마구 왕, 반 왕의 아들 카라독 브리흐브라스, 웨일즈인 퍼시발, 호수의 란슬롯과 그의 두 사촌 보호트와 리오넬, 아더 왕의 젖형제인 집사장 케이, 칼로그레난트와 야만인 도디넬, 사그레모르, 포틀레구에즈의 메라웨스, 고베인 카드루즈, 틴타겔의 마크 왕의 조카인 리오네스의 트리스탄, 오카니로트 왕의 조카 훈바우트, 누드의 아들 이더와 오윈, 돈의 아들 거플렛, 모드론의 아들 마본, 베디비어와 쿨루흐, 그리고 많은 기사들과 제후들이 있었다. 모두 용감하고 무공이 높은 기사들이었으며, 아더 왕에게 충성을 맹세한 사람들이었다.

미사를 마친 다음, 그들은 성당을 나와 즐겁게 떠들며 성으로 돌아왔다. 그들은 각자 하고 싶은 이야기들을 늘어놓기 시작했다. 사랑 얘기를 하는 사람이 있는가 하면, 기사도에 대해 이야기하는 사람도 있었다.

집사장 케이는 사과나무 가지를 깎아 만든 지팡이를 들고, 그렇게 왁자지껄 떠들어 대는 사람들 사이를 멋대로 이리저리 왔다갔다하고 있었다. 모두들 그의 고약한 말버릇과 무례한 조롱을 무서워했기 때문에 그와 부딪히지 않으려고 슬슬 피해 다녔다. 사람들은 그의 심술궂은 성격을 무서워하면서도 그의 무공과 경험 앞에서는 경의를 표했다. 왕이 오랫동안 친형으로 여겼던 케이를 사랑했기 때문에 더더욱 그랬다. 싸움이라도 나면 곤란한 일이 생길지도 모르므로 조심하는 것이 상책이었다. 아더 왕이 케이에게 종종 면박을 주곤 했지만, 그렇다고 해서 사람들이 그와 충돌하는 것을 가만히 지켜보지만은 않을 것이라고 생각했던 것이다.

케이가 아더에게 다가가 말했다.

"폐하, 이제 식사할 시간이 되었습니다."

왕이 노기 띤 음성으로 대답했다.

"경은 어떤 때 보면, 정말이지 사람들을 불쾌하게 만들기 위해서, 또 생각 없이 아무 소리나 하기 위해서 태어난 사람 같구려. 새머리만큼이나 생각은 하시는지. 형님은 관습을 모르십니까? 내가 오순절에 대연회를 베풀 때, 어떤 모험이 닥쳐오거나 또는 특이한 소식을 듣기 전에는 아무도 식탁에 앉아서는 안 된다는 것을 모르십니까? 어리석은 소릴랑 그만두고 저기 한쪽에 가서 앉아 계십시오."

케이는 왕이 명령한 대로 한쪽 구석에 찌그러져 있을 생각이 없었다. 배가 고파 죽을 지경이었으므로, 배고픔을 달래려고 큰 홀에서 이야기를 나누고 있는 사람들에게 갔다. 그곳에는 온갖 종류의 사람들이 다 모여 있었다. 대화는 세 시를 훌쩍 넘긴 시간까지 계속되었다. 그제야 아더 왕은 모두 배고픔을 견디지 못하고 있다는 것을 알아차리고 가웨인을 불러 말했다.

"아무 일도 일어나지 않으니 말을 준비시키도록 하라. 모험이 우리를 찾아오지 않으니 우리가 모험을 찾아 떠나도록 하자. 기사들은 식사 시간이 늦어져서 불만인 것 같구나."

"폐하께서 원하시니 명을 내리겠습니다."

가웨인은 종자들과 시종들에게 말에 안장을 올리고, 기사들도 필요한 경우에 대비하여 무장할 수 있도록 도우라고 일렀다. 늦어지지 않도록 서둘러 채비를 갖추라고 명령했다. 종자들과 시종들이 무기를 내오고 마구간으로 달려가 말들을 끌고 나왔다. 모든 것이 갖추어지고 짐말에는 옷가지들과 장비들이 실렸다. 왕과 제후들은 검을 찬 다음 말을 타고 브로셀리앙드 숲으로 떠났다.

숲속으로 깊숙이 들어갔을 때, 왕이 일행을 돌아보며 조용히 하라고 일렀다.

"무슨 소리가 들렸다. 도움을 청하는 소리 같구나. 소리가 나는 쪽으로 가봐야겠다. 동행 없이 가겠다."

가웨인이 만류했다.

"안 됩니다, 폐하. 제가 따라가겠습니다."

"아무도 따르지 말라. 이것이 징조라면, 혼자 힘으로 대면해 보고 싶구나."

아더 왕은 방패와 창을 챙겨 목소리가 들려오는 쪽을 향해 말을 달렸다. 비명 소리는 점점 더 크게 들려왔다. 그는 아름다운 물레방아가 있는 강가에 도착했다. 물레방아에서 떨어진 물이 큰 소용돌이를 이루고 있었다. 어떤 여자가 물방앗간 앞에 주저앉아 머리카락을 쥐어뜯으며 큰 소리로 울부짖고 있었다. 견디기 힘든 절망에 빠진 모습이었다.

왕이 여자에게 다가가 물었다.

"여자여, 무슨 일이냐? 왜 이렇게 울부짖고 있느냐?"

"오, 도와주십시오. 산에서 내려온 괴물 같은 짐승이 방앗간에 들어왔습니다. 그놈이 내 밀을 다 먹어 치우고 있어요!"

왕은 방앗간을 힐끗 들여다보고는 경악했다. 황소보다 더 큰 그 짐승은 적갈색 털이 숭숭 나 있고 목은 엄청나게 굵었다. 거대한 대가리에는 뿔이 달려 있고, 눈은 퉁방울만 하고, 이빨은 엄청나게 큰데다가 코는 갈고리처럼 휘어 있고, 발은 거대한 벽난로의 받침쇠만큼 길었다.

성호를 긋고 땅에 내려선 아더는 방패로 가슴을 가리고 검을 휘두르며 물방앗간 안으로 달려 들어갔다. 짐승은 아더가 그러거나 말거나 눈 하나 깜짝 하지 않았다. 여전히 등을 구부리고 앉아서 암멧돼지처럼 밀을 아귀아귀 퍼먹고 있었다. 괴물이 자신의 공격에 반응을 보이지 않는 것을 보고, 왕은 방어할 생각이 없는 모양이라는 판단을 내렸다. 별로 사납지 않은 녀석이라고 생각했다.[+] 그는 검을 옆으로 눕혀서 칼날의 평평한 부분으로 짐승의 옆구리를 한 대 쳤다. 놈은 여전히 반응이 없었다. 이번에는 짐승 앞에 서서 공격하는 몸짓을 해 보았다. 놈은 본 체도 하지 않았다. 왕은 검을 검집에 넣고 괴물의 넓적한 뿔을 붙잡고 위로 잡아당겨 보기도 하고 흔들어 보기도 하고 뒤틀어 보기도 했지만, 괴물은 꿈쩍도 하지 않았다. 왕은 주먹으로 놈을 때려눕힐 생각으로 괴물의 뿔에서 손을 떼려고 했다. 그런데 이게 어찌된 일인가. 몸을 비틀고 별 짓을 다해 보아도 손은 마치 뿔에 붙어버린 것처럼 떨어지지 않았다.✣✣

맞수가 꼼짝없이 붙잡혔다는 것을 확인한 괴물은 그제야 슬슬 몸을 움직이기 시작했다. 놈은 물방앗간을 따라 숲을 가로지르는 길로 느릿느릿 걸어 들어갔다. 놈은 왕에 대해서는 깃털 하나가 달라붙은 것만큼도 신경을 쓰지 않는 듯했다.

가웨인은 왕이 혼자 떠난 것이 아무래도 걱정이 되어 동료 두 사람을 데리고 왕을 좇아가 보았다. 그는 언덕 꼭대기에서 왕이 떠난 방향을 살펴보고 있었다. 그러다가 순해 보이는 괴물이 두 뿔 사이에 왕을 매달고 느릿느릿 움직이는 괴상한 광경을 목격했다. 왕은 화가 나고 분해서 제 정신이 아니었다. 가웨인 역시 그 광경을 보고 넋이 나갈 정도로 놀랐다. 그러나 이내 정신을

✣ 공동체의 영속을 보장하는 곡식과 황소의 상징적 연계는 가장 오래된 신화 주제 중의 하나이다. 이 황소는 희생 제의에서 희생되는 온순한 성격을 가지고 있다. 그는 식물처럼 순환하는 존재이기 때문이다. 바빌로니아에서 발견된 희생 제의 동물을 그린 상징물에서 황소는 온순한 미소마저 머금고 있다. —역주

✣✣ 이 장면은 실은 미트라 신에 의한 황소 살해 장면을 우스꽝스럽게 변형시킨 것이다. 여자의 방앗간에서 밀을 퍼먹는 온순한 괴물은, 칼에 찔려 흘러나오는 피가 곡물로 변하는 미트라교 신비 의식의 희생 동물 황소이며, 아더 왕의 몸짓은 미트라 신의 몸짓과 같은 의미를 가지고 있다(현대의 투우의 기원도 크레타-페르시아 황소 희생 제의이다). 이 장면에서 자연신 황소-멀린은 굳이 살해되어야 할 필요가 없다. 피는 이미 이제 곧 나타날 성배 안에 상징적으로 응축되어 있기 때문이다. —역주

차리고 큰 소리로 고함을 질렀다.

"기사들이여! 왕을 구해야 한다. 한 사람도 도망치지 말라. 왕을 구하러 달려오지 않는 자는 원탁에서 영원히 추방될 것이다! 만일 왕께서 도움을 받지 못하고 돌아가시는 불행한 일이 생긴다면, 우리 모두 비겁한 배반자로 낙인찍힐 것이다!"

가웨인은 즉시 괴물을 향해 말을 달렸다. 괴물의 머리통을 박살낼 요량으로 창을 앞으로 겨눈 자세였다.

왕이 소리쳤다.

"가웨인 경, 짐승을 건드리지 마라! 놈을 찌르면, 이놈이 쓰러질 때 나도 함께 쓰러지게 된다. 웬일인지 이놈의 뿔에서 손을 뗄 수가 없구나. 놈을 살려 두어야 내가 도망칠 수 있다. 방금 놈을 죽일 수 있었는데 그렇게 하지 않았다. 놈이 그걸 기억하면 좋으련만. 기사들에게 놈을 건드리지 말라고 경고하라!"

가웨인이 눈물을 흘리며 말했다.

"폐하! 이렇게 아무것도 하지 못하고 무력하게 지켜보아야 하다니……. 참을 수가 없습니다……."

가웨인은 자신의 무력함에 분노하여 창을 땅에 던지고 목에서 방패를 벗겨낸 다음 거칠게 집어던졌다. 그는 옷을 찢고 머리를 쥐어뜯었다. 그때 리오네스의 트리스탄과 이베인이 달려왔다. 그들 역시 창을 내리고 괴물을 치기 위해 말에 박차를 가했다.

가웨인이 팔을 들어 올리며 비명을 질렀다.

"안 됩니다! 짐승을 죽이지 마시오! 폐하의 목숨이 위태롭소!"

트리스탄이 물었다.

"어찌 해야 합니까?"

"놈을 따라가면서 어떻게 하는지 지켜봅시다. 꼭 필요할 때에만 개입해야 합니다."

짐승은 세 사람의 기사가 있건 말건 무심하게 느릿느릿 걸었다. 갑자기 높고 경사가 가파른 둥근 바위가 눈앞에 나타났다. 놈이 마치 하늘을 나는 제비처럼 날렵하게 바위를 기어오르기 시작했다. 가웨인과 동료들이 전속력으로 달렸지만, 괴물과의 거리는 점점 더 멀어졌다. 언덕 위에 올라간 괴물은 가파른 절벽이 있는 쪽으로 몸을 돌리고 그곳으로 목을 길게 늘였다. 왕은 허공에 대롱대롱 매달려 있는 형국이 되었다. 그것을 본 가웨인과 동료들은 심장이 멎는 것 같았다. 그들은 가슴을 치며 통곡했다. 그 소리를 듣고 달려온 나머지 기사들이 바위 아래에 도착했다. 고개를 들어보니 괴물의 뿔에 대롱대롱 매달린 왕이 보였다. 그들은 무력한 분노로 발을 동동 구르며 탄식을 뱉어냈다.

케이가 외쳤다.

"이런 변이 있나! 아더 왕을 잃으면 모두 파멸이오. 우리의 무력함을 아무도 용서하지 않을 것이오."

그 말을 하면서 케이는 균형을 잃고 말에서 거꾸로 떨어져 땅바닥에 길게 뻗어 버렸다. 왕은 어떻게 해야 이 난관을 벗어날 수 있을지 알지 못하는 채로 여전히 허공에 매달려 있었다.

가웨인이 입을 열었다.

"여러분, 좋은 생각이 있소. 절벽 아래에 우리 옷을 모두 쌓아 놓읍시다. 그러면 폐하께서 떨어지신다 해도 충격이 덜할 것이오."

모두들 의논하고 말고 할 것도 없이 당장 옷을 벗기 시작했다. 이윽고 그들은 실오라기 하나 걸치지 않은 알몸이 되었다. 그들은 왕이 매달려 있는 곳 아래에 옷가지들을 가져다 쌓았다. 그렇게 하고 나니 조금 마음이 놓였다. 왕이 떨어진다 하더라도 크게 다치지는 않을 것이다. 짐승은 바위 아래에서 사람들이 하는 양을 지켜보더니 갑자기 뿔을 세게 흔들어 댔다. 아래에 있던 사람들은 고통과 공포의 비명을 지르며 왕을 구해 달라고 신에게 기도를 올렸다.

어느 순간 짐승이 네 발을 가지런히 모으더니 사람들이 있는 곳을 향해 몸을 던졌다. 뿔에 매달려 있던 왕도 함께 떨어졌다. 그런데 아래로 떨어지던 짐승이 키가 크고 아름다운 기사로 변하는 게 아닌가.⚜

⚜ 이 일화는 멀린의 특성을 흥미롭게 보여 준다. 멀린은 초기 판본들에서 '야만인'의 모습으로 나타나는 바, 동물적 특성이 인간적 모습에 통합된 모습으로 나타난다(머리에 사슴뿔이 달린 켈트의 케르누노스 신을 떠올리게 하는). 여기에서는 동물과 멀린이 분리된 방식으로 나타나는 것에 주목할 필요가 있다. 이것은 성배 신화뿐만 아니라, 세계 전역의 신화에서 나타나는 특징이기도 하다.
문명화가 진행될수록 동물의 신성성은 신적 존재와 분리된 모습으로 재현된다. 아더 왕을 두 뿔 사이에 매달고 다닌 이 온순한 괴물은 멀린과 아더 왕이 결국 하나의 근원(어머니 자연—괴물이 밀을 퍼먹었던 것, 멀린이 나뭇잎 사이로 사라지는 것을 상기할 것)에 통합되어 있는 존재라는 것을 보여 준다. 괴물이 기어올랐던 둥근 바위는 결국 어머니의 배이다.
멀린의 상징적 본거지인 에스플리무와르 멀린 역시 둥근 지붕을 가진 장소이며, 그곳에는 여성적 미분화성을 상징하는 많은 여자 요정들이 살고 있다. 이 둥근 바위는 초기 판본에서 '야만인'이 올라앉아 있는 '언덕'(저승의 문 시이)과 상징적 동형이다. 멀린이 입고 있었던 붉은 갑옷도 이 장면이 존재의 원초성을 환기시키고 있다는 또 다른 증거이다. —역주 머리끝부터 발끝까지 붉은색 옷을 화려하게 차려 입은 모습이었다. 사람들은 입을 떡 벌리고 그 놀라운 광경을 바라보았다.

기사는 아더 왕 앞에 무릎을 꿇고 앉아 웃으며 말했다.

"폐하의 사람들에게 옷을 입으라고 말씀하시지요. 그들은 무척 배가 고플 것입니다. 이제 모험이 한 가지 일어났으니 잔칫상에 앉으실 수 있지 않겠습니까?"

가웨인은 왕이 그렇게 높은 곳에서 떨어졌으니 틀림없이 어디 한 군데 부러졌을 거라고 생각하고 왕에게 달려갔다. 놀랍게도 왕은 상처 하나 없이 말짱했다. 왕은 아주 기분이 좋다는 듯이 미소마저 띠고 있었다.

가웨인이 붉은 기사에게 물었다.

"당신은 누구시오?"

기사는 호탕하게 웃고 나서 대답했다.

"내가 누군지 나도 모른다오. 하도 여러 가지 모습을 가지고 있어서 어떤 모습이 내게 제일 잘 어울리는지 선택하기가 어렵다오."

왕이 말했다.

"그대가 누구든, 나와 함께 궁으로 가서 나의 기사들과 함께 지냅시다. 그대를 영예롭게 할 것이며 나의 소중한 친구로 여길 것이오."

기사가 대답했다.

"안 될 말이지요. 집으로 돌아가지 않으면 제 연인이 제게 뭐라고 하겠습니까? 아더 왕이시여, 제게는 연인이 이 세상 무엇보다 소중합니다. 혜량하소서. 제가 목숨이라도 내어 줄 정도로 사랑하는 그녀의 사랑만 있으면 영광도 명예도 제게는 중요하지 않습니다."

가웨인이 두 사람의 대화에 끼어들었다.

"그렇다면 무엇 때문에 폐하에게 장난을 친 거요?"

기사는 다시 웃었다.

"이따금 기분 전환을 할 권리는 있으니까요. 오늘 나는 좋은 일을 하면서도 충분히 즐거웠다오. 여러분 모두 모험을 기다리지 않았소? 모험이 생겨나지 않았기 때문에 내가 그것을 촉발시킨 것이오. 어쩌면 여러분은 다른 모험의 증인이 될지도 모릅니다. 그건 그렇고, 폐하, 기사들에게 옷을 입으라고 명하시지요. 꼴들이 영 말이 아닙니다."

말을 마친 기사는 발걸음을 돌려 무성한 나뭇잎 아래로 나 있는 좁은 오솔길로 들어갔다. 아더 왕은 멀어져 가는 그의 뒷모습을 생각에 잠긴 표정으로 바라보았다. 기사는 햇빛 속으로 흩어지는 가벼운 안개처럼 덤불 숲 속으로 홀연히 사라졌다. 그 모습을 말없이 바라보던 왕은 낮은 소리로 속삭이듯 말했다.

"멀린이야. 멀린이 틀림없어."

왕은 신하들을 향해 몸을 돌리고 큰 소리로 말했다.

"동지들, 이제 식사할 시간이 되었소!"

가웨인과 기사들이 옷더미 주위로 몰려들었다. 한바탕 난리법석이 벌어졌다. 왜냐하면 도무지 누구 옷인지 알 수 없을 정도로 뒤죽박죽 뒤섞여 버렸기 때문이다*. 사람들은 누구 건지 상관하지 않고 닥치는 대로 주워 입었다. 어떤 사람들은 케이프를 주워 입고, 다른 사람은 망토를 집어 들었다. 겨우 정리가 되자 모두들 말을 타고 아더 왕과 가웨인의 뒤를 따라 카멜롯 성으로 돌아갔다. 그들은 예기치 않았던 모험이 행복한 결말을 맞게 된 것을 기뻐했다.

대연회장에 제일 먼저 들어간 사람은 란슬롯과 보호트와 리오넬이었다. 그들은 만찬 준비가 완전히 끝난 것을 보고 원탁의 의자들을 살피러 갔다. 각각의 자리에는 기사들의 이름이 씌어 있었다. 그러나 '위험한 자리'라고 일컬어지는 큰 의자 위에는 아주 최근에 나타난 듯한 기록이 보였다.

> 우리 주님 예수 그리스도께서 수난 당하신 후 사백오십 년이 흘러갔다.⚜⚜ 올해 오순절에 이 의자는 그 주인을 만나게 될 것이다.

그 기록을 읽은 세 사람이 서로 얼굴을 마주보았다.

"또 하나의 놀라운 모험이군!"

란슬롯이 외쳤다.

⚜ 이 우스꽝스러운 설정은 사실 우스꽝스럽기만 한 것은 아니다. 신화 작가는 기사들이 왕을 보호하기 위해 옷을 벗었다는 것을 신하의 군주에 대한 충성이라는 가부장적(또는 봉건적) 논리로 포장하고 있지만, 사실 이 장면에서 기사들은 몽땅 어머니에게로 귀환한 발가벗은 갓난아기가 된 것이다. 따라서 존재는 전격적 미분화성으로 귀환한다. 기사들의 옷이 누가 누구의 것인지 모르게 되어 버린 것은 따라서 상징적으로 매우 당연하다. 이 장면에서 기사들은 개별적 자아 출현 이전의 상태로 돌아갔기 때문이다. 멀린의 마지막 메시지(연인의 사랑 때문에 왕의 궁전으로 갈 수 없다는 말)는 이 일화의 의미가 무엇인지 요약해서 보여 주고 있다. —역주

⚜⚜ 실존인물 아더가 브리튼 섬에서 활약하던 시기(기원후 5세기)와 얼추 겹쳐진다. 성배 신화 전반에 걸쳐 연대를 확정지은 판본은 거의 없다. 이 명시는 『성배 탐색』이 지니고 있는 종교적 프로파간다의 목적을 분명하게 드러내고 있다. 신화의 역사화의 시도는 아더 왕과 귀네비어의 무덤이 발견되었다고 하는 글래스턴베리 수도원의 주장 안에서 절정에 이른다. —역주

"오늘 이 자리의 주인공이 나타날 것 같다는 느낌이 드네. 오늘이 바로 사백오십 년이 흘러 지나간 해의 오순절 아닌가. 하지만 이 자리에 앉아야 할 사람이 등장하기 전에는 아무도 이 기록을 보지 않는 것이 나을 것 같다는 생각이 드는군."

보호트와 리오넬도 찬성했다. 그들은 시종들에게 비단을 가져오게 하여 위험한 자리를 덮어놓았다.

아더 왕이 대연회장으로 들어왔다. 기사들이 그의 주위에 자리를 잡고 앉았다. 그때 시종 하나가 숨을 헐떡이며 달려와 왕에게 고하였다.

"폐하! 경이로운 일이 또 한 가지 있습니다!"

"경이로운 일? 무슨 일이냐?"

"성 앞을 흘러 지나가는 강물 위에 검이 박힌 바위가 있었는데 그것이 강가로 떠내려 왔습니다. 폐하께서 몸소 보아 주소서. 아주 기이한 일이옵니다."

아더 왕은 즉시 일어나 바깥으로 나갔다. 모든 동지들이 왕을 쫓아갔다. 케이가 잔뜩 화가 난 목소리로 투덜댔다.

"오늘은 밥 먹지 말라고 예언서에 씌어 있는 모양이군."

사람들은 모두 강가로 나가 강물이 실어온 붉은 대리석 돌층계를 보았다. 놀랍도록 아름다운 검이 박혀 있었다. 뛰어난 솜씨로 만들어진 손잡이는 화려한 보석으로 장식되어 있었다. 돌층계에 황금 글자로 새겨진 기록이 보였다.+ 사람들은 그 기록을 자세히 읽어본 뒤에 이렇게 해독했다.

"내가 그 옆에 머물러야 할 자만이 나를 이곳에서 뽑을 수 있다. 그는 세상에서 으뜸가는 기사가 될 것이다."

왕이 나지막한 소리로 말했다.

"하느님, 정녕 때가 된 것입니까? 나는 이 검을 알고 있다. 이 검은 동생 발란과 함께 비극적으로 죽은 기사 발린의 것이었다. 이 검을 층계에 박아 넣은 사람은 멀린이다. 나는 멀린에게서 그 모든 이야기를 들었다. 아! 멀린……. 방금 숲속에서 우리가 만난 사람은 틀림없이 멀린이다. 이 돌층계를 이곳에 가져다 놓은 사람도 멀린이다."

왕은 란슬롯에게 말했다.

"란슬롯 경, 경이 원하기만 하면 이 검은 경의 소유가 된다. 경이 세상에서 제일가는 기사라는 걸 모르는 사람은 아무도 없으니까."

란슬롯이 아주 난처한 표정을 지었다. 그는 곧 단호하게 대답했다.

"폐하, 이 검은 제 것이 아닙니다. 앞으로도 결코 저의 것이 될 수 없습니다. 저는 감히 그 검에 손을 댈 수 없습니다. 저는 그 검에 합당한 자가 아닙니다."

"경은 용맹의 덕뿐만 아니라 겸손의 덕까지 지니고 있구나. 친구로서 부탁하니, 이 검을 뽑아 보라. 그러면 어떤 일이 일어날지 알게 될 것이다."

✢ 바위에는 언제나 글씨가 새겨져 있다. 그것은 바위가 인간의 육체와는 달리 오래 시간에 버티는 영원성에 가까운 물질이기 때문인데, 인간은 거기에 기록을 남김으로써, 인간적 현재의 덧없음을 바위의 영원성에 통합시키려고 한다. 오늘날까지도 인류는 악착같이 바위 위에 기록을 남긴다. 폭압적 통치자일수록 공동체의 온갖 바위마다 자신의 글씨를 남긴다(김일성, 박정희의 경우를 떠올려 보라). 폭군들은 인간의 덧없음을 유난히 견디지 못하며, 자신의 존재를 공동체에 억지로 강요하는 경향이 있다. —역주

"아닙니다, 폐하. 저는 이 시험에 도전하는 사람들이 큰 위험을 겪게 되리라는 것을 알고 있습니다."

"그걸 어떻게 아는가?"

"그저 알 뿐입니다. 다른 일도 한 가지 말씀드리지요. 오늘 우리를 성배에게로 이끌 모험이 시작될 것입니다."

아더 왕은 설사 란슬롯의 말이 맞는다고 해도 징조들이 너무 불확실하다고 생각했다. 상황을 좀더 밀어붙여 보고 싶었다. 그러면 이 징조들이 신에게서 왔는지 악마에게서 왔는지 알게 되리라. 란슬롯의 고집을 꺾기 어렵다고 판단한 아더 왕은 가웨인에게 말을 걸었다.

"경이 검을 뽑아 보라."

"폐하, 제게 검을 뽑아 보라 하지 마십시오. 란슬롯 경조차 시험을 거부하지 않았습니까. 제가 이 검에 손을 대는 것은 소용없는 일입니다. 란슬롯 경은 저보다 더 뛰어난 기사이기 때문입니다."

왕이 되풀이해 말했다.

"시도해 보라. 명령이다."

가웨인은 마지못해 돌층계로 다가가 검의 손잡이를 붙잡고 있는 힘을 다해 뽑아 보려고 했다. 헛수고였다. 검은 꿈쩍도 하지 않았다.

아더 왕이 가웨인에게 말했다.

"조카여, 내 명에 따라 주어 고맙구나."

란슬롯이 나섰다.

"가웨인 경, 아무 일도 일어나지 않아서 참으로 다행이오. 폐하께서 그 일을 시키시지 않았더라면 더 좋았을 테지만."

"나도 그렇게 생각하오. 그러나 왕의 뜻이니 거절할 수가 없었소."

두 사람이 나누는 말을 들으면서 왕은 공연히 고집을 부렸다고 후회했다. 그래도 왕은 여전히 이 모든 징조들이 악마의 계략은 아닌지 확인하고 싶었다. 그는 그곳에 모여 있는 신하들 가운데에서 시험에 도전해 볼 만한 사람이 없을까 생각하면서 주위를 돌아보았다. 앞으로 나서는 사람은 아무도 없었다. 왕의 눈길이 퍼시발 위에 멎었다.

"퍼시발 경! 경 같으면 시험에 도전해 볼 만한 용기를 낼 수 있을 것 같은데……."

퍼시발이 씩씩하게 대답했다.

"예, 폐하. 하오나 저는 검을 얻기 위해서나 폐하의 명을 따르기 위해서가 아니라, 자신의 의지에 반해서 폐하의 명을 수행한 가웨인 경과 운명을 같이하기 위하여 시험에 도전하는 것입니다."

퍼시발은 몸을 숙여 검의 손잡이를 잡고 있는 힘을 다해 잡아당겼다. 검은 꿈쩍도 하지 않았다. 퍼시발은 몸을 일으켜 가웨인 옆에 가서 섰다. 아더 왕은 갑자기 마음이 불편해졌다. 기록이 진실하다는 사실을 인정하지 않을 수 없었다. 검을 돌층계에 빼낼 수 있는 영웅은 그의 동지들 사이에는 없다.

케이가 앞으로 나서서 말했다.

"폐하, 이제 결론이 내려진 것 같습니다. 검을 뽑겠다고 고집을 부릴 만큼 어리석은 사람은 우리 중에는 없다고 생각합니다. 이제 식탁으로 돌아가는 것이 좋겠습니다."

왕이 대답했다.

"그 말이 맞소."

왕은 햇빛을 받아 빛나고 있는 아름다운 검이 박힌 돌층계를 그대로 놓아두고, 사람들을 모아 성으로 돌아갔다. 왕이 뿔나팔을 불라고 지시하자 모두들 원탁에 자리 잡고 앉았다. 그날은 왕관을 쓴 네 명의 소왕국 왕들이 식사 시중을 들었다. 수많은 귀족들이 모여 앉은 광경은 참으로 장관이었다. 그들이 모두 착석하자 원탁의 기사들이 들어왔다. 위험한 자리만 빼고 원탁의 모든 자리가 채워졌다.

02 선한 기사

저녁 식사에 참석한 사람들이 첫술을 막 들기 시작했을 때, 카멜롯의 대연회장에서 다시 기이한 일이 일어났다. 문들과 창문들이 저절로 닫힌 것이다. 방은 순식간에 캄캄해졌다.

아더 왕이 놀란 목소리로 외쳤다.

"오늘 참으로 이상한 일을 많이 겪는구나. 숲과 강에서도 기이한 일들을 만났는데 이곳에서는 또 무슨 일이 생기려는 것인가! 오늘 저녁에는 더욱더 신비한 일이 생길 것 같다."

케이가 거들고 나섰다.

"그러게 말입니다. 마법에 홀린 건 아닌지 무척 두렵습니다."

아더 왕이 나무라듯이 말했다.

"케이 경, 조용히 하시오! 일이 일어나는 대로 지켜봅시다. 우리를 두렵게 하는 것은 신의 뜻이지 마법이 아니오."

그때, 은빛 수염을 길게 기르고 눈처럼 흰 옷을 입은 백발노인 한 사람이 나타났다. 그가 방에 들어오는 것을 본 사람은 아무도 없었다. 그는 어떤 젊은이의 손을 잡고 있었는데, 그 젊은이는 흰 사슴 문양의 붉은 방패를 들고 있었다. 검은 들고 있지 않았다. 란슬롯과 보호트와 리오넬은 그 젊은이를 당장 알아보았다. 란슬롯이 그제 숲속에 있는 수녀원에서 기사의 계를 내렸던 바로 그 젊은이였다.

방 한가운데에 이르자, 노인은 위엄 있는 목소리로 외쳤다.

"평화가 여러분과 함께하시기를!"

아더 왕은 놀라서 아무 대답도 하지 못했다. 노인은 아더 왕의 반응에 마음을 쓰지 않는 듯했다.⚜ 그는 젊은이의 손을 놓고 중앙 기둥에 매달려 있는 방패를 손으로 가리키며 말했다. 그것은 대머리 아가씨가 가져왔던 방패였다.

"가서 저 방패를 가져오고 그 자리에 네 방패를 걸어 두어라."

젊은이는 기둥을 향해 다가가 그때까지 아무도 기둥에서 떼어낼 수 없었던 방패를 쉽게 내렸다. 그리고 그 자리에 들고 온 방패를 걸어 놓고는 노인 곁으로 돌아왔다. 대머리 아가씨가 여자들에게 맡겨 놓았던 개가 컹컹 반갑게 짖으며 달려 들어왔다. 개는 노인과 젊은이

⚜ 이 장면에서 세속의 우두머리인 아더는 완전히 배제되어 있고, 성직자를 대표하는 듯한 노인이 주도권을 잡고 있다. 아더 왕은 일부러 그러는 것처럼 완전히 무시된다. 노인은 안하무인으로 행동하고 있고, 아더 왕의 권위는 깡그리 사라져 있다. 갈라하드와 노인은 아더 왕에게 예조차 올리지 않는다. 『성배 탐색』이 교회의 우위를 강조하려는 목적을 가진 판본임을 한 번 더 확인시켜 주는 대목. —역주

선한 기사 갈라하드를 대동하고 궁에 나타난 노인

주위를 빙빙 돌며 즐거워 죽겠다는 듯 꼬리를 흔들어 댔다. 대머리 아가씨의 예언이 실현되었다. 그 광경을 지켜보던 사람들은 감동하여 눈물을 흘렸다. 그 신비한 아가씨가 한 이야기는 진실이었던 것이다.

노인이 입을 열어 말하기 시작했다.

"아더 왕이시여, 폐하께서 기다리시던 기사를 데리고 왔습니다. 그는 다윗과 요셉 아리마테아의 고귀한 가문에서 태어났으며, 이 나라뿐만 아니라 이방異邦 나라들의 경이를 끝낼 순결한 기사입니다."

왕은 놀란 마음을 가까스로 진정하고 대답했다.

"어서 오라. 그대의 말이 진실하다면 젊은이 또한 환대하리라."

"제 말은 진실합니다. 이 젊은이가 폐하께서 기다리셨던 바로 그 사람입니다."

"그 젊은이가 진실로 성배의 모험을 완결하러 온 그 기사라면, 그 누구보다도 더 귀하게 영접할 것이다. 그가 누구든 큰 축복이 함께하기를 바란다. 그런데 어찌하여 방패를 바꾸었는고? 내 보기엔 들고 온 방패가 더 견고하고 아름다운 듯한데……."

"왜냐하면 흰 사슴이 그려진 붉은 방패는 이 젊은 기사의 것이 아니기 때문입니다. 그것은 이 성에 놓아두어야 하는 징조였습니다. 기둥에 오랫동안 매달려 있었던 방패는 처음부터 이 젊은이의 것으로 정해져 있었습니다."

"그 방패는 어디에서 왔는가? 우리에게 그것을 맡긴 대머리 아가씨는 그 점에 관하여 아무 말도 하지 않았다."

"그녀는 아무것도 말해서는 아니되었습니다. 그러나 이제는 그 방패가 아주 옛날에 살았던 지극히 거룩한 분의 소유였다는 것을 밝힐 수 있습니다. 우리 주님 예수 그리스도께서 수난을 당하신 지 사십이 년째 되는 해에, 예수의 몸을 십자가에서 내리고 성배라고 불리는 잔에 예수의 피를 받았던 고결한 기사 요셉 아리마테아는 식솔을 모두 거느리고 예루살렘을 떠났습니다. 신께서 친히 그 음성으로 그와 그의 가족을 인도하시어, 어느 날 이교도 왕인 에발라흐가 다스리는 풍족한 도시 사라스에 도착하게 하셨지요.

당시 에발라흐는 이웃 나라의 부유한 왕 톨로메르와 전쟁중이었습니다. 에발라흐가 전쟁에 나가려 할 때, 요셉 아리마테아의 아들 요세페는 에발라흐가 계속 이교의 신앙을 가지고 있으면 필히 적에게 패할 수밖에 없다고 말하였습니다. 그러자 에발라흐가 물었지요.

'그러면 어찌 해야 하오?'

요세페가 대답했습니다.

'기독교도가 되시오. 내가 승리를 약속하겠소.' ✝

'그대를 믿으니 그리하겠소.'

요세페는 방패를 하나 가져오게 한 뒤, 방패 위에 붉은 십자가를 그린 다음 말했습니다.

'에발라흐 왕이여, 처음에는 톨로메르가 이길 것이오. 그가 폐하를 죽음의 위험에 몰아넣을 것이외다. 그러나 절망하지 마시오. 패배했다고 생각되는 순간, 십자가가 그려진 이 방패를 흔들며 신의 도우심을 청하시오.'

요세페가 예언한 대로 되었습니다. 싸움에 패하여 죽게 되었을 때, 에발라흐는 십자가를 흔들었습니다. 그러자 붉은 십자가가 있는 자리에서 십자가에 매달려 피 흘리는 예수의 형상이 나타났습니다. 에발라흐는 승리자가 되어 사라스에 돌아온 뒤에 세례를 받고 모드레인으로 개명하였습니다. 나중에 브리튼 섬으로 요세페를 따라와 정착한 뒤에 나라 전체에 복음을 전했지요.✝✝ 요세페는 죽을 날이 가까워졌다는 것을 알게 되었을 때, 그의 절친한

✝ 주교직을 강조하고 있다는 점을 눈여겨보아야 한다. 이 피로 그은 붉은 십자가는 『성배 탐색』에 영감을 제공한 시토 수도회와 밀접한 관계를 가지고 있었던 성당 기사단(십자군 원정에서 큰 역할을 했던 기사단으로 종교적인 권력보다는 정치·산업적 권력으로 부상하여 유럽 왕들의 눈엣가시가 된다. 13세기경에 프랑스 왕에 의해 완전히 진압된다)의 상징이다. 십자군의 미명 하에 서구의 기사단은 이 십자가를 앞세우고 약탈과 살인을 버젓이 저질렀다. 십자군 원정은 결국 종교를 앞세운 세속적 식민화에 불과했다. ㅡ역주

✝✝ 지역 전승에 따르면, 영국 최초의 성공회 본거지는 글래스턴베리이며, 요셉 아리마테아가 성공회 초대 주교이다. 물론 이 전승은 허위이다. 그것은 플랜태저넷 왕가의 헨리 2세의 사주를 받아서 12세기의 글래스턴베리 수도사들이 꾸며낸 이야기이다.

친구가 된 모드레인에게 자신의 추억을 남기고 싶었습니다. 그는 방패를 가져오게 한 뒤, 자신의 피로 다시 십자가를 그렸습니다. 그 피의 붉은색은 영원히 변치 않을 것이며, 선한 기사가 올 때까지 아무도 그 방패를 소유할 수 없을 것이라고 예언했습니다. 아더 폐하께서 보관해 오신 것은 바로 그 방패입니다. 이제 선한 기사가 그것을 소유하게 된 것입니다."

말을 마친 노인은 시종들에게 젊은이의 갑옷을 벗겨 주라고 말했다. 젊은이는 진홍색 비단 셔츠를 입고 있었는데, 그 때문에 아름답고 섬세한 육체가 한결 돋보였다. 노인은 어깨에 걸치고 있던 하얀 담비털이 달린 붉은 비단 망토를 벗어서 젊은이에게 내밀었다. 젊은이가 망토를 입자 노인은 그를 위험한 자리로 데리고 갔다. 옆에는 란슬롯이 앉아 있었다. 노인이 의자를 덮고 있는 비단을 벗겨내자, 황금색 글자로 쓰인 기록이 나타났다.

이것은 갈라하드의 자리이다.

노인은 아주 부드러운 목소리로 젊은이에게 말했다.

"갈라하드, 여기 앉거라. 너는 이 자리에 앉을 권리가 있다."

젊은이는 조용히 자리에 앉더니 노인을 향해 말했다.

"이제 부탁받으신 일을 모두 수행하셨으니 돌아가셔도 됩니다. 제가 알고 지낸 모든 분들, 특히 어부왕께 제 인사를 전해 주십시오. 시간이 되면 곧 만나 뵈러 가겠다고 말씀드려 주십시오."

노인은 아더 왕에게 절하고, 왕과 기사들에게 신의 가호를 빌어 주었다. 사람들은 그가 누구인지 알고 싶었지만 노인은 아직 밝힐 시간이 되지 않았으며 나중에 알게 될 거라고 대답했다. 그는 노인답지 않게 날렵한 몸짓으로 말 잔등에 뛰어 올라 숲을 향해 떠났다.

연회장에 있던 사람들은, 뛰어난 사람들조차 두려워해 온, 많은 모험이 일어났던 위험한 자리에 앉아 있는 젊은이를 경탄에 가득한 시선으로 바라보았다. 그토록 젊은 나이에 위험한 자리에 앉는 특권을 누리게 된 것은 신의 의지에 의한 것이라고 생각할 수밖에 없었다. 그 젊은이가 성배의 신비를 완결할 책무를 지닌 선택받은 자라는 것을 알고 있었기 때문에 사람들은 크게 기뻐했다. 그 전에 위험한 자리에 앉았던 사람은 누구나 다 끔찍한 벌을 받았었다. 그래서 사람들은 그를 모든 원탁의 기사들의 으뜸으로 여기며 극진히 대하였다. 경탄에 가득 찬 시선으로 젊은이를 바라보고 있던 란슬롯이 누구보다 열심히 시중을 들었다.

보호트 역시 즐거워하며 형에게 물었다.

"위험한 자리에 앉아 있는 저 기사가 누구인지 알아?"

리오넬이 대답했다.

"잘 모르겠어. 그제 란슬롯 경이 기사 서임한 젊은이잖아. 우리 둘이 자주 얘기했던 그 아이 아닌가? 란슬롯 경이 어부왕의 딸에게서 얻었다는?"

"맞아. 그 아이야. 난 아주 아기였을 때 그를 봤지. 우리와 가까운 사이야. 우린 그가 궁에 온 것을 기뻐해야 해. 틀림없이 지금까지 이루어진 것보다 더 많은 놀라운 일들을 이룰 테니까. 게다가 그는 벌써 시작했어. 우리가 증인이야."

소식은 성안에 빠르게 퍼졌다. 왕비궁에서 식사중이던 왕비도 시종에게서 그 이야기를 전해 들었다.

"왕비 마마, 굉장한 일이 일어났답니다!"

"무슨 일이냐? 궁금하구나. 말해다오."

"기사들이 모여 있는 대연회장에 어떤 기사가 들어왔는데, 기둥에 매달려 있던 방패를 떼어내고 위험한 자리에 앉았답니다. 아주 젊은 사람이라 어떻게 그런 특권을 얻게 되었는지 모두 궁금해하고 있습니다."

"그건 정말 특별한 은총이로구나. 지금까지는 누구도 방패를 떼지 못했고 위험한 자리에 앉지도 못했지. 그 자리에 앉은 사람은 모두 벼락을 맞거나 불구가 되지 않았느냐."

시녀들이 기뻐하며 말했다.

"그 기사님은 위대한 업적을 이루기 위해 태어난 것이 틀림없어요. 브리튼 왕국의 모험을 끝내고 병든 왕을 고치실 분이에요!"

왕비는 잠깐 생각에 잠겨 있다가 시종에게 말했다.

"너는 그 기사를 보았으니 어떻게 생긴 분인지 말해다오."

"세상에서 제일 잘생긴 기사님들 중 한 분입니다. 아주 젊으시구요. 란슬롯 경과 반 왕 가문의 기사님들을 많이 닮으셨습니다. 그래서 모두들 반 왕 가문 출신이라고 말하고 있답니다."

그 말을 들은 귀네비어의 가슴이 쿵쿵 뛰기 시작했다. 그 미지의 기사를 보고 싶었다. 그녀는 그 기사가 란슬롯과 어부왕의 딸 사이에서 태어난 아들이 틀림없을 것이라고 생각했다. 왕비는 그 이야기를 잘 알고 있었다. 비록 란슬롯이 마법 때문에 속은 것이라고 해도, 그녀는 가슴을 찌르는 질투를 제어할 수 없었다. 그의 잘못으로 인해 생겨난 일이 아닌데도 그가 원망스러웠다. 그를 여전히 열정적으로 사랑하고 있기 때문인지도 모른다. 젊은이 이야기를 듣자, 지워 버리고 싶었던 기억이 귀네비어 왕비의 머릿속에서 되살아났다.

왕과 원탁의 기사들은 식사를 마쳤다. 왕이 가웨인에게 말했다.

"가웨인 경, 여기 갈라하드 경이 왔다. 그는 우리가 아주 오래전부터 기다려왔던 선한 기사이다. 그가 우리와 함께 있는 동안 그를 공경하고 섬기기를 다하라. 내가 알거니와, 그는 우리와 함께 오래 머물지 않을 것이다. 성배의 위대한 탐색이 그를 먼 곳으로 불러낼 것이기 때문이다. 란슬롯 경이 오늘 그 이야기를 들려주었다. 그는 이 문제에 대해 무엇인가 알고 있는 것 같다."

가웨인이 대답했다.

"성심껏 갈라하드 경을 섬기겠습니다. 우리의 동지들은 모두 그리할 것입니다. 왕국이 이상한 모험으로부터 해방되기를 우리 모두 간절히 바라니까요."

왕은 갈라하드에게 다가갔다.

"우리는 참으로 오랫동안 경이 오기를 기다렸다. 이제 그대가 우리와 함께 있으니 기쁘기 한량없구나."

"아더 폐하, 저는 와야만 하기 때문에 온 것입니다. 성배 탐색의 모든 동지들은 폐하의 궁을 떠날 것입니다. 그것은 이 왕국의 크나큰 영광이 될 것입니다."

"우리 중 어떤 이들은 이미 그 모험을 시도했으나 성공하지 못하였다. 그대는 실패하지 않을 것임을 확신한다. 다른 이들은 그 모험에 실패하여 절망과 부끄러움을 느꼈다. 그 모험을 완결하는 것이 그대의 일이다. 신께서 친히 그대를 보내셨으므로 실패할 리가 없을 것이다."

"저는 아무리 고통스러운 시련이 닥쳐온다 할지라도 도망치지 않을 것입니다."

"그 시련은 고통스러운 것이 아니라 불가능한 것 같구나. 나를 따라오라."

아더 왕은 갈라하드의 손을 잡고 강가로 데리고 갔다. 신비한 돌층계의 모험이 어떻게 끝날지 궁금했으므로 모든 기사들도 왕을 따라갔다. 왕비도 그 소식을 들었다. 그녀는 곧 상을 물리고 시녀 네 사람에게 말했다.

"같이 강가로 가자꾸나. 늦지 않게 도착할 수 있다면, 이 모험이 완결되는 장면을 볼 수 있겠지. 그 장면을 놓치고 싶지 않구나."

왕비는 시녀들과 함께 강가로 갔다. 다섯 명의 여자들이 강가에 도착했을 때, 아더 왕은 갈라하드에게 돌층계를 보여 주던 참이었다.

"이것이 내가 말했던 모험이다. 가장 용감한 나의 동지들도 검을 바위에서 뽑지 못하였다."

"폐하, 그것은 조금도 놀라운 일이 아닙니다. 이 모험은 저를 위해 예비된 것이기 때문입니다. 제가 검을 가지고 오지 않은 것을 보셨을 겁니다. 사실 저는 이 모험을 기대했던 것이지요."

갈라하드는 머뭇거리지 않고 몸을 숙여 검을 잡고 아주 수월하게 뽑아냈다. 검은 바위에 박혀 있지 않았던 것처럼 쑥 뽑혀져 나왔다. 갈라하드는 검을 검집에 넣고 허리에 두른 다음 왕을 향해 말했다.

"폐하, 이제 저는 완전하게 무장했습니다. 더 큰 용기가 몸에 차오르는 것 같습니다."

바로 그 순간, 강의 상류에 흰 의장마를 탄 젊은 여자가 나타났다. 그녀는 전속력으로 말을 달려 왕이 있는 곳까지 다가왔다. 그녀는 왕 앞에 멈추어 서서 인사한 다음, 그곳에 란슬롯이 있는지 물었다. 란슬롯은 군중 한가운데에 있었다. 란슬롯이 여자를 향해 다가갔다. 놀랍게도, 그녀는 호수 부인의 충성스러운 시녀 사라이드였다. 사라이드는 란슬롯을 보자마자 울음을 터뜨렸다. 모여 있던 사람들은 영문을 몰라 어리둥절한 표정으로 사라이드를 바라보았다. 잠시 뒤에 사라이드는 울음을 그치고 란슬롯에게 말을 걸었다.

"아, 란슬롯! 네 운명이 이제부터 바뀌겠구나!"

란슬롯이 물었다.

"그게 무슨 뜻이지요? 부탁이니, 제발 말해 주세요."

"사람들 앞에서 그것을 밝혀야겠다. 어제까지만 해도 너는 세상에서 가장 뛰어난 기사였다. 그것은 진실이었다. 그러나 이제 그렇게 말하는 사람은 거짓말쟁이 취급을 받을 것이다. 왜냐하면 너보다 더 훌륭한 기사가 나타났기 때문이다. 네가 감히 만질 용기조차 내지 못했던 이 검이 그 증거이다. 나는 이 사실을 말하기 위해 왔다. 내가 섬기는 호수의 부인께서는 네가 그 사실을 알도록, 그리고 다시는 자신이 세상에서 으뜸가는 기사라고 생각하는 오만의 죄를 범하지 않도록 나를 이곳에 보내신 것이다."

"신이여, 저를 지켜주소서. 방금 이루어진 모험을 보고 그 생각은 영원히 제 머릿속에서 사라져 버렸습니다."

젊은 여인은 왕에게 몸을 돌리고 말하였다.

"아더 왕이시여, 오늘 일찍이 브리튼 왕국의 어떤 기사도 얻지 못하였던 명예로운 일이 일어날 것입니다. 그러나 폐하께 미리 말씀드려야 할 것은, 그 명예가 폐하가 아니라 다른 사람에게 돌아갈 것이라는 사실입니다. 제가 무엇에 관해 말하고 있는지 아시겠습니까? 저는 성배에 관해 말하고 있는 것입니다. 성배는 바로 오늘 저녁에 카멜롯의 대연회장에 나타날 것입니다. 원탁에 앉는 자들은 누구나 다 성배의 신성한 전능에 의하여 배불리 먹게 될 것입니다. 그러나 그 이후로 폐하께서는 다시 그러한 영예도 행복도 누리시지 못할 것입니다."✤

말을 마친 사라이드는 왕의 대답도 듣지 않고 곧바로 말의 옆구리를 찼다. 말은 껑충 앞으로 내달아 숲을 향해 바람처럼 달렸다. 기사들은 그녀의 전언이 무엇을 의미하는지 좀더 알고 싶었지만, 사라이드의 행동이 번개처럼 빨

✤ 흥미롭게도, 성배 신화의 기원을 이루고 있는 켈트 요소들이 희미해지고 있는 기독교 판본에서조차 성배에 관한 결정적 정보를 제공하는 것은 언제나 여성들이다. 이 대목은 실질적으로 성배 탐색의 시작을 알리는 출발 신호인데, 노인과 갈라하드가 도착했는데도 결국 출발을 명령하는 것은 여전히 여신(호수의 부인의 대리인)인 셈이다. 성배의 여성성은 매우 끈질기게 유지된다. —역주

랐기 때문에 미처 어떤 행동을 할 틈이 없었다. 기사가 아닌 다른 사람들도 그녀가 누구이며 어디에서 왔는지 궁금하게 생각했다.

여자의 모습이 사라지자 아더 왕이 동지들에게 말했다.

"우리는 방금, 이제 경들이 성배 탐색에 들어가게 될 것이라는 명백한 징조를 보았다. 나는 경들이 오늘처럼 모여 있는 것을 다시는 볼 수 없으리라는 것을 안다. 그러므로 이 초원에서 우리의 후손들이 대대손손 기억하게 될 무술 경기를 열었으면 한다."

모두들 왕의 제안에 찬성했다. 기사들은 무장하기 위해 안으로 들어갔다. 왕은 한편으로는 슬프면서도 한편으로는 기뻤다. 그가 무술 경기를 제안한 이유는 단 한 가지, 갈라하드가 결투에 임하는 모습을 보고 싶어서였다. 왜냐하면 왕은 갈라하드가 한번 궁을 떠나면 다시는 만날 수 없다는 것을 알고 있었기 때문이다.

기사들이 모두 성벽 아래에 있는 풀밭에 모였다. 갈라하드는 왕비와 왕의 간청에 못 이겨 투구를 쓰고 갑옷을 입었다. 그러나 아무리 애원해도 방패는 들지 않았다. 가웨인은 아주 점잖게 갈라하드에게 도전했다. 이베인과 보호트도 새로운 동지와 겨뤄 창을 꺾을 수 있다면 큰 영광이 되겠노라고 말했다. 왕비와 궁정의 귀부인들은 용사들이 무공을 발휘하는 장면을 하나라도 놓칠세라 성벽 위로 올라갔다.

마상 창 시합이 시작되었다. 갈라하드는 순식간에 기라성 같은 동지들의 창을 모두 부러뜨렸다. 경기를 지켜보는 사람들 모두 갈라하드가 최고라고 생각하지 않을 수 없었다. 그를 한번도 보지 못했던 사람들이 그가 기사의 경력을 눈부시게 시작했으며, 그날 하루 동안

보여 준 무훈만으로도 왕의 가장 빼어난 동지들보다 더 뛰어나다는 사실을 증명했다고 단언했다. 무술 경기가 끝나갈 때쯤, 무기를 들고 있는 원탁의 기사들 중에서 갈라하드에게 패하지 않은 사람은 호수의 기사 란슬롯과 웨일즈인 퍼시발뿐이었다.

날이 저물기 시작했을 때 왕은 경기를 끝내기로 결정했다. 그는 갈라하드의 투구를 벗기게 한 다음, 보호트에게 들고 따라오게 했다. 왕은 모든 사람들이 갈라하드의 얼굴을 볼 수 있도록 갈라하드를 카멜롯의 큰 거리로 데려갔다. 귀네비어 왕비는 갈라하드가 가까이 지나갈 때, 그의 모습을 오랫동안 바라보았다. 그리고는 자기도 모르게 중얼거렸다.

"오, 하느님! 저 젊은 기사는 란슬롯의 아들이 틀림없구나! 두 사람은 너무나 닮았다. 겉모습만 닮은 것이 아니라, 성품도 닮은 것 같다. 두 사람 모두 뛰어난 무공의 소유자라는 점도 같고……. 저 젊은이는 수많은 뛰어난 기사들을 배출한 가문의 일원으로서 조금도 손색이 없어 보이는구나."

시녀 하나가 왕비의 혼잣말을 알아듣고 말했다.

"마마, 그렇다면 저 젊은이가 훌륭한 기사가 되는 건 당연지사겠네요."

"물론이지. 세상에서 가장 뛰어난 기사와 가장 고귀한 가문에서 태어났으니까."

왕은 행렬을 마치고 궁으로 돌아와 식탁을 차리라고 명령했다. 기사들은 모두 그의 주위에 자리 잡고 앉았다. 사람들이 좌정하고 앉았을 때, 밝은 불빛이 갑자기 연회장 안으로 쏟아져 들어와 평소보다 일곱 배쯤 밝게 불을 밝혔다. 기사들은 서로 얼굴을 바라보았다. 그들의 얼굴은 마치 성령의 은혜를 받은 것처럼 환하게 빛났다. 그들은 곧 범상치 않은 일이 일어나리라는 것을 예감하고 아무 말도 하지 않은 채 조용히 기다렸다. 그들은 오랫동안 그대로 앉아 있었다. 완벽한 침묵 속에서 그 누구도 먼저 입을 열 용기를 내지 못했다. 그들은 벙어리가 된 것처럼 서로의 얼굴만 바라보았다.

어느 순간, 투명한 베일에 덮인 에메랄드 잔이 허공에 나타나 사방으로 기이한 빛을 흩뿌리기 시작했다. 그 빛나는 잔을 들고 있는 사람의 모습은 보이지 않았다. 잔은 큰 문을 통해 방 안으로 들어왔는데, 잔이 들어오자마자 방 안은 신비한 향기로 가득 찼다. 세상의 향기란 향기는 모두 그 잔에서 넘쳐흐르는 것만 같았다. 신비한 잔은 방을 한 바퀴 돌았다. 그것이 식탁 옆으로 지나가자 모든 참석자들 앞에 놓인 접시에는 온갖 진귀한 요리가 가득 채워졌다. 모든 사람들의 접시와 잔에 음식과 술이 가득 담기자, 에메랄드 잔은 어디론가 사라져 버렸다. 그때까지 아무 말도 못하고 벙어리처럼 앉아 있던 사람들에게 말하는 능력이 되돌아왔다. 그들의 첫 번째 반응은 이처럼 위대한 기적을 베풀어 주신 신께 감사를 올리는 것이었다.

사람들은 식사를 시작했다. 섬세하고 감미로운 맛에 그들은 감탄을 감추지 못했다. 식사가 거의 끝나갈 때쯤, 가웨인이 일어나 큰 소리로 말했다.

"아더 왕이시여, 반드시 주목해야 할 일이 한 가지 있습니다. 우리는 오늘 모두 원하는 음식을 얻었습니다. 이 일은 어부왕의 궁전을 제외한 어느 곳에서도 일어나지 않았던 일입니다. 어부왕의 궁전에 들어갔던 손님들은 그 음식을 거의 먹지 못했습니다. 제가 증언할 수 있습니다. 그들은 너무 놀란 나머지 눈앞에서 펼쳐지는 위대한 신비를 보지 못했고, 그럼으로써 신비의 본질에 접근할 수 없었습니다. 저는 내일 아침 당장 성배 탐색을 떠나 일 년 하고 하루, 필요하다면 더 오랫동안 성배를 추적하겠습니다. 오늘 저녁 우리 앞에 나타난 신비를 바라보는 것이 저에게 허용되었으나, 보다 분명히 알기 전에는 궁에 돌아오지 않겠습니다."

가웨인의 말을 듣고, 원탁의 기사들은 모두 일어나 똑같은 맹세를 외쳤다. 그들은 어부왕의 궁전에 있는 높은 식탁에 앉아, 오늘 맛보았던 놀라운 음식을 다시 맛볼 수 있을 때까지 쉬지 않고 모험을 계속 하겠노라고 말했다. 기사들이 모두 똑같은 맹세를 하는 것을 들으며 왕은 깊은 슬픔에 잠겼다. 그는

기사들의 마음을 결코 되돌릴 수 없다는 것을 알고 있었다.

왕이 가웨인을 향해 말했다.

"조카여, 그대는 나의 죽음을 원하는가? 그 맹세를 입 밖에 내어 말함으로써, 경은 가장 아름답고 충성스러운 나의 동지들을 빼앗아 간 것이다. 다시는 이런 동지들을 찾지 못할 터! 이들은 조만간 나를 떠날 것이다. 이제 이들이 이렇게 모여 있는 모습을 보지 못하겠구나……. 그중 어떤 이들은 탐색 도중에 죽을 것이다. 내가 알거니와, 탐색은 경이 생각하는 것보다 더 오래 걸릴 것이다. 나는 나의 동지들을 원탁에 받아들였고, 열과 성을 다하여 기르고 가르쳤다. 나는 그들을 내 아들이나 형제들처럼 사랑하고 있다. 그들이 떠나면 무척 고통스러울 것이다. 그들 없이 내가 무엇을 할 수 있을까? 내가 어찌 이별을 감당하겠는가?"

말을 마친 왕의 눈에 눈물이 가득 차올랐다. 그의 동지들도 그것을 알아차렸다. 왕은 큰 소리로 다시 가웨인을 향해 입을 열었다.

"가웨인 경, 그대는 나에게 큰 슬픔을 주었다. 나는 이 탐색이 어떻게 끝날지 알게 될 때까지는 결코 기쁨을 느끼지 못할 것이다. 벗들이 돌아오지 못할까 봐 두렵구나!"

란슬롯이 항의하듯이 말했다.

"아더 왕이시여, 왜 이토록 절망하시는지요? 폐하와 같은 분은 마음에 두려움을 품으셔서는 안 됩니다. 왕은 두려워해서는 안 됩니다. 희망을 가지시고, 용기를 내십시오. 우리 모두 이 탐색에서 죽는다 하더라도, 그것은 우리의 크나큰 영광이 될 것입니다. 저는 이 세상에서 이보다 더 아름다운 일은 없다고 생각합니다."

왕이 대답했다.

"란슬롯 경, 내가 동지들에 대해 품고 있는 사랑 때문에 고통스러운 말을 할 수밖에 없었다. 내가 이 이별에 대해 마음 아파하는 것이 놀라운 일인가? 어떤 왕도 일찍이 이렇게 훌륭한 기사들을 주위에 두지 못하였다."

란슬롯은 대답할 말을 찾지 못해 침묵을 지켰다. 가웨인은 왕의 절망을 충분히 이해할 수 있었다. 그는 마음속으로 왕의 생각이 옳다고 생각했다. 벌써 자신의 맹세가 후회스러웠다. 할 수만 있다면 맹세를 돌이키고 싶었다. 그러나 이미 너무 늦었다. 한번 말해진 것은 말해진 것이다. 자신의 맹세를 부인하는 자는 불명예를 겪을 수밖에 없는 것이다.

성배 탐색에 참여해야 하는 기사들이 궁을 떠날 것이라는 사실이 카멜롯 성 전체에 공표되었다. 많은 사람들이 그 사실로 인하여 기뻐하기보다는 슬픔에 잠겼다. 원탁의 기사들의 무훈 덕택에 아더 왕의 궁은 어떤 다른 궁보다 안전한 곳이었기 때문이다.

귀부인들과 아가씨들은 그 소식을 듣고 슬픔에 잠겼다. 남편이나 연인과 헤어져야 하는 여자들이 더욱 슬퍼했다. 여자들은 자신이 마음속으로 선택한 사람이 탐색중에 고통을 겪거나 죽게 될까 두려웠다.

왕비는 소식을 가져온 시종에게 물었다.

"말해다오, 친구여. 기사들이 탐색을 맹세할 때 그곳에 있었느냐?"

"예, 마마. 그곳에 있었습니다."

"혹시 가웨인 경과 란슬롯 경도 맹세하였느냐?"

"예, 가웨인 경이 제일 먼저 맹세를 했고, 란슬롯 경이 두 번째였습니다. 다른 사람들의 맹세가 이어졌지요. 맹세하지 않은 사람은 한 명도 없었습니다."

시종의 대답을 들은 왕비의 마음은 슬픔으로 미어졌다. 란슬롯 때문이었다. 눈물이 두 뺨을 타고 줄줄 흘러내렸다.

"이 일을 어쩌면 좋으냐. 많은 기사들이 목숨을 잃고 난 다음에야 탐색은 끝날 것이다. 그토록 현명하시고 사려 깊으신 폐하께서 어찌 이 일을 허락하셨을꼬? 가장 뛰어난 기사들은 떠날 것이고 남아 있는 기사들은 폐하께 큰 도움을 드리지 못할 터인데……."

왕궁 전체가 그 소식으로 인하여 혼란과 동요를 겪었다. 연회장과 여러 별궁에서 식탁이 치워지고 난 다음, 숙녀들은 기사들을 만나러 갔다. 고통은 점점 더 커지기만 했다. 기사들의 연인과 부인들은 탐색에 자기들도 데려가 달라고 말했다. 많은 기사들은 그 희망을 들어줄 생각을 하고 있었다. 사랑하는 여인과 오랫동안 이별하는 것은 무척 고통스러운 일이었기 때문이다.

수도사의 옷차림을 한 노인이 대연회장으로 들어와 왕 앞으로 나아가더니, 모든 사람의 귀에 들릴 만큼 큰 소리로 말했다.

"아더 왕과 원탁의 기사들이여, 내 말을 들으시오. 여러분은 성배 탐색을 떠나겠다고 맹세한 것이지, 모험을 찾아 길을 떠나겠다고 맹세한 것이 아니오. 여인과 동행할 수 없소. 이 탐색은 지상의 복이 아니라 신의 위대한 비밀과 신비를 찾는 것이오. 지극히 높으신 주인께서는 여러분 중에서 복된 기사를 택하시어 그의 눈앞에서 책을 펼치시고 그 신비를 읽게 하실 것이오. 그분은 그 기사로 하여금 성배의 신비를 발견하게 하시고, 평범한 인간은 감당할 수 없는 그 무엇을 보게 하실 것이오. 따라서 탐색에 뛰어드는 자는 순결한 마음과 모든 음욕으로부터 자유로운 영혼을 가져야만 하오."

그 말을 듣고 기사들은 조용히 생각에 잠겼다. 그들은 자신들이 하고자 하는 일이 세상에서 가장 거룩한 것을 이해하는 일과 관계되어 있으므로, 노인이 하는 말이 옳다고 생각했다. 그들은 연인이나 아내를 탐색에 데리고 가겠다는 계획을 포기했다.

왕은 고결한 노인에게 잠자리를 준비해 드리라고 지시하고 나서, 노인을 향해 어디에서 온 누구냐고 물었다. 노인은 아무 대답도 하지 않았다. 그는 좌중을 향해 인사조차 하지 않고, 밖으로 나가 강가를 따라 사라져 갔다. 사람들은 그 노인에 대해 아무것도 알 수 없었지만, 왕은 그가 멀린일 거라고 생각했다. 사람들에게 신의 비밀스러운 계획을 알려 주기 위해서 멀린이 다시 한번 더 모습을 나타낸 것이라고 생각했던 것이다.

그 사이 귀네비어 왕비는 갈라하드에게 다가가 옆자리에 앉았다. 왕비는 그가 어느 나라에서 왔는지, 또 어떤 가문 출신인지 물었다. 갈라하드는 란슬롯에 대한 어떤 암시도 하지 않으면서 모호하게 대답했다. 왕비는 그가 란슬롯과 펠레스 왕의 딸 사이에서 태어난 아들이라는 것을 점점 더 확신하게 되었다. 그러나 갈라하드에게서 직접 듣고 싶었다. 왕비는 아버지가 누구인지 말해 달라고 계속해서 부탁했다. 갈라하드는 아버지가 누구인지 모른다고 대답했다.

왕비가 말했다.

"아, 기사여! 왜 내가 알고 있는 사실을 숨기려고 하시나요? 신이여, 용서하소서. 나는 경의 아버님의 이름을 부르는 것이 부끄럽지 않습니다. 그분은 세상에서 가장 아름다운 기사이며, 지상에서 가장 숭고한 가문의 왕과 왕비님들의 후손이지요. 지금까지 그분은 이 왕국뿐만 아니라 세상 전체에서 으뜸가는 기사라는 명성을 누리셨지요. 그러한 기사의 아드님이라면 용기와 무훈과 덕에 있어 그 누구보다 뛰어날 것이 틀림없어요. 게다가 경은 그분을 이상할 정도로 빼닮았어요. 여기 있는 사람들은 모두 그걸 알고 있어요. 다만 말하지 않을 뿐이지요!"

사랑과 경탄으로 가득 찬 왕비의 말을 들으면서 갈라하드의 마음이 흔들렸다.

"왕비님, 제 아버님이 누군지 아신다고 그토록 확신하신다면 그분의 이름을 말해 주십시오. 만일 왕비님께서 제가 아버님으로 여기고 있는 분의 이름을 말하신다면 왕비님의 혜안을 찬미하겠습니다."

"경이 그분의 이름을 말하고 싶어 하지 않는 듯하니, 제가 말씀드리지요. 경의 아버님은 베노익 반 왕의 아드님이신 호수의 기사 란슬롯 경이십니다. 그분은 가장 아름다운 기사이며, 지금까지의 모든 기사들 중에서 가장 뛰어나고, 가장 우아하며, 가장 많은 사랑을 받은 분이십니다. 경은 그 사실을 나에게도 또 그 누구에게도 숨겨서는 안 돼요. 그분보다 더 고결한 분을 아버님으로 가질 수는 없으니까요."

"왕비 마마께서 이미 알고 계시므로, 제가 덧붙일 말이 없습니다. 그러나 그 사실을 공표하는 것은 다른 문제입니다. 때가 되면 사람들이 알게 될 것입니다."

왕비는 밤이 깊어질 때까지 갈라하드와 오래 이야기를 나누었다. 본능적으로 질투심을 느끼면서도, 귀네비어 왕비는 그녀가 이 세상 누구보다 사랑하는 남자를 꼭 빼닮은 젊은이에 대한 감탄을 숨길 수 없었다.

잠자리에 들 시간이 되었을 때, 왕은 몸소 갈라하드를 자신의 침소로 데리고 가서 평소에 자신이 잠들던 침대에 눕혔다. 갈라하드에게 최상의 경의를 표하기 위해서였다. 왕은 란슬롯과 다른 기사들을 대동하고 물러나와 다른 침소에 들었다. 그러나 걱정과 근심으로 잠을 이루지 못했다. 다른 원탁의 기사들도 마찬가지였다. 그들은 그날 밤을 거의 뜬 눈으로 새웠다. 그들은 지금부터 뛰어들어야 할 모험이 여태껏 한번도 시도해 본 적이 없었던 위험한 모험이라는 사실을 알고 있었다.

태양이 어두움을 쫓아냈을 때, 왕은 침대에서 나와 가웨인과 란슬롯이 함께 잠자리에 들었던 방을 찾아갔다. 두 사람은 벌써 옷을 차려 입고 결연한 태도로 앉아 있었다. 두 사람을 친아들처럼 사랑하는 왕이 그들 앞에 앉았다.

왕이 가웨인을 바라보며 입을 열었다.

"가웨인, 가웨인! 그대는 나를 이상한 방법으로 배반하는구나. 경은 나의 궁에 많은 기쁨을 가져다주었다. 그러나 오늘 그보다 더 큰 고통을 가져다주었다. 왜 무분별한 맹세를 발설하여 다른 이들이 그대를 따르게 만들었는가? 그것이 꼭 필요한 일이었나?"

가웨인이 대답했다.

"폐하, 멀린의 예언을 기억하소서. 그는 이미 오래전에 우리가 성배 탐색에 뛰어들어야 한다는 것을 알고 있었습니다. 신께서 창세 전부터 그 일을 명하셨기 때문입니다."

멀린의 이름을 들은 왕의 얼굴이 더욱 침통해졌다. 그가 나지막하게 말했다.

"아, 멀린이 우리와 함께 있었다면 어찌해야 할지 말해 주었으련만……."

왕은 말없이 생각에 잠겼다. 곧 눈물이 뺨 위로 흘러내렸다. 가웨인과 란슬롯의 마음도 슬픔으로 가득 찼다. 그들은 감히 입을 열지 못했다. 한참 뒤에 왕이 다시 말문을 열었다.

"전능하신 하느님! 운명이 내게 보내준 동지들과 이별하게 될 것이라고는 한번도 생각해 본 적이 없습니다."

왕은 란슬롯을 향해 몸을 돌리고 덧붙여 말했다.

"란슬롯, 나의 친구여, 우리 두 사람을 이어 주고 있는 믿음과 서약의 이름으로 부탁하겠네. 날 좀 도와주게."

"제가 어떤 일을 할 수 있겠습니까? 폐하를 돕기 위해서라면 어떤 일이라도 마다하지 않으리라는 걸 아시지 않습니까."

"물론이지. 가능하다면 이 탐색을 연기시키고 싶다. 방법을 찾아 주게."

"폐하께서는 저와 함께 동지들이 탐색을 떠나 일 년 하고 하루 동안 모험에 나서겠다고 맹세하는 것을 몸소 들으셨습니다. 그들이 그 맹세를 번복할 것처럼 보이지 않습니다. 그것은 거짓 맹세를 하는 일이 됩니다. 그렇게 하라고 그들에게 요구한다면 저는 커다란 불충을 저지르는 것입니다."

"란슬롯 경, 경의 말이 맞다. 그러나 여러분 모두에 대한 사랑 때문에 이렇게 말하는 것이다. 아무것도 할 수 없다니, 불행하구나! 가능하고 적절한 방법만 있다면 어떻게 해서든 여러분의 출발을 늦추고 싶다……."

세 사람은 이슬이 햇빛을 받아 마를 때까지 오랫동안 이야기를 나누었다. 어느덧 대연회장은 기사들로 붐비기 시작했다.

왕비가 왕을 향해 나아가 말했다.

"폐하, 기사들이 미사 참례를 위하여 기다리고 있습니다. 엄숙한 예식 없이 기사들을 떠나보내는 것은 적절하지 않습니다."

아더 왕은 자신이 눈물을 흘렸다는 것을 사람들이 알아차리지 못하도록 몰래 눈물을 닦았다. 방패만 빼고 무장을 끝마친 가웨인과 란슬롯은 동료들과 함께 미사를 드리기 위해 성당으로 향했다. 미사가 끝난 뒤에 일동은 대연회장으로 돌아와 나란히 자리 잡고 앉았다.

보데마구 왕이 입을 열었다.

"폐하, 이 탐색은 장대하게 시작되었으므로 이제 중단할 수 없습니다. 성유물함을 가져오게 하시어 어제 저녁의 맹세를 되풀이하는 것이 마땅할 것이옵니다."

"알겠노라. 경을 위시한 모든 기사들의 희망이 그러하다면 내가 반대할 수는 없다."

왕은 서기관들에게 성유물함을 가져오라고 지시하고, 가웨인을 불러 말했다.

"경이 이 탐색의 출발 신호를 보냈으니 제일 처음으로 신과 인간 앞에서 경의 의지를 엄숙하게 맹세해야 할 것이다."

보데마구 왕이 이의를 제기했다.

"폐하, 감히 말씀드리건대 맹세를 제일 먼저 해야 할 사람은 가웨인 경이 아닌 것으로 사료되옵니다. 첫 번째 자리는 우리 모두의 주인이며 대표라고 생각되는 갈라하드 경에게 돌아가는 것이 마땅한 듯합니다. 갈라하드 경이 위험한 자리의 주인이기 때문입니다. 우리 모두 기다려 왔던 선한 기사이니, 그가 다른 이들보다 먼저 맹세하는 것이 옳습니다. 갈라하드 경이 맹세하고 난 뒤, 우리 모두 똑같은 맹세를 할 것입니다. 그것이 마땅한 일입니다."

왕도 보데마구의 생각이 옳다고 판단하여, 갈라하드를 가까이 불렀다. 갈라하드는 앞으로 나아가 성유물함 앞에 무릎을 꿇고, 일 년 하고 하루 동안, 또 필요하다면 더 오래 탐색을 계속할 것이며, 성배와 피 흘리는 창과 어부왕의 상처의 진실을 알기 전에는 궁으로 돌아오지 않겠노라고 맹세했다. 그 다음에는 란슬롯이 갈라하드의 말을 그대로 따라 맹세했다. 가웨인, 보호트, 리오넬, 거플렛, 보데마구, 사그레모르, 이베인과 원탁의 기사 전원이 그 뒤를 이었다. 서약식이 끝나자 장부를 들고 서 있던 서기관들은 도합 백오십 명의 기사들이 서약식에 참여했다고 말했다. 왕의 요청에 따라 기사들은 모두 점심 식사⁺를 하러 갔다. 식사를 끝낸 뒤에 기사들은 더 이상 궁에 머물러 있지 않겠다는 의지를 나타내 보이기 위해 모두 투구를 썼다.

기사들이 출발 준비를 하는 것을 보고, 왕비는 친구들이 모두 죽기라도 한 것처럼 크나큰 슬픔을 느꼈다. 슬픔을 드러내 보이고 싶지 않았던 그녀는 방으로 달려가 침대에 쓰러져 눈물을 흘리며 울었다. 시녀들은 왕비가 왜 그토록 슬퍼하는지 이유를 알고 있었으므로, 왕비를 어떻게 위로해야 할지 몰라 쩔쩔 매고 있었다. 그래서 시녀 하나가 란슬롯에게 달려가, 왕비님이 고통스러워하고 계시니 떠나시기 전에 꼭 왕비님을 찾아뵐 것을 부탁하였다.

시녀가 달려왔을 때 란슬롯은 막 말을 타려던 참이었다. 그는 전갈을 받고 왕비의 방으로 달려갔다. 왕비가 그토록 고통스러워한다는 사실에 그의 가

⁺ 중세기에 점심 식사déjeuner는 아침 식사(프랑스어로 작은 점심 petit-déjeuner라고 불린다)와 같은 것이었다(어원적으로 déjeuner는 '굶기를 끝내기' 라는 뜻이다. dé는 반대어를 나타내는 접두어이며 jeuner는 '굶다, 금식하다' 의 뜻—역주). 당시에 점심 식사는 dîner(영어의 dinner), 저녁 식사는 souper(영어의 supper)라고 불렸다.

슴이 저려왔다. 갑옷을 입은 채 방으로 들어오는 란슬롯을 보자 왕비는 고통스러운 목소리로 외쳤다.

"아, 란슬롯이여, 당신은 나를 배반하여 죽음의 고통 속으로 밀어 넣었어요. 나를 왕궁에 버려두고 낯선 땅으로 가다니요. 신께서 당신을 몸소 내게 데려다 주시지 않는다면 그곳에서 돌아올 수나 있을지……."

란슬롯은 마음이 아파 왕비의 발밑에 몸을 던졌다.

"용서하십시오, 이 세상 그 누구보다도 제가 사랑하는 여인이여, 저는 이 탐색에 뛰어들지 않을 수 없었습니다. 제 명예가 걸려 있는 일이니까요. 저는 알고 있습니다. 명예를 잃는다면 당신이 더 이상 저를 사랑하지 않으리라는 것을……."

귀네비어가 한숨을 내쉬며 말했다.

"아, 그것이 바로 나를 고통스럽게 하는 점이랍니다. 나는 당신이 떠나기를 원치 않는데, 당신은 떠날 수밖에 없다는 것!"

"약속드리겠습니다. 신께서 허락하신다면 왕비님이 생각하는 것보다도 더 빨리 돌아오겠습니다."

"오, 내 삶의 비참함이여! 내 가슴은 당신의 말을 확신하지 못한답니다. 일찍이 어떤 여인도 한 남자를 위하여 겪어보지 못한 고통 속으로 나를 밀어 넣는답니다."

왕비는 비 오듯 눈물을 흘리기 시작했다. 란슬롯은 무슨 말을 해야 할지, 어떻게 해야 할지 알 수 없어서 왕비의 손을 잡고, 그 손에 한없이 입맞춤을 퍼부었다. 그리고 한참 만에 힘들게 입을 열었다.

"나의 사랑스러운 여인, 당신의 허락이 없으면 떠날 수 없습니다."

귀네비어는 란슬롯을 다정하게 바라보며 말했다.

"란슬롯, 내 가슴이 하는 말만 들으면 나는 절대로 당신을 떠나보내지 않을 거예요. 하지만 난 잘 알아요. 당신은 맹세를 어기고 살아갈 수 없는 사람이에요. 허락할게요. 떠나세요. 인간을 영원한 죽음에서 구하기 위해 고통과 아픔을 겪으신 분의 보호에 당신을 맡겨요. 어딜 가나 그분이 당신을 보호하고 구해주시기를. 자, 이제 떠나세요. 뒤돌아보지 마세요."

란슬롯은 무거운 마음으로 왕비의 방을 물러나와 동료들과 합류했다. 그들은 벌써 말을 타고 초조하게 그를 기다리는 중이었다. 란슬롯이 말 위에 올라탔다. 멋진 흰색 의장마를 탄 아더 왕이 출발 신호를 보냈다. 왕은 끝까지 동지들과 함께하고 싶어서 최대한의 예우를 표했던 것이다.

기사들은 성의 거리들을 가로지른 뒤 넓은 초원으로 나왔다. 성안에 남아 있던 사람들은 모두 뜨거운 눈물을 흘리며 울었다. 떠나는 사람들의 얼굴에는 어떤 슬픔도 어떤 회한의 표정도 드러나 있지 않았다. 성배의 위대한 신비를 찾고야 말겠다는 생각이 그들의 머릿속을 온통 사로잡고 있었다.

큰 숲으로 들어가 그들은 몇 시간 동안 말을 달렸다. 네거리에 세워진 십자가가 나타났을 때, 그들은 그 아래에 멈추어 섰다.

가웨인이 아더 왕을 향해 말했다.

"폐하, 충분히 멀리까지 배웅하셨습니다. 이제 그만 카멜롯으로 돌아가시는 것이 어떻겠습니까. 폐하께서는 우리와 함께 가실 수 없으니까요."

"경의 말이 맞소. 돌아가는 길은 왔던 길보다 고통스러울 것 같구려. 경들과 이별하려니 마음이 미어지는 듯하오. 아무리 마음이 아프다 하여도 헤어지는 수밖에는 없겠지."

가웨인이 투구를 벗었다. 다른 기사들도 모두 투구를 벗었다. 왕은 한 사람도 빼놓지 않고 일일이 다정하게 포옹해 주었다. 기사들은 다시 투구를 쓰고 신께서 왕을 보호해 주시기 바란다고 기원하며 눈물을 흘렸다. 그들은 왕과 헤어졌다. 왕은 카멜롯으로 가는 길로 접어들었고, 원탁의 기사들은 계속 숲길을 달려 바간 성에 도착했다.

바간은 유서 깊은 가문 출신의 제후로 젊은 시절 내내 흠결 없는 기사의 모습을 보여 주었다. 원탁의 기사들이 자기 성의 길에서 행군하는 것을 보고 그는 모든 문을 닫으라고 지시한 뒤, 신께서 원탁의 기사들을 자신의 성으로 데려다 주신 영광을 베풀어 주셨으므로 그들에게 좋은 선물을 하지 않고는 보낼 수 없다고 말하였다. 원탁의 기사들을 그렇게 억지로 붙잡아 놓은 바간은, 그들을 정중하게 대접하고 눈이 휘둥그레질 정도로 많은 선물을 했다.

기사들은 그날 밤, 바간이 마련한 널찍한 숙소에서 편하게 지냈다. 해가 동쪽에 떠오르자마자 기사들은 결연한 태도로 다시 모험을 떠날 준비를 했다. 그들은 갑옷을 입고 미사를 드린 다음 말 위에 올라탔다. 그러고는 다정하고 관대한 성주가 그들에게 영광을 베풀어 준 데 대해 감사 인사를 하고 신의 가호를 빌어 주었다. 기사들이 탐색을 떠난 이유를 잘 알고 있는 바간은 신의 보호를 빌어주고 성문까지 그들을 배웅했다.

원탁의 기사들은 다시 숲속으로 들어갔다. 앞으로 나아갈수록 숲은 더 깊고 울창해졌다. 몇 시간이 지나자, 큰 강이 가로지르는 넓은 평야가 나타났다.

퍼시발이 동지들을 향해 말했다.

"동지들, 이렇게 계속 함께 모여 있으면 아무것도 이룰 수 없을 거요. 흩어지는 것이 나을 듯하오. 각자 자기의 길을 가도록 합시다."*

가웨인이 그 말을 받았다.

"경의 말이 맞소. 이렇게 함께 길을 간다면, 우리는 어떤 모험도 만나지 못할 것이며, 우리의 임무도 수행할 수 없을 것이오. 퍼시발 경의 생각을 따릅시다. 각자 따로따로 성배를 찾아 떠나기로 합시다."

기사들이 모두 그 제안에 찬성했다. 기사들은 흩어져서, 각자 가장 낫다고 생각하는 방향을 택해 길을 떠났다. 원탁의 기사들은 그렇게 해서 사방으로 흩어지게 되었던 것이다.

✢ 성배 신화는 가톨릭 교회가 그것을 끊임없이 이용했는데도 본질적으로 이단적인 요소를 간직하고 있다. 성배 로망을 통해 끊임없이 확인되는 것은 성배 신화가 성직자의 매개를 배제하고 개인이 직접 신과 소통하는 종교적 태도를 지지하고 있다는 사실이다. 가톨릭 교회 안에서 이단으로 단죄된 종파들은 언제나 개인의 신과의 합일을 주장했다. 이 관점이 교회의 권위를 침해하기 때문에 성배 신화와 교회의 관계는 상당 부분 긴장 관계일 수밖에 없었다. 이 대목에서 기사들은 고독한 개인의 수행을 떠난다. 최종 단계에서 세 사람이 성배 앞으로 나아가지만, 그것은 삼위일체의 교리를 반영하는 장치일 뿐이다. 궁극적으로 성배는 개인의 고독한 시련 안에서 그 비전을 확립한다. 기사들은 고독한 순례자로서, 각자에게 주어진 은총의 몫을 찾아 떠나는 것이다. —역주

03 퍼시발의 방랑

퍼시발은 동지들과 헤어져 강가를 따라 하루 종일 말을 달렸다. 그러나 아무런 모험도 만나지 못했고 유숙할 곳도 찾지 못했다. 꼼짝없이 숲에서 별을 보며 밤을 보낼 수밖에 없게 되었으므로, 그는 말이 신선한 풀을 뜯어먹을 수 있도록 재갈을 풀어주었다. 빽빽하게 자란 풀잎 위에는 벌써 이슬이 구슬처럼 맺혀 있었다. 퍼시발은 나무 아래 드러누웠다. 그러나 코르베닉으로 가는 길을 찾아내지 못할까 봐 걱정이 되어 잠을 이룰 수 없었다. 그는 그곳으로 돌아가 성배의 신비를 알아내야만 했다. 코토아트르 호수 근처에서 대장장이 고바논이 부러진 그의 검을 붙여 주고 난 뒤에, 그는 자신이 더욱 강해졌다고 느꼈다. 그러나 무사의 격정에 사로잡혀 이미 칼에 찔린 적을 다시 치게 되어, 또 검이 부러지면 어쩌나 하는 두려움을 떨쳐 버릴 수 없었다.

아침이 되어 태양이 지평선 위에 모습을 나타냈을 때, 퍼시발은 일어나서 말에 재갈을 물리고 채비를 갖추어 길을 떠났다. 그는 자신의 높은 무공에 걸맞은 모험을 만나게 되었으면 하는 희망을 품고 있었다. 상쾌한 아침이었다. 넓은 숲에서 온갖 종류의 동물들이 뛰어다녔고 새들은 즐겁게 지저귀고 있었다. 그렇게 말을 타고 가는데, 눈앞에 젊은 여자와 동행하고 있는 기사 한 사람이 나타났다.

아가씨의 모습은 참으로 기묘했다. 그녀의 목과 얼굴 그리고 두 손은 석탄보다도 더 검은 색이었다. 게다가 팔다리는 비틀려 있었으며, 잉걸불보다 더 붉은 두 눈은 한 뼘 정도 옆으로 죽 찢어져 있었다. 키는 우스꽝스러울 정도로 작아서, 두 다리가 등자에 닿지 못하고 대롱대롱 매달려 있었다. 머리카락은 정성스럽게 땋았지만, 하도 짧고 까매서 마치 쥐꼬리 같은 형국이었다. 여자는 채찍을 손에 든 채 아주 당당한 태도로 말을 타고 있었는데, 멋을 부리기 위해서인지 장딴지 하나를 말의 목덜미 위에 척 걸쳐 놓은 모습이었다. 그녀는 이따금 동행하고 있는 기사에게 다가가 목덜미를 껴안고 아주 다정하게 입을 맞추었다. 그러면 기사는 기뻐서 어쩔 줄 몰라 하며 이번에는 자기가 여자에게 입을 맞추었다.

퍼시발은 두 사람을 보고 놀라서 저도 모르게 말을 멈추고 얼른 성호를 그었다. 다음 순간 그는 터져 나오는 웃음을 참을 수 없었다. 기사는 퍼시발이 자기 연인 때문에 웃는다는 것을 알아차리고 기분 나쁜 표정으로 다가와 왜 성호를 세 번이나 긋고 웃음을 터뜨렸느냐고 물었다.

퍼시발이 대답했다.

"말하리다. 형씨 옆에 있는 악마를 보고 무서워서 성호를 그었소이다. 그런데 그 악마가 형씨를 껴안고 입을 맞추는 희한한 광경을 보니 나도 모르게 웃음이 터져 나왔다오. 화만 내지 말고 답해 주시구려. 저기 있는 여자는 악마요, 사람이오? 나 같으면 브리튼 왕국을 통째로 준다고 해도 저런 괴물과는 사흘도 같이 못 다닐 것 같소. 달려들어 목 졸라 죽일 것 같아 무섭소이다."

기사는 화가 나서 얼굴이 붉으락푸르락했다. 그가 버럭 소리를 질렀다.

"대체 무슨 말을 하는 거요? 형씨의 조롱과 웃음 때문에 화가 나서 견딜 수가 없소! 나는 내 가슴보다 내 연인을 더 사랑하오. 내가 보기에 그녀는 세상에서 가장 아름답소. 어떤 부인이나 아가씨도 그녀에 비할 수는 없소!"

퍼시발은 속으로 그 기사의 말이 맞다고 생각했다. 못생긴 걸로 치면 어떤 여자와도 비할 수 없을 테니까.

기사가 말을 이었다.

"이런 모욕을 당하고 가만히 있을 수 없소! 이 모욕을 설욕하기 전에는 음식을 입에 대지 않을 것이오. 내 연인이 형씨가 하는 말을 들었다면, 그 자리에서 죽었을 거요. 아주 섬세한 여자니까 말이오. 그녀가 죽는다면 나 또한 목숨을 끊을 것이오. 다시는 여자를 사랑할 수 없을 테니까. 자, 내 도전을 받으시오."

퍼시발이 응수했다.

"좋소이다. 신의 뜻이라면 내가 승리할 테니까."

두 사람은 멀리 떨어졌다가 방패를 움켜쥐고 창을 휘두르며 상대를 향해 돌격했다. 두 사람은 세게 부딪쳐 말에서 떨어졌다. 둘은 곧 바로 힘차게 일어나서 검을 들고 상대에게 덤벼들었다. 혈투가 시작되었다. 이번에는 서로의 투구를 무섭게 후려갈겼다. 방패는 금방 비참한 몰골이 되었다. 두 사람은 미친 듯이 사납게 검을 휘둘러 댔다. 두 사람 모두 기세가 어찌나 등등한지 둘 중 하나가 진작 죽지 않은 것이 기적처럼 여겨질 지경이었다. 양쪽 다 슬슬 지치기 시작했다. 주고받는 공격에 점점 힘이 빠지고 있었다. 퍼시발은 이렇게 끝장을 내지 못하고 질질 끌고 있다는 사실에 화가 나서, 있는 힘을 다 끌어 모아 상대를 몰아붙였다. 결국 상대방을 풀밭에 고꾸라뜨렸다. 퍼시발은 기사의 투구를 벗겨내어 먼 곳으로 던졌다.

기사가 신과 연인에 대한 사랑의 이름으로 자비를 구하지 않았더라면, 퍼시발은 그의 머리를 박살냈을지도 모른다. 기사가 자비를 구하는 소리를 듣고 퍼시발의 분노는 가라앉았다. 그는 검을 검집에 넣고, 기사에게 어디에서 온 누구인지 물었다. 기사는 '이방의 땅에서 온 악한 미남' 이라고 대답했다.

퍼시발이 말했다.

"기사여, 그 이름에는 진실과 거짓이 뒤섞여 있구려. 당신은 악한 미남이 아니라, 착한 미남이오. 태도로써 그것을 증명해 보였지 않소."

그러나 아가씨를 바라보자 다시 웃음이 터져 나오는 것을 어쩔 수 없었다. 퍼시발은 웃음을 참고 기사에게 연인의 이름을 물었다.

"금발 머리 로제트라고 하오. 그녀보다 더 상냥한 여자는 세상 어디에도 없소. 그녀는 아름다울 뿐만 아니라 사랑스럽고 부드럽다오. 나는 그녀를 열렬히 사랑하고 있소. 그녀와 헤어지느니 한쪽 눈을 잃는 것이 더 낫소!"

"기사여, 두 사람이 헤어지기를 원하는 것은 옳은 일이 아닌 듯하오. 어찌되었든 가능한 한 빠른 시일 내에 아더 왕의 궁전에 가겠다고 맹세하시오. 그곳에 가서 내가 포로로 보냈다고 고하고, 당신의 연인을 귀네비어 왕비에게 맡기시오."

"그렇게 하는 것이 마땅한 일이오. 내가 사랑하는 여인을 맞아들이기에 아더 왕의 궁전보다 더 어울리는 곳은 없지요. 내가 누구의 이름으로 왕 앞에 나아가야 하는지 경의 이름을 일러 주시오."

"웨일즈인 퍼시발이 보냈다고 왕과 왕비에게 아뢰시오."

"알겠소. 나와 연인은 당장 아더 왕의 궁정을 향해 떠나겠소."

기사와 추녀는 퍼시발에게 인사한 뒤에 숲속으로 멀어져 갔다. 퍼시발은 그 이상한 짝을 생각하면 아직도 웃음이 터져 나왔다. 그는 다시 길을 떠났다. 곧 더할 나위 없이 아름다운 평야가 눈앞에 펼쳐졌다. 발아래에 아주 아름다운 여울목이 있고, 맞은편 강가에는 장막이 세워져 있었다. 퍼시발은 여울목을 향해 빠르게 달려갔다. 말에게 막 물을 먹이려는 순간, 훌륭하게 무장한 기사가 장막에서 나와 퍼시발을 향해 말을 달리며 소리쳤다.

"이 여울목을 더럽히다니, 비싼 값을 치러야 할 것이다!"

그는 다짜고짜 창으로 퍼시발을 치려고 하다가, 퍼시발이 창도 방패도 가지고 있지 않다는 것을 알았다. 추녀의 연인과 싸울 때 퍼시발의 창과 방패가 모두 부서져 버렸던 것이다. 기사는 뒤로 돌아가더니 장막 앞에 앉아 있는 여자에게 창과 방패를 가져오라고 명령했다. 여자는 급히 창과 방패를 가져와 퍼시발에게 내밀었다. 기사는 허락도 받지 않고 여울목에 들어왔으니 혼이 나야 한다고 외치며 퍼시발에게 창을 받으라고 고함쳤다.

두 사람은 격렬하게 엉겨 붙어 거친 공격을 주고받았다. 그는 퍼시발의 맞수가 아니었다. 기사는 균형을 잃고 말 위에서 떨어져 풀밭에 길게 뻗어버렸다. 떨어지면서 너무나 세게 땅바닥에 부딪혔기 때문에 투구의 끈이 끊어졌다. 투구는 저만치 멀리 굴러갔다. 퍼시발은 말을 탄 채 땅에 서 있는 적과 싸우는 것은 명예롭지 못한 일이라고 생각했기 때문에 즉시 땅으로 뛰어내렸다. 그는 검으로 상대방을 계속 공격하여 싸움을 포기하게 만들었다. 여울목의 기사는 패배를 인정하고, 퍼시발의 포로가 되었다.

퍼시발이 말했다.

"목숨을 살려 주겠소. 무엇 때문에 여울목을 건너려는 사람을 공격하는지 그 이유를 말해 주시오."

"나는 검은 가시 여왕의 아들로서 우르보엔이라 하오. 카두엘에서 아더 왕에게 기사 서임을 받았고, 그 후에는 나라 전체를 주유하였다오. 나는 많은 기사들을 맞아 싸웠고, 싸울 때마다 이겼소. 이것은 진실한 이야기요.

어느 날 밤 말을 달리고 있을 때, 마치 하늘 전체가 내 위로 쏟아져 내리는 것처럼 비가 퍼붓기 시작했소. 천둥은 으르렁대고 번개가 구름을 갈랐소. 번개는 너무나 수상쩍은 빛을 땅 위로 던졌소. 말할 수 없이 무서웠다오. 나는 소용돌이치는 바람에 휘말렸소. 지옥의 악마란 악마들이 모두 나를 집어삼키려고 덤벼드는 것만 같았다오. 공포에 질린 말이 날뛰기 시작하자 도저히 통제할 수가 없었소. 놈은 제멋대로 달리기 시작했소. 등 뒤에서는 나무들이 무너지는 것 같은 엄청난 소리가 들려왔다오.

절망에 빠져 있는 눈앞에 홀연히 이 세상에서 처음으로 보는 아름다운 암노새 한 마리가 나타나더군. 노새는 아가씨를 태우고 빠르게 달려가고 있었소. 나는 즉시 아가씨를 뒤쫓기 시작했지. 어둠이 너무 짙어서 다가가기가 쉽지 않았지만 간간히 번쩍이는 번개 때문에 그녀의 모습을 가늠할 수 있었다오. 꽤 오랜 시간을 쫓아갔을 거요. 여자는 아주 아름다운 성으로 들어가더군. 뒤따라갔소. 그녀와 거의 동시에 커다란 방으로 들어가게 되었지. 여자는 그제야 나의 존재를 눈치 챈 듯했소. 그녀는 내게 다가와 목에 팔을 두르더니 시종들을 시켜 갑옷을 벗겨 주고는 따스하게 맞이해 주었지. 아주 아름다운 여자였소. 나는 즉시 사랑에 빠져서 그녀에게 구애하기에 이르렀다오. 그녀는 내 사랑을 받아들여 주겠다고 말하더군. 그러나 한 가지 조건을 내걸었소. 내가 천하를 주유하는 것을 포기하고 그녀 곁에 머물러야 한다는 것이었소. 어찌 거절할 수 있었겠소. 나는 정념에 눈이 멀어 기사도를 포기하는 한이 있더라도 그녀의 사랑을 얻고 싶다고 말했소이다. 그녀는, 내가 그녀를 위해 수행해야 할 임무가 무엇인지 알려 주었소.

'이 성에서 멀지 않은 곳에 여울목이 있답니다. 그 옆에 아름다운 장막을 치고 아무도 여울목을 건너지 못하도록 막으세요. 그곳을 건너가겠다는 사람이 나타나면 그 사람이 포기할 때까지 싸우셔야 합니다. 제 부탁은 그것뿐이랍니다. 그럼 당신은 기사로서 무훈을 계속 추구하면서도 저와 함께 즐겁게 지내실 수 있지요.'

내가 얼마나 기뻐하며 그 제안을 받아들였을지 짐작하고도 남음이 있을 거요. 내가 연인과 함께 이 여울목에 머무른 지 거의 일 년이 다 되어 간다오. 그때부터 나는 내가 원하는 것을 모두 그녀에게서 얻을 수 있었지. 돌보아 주는 시녀들을 제외하면 누구도 그 성을 볼 수 없다오.✢ 이제 경이 나와 싸워 이겼으니, 나를 살려 주든지 죽이든지 마음대로 하시오. 당신은 내 자리를 차지하고 여울목을 지킬 수 있소. 내 연인은 경에게 큰 영광을 돌리고 경이 원하는 것은 무엇이든 베풀어 줄 것이오. 그녀는 대단한 능력의 소유자라오."

"친구여, 천만금을 준다고 해도 이곳에 머물 생각은 없소이다. 내가 요구하는 것은 한 가지밖에 없소. 이후로는 이곳에 오는 사람은 누구나 다 여울목을 자유롭게 건너가게 해 달라는 것이오."

"경이 나의 생사여탈권을 쥐고 있으니 명하는 대로 따르겠소."

가까운 숲에서 갑자기 요란한 소리가 들려왔다. 마치 세상 전체가 지옥의 심연 속으로 빠져 들어가는 듯한 소름끼치는 소리였다. 그 소란 한가운데에서 한 줄기 연기가 솟아오르더니 하늘을 온통 시커멓게 덮어 버렸다. 사방이 갑자기 칠흑 같은 어두움에 휩싸였다. 그 시커먼 어둠 속에서 아주 강하면서도 동시에 한없이 부드러운 목소리가 울려나왔다.

"웨일즈인 퍼시발이여! 우리는 너를 저주한다! 우리는 힘 있는 여자들이다. 그런데 너는 우리에게 참을 수 없는 고통을 안겨 주었다. 오, 퍼시발이여,

✢ 이것은 당연히 요정의 성이다. 좀더 뒤에서 보게 되겠거니와, 폭풍을 불러일으키고 새로 변신하는 우르보엔의 연인은 요정 모르간이다. 이와 똑같은 모험을 란슬롯도 겪은 바 있다(『아발론 연대기』 3권 참고). 그러나 퍼시발이 겪은 모험보다 단순하다. 요정 새-여자의 이야기는 아일랜드(까마귀로 변하는 모르간)나 웨일즈(『아발론 연대기』 1권에 나오는 우리엔의 까마귀 떼에 관한 일화 참고) 전승 안에 넓게 펴져 있다. 우르보엔(또는 우르베인)이라는 이름은 이베인의 아버지인 우리엔 레그헤드와 같은 인물로 보인다. 우리엔은 그의 가문을 보호하는 까마귀 떼의 주인이다. 어떤 판본에 따르면 우리엔은 잠시 동안 모르간의 남편이었다.

네게 저주가 내리기를! 이제 네가 저지른 짓으로 인하여 크나큰 고통을 겪게 되리라!"

목소리는 잠시 끊겼다가 더욱 크게 울렸다.

"우르보엔! 우르보엔! 꾸물거리지 말고 빨리 움직여요! 더 꾸물거리면 나를 잃을 거예요!"

그 목소리를 들은 기사는 극도의 흥분 상태에 빠져, 가게 해 달라고 퍼시발에게 몇 번씩이나 애원했다. 퍼시발은 기사의 태도에 놀라, 왜 그러는지 설명을 해 달라고 요구했다. 기사가 큰 소리로 외쳤다.

"오, 신의 이름으로 애원합니다. 제발 보내 주시오!"

퍼시발은 어둠 속에서 들려온 저주의 목소리에 충격을 받아서 그 때까지도 정신이 멍한 상태였다. 우르보엔은 그 틈을 이용해서 자기 말이 있는 곳으로 달려갔다. 그가 막 말 위에 올라타려는 순간, 퍼시발이 그의 사슬 갑옷 자락을 붙잡으며 소리쳤다.

"그렇게 쉽게 도망칠 수는 없을 거요!"

우르보엔의 눈은 공포에 질려 화등잔만큼 커져 있었다. 그는 더 이상 꾸물대면 죽임을 당할 것이라고 말하면서 보내 달라고 다시 한번 애원했다.

더욱 채근하는 목소리가 들려왔다.

"우르보엔, 서둘러요! 그렇지 않으면 날 영영 잃어버릴 거예요!"

우르보엔은 그렇게 위협하는 목소리를 듣고 고통스러운 나머지 정신을 잃고 바닥에 쓰러졌다. 퍼시발은 도무지 지금 무슨 일이 일어나고 있는지 알 수 없어서 화석처럼 멍하니 서 있었다. 그때 갑자기 하늘 전체를 새카맣게 뒤덮을 만큼 많은 새 떼가 나타났다. 퍼시발은 그렇게 새카맣고 사나운 새들을 일찍이 보지 못했다. 새들은 퍼시발에게 달려들어, 주위를 빙빙 돌면서 눈을 쪼아 먹으려고 퍼드득댔다. 퍼시발은 당황한 나머지 정신을 차릴 수가 없었다. 쓰러져 있던 우르보엔이 정신을 차리고 벌떡 몸을 일으키더니 큰 소리로 웃으며 소리쳤다.

"하하, 내가 좀 거들어야겠는걸!"

그는 방패와 검을 집어 들고 퍼시발을 공격했다. 퍼시발은 다시 공격해 오는 기사의 태도에 분노하여 외쳤다.

"결투를 다시 시작하자는 말이오?"

"그렇소! 자, 내 검을 받으시오!"

두 사람은 상대방을 향해 돌진했다. 곧 퍼시발이 궁지에 몰리게 되었다. 새들이 계속 그를 공격했기 때문에 퍼시발은 균형을 잃고 땅에 쓰러졌다. 패배할지도 모른다는 생각은 오히려 그에게 새로운 힘을 주었다. 그는 분노의 힘으로 용기를 끌어올렸다. 손에 움켜잡은 검으로 가까이에 있는 새 한 마리를 베자 배가 갈라지고 내장이 쏟아져 나왔다. 새가 땅으로 떨어졌다. 땅으로 떨어진 새는 아주 아름다운 몸을 가진 여자의 모습으로 변신했다.✣

✣ 우리는 이 일화를 게일어로 쓰인 아일랜드 이야기 『더브포게일 이야기』와 비교해 볼 수 있다. 이야기의 여주인공은 한번도 만나보지 못한 영웅 쿠훌린을 사랑하고 있는 요정이다. 그녀는 시녀와 함께 백조로 변신하여 쿠훌린의 머리 위를 맴돈다. 그러나 쿠훌린은 '새들에게 돌을 던졌는데, 돌은 새들의 옆구리를 친 다음, 그중 한 마리의 가슴에 박혔다. 곧 두 명의 여자들이 강가에 나타났다'.

퍼시발은 넋이 빠진 표정으로 그 신비한 광경을 바라보았다. 퍼시발을 괴롭히던 새들이 여자의 시체를 향해 날아갔다. 그러더니 눈 깜짝할 사이에 시체를 들고 하늘로 날아올랐다. 새들이 사라지자, 운신이 자유로워진 퍼시발은 기사에게 달려들었다. 기사는 뒷걸음질치며 제발 목숨만 살려 달라고 애원했다.

퍼시발이 대답했다.

"방금 일어났던 이상한 일을 설명해 준다면 목숨을 살려 주겠소."

"숲속에서 들려왔던 그 시끄러운 소음은 내 연인의 성에서 나는 소리였소. 나에 대한 사랑을 위해 그렇게 했던 거요. 경이 들었던 목소리는 내 연인이 나를 부르는 소리였다오. 내가 경에게서 도망칠 수 없게 되었다는 것을 알고 내 연인이 나를 돕기 위해 새로 변신하여 이곳으로 날아왔던 거요. 나는 그 여자들을 도울 수밖에 없었소. 보통 때였다면 경을 죽일 수 있었을 거요. 경에게는 마법의 힘이 미치지 않는군요. 경은 신의 충성스러운 종이며 세상에서 가장 뛰어난 기사임이 틀림없소! 경이 죽인 그 여자는 무사할 거요. 이제 나를 내 연인에게 돌아가게 해 주시오. 나를 기다리고 있을 거요."

퍼시발은 그 말을 듣고 웃으며 이제 그만 가도 좋다고 허락했다. 우르보엔은 기뻐서 말도 타지 않고 뛰어서 멀어져 갔다. 그가 얼마 가지 않았을 때, 많은 젊은 여자들이 기쁨의 환호성을 지르며 달려와 그를 데리고 갔다.

퍼시발은 말 위에 올라탔다. 모여 있는 여자들에게 달려가 볼 생각이었다. 또한 우르보엔의 연인이라는 여자가 궁금하기도 했다. 그러나 그가 말을 타자마자 모든 것이 사라져 버렸다. 젊은 여자들도 아가씨들도 어디 갔는지 보이지 않았다. 옆에 있던 우르보엔의 말도 사라져 버렸다. 퍼시발은 놀라서, 있던 자리로 돌아가 보았다. 그가 보았던 것은 모두 무엇이었을까? 꿈을 꾼 걸까?

퍼시발은 다시 길을 떠났다. 조금 전 겪은 이상한 모험 때문에 마음이 여전히 궁금증과 놀라움으로 가득했다. 숲의 가장자리에 이르렀을 때, 수염이 덥수룩한 노인 한 사람이 다가왔다. 어깨에 낫을 메고 있는 것으로 보아 풀 베는 농부인 듯했다. 노인은 퍼시발에게 다가오더니 말고삐를 붙잡고 말했다.

"멍청이 같으니라구! 쓸데없는 모험을 하느라고 시간을 허비하고 있군! 무엇 때문에 금지되어 있는 여울목을 건너려고 했단 말인가?"

퍼시발은 노인의 말을 듣고 깜짝 놀랐다.

"그게 노인장과 무슨 상관이 있지요?"

"상관있지. 나뿐 아니라 다른 사람들에게도 상관이 있어. 특히 자네와 나 우리 두 사람과 상관이 있다네."

퍼시발은 점점 더 놀라서 큰 소리로 물었다.

"대체 누구십니까?"

노인은 큰 소리로 웃고 나서 대답했다.

"자네가 잘 모르는 사람이지. 하지만 나는 자네를 아주 잘 안다네. 어쨌든 나를 알고 있는 사람들은 종종 그 때문에 슬퍼한다네. 내가 하는 얘기가 반드시 즐거운 얘기는 아니거든."

"무슨 소린지 점점 더 모르겠군요. 누구십니까?"

"보다시피 풀 베는 농부라네."

"그런데 어디서 제 얘길 그렇게 자세하게 들으셨습니까?"

"난 자네가 세상에 태어나기 전에도 자네 이름을 알고 있었지."

퍼시발은 노인의 알쏭달쏭한 얘기에 호기심이 생기기도 했지만, 다른 한편으로는 짜증스럽기도 했다.

"저에 대해 무얼 알고 있는지 얘기해 보시지요. 노인장에 대해서도 말씀해 주십시오. 신의 이름으로 부탁하겠습니다."

"그럼 숨김없이 말하겠네. 자네는 옛날에는 과수댁의 아들이라고 불렸던 웨일즈인 퍼시발이지. 고향집을 떠날 때 뒤도 돌아보지 않았어. 그래서 자네가 떠났기 때문에 어머니가 상심하셔서 돌아가셨다는 것도 몰랐지. 자네는 아더 왕의 궁정에 가서 기사가 되었고, 수없이 많은 모험을 했네. 모험하는 동안 여자들과 종종 잠자리를 함께 했지. 자네는 그 여자들을 다른 여자들보다 더 사랑한다고 주장하지. 어부왕의 궁전에 가서는 휘황찬란한 빛을 뿜어내는 에메랄드 잔과 피 흘리는 창에 대해 아무 질문도 던지지 않았네. 그 이래로 자네는 어부왕의 궁으로 가는 길을 찾고 있지만 찾지 못했지. 어떤가, 에브라욱 백작의 아들 퍼시발. 이만하면 자네를 잘 알고 있지 않은가?"

"그렇군요. 제 얘기를 어디선가 많이 들으신 게로군요. 하지만 저는 노인장이 누구신지 모릅니다."

"아니, 조금은 알고 있지. 자네가 신의 이름으로 부탁하니 솔직하게 말하겠네. 자네는 이미 숲속에서 내 목소리를 들었다네. 어린아이의 모습으로 나무 위에 앉아 있는 것도 보았고, 한번은 나무꾼의 모습으로 보기도 했지."

퍼시발이 큰 소리로 외쳤다.

"멀린, 당신이군요!"

풀 베는 농부가 웃으며 말했다.

"날 잊지 않았군. 지난번에 만났을 때 검이 부러져서 아주 난처한 처지에 빠져 있지 않았었나. 자네는 코토아트르 호숫가에 살고 있는 대장장이 고바논만이 그 검을 다시 붙일 수 있다는 것을 알고 있었지. 지금 보니 검이 다시 온전해진 것 같군. 그 대장장이를 어떻게 찾아내었는가? 코토아트르 호수가 어디에 있는지 모르지 않았었나."

퍼시발이 한숨을 내쉬었다.

"조언해 주신 대로 했지요. 저는 지금까지도 이름을 모르는 여왕에게 돌아갔습니다. 제 사촌누이인 대머리 아가씨 오넨이 저를 여왕에게 소개해 주었었죠. 당신은 여왕이 저를 코토아트르 호수로 데려다 줄 거라고 말했었지요. 저는 여왕의 장막으로 들어가 물어보았지요. 여왕은 그 호수가 어디에 있는지 모른다고 하더군요. 저는 여왕 옆에서 밤을 보냈습니다. 물론 그녀를 이 세상 어떤 여자보다도 더 사랑한다고 말했지요. 그게 진실이 아니라는 걸 아실 겁니다. 저는 마법에 홀려서 환상에 빠져 있었던 거지요. 다음 날 아침에 눈을 떴더니, 웬 젊은 여자가 장막 안에 들어와 있었어요. 제가 눈을 뜨는 걸 보더니 말하더군요.

'저는 아주 먼 곳에서 경을 찾아 이곳까지 왔답니다. 경의 연인이신 블로데우웬 님께서 경을 찾아가 도움을 청하라고 저를 보내셨습니다. 에스카발론의 아리데스가 마님을 공격해서 매일 조금씩 영토를 파괴하고 있어요. 지

지해 줄 기사가 나타나지 않으면 내일 정오에는 어쩔 수 없이 항복을 해야 하죠. 그러니 서두르셔야 해요.'

그 얘기를 듣고 저는 무기를 챙기러 달려갔습니다. 물론 두 동강이 난 검도 잊지 않았지요. 시종들이 말을 끌고 왔고, 여왕은 작별 인사를 한 다음 신의 가호를 빌어 주더군요. 저는 블로데우웬이 보낸 아가씨와 함께 길을 떠났습니다. 빨리 가기 위해서 지름길을 택했지요. 그 길은 형편무인지경이더군요. 진흙 밭에다가 울퉁불퉁하고 돌투성이였습니다. 말이 다리를 절길래 내려서 살펴보았더니 발에 못이 박혀 있었습니다. 걱정을 하고 있는데 아가씨가 말하더군요.

'걱정하지 마세요. 하늘은 스스로 돕는 자를 도우신다잖아요. 여기에서 멀지 않은 곳에 살고 있는 솜씨 좋은 대장장이 한 사람을 알아요. 못을 감쪽같이 뽑아줄 거예요. 못이 박혔었다는 사실조차 기억하지 못할걸요. 자, 다시 말을 타세요. 대장장이의 집으로 얼른 데려다 드릴게요.'

적이 안심이 되더군요. 말이 더 다칠까 걱정이 되어 걸어서 갔습니다. 대장장이는 그곳에서 아주 가까운 호숫가에 살고 있었습니다. 정말 솜씨가 뛰어난 사람이었습니다. 말발굽에 박힌 못을 수월하게 뽑아내더니 말했습니다.

'자, 이제 됐습니다. 이제 마음 놓고 말을 타셔도 됩니다. 경의 말은 이제 아프지 않을 겁니다.'

마음이 놓이더군요. 대장장이에게 진심으로 고맙다고 말한 뒤 이름을 알려 달라고 부탁했지요.

'저는 고바논이라고 합니다. 세상 사람들이 전부 제 이름을 알고 있지요. 기사님도 제 이름을 들어보셨을 텐데요. 옛날에 제가 벼린 검을 왼쪽 허리춤에 차고 계신 걸 보면…….'

'아, 당신이 고바논이군요. 이런 행복한 우연이……. 마침 당신을 찾고 있었거든요. 검이 부러졌는데 다시 붙일 수 있는 사람은 당신뿐이라고 들었습니다.'

'붙일 수 있습니다.'

저는 부러진 검을 대장장이에게 내밀었습니다. 그가 말하더군요.

'그래요, 바로 그 검입니다. 잠시만 기다려 주십시오.'

그는 오솔길을 따라 집 앞에 있는 호숫가로 갔습니다. 망치로 칼날을 두드리는 소리가 들렸습니다. 그는 조금 뒤에 돌아와 제게 검을 내밀었습니다. 마치 부러진 적이 없는 것처럼 곧고 매끈했습니다. 고바논이 말하더군요.

'한 번 더 부러지면 그때는 붙일 수 없습니다. 그걸 다시 붙이려면 제 목숨을 내놓아야 합니다. 이 검을 온당하게 사용하지 않고 분노가 날뛰는 걸 내버려두었기 때문에 부러졌던 것입니다. 꼭 필요한 마지막 순간에만 이 검을 뽑겠다고 약속해 주세요. 이 검은 이 세상 어떤 왕도 소유하고 있지 못한 보검입니다.'

제가 약속하자, 대장장이는 제가 만일 원수를 섬기는 자들 앞에서 선하고 위엄 있게 행동할 수 있다면 그 검으로 무훈을 세울 수 있을 것이라고 말했습니다. 저는 기쁜 마음으로 고바논에게 감사하다고 말하고 어부왕을 통해 호수 부인께서 저에게 전해준 검을 찬찬히 살펴보았습니다. 붙인 자국조차 보이지 않을 정도로 완벽했습니다. 저는 검을 다시 검집에 넣고 대장장이와 헤어져 블로데우웬의 성으로 갔습니다. 당연히 정의를 세우는 일에 검을 사용했지요. 블로데우웬의 원수를 물리치고 아더 왕의 궁으로 돌아갔습니다. 그곳에 선한 기사가 도착한 것, 그가 도착하기 전후에 일어났던 모든 신비한 일들을 지켜보았습니다. 그리고 성배와 피 흘리는 창의 위대한 비밀을 찾기 위해 다시 길을 떠났던 것입니다."

풀 베는 농부가 대답했다.

"아주 좋네. 지난번에 만났을 때보다 지혜로워졌구먼. 그러나 퍼시발 경, 조심하게. 그 덤벙대는 성격 때문에 어려운 일들을 많이 겪게 될지도 모르니 말일세. 새처럼 생긴 사람과는 싸우지 않는 것이 좋아. 지금 마법의 저주 아래 놓여 있다는 것을 명심하게. 이런 경우에는 난 자네를 위해 아무것도 할 수 없네."

"그게 무슨 말씀이신지요?"

"분명한 건 아무것도 없네. 자네가 어떤 마법으로부터도 안전하지 않다는 것만 빼면."

농부는 퍼시발이 타고 있는 말의 고삐를 놓아주고 숲속으로 들어갔다. 퍼시발은 그가 사라져 가는 모습을 바라보았다. 그는 생각에 잠겨 오랫동안 같은 자리에 머물러 있었다.

그는 다시 길을 떠났다. 빽빽한 숲을 나와 보니 아직 날이 저물 시간은 아니었음에도 하늘이 캄캄해져 있었다. 갑자기 천둥이 울리고 번개가 수없이 구름을 갈랐다. 먼지를 휘감아 올리는 회오리바람이 퍼시발 주위에서 일어났다. 바람은 그를 세상 끝까지 실어갈 기세로 불어 댔다. 사방에서 나뭇가지들이 우지끈 부러졌다. 퍼시발은 공포에 사로잡혀 사방을 돌아보았지만 몸을 피할 만한 곳은 어디에도 보이지 않았다. 그는 겨우 가시덤불이 뒤덮인 오솔길로 말을 몰아넣을 수 있었다. 멀리 작은 성당의 실루엣이 어렴풋이 보였다. 퍼시발은 그곳을 향해 전속력으로 말을 달렸다.

문이 열려 있어서 그는 쉽게 안으로 들어갈 수 있었다. 얼굴에서는 아직도 빗물이 줄줄 흘러내리고 있었지만 퍼시발은 몸을 숨길 수 있는 곳을 찾아냈다는 생각으로 마음이 놓였다. 그는 말에서 내려 성당을 살펴보았다. 제대 아래에 죽은 기사의 시신이 놓여 있고 그 주위에서 촛불이 타고 있었다. 갑자기 강한 바람 한 줄기가 불어와 촛불을 꺼 버렸다. 사방이 짙은 암흑 속에 잠겼다. 전에 어떤 성당 안에 있었을 때 무시무시한 손이 나타나 촛불을 꺼 버렸던 일이 기억났다. 퍼시발은 혹시라도 공격해 오는 적이 있을 경우, 그를 물리치고 이 성당을 짓누르고 있는 마법을 풀어 보리라 결심하고 전투태세를 갖추었다. 그러나 아무것도 보이지 않았다. 사방은 캄캄하고 어두웠다.

번개가 내리꽂힐 때 어스레한 불빛에 비친 손이 얼핏 보였다. 괴물의 그것처럼 생긴 거대한 손이었다. 손은 마치 앞으로 지나가는 곳을 모조리 움켜쥐려는 갈고리처럼 허공을 휘저었다. 퍼시발은 손이 있는 쪽으로 다가갔다. 그는 허공을 휘젓고 있는 보이지 않는 팔에서 손을 잘라 내려고 검을 내리쳤다. 손이 앞으로 스윽 나오더니 퍼시발의 손에서 검을 빼앗아 바닥에 집어던졌다. 퍼시발은 뒤로 물러나 몸을 수그리고 검을 집어 괴물 손이 있는 방향으로 있는 힘을 다해 휘둘렀다. 캄캄한 어둠 속이라 아무것도 보이지 않았지만 퍼시발은 검이 그 손을 치는 데 성공했다는 느낌을 받았다. 그때 오른쪽 창문으로 어떤 머리가 나타나고 그 뒤로 벌거벗은 윗몸처럼 보이는 흐물흐물한 형태가 스르르 따라 들어왔다. 그 흐물흐물한 형태는 점점 더 늘어나더니 무시무시한 크기의 팔이 되었다. 그 끝에서 손이 다시 나타났다. 손은 활활 타는 횃불을 들고 있었다. 손이 횃불을 퍼시발에게 던졌다. 퍼시발은 껑충 뛰어 몸을 피했지만 불꽃 하나가 얼굴 복판에 떨어져 눈썹을 태웠다. 퍼시발은 그 괴상한 형상이 악마가 틀림없다고 생각하고 얼른 성호를 그었다. 엄청난 천둥 소리가 우르릉 하고 들려왔다. 번개가 내리꽂혀 벽을 창문 아래쪽까지 갈라놓았다.

어디선가 소름끼치는 목소리가 들려왔다.

"건방진 놈, 겁도 없이 이곳에 들어오다니! 네놈은 큰 실수를 저질렀다. 내 손으로 네놈을 죽여 버릴 테니까. 내일 아침에 사람들은 제대 위에 죽어 나자빠져 있는 너를 발견하게 될 것이다."

퍼시발은 아무 말도 하지 않고 다시 성호를 그었다. 기괴한 형상이 뒤로 물러나 벽을 통과하더니 바람과 번개가 휘몰아치고 있는 거대한 소용돌이 안으로 빨려 들어갔다. 번개가 성당의 기둥을 후려쳤다. 성당 전체에 불이 붙었다. 서까래며 바닥 할 것 없이 불은 빠른 속도로 번져 나갔다. 퍼시발은 제대 바로 앞쪽으로 튕겨 나가 뒹굴었다. 몸을 일으키려고 무진 애를 썼지만 어찌된 일인지 꼼짝도 할 수 없었다. 폭풍우는 더욱 사납게 날뛰었다. 퍼시발 주위로 화염이 춤추듯 빙글빙글 소용돌이치며 모여들었다. 퍼시발은 바람에 실려 그 화염 한가운데로 휩쓸려 들어갔다. 그는 겁에 질려 "하느님, 불쌍히 여기소서!"라고 외치고는 그만 정신을 잃었다.

퍼시발이 다시 정신을 차렸을 때는 밝고 붉은 태양이 환하게 빛나고 있었다. 퍼시발은 자리에서 일어났다. 주위를 둘러본 그는 놀라움을 금할 수 없었다. 불탄 흔적이 조금도 없었던 것이다. 성당은 멀쩡했다. 제단 위에 켜진 촛불이 환한 빛을 사방으로 퍼뜨리고 있었다. 퍼시발은 몸을 숙이고 창 아래쪽 벽을 살펴보았다. 부서진 듯한 흔적은 어디에도 없었다. 다시 잘 살펴보니 제단 아래에 남자가 누워 있는 것이 보였다. 시신은 어제와 똑같은 장소에 그대로 누워 있었다.

밧줄이 늘어뜨려진 종이 눈에 띄었다. 퍼시발은 종을 치면 누군가 오지 않을까 하는 생각에 밧줄을 잡아당겼다. 신선한 아침 공기를 머금은 종소리가 맑게 울려 퍼졌다. 조금 뒤에 누덕누덕 기운 승복을 입은 나이 많은 노인이 성당 안으로 들어왔다. 수염이 허리띠 있는 곳까지 늘어져 있고 치렁치렁한 머리카락은 등판을 뒤덮고 있었다. 피부는 쪼글쪼글 주름투성이였다. 퍼시발이 다가가 절을 했다.

노인이 답례하며 말했다.

"기사여, 환영하오. 이곳에서 밤을 지내고도 무사한 것을 보니 그대는 세상에서 가장 뛰어난 기사 중 한 사람이로군요. 매일 밤 이 성당에 출몰하는 악마들에게 저항할 수 있는 능력을 가진 사람은 그리 많지 않다오."

"저기 제대 아래 누워 있는 죽은 사람을 정중하게 묻어 줄 사제를 어디에 가면 찾을 수 있을까요. 저 불행한 사람을 묻어 주지 않고 이대로 떠날 수는 없을 것 같습니다."

"내가 사제요. 이곳 근처에서 살게 된 이후로 악마들이 목 졸라 죽인 기사들을 묻어 주었다오. 줄잡아 삼천 명 가까이 될 거외다. 그대가 밤새 그들의 공격을 잘 막아 내었으니 이제 마법은 풀린 것 같구려. 걱정하지 마시오. 이 불쌍한 사람의 시신은 내가 수습하여 장례 미사를 드리리다."

두 사람은 제단에서 시신을 내려 체스판 무늬가 수놓여 있는 비단천으로 감쌌다. 노인은 죽은 자의 머리맡에 황금 십자가를 놓고, 함에서 황금 촛대를 꺼내어 불을 붙인 다음 십자가 양 옆에다 놓았다. 노인과 퍼시발은 제단으로 돌아가 정성껏 치장했다. 노인이 퍼시발에게 종을 울려달라고 부탁했다.

두 명의 수도사가 종소리를 듣고 들어왔는데, 한 사람은 스톨라와 상제의上祭衣(사제가 미사 때 흰 옷 위에 입는 소매 없는 제의—역주)를, 다른 한 사람은 순은 잔을 들고 있었다. 사제는 옷을 입고 잔을 받아든 다음 제대를 향해 나아갔다. 사제가 겸손하고 경건하게 미사를 드리는 동안 퍼시발은 알지 못하는 죽은 자의 구원을 위해 기도했다. 미사가 끝난 뒤, 늙은 사제는 죽은 자의 영혼에게 영원한 안식을 베풀어 주십사고 하늘에 기도했다. 수도사들은 시신을 소사나무들이 우람하게 늘어서 있는 묘지로 실어갔다. 나무 한 그루 한 그루에는 성당에 출몰하는 밤의 악마들에게 죽임을 당한 기사들의 방패가 매달려 있었다.

퍼시발은 나무들과 방패들을 보고 가슴이 뭉클했다. 좀더 알고 싶었지만 사제가 죽은 자를 매장하는 것을 방해하지 않으려고 아무 질문도 던지지 않았다. 수도사들은 방패가 매달려 있지 않은 나무 아래에 죽은 사람을 내려놓았다. 나무 아래에는 거대한 대리석 무덤이 있었다. 그들은 무덤에 성수를 뿌리고 시신을 무덤 안에 넣은 뒤 넓고 튼튼한 묘석으로 덮었다. 그리고 성당으로 돌아가 죽은 자의 방패를 가져다가 높은 가지에 매달았다. 그제야 퍼시발은 사제에게 이 모든 것이 무엇을 의미하느냐고 물었다.

사제가 대답했다.

"그대가 궁금해하니 사실대로 말하리다. 이 넓은 묘지에는 그대가 간밤에 저항했던 악마들에게 희생당한 사람들이 묻혀 있다오. 그들 모두 고귀하고 용감한 기사였으므로, 대리석 무덤에 안장해 주고 무덤을 굽어보고 있는 나무에 그들의 방패를 매달아 준 것이오. 이 장소를 만든 분은 블랑쉬모르 여왕이시오. 그분은 여기 이 나무 아래에서 쉬고 계시다오. 그분이 이곳에 처음으로 묻히셨소. 그 이후로 날이면 날마다 기사들이 한 명씩 악마의 손에 죽어갔소. 블랑쉬모르 여왕이 첫 번째였다면 오늘 묻힌 기사는 마지막이 될 것이요. 그대 덕택에 이제 악마들이 다시는 이 성당에 모습을 나타내지 않을 테니 말이오. 그대가 악마들을 영원히 내쫓았소. 성당이 다시 축복받은 장소가 된 것이오."

퍼시발이 기뻐하며 대답했다.

"오, 하느님! 참으로 놀라운 이야기군요. 이렇게 크고 아름다운 무덤들은 모두 어디에서 온 것인가요?"

"여왕이 죽고 난 후, 우리는 매일 나무 아래 새로운 무덤이 생겨나 있는 것을 발견하게 되었다오. 그 무덤에는 지난밤에 희생당한 사람의 이름이 새겨져 있었지요."

퍼시발은 그 신비한 현상이 놀라웠다. 그래서 묘지를 떠나기 전에, 무덤에 쓰여 있는 이름들을 읽어보아도 좋겠느냐고 노인에게 물어보았다.

"물론이오. 그렇지만 묘지를 다 돌아다니려면 족히 하루는 걸릴 것이외다."

퍼시발은 무덤들을 하나하나 지나가면서, 그곳에 씌어 있는 기록을 모두 읽어보았다. 그가 알고 있는 이름들도 있었지만 다행히 원탁에 속한 기사들의 이름은 하나도 없었다. 그는 묘지를 모두 돌아본 뒤에 성당으로 돌아갔다. 사제와 수도사들이 그를 맞으러 나와 말했다.

"기사님, 저희를 따라 오십시오. 오늘 밤은 거룩한 삼위일체의 사랑을 위하여 저희가 모시겠습니다. 날도 저물었고, 또 기사님을 맞이해 줄 다른 집도 없으니까요."

"기꺼이 그리하겠습니다. 그런데 우선 말을 찾아서 이곳으로 데리고 와야 합니다."

노인이 말했다.

"그건 걱정하지 마시오. 경의 말은 진작 데려다가 마실 것과 먹을 것을 주었다오."

퍼시발은 수도사들을 따라 집 안으로 들어갔다. 사제가 손수 퍼시발의 갑옷을 벗겨 주었다. 수도사 한 사람이 회색 옷을 들고 왔다. 퍼시발이 옷을 입고 있는 동안, 수도사들은 식탁을 준비하기 시작했다. 식탁보를 깔고 보리빵과 물을 차려 놓았다. 퍼시발은 그들 옆에 자리잡고 앉아 식사를 시작했다. 음식이라야 빵과 밭에서 캐온 배추가 전부였지만, 허기를 채우기에는 모자람이 없었다.

배부르게 먹고 난 후 수도사들은 물러갔지만 늙은 사제는 잠자러 갈 생각이 전혀 없는 듯했다. 그는 퍼시발 옆에 앉아 어디에서 왔는지, 여행하는 목적이 무엇인지 물었다.

“저는 웨일즈 출신이며, 아더 왕 궁정 소속입니다. 모험을 찾아 편력하는 중이지요. 저를 공격하는 많은 기사들과 싸웠고 죽이기도 했습니다. 그보다 더 많은 사람을 아더 왕의 궁정에 포로로 보냈습니다.”

늙은 사제는 엄한 눈길로 퍼시발을 바라보며 물었다.

“그렇게 해서 그대의 영혼을 구할 수 있다고 생각하오?”

퍼시발은 생각에 잠겼다. 그는 성배 탐색에 참여하고 있다는 말을 하기 싫어서 그 말은 꺼내지 않고 사제에게 되물었다.

“영혼을 구하기 위해서는 어찌 해야 합니까?”

“지금까지 살아온 방식으로는 안 되지요. 어쨌든 경이 고백한 얘기를 믿는다면 말이오. 구원받기를 원한다면 오랫동안 몰두했던 방랑을 끝내야만 하오. 왜냐하면 경을 싸우게 만들었던 것은 교만한 마음일 따름이기 때문이오. 경은 명예와 영광을 얻었소. 명예와 영광은 신 앞에 나아가 자신이 했던 행동의 정당성을 증명하는 순간에만 그 가치를 가지는 것이오. 타인들을 죽이는데 일생을 보낸 자는 비록 그가 정당한 이유로 싸웠다 할지라도 저 세상에서 용서받지 못하오. 인간의 목숨을 좌지우지할 수 있는 분은 하느님뿐이라오. 죄를 짓고 죽은 자는 천상의 행복을 요구할 수 없소. 그것을 기억해 두시오.”

사제의 가르침은 퍼시발의 마음을 크게 흔들어 놓았다. 지금까지 싸우고 죽이는 일 외에 내가 무엇을 해 왔던가? 그건 명예와 기사도를 위한 것이었다고 마음속으로 항변해 보았지만, 노인의 말이 옳다는 생각이 들었다. 퍼시발은 어부왕의 궁전으로 가는 탐색 도중에 많은 위험을 만나게 될 것이며, 성배와 피 흘리는 창의 비밀에 접근하지 못하도록 막는 모든 사람들을 상대로 싸울 수밖에 없다는 것을 알고 있었다.

잠자리에 들 시간이 되자 수도사들이 퍼시발을 위해 자리를 준비해 주었다. 무척 지쳐 있던 퍼시발은 곧 잠이 들었다. 그는 다음 날 종소리를 들으며 잠에서 깨어났다. 사제와 수도사들이 미사를 끝내자 퍼시발은 사제에게 오랫동안 고해했다. 사제는 앞으로 정당방위가 아니면 사람을 죽이지 않겠다는 맹세를 하라고 일렀다. 퍼시발은 사제가 명한 대로 하겠으며, 앞으로는 결코 무사의 격정에 휩쓸리지 않겠다고 약속했다. 그는 사제와 수도사들에게 감사 인사를 하고 말 위에 올랐다. 암자를 나오자 넓고 황량한 벌판이 펼쳐졌다. 퍼시발은 깊은 생각에 잠겨 천천히 말을 몰았다.

계곡으로 들어선 퍼시발은 한 무리의 무사들과 맞닥뜨렸다. 스무 명가량의 남자들이 죽은 기사 한 사람을 들것에 실어 운반하고 있었다. 기사는 죽은 지 얼마 되지 않은 것 같았다. 그들은 퍼시발이 있는 곳으로 다가와 어디에서 온 누구냐고 물었다. 퍼시발이 아더 왕 궁정 소속이라고 밝히자, 그들은 "이자를 쳐서 죽이자!"라고 고함을 지르기 시작했다.

퍼시발은 뜻밖의 공격에 당황했지만 의미 없게 죽고 싶은 마음은 없었으므로 곧바로 맞서 싸울 차비를 했다. 첫 번째 맞수는 단번에 쳐서 땅으로 떨어뜨렸지만 중과부적이었다. 대략 일곱 명의 무사가 달려들어 방패를 빼앗아 갔고 다른 무사들은 말을 공격했다. 땅에 떨어진 그는 용맹한 기사답게 일어나서 검을 뽑으려 했지만, 무사들이 달려들었기 때문에 무릎을 꿇어야만 했다. 그들이 퍼시발의 투구를 벗겼다. 퍼시발은 이제 꼼짝없이 죽겠구나 하고 생각했다.

바로 그때 붉은 갑옷을 입은 기사가 나타났다. 무사 여러 명이 말도 타지 않은 기사 한 사람을 에워싸고 죽이려 하는 것을 보고 그는 큰 소리로 고함을 질렀다.

"그 기사를 가만히 내버려두라!"

그는 검을 휘두르면서 무리 한가운데로 뛰어들었다. 아주 날렵하게 오른쪽 왼쪽을 쳐서 무사들을 차례로 땅에 떨어뜨렸다. 칼을 쓰는 솜씨가 어찌나 번개 같은지 무사들은 감히 그와 대적할 생각조차 하지 못하고 뿔뿔이 흩어져 도망갔다. 곧 퍼시발과 붉은 기사 주위에는 세 명의 무사만이 남게 되었다. 한 사람은 퍼시발이 거꾸러뜨린 사람이고, 두 사람은 부상당한 사람이었다. 붉은 갑옷의 기사는 모든 위험이 사라졌다는 것을 확인하자, 휙 하고 말을 돌리더니 빽빽한 숲으로 나는 듯이 달려가 버렸다. 마치 아무도 따라오지 못하도록 하려는 것 같았다.

퍼시발은 그 기사가 누구인지 알아보았다. 그는 큰 소리로 기사를 불러 세웠다.

"아, 갈라하드 경이군요! 신에 대한 사랑으로 부탁하오! 떠나기 전에 나와 이야기나 좀 나눕시다!"

선한 기사는 못 들은 체하고 계속 말을 달려 사라져 버렸다.

퍼시발의 말은 결투가 시작되었을 때 죽어 버렸기 때문에 퍼시발에게는 이제 말이 없었다. 그는 갈라하드를 따라가려고 악착같이 뛰기 시작했다. 얼마 가지 않았을 때 튼튼하고 빠른 말을 탄 시종 한 사람이 커다란 검은 군마 한 마리를 끌고 가는 것을 보았다. 어떻게 할까? 군마를 타면 틀림없이 선한

퍼시발과 갈라하드

기사를 따라잡을 수 있을 것이다. 시종이 순순히 내어 줄까? 퍼시발은 강제로 말을 빼앗아 도둑 취급을 받고 싶지 않았으므로 시종에게 정중하게 말을 걸었다.

“안녕하신가. 도움을 한 가지 청해도 될까? 방금 숲속으로 들어간 붉은 갑옷 입은 기사를 보았을 걸세. 그 기사를 따라잡을 때까지만 말을 좀 빌려 주게. 그렇게 해 주면 자네의 기사가 되어 주지.”

“그렇게 할 수 없소이다. 이 말의 주인은 내가 말을 돌려주지 않으면 날 가만 두지 않을 거요.”

퍼시발이 다시 말했다.

“신에 대한 사랑을 위해 한 번 더 부탁하네. 말이 없어서 저 기사를 놓치게 된다면 고통스러울 거야.”

시종은 고집스럽게 대답했다.

"싫소. 당신이 누구든, 또 무엇을 하든, 내가 이 말을 돌보고 있는 한 이 말은 당신 소유가 될 수 없소. 물론 강제로 빼앗아 갈 수는 있겠지요. 순순히 내줄 생각은 없소만."

퍼시발은 정신이 나갈 정도로 속이 상했다. 시종에게 폭력을 행사하고 싶은 생각은 없었지만 선한 기사를 만나지 못한다면 다시는 기쁨을 느낄 수 없을 것만 같았다. 갈등과 분노로 퍼시발은 쓰러지듯이 나무 아래 주저앉았다. 몸에서 모든 생명이 빠져나간 듯 얼굴빛이 파리해졌다.

그는 시종에게 검을 내밀며 말했다.

"자, 자네는 나를 죽을 것 같은 고통에서 구해 줄 생각이 없는 듯하니 나를 당장 죽이게. 나의 고통도 끝이 나겠지. 내가 그 때문에 슬퍼하다가 죽었다는 걸 선한 기사가 알게 되면 영혼의 안식을 위해 기도해 주겠지."

시종이 기겁을 하며 외쳤다.

"아이구, 하느님 맙소사! 날더러 당신을 죽이라굽쇼! 나는 그렇게 해야 할 이유가 전혀 없습니다요!"

시종은 전속력으로 말을 달려 떠나 버렸다. 상심한 퍼시발은 혼자 남겨졌다. 조금 뒤 말발굽 소리가 들려 머리를 돌려보니, 갑옷 입은 기사가 군마를 타고 지나치는 게 보였다. 퍼시발은 그 말을 당장 알아보았다. 고집쟁이 시종이 끌고 가던 검은 군마였다. 퍼시발은 다시 자신의 불운한 처지를 한탄했다. 아까 만났던 시종이 소리를 지르며 말을 타고 달려왔다.

"나으리가 방금 저에게 빌려 달라시던 군마를 탄 남자가 지나가는 걸 보지 못하셨나요?"

"보았지. 그런데 왜 그렇게 안절부절못하는가?"

"그 남자가 강제로 말을 강탈해 갔어요! 말 없이 돌아가면 주인님이 저를 죽이실 거예요."

"날더러 뭘 어쩌라는 겐가? 내겐 말이 없어서 그 말을 찾아다 줄 수 없네."

"제 말을 타시지요. 빼앗긴 말을 찾아 주시면 이 말을 나으리께 드리겠습니다."

"알겠네."

퍼시발은 당장 투구와 방패를 들고 말 위에 올라타 기사를 뒤쫓아 갔다. 조그만 초원이 있는 곳에 이르자 그 남자가 전속력으로 저만치 달려가는 것이 보였다. 퍼시발은 큰 소리로 남자를 불러 세웠다.

"말을 돌리시오! 형씨가 비열하게 강탈해 간 말을 돌려주란 말이오!"

남자는 멈추어 서서 말을 돌렸다. 창으로 퍼시발을 공격하기 위해서였다. 퍼시발은 미처 방어할 틈이 없었다. 상대방은 있는 힘을 다해 퍼시발이 타고 있던 말을 찔렀다. 퍼시발이 타고 있던 말은 즉사하여 쓰러졌다. 퍼시발은 화가 나서 제정신이 아니었다. 또다시 말에서 떨어진 퍼시발은 미친 사람처럼 소리를 고래고래 질러 댔다.

"이 망할 놈, 비겁한 놈아! 돌아와! 돌아와서 덤벼 보란 말이다! 네 놈은 말을 타고, 나는 땅에 서서 한번 겨루어 보잔 말이다!"

상대방은 들은 체도 하지 않고 숲속으로 사라져 버렸다. 퍼시발은 방패와 검을 던지고 투구까지 벗고는 비통한 눈물을 흘리기 시작했다. 그는 절망하고 신음하면서 날이 저물 때까지 그곳에 머물러 있었다. 다가와 위로해 주는 사람은 아무도 없었다. 어둠이 내렸다. 퍼시발은 낙담한 나머지 몸을 움직일 수도 없었다. 그는 죽은 듯이 잠이 들었다. 다시 눈을 떴을 때는 두터운 어둠이 사방을 감싸고 있었다. 어둠 속에서 어떤 여자의 실루엣이 어렴풋이 어른거리는 게 보였다.

그녀가 무서운 목소리로 퍼시발에게 물었다.

"퍼시발 경, 여기서 무얼 하고 있는 거지요?"

말이 한 필 있으면 타고 이 장소를 떠나련만 말이 없어서 꼼짝도 못 하고 있다는 퍼시발의 말에, 여자가 대답했다.

"내가 부탁할 때 하라는 대로 해 주겠다고 약속하면, 어디든 원하는 곳으로 데려다 줄 잘생기고 튼튼한 말을 한 마리 드리지요."

퍼시발의 마음이 기쁨으로 가득 찼다. 그는 그 이상한 여자가 누군지 물어보지도 않고 그녀가 원하는 대로 하겠다고 약속했다.

"훌륭하고 충성스러운 기사로서 하는 약속인가요?"

"물론이오. 나는 한번도 약속을 어겨본 적이 없다오."

"그럼 잠깐만 기다리세요. 금방 돌아올게요."

숲으로 들어갔던 여자가 말을 한 마리 끌고 나타났다. 크고 잘생긴 놈이었는데 이상하다 싶을 정도로 새카만 색이었다. 퍼시발은 어쩐지 좀 께름칙한 느낌이 들었지만 말을 가지고 싶다는 욕망이 커서 주저하지 않고 말 위에 올라탔다.

여자가 말했다.

"가시려구요? 언젠가 보상해야 한다는 걸 잊지 마세요!"

퍼시발은 한 번 더 약속하고 숲속으로 말을 달렸다. 달이 떠서 사방은 환했지만 말이 어디로 가고 있는지 알 수가 없었다. 어찌나 빠른지, 어느새 숲을 지나 골짜기에 와 있었다. 계곡 한가운데에 넓고 깊어 보이는 강이 흘러가고 있었는데 말은 그 강을 향해 내달렸다. 말은 조금도 속도를 줄이지 않고 계속 달렸다. 말이 막 강으로 뛰어들려는 찰나 퍼시발은 자기도 모르게 성호를 그었다. 그 순간 말은 분노에 가득 찬 울음소리를 내더니 껑충 뛰어오르면서 몸을 부르르 떨었다. 그 바람에 퍼시발은 저만치 나가 떨어졌다. 말은 강물 속으로 뛰어들었다. 으르렁대며 소용돌이치는 검은 강물이 말의 몸뚱이를 집어삼켰다.

퍼시발이 떨어진 땅은 부드러운 토질이어서 다치지는 않았다. 다만 정신을 차릴 수가 없었는데, 그 와중에도 그는 자신이 악마의 계략에 걸려들었다는 것을 알아차렸다. 그에게 말을 빌려주었던 여자는 그를 지옥의 심연으로 끌어넣으려고 수작을 부렸던 것이다. 그는 무서운 운명으로부터 도망치게 해 준 신께 감사 기도를 올리고 강가를 떠나 나무 아래에 가서 앉았다. 이번에는 악마의 공격에 제대로 저항할 수 있도록 잠을 자지 않겠다고 결심했다. 해가 떠오르자 그는 일어났다. 몇 발자국 걷지 않았을 때 그는 알 수 없는 큰 강 가운데 있는 섬에 갇혔다는 사실을 알게 되었다.

'이곳에서 나가려면 어떻게 해야 하지?'

그는 높이 솟아 있는 큰 바위 위로 올라가 사방을 둘러보았다. 살아 있는 것은 아무것도 보이지 않았다. 그는 혹시 이쪽 강가나 건너편 강가에 누가 지나간다든지, 멀지 않은 곳에서 그물을 치는 어부라도 있으면 도움을 청하겠다는 희망을 버리지 않았다. 그는 오랜 시간 바위 위에 앉아 어떤 징조라도 나타나기를 기다렸다. 그는 신이 누군가를 보내어 난관에서 구해주실 거라고 마음속 깊이 믿으며 간절히 빌었다.

정오 무렵, 마치 세상의 바람이란 바람은 모두 받고 달리는 것처럼 빠른 속도로 물살을 가르며 다가오는 배가 보였다. 배 앞에서는 소용돌이가 일고 있었는데, 그 때문에 강물이 위로 솟아올라 뱃머리가 보이지 않았다. 배가 가까이 다가왔을 때 퍼시발은 배 위에 비단처럼 보이기도 하고 무명처럼 보이기도 하는 검은 장막이 쳐져 있는 것을 보았다. 그는 바위를 달려 내려가 강둑으로 향했다. 갑판 위에는 비할 데 없이 아름답게 치장한 매혹적인 젊은 여자가 앉아 있었다.

여자는 퍼시발을 보자마자 일어나더니 인사말조차 건네지 않고 야단치듯이 말했다.

"퍼시발 경, 여기서 뭘 하는 거예요? 누가 당신을 이 섬에 데려다 놓았죠? 이 섬은 우연이 도와주어야 탈출할 수 있는 섬이에요. 탈출하지 못하면 굶어 죽든지 지쳐서 죽게 된다구요."

"내가 충성스러운 종이 아니었다면 이곳에서 굶어죽었을지도 모르지요. 하지만 늘 신을 충성스럽게 섬겼기 때문에 그분이 도와주러 오시리라는 걸 알고 있었소."

"그 이야긴 나중에 하지요. 제가 어디에서 왔는지 아시겠어요?"

"우선 어떻게 내 이름을 알게 되었는지 말해 줄 수 있소?"

"전 당신을 잘 알아요. 생각하시는 것보다 훨씬 더 잘 알지요."

"그렇다고 해 둡시다. 당신은 어디에서 왔소?"

"저는 황폐한 숲에서 왔어요. 그곳에서 선한 기사의 놀라운 모험을 보았지요."

퍼시발이 소리쳤다.

"당신이 가장 사랑하는 사람의 이름으로 나에게 선한 기사에 대해 말해 주시오!"

"제가 요구할 때 제 뜻대로 해 주겠다고 기사도를 걸고 약속하지 않으면 알고 있는 걸 말씀드릴 수 없어요."

퍼시발은 그렇게 할 수 있으면 하겠다고 약속했다. 아가씨가 말을 이었다.

"당신이 약속했으니 얘기해 드리는 게 좋겠군요. 저는 황폐한 숲 한가운데에 있었답니다. 마르코이즈라는 이름을 가진 큰 강이 흐르는 곳이지요. 저는 선한 기사가 오는 것을 보았어요. 그는 두 명의 기사들을 뒤쫓고 있었는데, 그들을 죽이려는 것 같았어요. 어쨌든 제 눈엔 그렇게 보였어요. 두 사람은 겁을 잔뜩 먹고 강에 뛰어들었고 무사히 강을 건너 건너편에 도착했지요. 선한 기사는 운이 없었어요. 말이 물에 빠져 죽는 바람에 그는 왔던 강둑으로 돌아가는 수밖에 없었으니까요. 자, 이게 제가 알게 된 선한 기사의 모험이에요. 이젠 당신이 겪었던 일을 이야기해 주세요."

퍼시발은 어떤 마법에 걸려 이 섬에 갇혀 있는 슬픈 신세가 되었는지 이야기했다.

"아, 퍼시발 경! 정말 딱한 처지가 되었네요. 누군가 와서 구해주지 않으면 여기서 죽게 돼요. 보시다시피 아무도 구해주러 오지 않지요. 이곳에서 죽고 싶지 않으면 계약을 한 가지 해야만 해요. 당신을 이곳에서 구할 사람은 저뿐이니까, 제가 하라는 대로 뭐든지 하는 게 현명할 거예요. 저는 당신이 이곳을 빠져나가길 바라고 있어요."

"왜 날 구하려고 그렇게 애쓰는 거요?"

"저는 재산을 빼앗겼어요. 그렇지 않았다면 세상에서 가장 부유한 상속자가 되었을 텐데……."

"누가 당신 재산을 빼앗았소?"

"옛날에 어떤 사람과 함께 지낸 적이 있어요. 그 사람은 세상에서 가장 힘센 왕이었지요. 저는 세상 사람들이 감탄해 마지않는 미모를 가지고 있었기 때문에 아주 오만했어요. 어느 날 왕에게 아주 기분 나쁜 말을 했지요. 화가 난 왕은 저를 사막으로 쫓아냈습니다. 저는 가족과 함께 쫓겨났어요. 왕은 저를 비참한 처지에 빠뜨렸다고 생각했겠지만, 저는 반란을 일으켜 상황을 반전시킬 수 있는 기회를 잡을 수 있었지요. 저는 왕의 신하들을 유혹해서 제 편으로 끌어들였습니다. 그들과 제휴해서 밤낮으로 왕과 전쟁을 벌였지요. 저는 기사들과 병사들로 이루어진 엄청난 군대를 모으는 데 성공했어요."

"그렇다면 재산을 빼앗겼다고 주장할 처지도 아니군요!"

"그렇지 않아요. 그 남자가 제게 가한 모욕을 아직 충분히 갚지 못했어요. 당신이 훌륭한 기사라는 걸 알고 도움을 청하기 위해 온 거랍니다. 당신은 원탁의 기사이기 때문에 저에게 빚이 있어요. 원탁의 기사는 모욕당한 여성이 도움을 청할 때 거절해서는 안 되거든요. 아더 왕에 의해 원탁에 받아들여질 때 도움을 청하는 모든 여성을 돕겠다고 맹세했던 걸 잊지는 않으셨겠지요."

"그렇게 맹세한 적이 있지요. 도움을 청하면 돕겠소이다."

"감사합니다, 퍼시발 경. 약속을 지키시는 분이군요."

두 사람은 오랫동안 이야기를 나누었다. 오후가 흘러갔다. 태양은 밝고 뜨겁게 빛났다.

여자가 퍼시발에게 말했다.

"이 배 안에는 아주 아름다운 비단 장막이 있답니다. 원한다면 햇빛을 피하기 위해 강가에 그 장막을 펴라고 시킬게요."

퍼시발은 좋다고 대답했다. 여자가 명령을 내리자, 시종 두 사람이 섬에 장막을 펴놓았다. 여자가 말했다.

"밤이 내릴 때까지 이곳에서 쉬세요. 햇볕이 너무 뜨거워요."

퍼시발은 안으로 들어갔다. 여자는 그의 갑옷을 벗기고 다른 옷을 입혀 주었다. 퍼시발은 침대 위에 누워 곧 깊은 잠속으로 빠져 들었다. 그는 몇 시간 뒤에 잠에서 깨어나 먹을 것이 있는지 물어보았다. 여자는 음식을 내오라고 시종들에게 지시했다. 맛있는 음식이 풍성하게 차려졌다. 두 사람은 나란히 식탁에 앉았다. 그가 잔을 비울 때마다 시종들이 향기로운 포도주를 계속 따라 주었다. 퍼시발은 이렇게 좋은 포도주가 어디에서 왔을까 궁금했다. 당시 브리튼 섬에서는 아주 큰 부자들만이 포도주를 마실 수 있었기 때문이다. 보통 사람들은 맥주나, 물에 꿀과 여러 가지 식물을 넣어 만든 밀주를 마셨다.

퍼시발은 포도주를 양껏 마시고 잔뜩 취했다. 취한 눈으로 여자를 바라보니 더 아름답게 보였다. 이 세상 누구보다도 아름다워 보였다. 거기에 화려한 옷차림과 부드러운 말씨, 무엇 하나 나무랄 데 없는 최상의 여인이었다. 퍼시발은 술과 여자의 매력에 취해 이성을 잃고 머리에 떠오르는 대로 아무렇게나 떠들어 댔다. 나를 사랑해 달라고, 내 여인이 되어 달라고 칭얼대기까지 했다. 여자는 퍼시발을 밀어냈다. 그럴수록 퍼시발의 몸짓은 점점 더 대담해졌다. 여자는 쌀쌀맞게 거절했다. 퍼시발의 욕망을 더 뜨겁게 불타오르도록 만들기 위해서였다. 퍼시발은 계속 사랑을 애원했다. 퍼시발이 돌이킬 수 없을 정도로 달아올랐다는 판단이 들었을 때 여자가 불쑥 말을 꺼냈다.

"당신이 온전히, 나 하나만의 사람이 되어 주겠다고, 내 명령에만 따라 나의 원수들과 싸워 주겠다고 약속해 준다면 당신의 사랑을 받아들일 수도 있어요."

퍼시발은 여자를 안고 싶어 미칠 지경이었으므로 그녀가 요구하는 것은 무엇이든 하겠다고 약속했다.

여자가 물었다.

"충성스러운 기사로서 하는 맹세인가요?"

"그렇소. 내 명예를 걸고 맹세하오!"

"좋아요. 그러면 기꺼이 당신의 여자가 되지요. 나 역시 당신을 간절히 원한답니다. 지금까지 만나 보았던 기사들 중에서 당신처럼 열렬히 안고 싶었던 사람은 없었어요."

여자는 시종들에게 장막 안에 아름다운 자리를 펴라고 지시했다. 그들은 즉시 비단 시트와 흰 담비털 이불을 가지고 왔다. 시종들은 여자의 신발을 벗기고 침대 위에 눕혀 주었다. 퍼시발도 여자 옆에 누웠다. 이불을 좀 끌어내리려고 침대 밖으로 살짝 몸을 숙인 퍼시발은 바닥에 놓여 있는 검을 발견했다. 그는 만약의 경우를 대비해서 손이 닿는 곳에 그것을 놓아두려고 팔을 뻗었다. 침대 위에 검을 올려놓으려는 순간 손잡이에 새겨진 붉은 십자가가 눈에 띄었다. 그는 자기가 무슨 짓을 했는지 기억해 내고 얼른 이마 위에 성호를 그었다.

그 순간 장막이 뒤집어졌다. 고약한 냄새를 풍기는 연기가 자욱이 솟아오르더니 사방이 앞이 보이지 않을 정도로 새카매졌다. 퍼시발은 지옥의 심연에 떨어졌다는 생각이 들어 고통스럽게 소리쳤다.

"하느님! 살려 주십시오. 도와주시지 않으면 제가 죽게 생겼습니다!"

어둠이 즉시 사라졌다. 주위를 돌아보니 어디로 사라졌는지, 장막은 흔적조차 보이지 않았다. 그는 벌떡 일어나 강가로 달려가 보았다. 배를 타고 있는 젊은 여자가, 분노에 가득 찬 목소리로, 그러나 애절하게 외쳤다.

"퍼시발! 퍼시발! 당신은 나를 배반했어요!"

거센 바람이 일어 배는 물을 가르며 앞으로 나아가기 시작했다. 바람은 배를 집어삼킬 것처럼 미친 듯이 불어 댔다. 물의 표면 위에서는 마치 번개가 하늘의 불이란 불은 모두 쏟아 부은 듯 뜨거운 화염이 활활 타오르고 있었다. 배는 거센 바람에 떠밀려 불꽃 속으로 빠르게 휘말려 들어갔다.

퍼시발은 죽고 싶을 정도로 슬펐다. 그는 저주의 말을 내뱉으며 배가 불타는 모습을 지켜보았다. 배가 완전히 사라져 버리자 그가 큰 소리로 외쳤다.

"아, 나는 파멸했구나. 모든 맹세를 어기고 또 다시 옛날의 잘못으로 돌아갈 뻔했다. 나는 모든 악마들이 아주 쉽게 잡아먹을 수 있는 참으로 비참한 자로구나!"

퍼시발은 검을 뽑아 왼쪽 넓적다리를 세게 찔렀다. 피가 콸콸 쏟아졌다.✤ 비로소 그는 자신이 벌거벗고 있다는 사실을 깨달았다. 옷과 무기가 옆에 놓여 있었다. 그는 땅에 누워 엉엉 울기 시작했다. 자신의 방황, 그리고 상처로 인한 고통 때문에 그는 오랫동안 울었다.

✤ 어부왕의 상처와 같은 상처이다. 사실 퍼시발은 펠레스 왕처럼 성기를 다친 것이다. 어부왕은 그 상처 때문에 왕국을 다스릴 수 없게 되었지만, 퍼시발에게 이 상처는 성배의 성으로 가는 문을 열 수 있게 해 주는 상징적 열쇠(그는 모든 성생활을 포기한다)가 된다.

04 란슬롯의 고뇌

갈라하드는 원탁의 동지들과 헤어진 뒤에 몇 시간이나 강을 따라 갔지만 아무런 모험도 만나지 못했다. 주위에 집이 하나도 없었기 때문에 나무 아래에서 밤을 보내는 수밖에 없었다. 다음 날 샘에서 목을 축인 갈라하드는 다시 길을 떠나 어느 산꼭대기에 다다랐다. 산꼭대기에는 거의 다 부서진 성당이 있었다. 그는 성당 안으로 들어가 무릎을 꿇고 기도하기 시작했다.

어디선가 목소리가 들려왔다.

"오! 그대, 모험을 찾고 있는 기사여. '처녀들의 성' 으로 가서 대대로 이어 내려온 저주를 부수라."

어디서 들려오는 목소리인지 알 수 없었다. 그는 기도를 마치고 나서 성당을 나와 다시 말 위에 올라탔다. 멀리 푸르른 골짜기에 아주 깊어 보이는 해자에 에워싸인 높은 성이 서 있었다. 그는 그곳으로 방향을 잡고 말을 달리기 시작했다. 가는 길에 누더기 옷을 입은 노인 한 사람을 만나게 되었다. 노인은 아주 정중하게 갈라하드에게 인사했다. 갈라하드는 답례하고 나서 자기가 지금 다가가고 있는 저 성이 어떤 성이냐고 물었다.

노인이 대답했다.

"처녀들의 성이라고 불립니다만, 저주의 성이라고 부르는 것이 나을 것입니다."

"어째서 그렇습니까?"

"왜냐하면 그 성의 주민들이 모두 저주를 받았기 때문이지요. 그들의 가슴속에 자비심이라고는 없습니다. 그들은 이 근처에서 모험하는 사람들을 괴롭히고 고통스럽게 합니다. 기사님께서도 얼른 이곳을 떠나시는 것이 좋겠습니다."

"고맙습니다. 다만 돌아가는 일은 없을 것입니다."

갈라하드는 성을 향해 말을 달렸다. 가는 길에 하얀 의장마를 타고 있는 일곱 명의 아가씨들을 만나게 되었다. 여자들이 갈라하드를 향해 외쳤다.

"기사여! 당신은 누구도 넘어서는 안 되는 경계를 넘어섰습니다. 아직 시간이 있으니 왔던 곳으로 돌아가세요."

"악마가 막는다 해도 말고삐를 돌리지 않을 것이오!"

갈라하드는 성을 향해 계속 말을 달리며 그렇게 대답했다. 성벽 아래 도착하자 시종 한 사람이 그를 향해 다가와 말했다.

"주인님들께서 무엇을 원하는지 말하지 않으시면 더 이상 앞으로 나아가실 수 없다고 하시오."

"무엇을 원하느냐고? 이곳의 관습을 알고 싶다."

"좋소. 아시게 될 것이외다. 불행을 겪게 될 거요. 그걸 알아 두시오. 살아남은 편력 기사는 아무도 없소이다. 예서 기다리시오. 주인님들께 가서 알려야 하니까."

"얼른 가서 알려라. 난 참을성이 별로 없으니까."

시종이 성문 안으로 사라지기 무섭게 완전 무장을 한 기사 일곱 명이 성을 빠져나오는 것이 보였다. 그들은 갈라하드를 향해 달려오며 큰소리로 외쳤다.

"기사여! 경계하라! 네 목숨을 지키라!"

갈라하드가 놀란 목소리로 되물었다.

"당신들이 모두 한꺼번에 나를 공격하겠다는 거요?"

"그렇다. 그것이 관습이니까."

"악한 관습이군. 좋소. 내가 그 관습을 반드시 폐하겠소!"

"우선 방어할 준비부터 하시지. 싸워 보지도 않고 죽고 싶은 생각이 아니라면 말씀이야."

갈라하드는 첫 번째 기사를 창으로 쳐서 거꾸러뜨렸다. 다른 기사들이 공격해 왔지만 갈라하드는 모두 방패로 막아냈다. 공격에 놀란 말이 앞발을 쳐들고 일어서는 바람에 갈라하드는 하마터면 땅으로 떨어질 뻔했다. 창이 모두 부서졌기 때문에, 기사들은 일제히 검을 뽑아들었다. 무자비하고 잔인한 혈투가 시작되었다. 선한 기사는 잘 싸웠다. 그의 날카로운 검 아래에서 적의 갑옷들이 나뭇조각처럼 부서져 날았다. 상처에서 피가 줄줄 흘러내리고, 말들은 미친 듯이 히히힝댔다. 기사들은 상대가 혼자서 일곱 명의 공격자들을 너끈히 상대할 뿐만 아니라, 오히려 궁지에 몰아넣는 것을 보고 두려움에 사로잡혔다. 이윽고 힘이 빠지자 그들은 겁이 나서 말을 돌려 도망쳤다. 갈라하드는 그들을 쫓아가서 그들이 저지른 악행을 응징할 수도 있었지만 그냥 도망치도록 내버려두고 곧장 성을 향해 다가갔다.

암도暗道를 지나기 무섭게 수많은 젊은 여자들이 거리로 밀려나오는 것이 보였다. 여자들이 갈라하드를 향해 외쳤다.

“기사님, 어서 오십시오. 우리는 해방될 날을 너무 오랫동안 기다려 왔어요! 당신을 우리에게 보낸 신께 영광을 돌립니다!”

여자들은 갈라하드의 말고삐를 붙잡고 한가운데에 서 있는 큰 건물로 안내했다. 여자들은 목도리와 베일을 흔들면서 기뻐했다. 큰 홀에 들어가자, 시종들이 다가와 갑옷을 벗겨 주었다. 젊은 여자 하나가 그에게 상아 나팔을 가져다주며 말했다.

“방금 거두신 승리가 헛된 것이 되지 않게 만드시려면 이 성에 속한 모든 기사들과 봉신들을 불러 모으셔서 다시는 악습을 되풀이하지 않겠다고 맹세하게 하십시오. 이 나팔을 부세요. 이 나팔 소리는 십 리외 바깥에서도 들린답니다.”

갈라하드는 그곳에 있는 병사를 시켜 나팔을 불게 했다. 아가씨들이 갈라하드 주위에 둥글게 둘러앉았다. 아가씨 한 사람이 그 성의 내력을 들려주기 시작했다.

“십 년 전에 형제인 일곱 명의 기사들이 이곳에 왔습니다. 그들은 이곳에 와서 유숙할 것을 청했지요. 그 청은 물론 받아들여졌고요. 당시 이곳 성주님은 리노르 공이셨는데, 매우 현명하고 뛰어난 분이었습니다. 식사를 끝내고 밤이 되었을 때, 성주님과 일곱 기사 사이에 싸움이 벌어졌습니다. 성주님의 따님 한 분을 자기들 기분 내키는 대로 데리고 놀겠다는 것이었습니다. 공작께서 거절하시자 일곱 기사들은 그를 죽여 버리고 모아둔 보물을 차지한 다음, 이 성의 주인으로 군림하면서 주위의 모든 봉신들에게 충성을 강요했습니다. 편력중인 기사가 나타나면 손쉽게 이기기 위해서 언제나 일곱 명이 한꺼번에 공격합니다. 그뿐이 아닙니다. 음욕을 채우기 위해서 이 근처를 지나가는 여자들을 잡아다가 가두어 놓았답니다. 그래서 이 성은 처녀들의 성이라고 불리게 된 것이지요. 일곱 명의 괴물들을 영원히 쫓아내심으로써 기사님께서 우리를 어떤 지옥으로부터 구해 내셨는지 아시겠지요? 이제 은혜로우신 신의 도우심으로 기사님께서 우리의 주인이 되신 것입니다. 선하고 관대한 성주님이 되어 주시기 바랍니다."

갈라하드가 대답했다.

"걱정하지 마시오. 이 나라의 정의가 회복될 수 있도록 최선을 다하겠소."

기사들과 봉신들이 성의 마당에 도착했다. 갈라하드는 자기 옆으로 모두 모이라고 말한 뒤 어떤 일이 일어났는지 설명하고, 이제 자신이 그들의 영주임을 환기시키면서 다시는 일곱 형제들이 따랐던 추악한 관습이 되풀이되지 않도록 하겠다고 맹세하게 했다. 그들은 기꺼이 맹세했다. 그들 역시 옛 주인들의 수탈로 인해 고통을 받았었던 것이다. 갈라하드는 또한 그들이 리노르 공 가문의 마지막 생존자인 공의 막내딸에게 충성을 맹세하게 했다. 마지막으로 성에 붙잡혀 있는 아가씨들을 전부 풀어 가고 싶은 곳으로 가게 해 주었다.

갈라하드가 처녀들의 성⚜에서 상황을 정리하는 동안, 가웨인은 숲속을 헤매고 있었다. 그러다가 숲속의 빈터에서 두 명의 기사를 만나게 되었다. 동생 가헤리에트와 우리엔의 아들 이베인이었다. 세 사람은 그렇게 만나게 된 것이 너무 기뻐서, 그동안 겪은 모험 이야기를 나누며 서로 치하했다.

바로 그때 갈라하드와 싸우다가 부상당해 도망친 일곱 명의 형제가 불쑥 그곳에 나타났다. 위협을 느낀 그들은 한꺼번에 세 명의 기사에게 덤벼들었다. 그들의 무공은 용맹한 원탁의 기사들의 무공에 비할 바가 아니었다. 일곱 형제는 모두 죽었다. 세 명의 동지들은 그들이 누구이며 무엇 때문에 자신들을 공격했는지 의아하게 생각했다.

⚜ 갈라하드는 명백하게 가부장적 성격을 지녔는데도 그의 첫 번째 무훈은 처녀들을 해방시키는 것이다. 정신분석학적으로 내면의 아니마를 해방시키는 것이라고 해석할 수도 있다. 성배 신화의 켈트 기원을 지우기 위해 기독교 수도사들에 의해 인위적으로 창조된 갈라하드라는 인물에게서마저 성배의 근원적 여성성이 강고하게 유지되고 있다는 또 하나의 증거. ―역주

숲속의 빈터 한쪽 끝에 있는 암자에서 은자가 한 사람 나오더니 그들에게 말을 걸었다.

"대체 무슨 일을 저지른 거요? 이 사람들은 선한 기사에게 패하여 도망치는 중이었소. 이들은 모두 가증스러운 악당들이었지만 선한 기사께서는 이들을 살려 주셨소. 그분은 이들이 죄를 뉘우치고 보다 올바른 삶을 살아가기를 바랐을 거요. 왜 이 사람들을 죽였소?"

가웨인이 대답했다.

"이들은 설명을 요구할 시간조차 주지 않았소. 우릴 공격한 건 이 사람들이었소."

"가웨인 경! 분노는 그른 길로 안내한다오. 경은 결코 변하지 않을 것이오. 그대는 용맹이 지나쳐서 경솔해요. 관대하지만 또 사납기 이를 데 없구료!"

세 명의 동지는 은자의 암자로 가서 밤을 보내기로 했다. 은자는 빵과 치즈, 근처의 샘에서 떠온 시원한 물을 차려냈다. 가웨인의 마음은 아까 참에 은자가 들려준 말 때문에 여전히 혼란스러웠다. 그는 은자에게 고해 성사를 부탁했다. 은자는 가웨인을 조그만 성당으로 데리고 가서, 그가 하는 말을 주의 깊게 들었다. 가웨인이 모든 것을 고백하자, 그는 죄를 사하여 주고 덧붙여 말했다.

"가웨인 경, 그대의 가장 큰 잘못은 그대를 공격한 자들을 죽였다는 것이 아니오. 그들은 죽어 마땅한 자들이었고 그대는 그들을 심판한 것뿐이오. 그대의 잘못은 기사도를 신을 섬기는 데 사용하지 않았다는 것이오. 그대는 영광을 위해, 종종 교만한 마음으로 무훈을 세우지요. 어부왕의 궁전으로 가는 길을 찾으려면 거만한 마음과 이기심을 버려야 하오."

은자는 말을 끝내고 가웨인을 성당에 혼자 버려둔 채 밖으로 나갔다. 가웨인은 한참 생각에 잠겨 있다가 성당을 나와 동지들을 만나러 갔다. 세 사람은 은자가 마련해 준 나뭇잎 침대에 누워 잠이 들었다.

갈라하드는 아침 일찍 처녀들의 성을 나왔다. 일곱 형제와의 전투 도중에 방패가 심하게 망가졌기 때문에, 사람들은 리노르 공의 방패를 주었다. 멋진 장식이 달린 하얀 방패였다. 그는 오래 말을 달려 황폐한 숲 한복판에 이르렀다. 그곳에서 보호트와 란슬롯을 만났다. 두 사람은 흰 방패 때문에 갈라하드를 알아보지 못했다. 그들은 갈라하드가 거만하다고 생각하고 즉시 공격 태세에 들어갔다. 란슬롯은 창으로 갈라하드의 가슴을 세게 쳤다. 갈라하드도 란슬롯과 그의 말을 세게 쳤다. 란슬롯을 도우러 달려온 보호트의 투구는 세차게 내리친 검 때문에 갈라졌다. 갈라하드가 칼등으로 쳤기 때문에 보호트는 죽지 않았다. 제대로 쳤더라면 그 자리에서 죽었을 것이다. 보호트는 균형을 잃고 말에서 떨어졌다. 땅바닥에 떨어진 그는 충격으로 밤인지 낮인지 모를 정도로 정신이 혼미해졌다.

이 결투는 은둔 생활을 하고 있는 어떤 여자 은자의 암자 앞에서 이루어졌다. 여자 은자는 멀어져 가는 갈라하드를 향해 외쳤다.

"선한 기사여! 신께서 보호해 주시기를! 참으로 쓸데없는 싸움을 하시었소. 이들이 나처럼 그대를 알아보았더라면 감히 그대를 공격하지는 않았을 겁니다. 그대가 방금 거꾸러뜨린 이가 호수의 기사 란슬롯과 곤의 보호트라는 사실을 아시는 겁니까?"

갈라하드는 그 말을 듣고 슬프고 부끄러워 급히 말을 달려 멀어져 갔다.

보호트와 란슬롯은 다시 말 위에 올랐다. 두 사람은 은자가 외치는 소리를 듣지 못했다. 모두 죽고 싶을 정도로 마음이 상했다. 그들은 황폐한 숲속으로 더 깊이 들어갔다. 란슬롯은 흰 방패의 기사를 놓쳤다는 사실에 화가 치밀었다.

"보호트 경, 이제 어찌해야 할 것 같나?"

"글쎄, 계속 이렇게 가다간 길을 잃고 헤매게 될 것 같군. 암자로 돌아가는 게 나을 것 같은데……"

"난 생각이 달라. 난 흰 방패의 기사를 따라가겠네. 그가 누군지 기필코 알아내고 말겠네."

"여자 은자가 알고 있는 것 같더군. 돌아가서 물어보는 게 어떻겠나."

"아니, 난 그렇게 하지 않겠네. 경은 경이 원하는 대로 하시게. 난 계속 가 보겠네."

"신의 가호를 비네. 난 이쯤에서 멈추고 암자로 돌아가야겠군."

두 사람은 헤어졌다. 란슬롯은 말이 이끄는 대로 숲속으로 더 깊이 들어갔다. 큰 길도 오솔길도 없는 깊은 숲이었다. 밤이 내리자 한치 앞도 알아볼 수 없었다. 어디쯤 와 있는지조차 가늠할 수 없었다. 이리저리 헤매던 란슬롯은 곧 황야에 이르게 되었다. 두 개의 길이 교차하는 갈림길에는 십자가가 서 있었다. 옆에는 대리석으로 보이는 돌층계가 있었는데, 그 위에 무슨 기록 같은 것이 쓰여 있는 것 같았다. 너무 어두워서 무슨 글자인지는 알아볼 수 없었다. 십자가 뒤쪽으로 멀지 않은 곳에 아주 오래된 듯한 성당이 보였다. 그는 누군가 만나게 되기를 바라면서 가까이 다가가 말에서 내렸다.

낡고 황폐한 성당이었다. 간격이 좁은 쇠창살로 입구가 막혀 있어서 안으로 들어갈 수는 없었다. 쇠창살 너머로 성당 내부를 들여다보니, 비단 덮개와 여러 가지 장식으로 화려하게 꾸며진 제대가 있고, 밝은 빛을 내뿜는 여섯 개의 초가 꽂혀 있는 커다란 은촛대가 있었다. 누가 살고 있는지도 궁금했거니와, 이렇게 외진 곳에 아름다운 물건들이 있다는 것이 놀라웠다. 쇠창살을 한 번 더 살펴본 란슬롯은 절대로 그것을 통과할 수 없다는 결론을 내렸다. 실망한 그는 말을 끌고 십자가가 있는 곳으로 돌아왔다. 말은 재갈을 풀어주고 실컷 풀을 뜯어먹게 했다. 투구와 검을 십자가 발치에 내려놓은 란슬롯은 방패 위에 누워서 잠을 청했다. 피곤했기 때문에 금방 잠이 들었다. 흰 방패의 기사의 영상이 끊임없이 꿈속에 나타났다.

잠에서 깨었을 때, 두 마리의 말이 끄는 들것이 그를 향해 다가오는 게 보였다. 그 위에는 병든 기사가 누워 있었다. 병든 기사가 긴 신음을 토해냈다. 란슬롯이 잠들어 있다고 생각했는지 아무 말도 하지 않고 바라보기만 했다. 란슬롯은 란슬롯대로 꼼짝도 하지 않았다. 잠들어 있는 것도 깨어 있는 것도 아니었다. 그는 가사 상태에 빠져 있었다. 무엇인가가 그를 꼼짝하지 못하게 한다는 느낌을 받았다. 들것 위에 누워 있는 기사가 십자가 앞에서 큰 소리로 탄식했다.

"오, 신이여! 이 고통은 영영 끝나지 않는 것입니까? 제 고통을 가라앉힐 성배는 언제쯤에나 오는 것인지요? 오, 그토록 작은 잘못으로 이렇게 큰 고통을 당하는 사람은 없을 것입니다."

그 사이 란슬롯은 마치 생과 사의 중간에 있는 사람처럼 꼼짝도 할 수 없었고 한마디 말도 할 수 없었다. 그런데도 그는 기사의 모습을 분명히 보았고, 그가 하는 말을 똑똑히 들을 수 있었다.

이상한 일이 일어났다. 성당 안에 있던 은촛대가 마치 보이지 않는 손이 운반하기라도 하는 것처럼 십자가를 향해 다가오는 것이었다. 역시 누가 운반하고 있는지 알 수 없는 은 탁자 위에 에메랄드 잔이 나타났다. 란슬롯이 어부왕의 궁전에서 보았던 바로 그 잔이었다. 기사는 에메랄드 잔을 보자마자 땅으로 떨어졌다.

그는 두 손을 마주잡고 말했다.

"제가 거룩한 잔이 다가옴을 보나이다. 주께서 이 잔으로 이 나라와 또 다른 나라에서 수많은 기적을 이루신즉, 아버지 당신의 자비로우심으로 저를 품으시고 저를 괴롭히는 고통으로부터 놓여나게 하소서."

그는 두 손으로 탁자 가장자리를 잡고 일어나 탁자에 입을 맞추었다. 그러자 당장 고통으로부터 풀려났다. 그는 기뻐서 어쩔 줄 모르며 큰 소리로 외쳤다.

"아, 신이여! 저는 고침을 받았습니다."

그는 다시 들것 위에 누워 잠이 들었다. 에메랄드 잔은 그곳에 얼마 동안 더 머물러 있었다. 탁자와 은촛대는 보이지 않는 손이 운반해 가는 듯 다시 성당 안으로 들어가 사라졌다.

란슬롯은 여전히 꼼짝도 할 수 없었지만 주위에서 일어나는 일을 모두 보았다. 얼마나 시간이 흘러갔을까. 기사가 잠에서 깨어나 고통스러운 기색 없이 벌떡 일어났다. 마치 아픈 적이 없었던 사람처럼 땅에 내려선 그가 십자가에 입을 맞추었다. 화려하고 아름다운 갑옷을 든 종자가 나타나 몸은 좀 어떠냐고 물었다.

"아주 좋아. 신의 은총 덕택이다. 여기 있는 이 기사는 성배가 나타났는데 잠에서 깨어나지도 않더구나. 무척 놀랐다."

"무슨 큰 죄를 지은 사람인가 보죠. 신께서 그처럼 아름다운 기적의 증인이 되기를 원치 않으신 걸 보면 말예요."

"틀림없이 그럴 것이다. 그나저나 정말 억세게 운도 없는 친구다. 보아하니 성배 탐색을 떠난 원탁의 기사 중 한 사람인 듯한데……."

"그럴지도 모르지요. 그건 그렇고 원하실 때 언제든 입으시라고 갑옷을 가져왔습니다."

기사는 즉시 갑옷을 입기 시작했다. 종자는 란슬롯의 검을 가져다가 기사에게 내밀었다. 기사는 그 검을 허리에 찼다. 그 사이에 종자는 란슬롯의 말에 재갈을 채우고, 안장을 올려놓았다.

"나으리, 이제 말을 타세요. 이 훌륭한 말과 검은 이 나쁜 기사보다 나으리가 쓰시는 게 더 나을 거예요."

달이 떠올랐다. 밝게 빛나는 달이었다. 준비를 마친 기사는 손을 성당 쪽을 향해 들고, 어떤 기적에 의하여 성배가 브리튼 왕국의 수많은 장소에 출몰하게 되었는지, 누구에 의해 어떤 목적으로 그것이 이 섬에 오게 되었는지 알게 될 때까지 편력을 멈추지 않겠노라고 맹세했다.

종자가 말했다.

"신께서 나으리가 이 탐색을 성공적으로 이끄실 수 있도록 은총을 내려 주시기 바랍니다. 때로 죽음의 위험을 겪으시게 될지도 몰라요."

"죽게 된다면 그것은 수치가 아니라 명예다. 신앙심이 깊은 사람이라면 이 탐색을 거절할 수 없기 때문이다."

그렇게 말하고 나서 기사는 란슬롯의 무기를 들고 어둠 속으로 사라졌다. 종자가 그의 뒤를 따랐다.

란슬롯은 기사가 떠나고 나서도 한참 후에야 완전히 깨어날 수 있었다. 그는 꿈을 꾸었다고 생각했다. 무기가 사라진 것을 보고 그의 눈앞에서 펼쳐졌던 이상한 광경이 현실이었다는 것을 의심할 수 없었다. 란슬롯은 성당으로 다가갔다. 은촛대는 여전히 제자리에 있고, 여섯 개의 초에도 여전히 불이 밝혀져 있었다. 안을 여기저기 살펴보아도 은 탁자나 에메랄드 잔은 보이지 않았다.

성당 안에서 크게 외치는 목소리가 있었다.

"란슬롯! 란슬롯아! 돌멩이보다도 더 냉혹하고 쓸개보다 더 쓴 란슬롯, 폭풍우가 휩쓸고 지나간 뒤의 무화과보다도 더 헐벗은 란슬롯아! 성배가 있었던 곳까지 오다니 뻔뻔하구나! 이제 가거라. 이 장소는 자격이 없는 네가 있음으로 인하여 더럽혀졌기 때문이다!"

란슬롯은 뒷걸음질쳐 물러났다. 그는 십자가 발치에 쓰러져 울며 자신의 운명을 한탄했다. 그는 성배의 진실을 알 수 있는 기회를 얻었으나 탐색에 실패했으므로, 다시는 명예를 얻을 수 없으리라는 것을 알고 있었다. 그는 자신이 태어난 시간을 저주했다. 날이 샐 때까지 그는 후회와 탄식으로 잠을 이루지 못했다. 날이 밝고 새들이 노래하자 그는 일어나서 발길이 닿는 대로 숲속을 거닐기 시작했다. 어느 때보다도 슬프고 절망적인 기분이었다.

이윽고 나뭇가지 사이로 조그만 집 한 채가 보였다. 그쪽을 향해 걷다가, 미사를 집전한 뒤에 기도실에서 나오는 은자를 만났다. 란슬롯이 지치고 고통스러운 모습을 하고 있었기 때문에, 은자는 아무 말도 하지 않고 그를 자기 오두막으로 데리고 들어왔다. 은자가 빵과 물을 내주자 란슬롯은 허겁지겁 받아먹었다. 허기가 좀 가시자 눈물을 철철 흘리기 시작했다. 은자는 그가 울도록 한참 동안 가만히 내버려두었다. 그 사이에 그를 주의 깊게 살펴보았다.

은자가 입을 열었다.

"기사여, 나는 그대가 누구인지, 무엇 때문에 절망에 빠져 있는지 모릅니다. 내가 해 줄 수 있는 일은 그대의 진실한 고백을 들어주는 게 전부인 듯합니다. 그대의 영혼은 무거운 죄의 짐을 지고 있는 것 같군요. 그 때문에 이런 비참한 상태로 나에게까지 오게 되었겠지요."

란슬롯은 깊은 생각에 잠겼다. 그는 은자의 말이 옳다는 것을 잘 알고 있었다. 진실한 고백을 할 준비가 되어 있는지 고통스럽게 자문해 보았다. 일생 동안 딱 한 번 어떤 사제에게 그의 죄 많은 사랑을 고백했던 적이 있었다. 그러나 참회하기를 완강하게 거절했기 때문에 죄 사함을 받지 못했다. 오늘은 끝까지 고백할 수 있을까? 그의 마음 속 깊은 곳에서 한숨이 우러나왔다. 그는 한마디 말도 입 밖으로 꺼낼 수가 없었다. 란슬롯이 그렇게 고통스러워하는 동안, 은자는 참을성 있게 그를 지켜보았다.

한참 만에 란슬롯이 입을 열었다.

"저는 오래전부터 사랑해 오던 한 여인 때문에 죽을죄에 빠졌습니다. 그 여인이 누구인지 고백하겠습니다. 그녀는 브리튼 왕국 아더왕의 아내이신 귀네비어 왕비입니다. 제가 이따금 가난한 기사들에게 나누어 주는 은이나 금 등의 값비싼 선물들은 왕비님께서 제게 주신 것입니다. 왕비님 덕택에 저는 끔찍한 모욕을 겪기 전에 화려함을 경험하였습니다. 저는 그분을 위해서 세상 사람들이 칭송하는 무훈을 세웠습니다. 저를 곤궁함으로부터 부유함으로, 불행으로부터 지상 최고의 행복으로 옮겨가게 해 준 분도 그분이십니다. 그 죄 때문에 신께서 저를 버리셨다는 것을 잘 알고 있습니다."

란슬롯은 이어서, 성배를 보았지만 신성한 사물로부터 쫓겨나 신앙이 없는 자처럼 앉은 자리에서 꼼짝도 할 수 없었다는 이야기를 덧붙였다. 고백을 마치고 나서 란슬롯은 신의 이름으로 조언해 달라고 은자에게 부탁했다.

"그대가 다시 그 죄에 빠지지 않겠다고 신께 약속하지 않으면, 나의 조언은 아무 소용이 없을 것입니다. 허나 그대가 진실로 참회한다면 신께서도 용서해 줄 것이외다. 지금 그대는 흔들리는 토대 위에 높은 탑을 세우려는 사람과도 같습니다. 비록 이미 여러 층을 쌓았다고는 하나 모든 것은 무너질 것입니다. 쌓아올린 돌을 하나하나 다시 살펴보아야 하고 세상의 덧없음을 포기하고 몸과 영혼을 다해 노력해야 할 것입니다. 그대가 진실로 참회하지 않는데 죄를 사해 준다면, 그것은 바위 위에 씨를 뿌리는 것과 같을 것입니다. 새들이 와서 쪼아 먹거나 뿌리를 내리지 못하겠지요."

"신께서 제게 힘을 주신다면, 말씀하신 대로 모두 따르겠습니다."

"힘을 주시고말고요. 이제 귀네비어 왕비나 또는 다른 여인들과 더불어 죽을죄를 범하지 않을 것이며, 신의 분노를 살 만한 일은 아무것도 하지 않겠다고 약속하십시오."

란슬롯은 충성스러운 기사의 신앙에 걸고 은자가 요구하는 모든 것을 약속했다. 은자는 란슬롯에게 무릎을 꿇게 한 뒤, 죄를 사하여 주고 덧붙여 말했다.

"기사여, 이제 그대는 그대가 거역했던 그분과 화해하였습니다. 다시는 방황하지 않도록 조심하십시오. 세상의 생각과 세상의 쾌락을 마음에서 쫓아내십시오. 성경이 가르쳐 주시는 길을 그대로 따라가지 않으면, 그대의 기사도는 탐색 안에서 아무 도움도 되지 않을 것입니다. 성배와 피 흘리는 창의 경이를 이해하는 것이 이 탐색의 목표라는 걸 그대는 모르지 않습니다.

신께서는 그 이름에 어울리는 기사, 즉 무훈뿐만 아니라 그 덕성이 과거와 미래의 무훈과 덕성보다 더 뛰어난 자에게 그 신비를 이해하는 지식을 주시겠노라 약속하시었습니다. 그대는 오순절 날 그 기사가 원탁의 위험한 자리에 앉은 것을 보았습니다. 그 자리에 앉았던 사람들은 그 전에는 모두 벌을 받았지요. 그는 과거와 현재와 미래의 기사도의 전범입니다. 모든 것을 이루고 나면, 그는 육체가 아니라 정신으로 이루어진 존재가 될 것입니다. 그는 천상의 기사도 안으로 들어가기 위해 이곳의 옷을 벗을 것입니다. 이 세상과 저 세상의 위대한 비밀을 알고 있었던 멀린은 그 사실을 이미 예언했지요. 신께서 다른 이들을 이 탐색 안에서 이끌고, 거룩한 신비에 이르는 길을 보여 주기 위해 그 기사를 보내셨다는 걸 알아야 합니다. 그 때문에 그대가 자진해서 참여하겠다고 결심한 이 모험을 계속해서 끝내야 하는 것입니다."

은자의 현명한 가르침을 듣고 란슬롯은 큰 위안을 받았다. 슬프고 헐벗었는데도 그는 희망으로 다시 태어나는 듯한 기분이 들었다. 탐색을 계속하고 성배와 피 흘리는 창의 신비에 이르기 위해 모든 것을 다시 시작하리라. 란슬롯은 은자의 조언을 들으며 자신의 존재를 변화시키겠다는 결심을 확고하게 하기 위해 사흘 동안 은자 옆에 머물렀다.

넷째 날 아침, 란슬롯은 은자에게 작별 인사를 하기 위해 문 앞에 서 있었다. 화려한 마구를 갖춘 의장마를 탄 아가씨가 불쑥 나타났다. 그녀는 말에서 내려 란슬롯을 향해 곧장 다가왔다. 란슬롯은 조금 얼떨떨한 표정으로 여자에게 환영 인사를 했다. 여자는 란슬롯을 보더니 깜짝 놀라며 허리를 굽혀 인사했다. 여자의 얼굴은 근심에 가득 차 있었다.

"란슬롯 경! 이런 곳에서 뵙게 되리라고는 상상도 하지 못했습니다. 저를 당신에게로 이끌어주신 분은 틀림없이 하느님이십니다!"

여자의 모습을 보고 란슬롯은 무슨 걱정이 있느냐고 물었다.

"고통스러워서 죽을 것만 같아요. 어제 저녁에 비열한 기사들이 제 소유의 성 앞에서 저를 공격했답니다. 그들은 저를 강제로 끌고 가려고 했어요. 그때 어떤 훌륭한 기사가 저를 구하려고 뛰어들었지요. 그는 저를 납치하려고 하던 기사들과 맞서 싸워서, 그중 한 사람을 죽였어요. 하지만 그 자신도 심한 부상을 입었습니다. 의사 말로는 그의 상처에, 맞수의 검과 피 묻은 수의 한 조각, 그리고 그리폰(몸은 사자이며 머리와 날개는 독수리인 괴물—역주)의 머리를 가져다 대어야만 나을 수 있다더군요. 의사는 그것들을 어디에 가면 찾을 수 있는지 말해 주었어요. 무서워요. 과연 이 일에 성공할 수 있을지……."

"정말 걱정이군요. 도와드릴 수만 있다면 기꺼이 도와드리고 싶습니다만, 제게는 말도 무기도 없답니다."

"그건 걱정하지 마세요. 제가 구해 드릴 수 있어요. 좋은 군마와 무기들을 드리지요. 시간만 조금 주시면 성으로 돌아가 가져오도록 하겠습니다."

"저를 곤란한 처지에서 구해주시는군요. 부상당한 기사를 구할 수 있는 물건을 구해 오는 것은 옳은 일입니다. 제가 그 일을 하겠습니다."

"그 기사는 경도 아시는 분이랍니다. 원탁의 기사 중 한 분이신 멜리오트 경이지요."

"이런! 서둘러서 저에게 말과 무기를 구해 주셔야 할 이유가 한 가지 더 생겼군요. 어디로 가야 하는지만 일러 주시면 당장 물건을 구해 오겠습니다."

젊은 여자는 빠른 속도로 말을 달려 떠났다. 은자가 란슬롯에게 다가와 말했다.

"신의 은혜를 찬미하십시오. 말과 무기를 얻게 되었을 뿐만 아니라, 동지의 목숨을 구할 수 있게 되었구려."

란슬롯은 기뻤다. 진실한 고백을 하기를 얼마나 잘했는지 모르겠다는 생각이 들었다. 그 생각은 앞으로 겪게 될지도 모르는 유혹에 잘 저항할 수 있을 거라는 용기도 주었다. 아가씨는 종자 한 사람을 거느리고 곧 돌아왔다. 종자는 엷은 다갈색 옷을 입힌 잘생긴 군마 한 마리를 끌고, 눈부신 흰색 무기들을 가지고 왔다.

여자가 란슬롯에게 말했다.

"여기 경의 말과 무기가 있습니다. 멜리오트 경의 목숨을 구해줄 수의가 있는 위험한 성당으로 제가 직접 안내할게요. 저는 그 성당이 어디 있는지 잘 알고 있답니다. 밤에는 그곳에 도착할 수 있을 거예요. 그리폰의 성은 숲의 다른 쪽 끝에 있습니다. 어디에 있는지는 모릅니다. 제가 알고 있는 것은, 그 성이 아주 유서 깊은 가문의 후손인 어떤 여성의 소유라는 것뿐입니다. 그 여성은 왕이 내린 명령이든 단순한 기사가 내린 명령이든 그 어떤 명령도 따르지 않는다고 합니다."

란슬롯은 얼른 무장한 뒤, 말 위에 올라타고 말했다.

"자, 길을 떠납시다."

두 사람은 사방이 어둑어둑해진 다음에야 위험한 성당에 도착했다. 묘지에 둘러싸여 있는 그 성당은 황야 한복판에 섬처럼 떠 있었다. 란슬롯이 여자에게 말했다.

"이제 돌아가셔서 멜리오트 경을 돌보아 주십시오. 반드시 검과 수의, 그리폰 머리를 들고 돌아가겠습니다. 혼자 움직이는 것이 더 편합니다."

아가씨는 란슬롯에게 신의 축복을 빌어준 뒤 말을 돌려 돌아갔다. 란슬롯은 말에서 내려 묘지 안으로 들어갔다. 수많은 무덤이 있는 거대한 묘지였다. 무덤들 위로 달빛이 강물처럼 쏟아졌다. 성당을 향해 다가가고 있을 때, 묘지 안에서 사람들이 두런두런 이야기를 나누며 움직이는 모습이 보였다.

란슬롯은 검을 뽑아들면서 큰 소리로 외쳤다.

"누구든 다가오라! 모습을 보이란 말이다!"

대답하는 사람은 아무도 없었다. 유령들은 스르르 꺼져버렸다. 란슬롯은 무사히 묘지를 가로질러 성당으로 들어갔다. 문이 조금 열려 있었다. 란슬롯은 문을 밀고 안으로 들어갔다. 창으로 들어오는 달빛 덕분에 성당 안은 환했다. 제대 앞에 있는 계단 위에 관이 놓여 있었다. 그는 망설이지 않고 다가가 관 뚜껑을 열었다. 멜리오트가 죽인 사람이 관 안에 누워 있었다. 흰 수의는 피에 얼룩져 있고 검은 그 옆에 있었다. 란슬롯은 그 검을 들고 수의 자락을 잘라낸 다음 관 뚜껑을 덮었다.

성당을 나와 다시 묘지를 가로질렀다. 무덤 뒤에 하나씩 서 있는 그림자들이 아까처럼 뭐라고 얘기를 주고받는 것 같았다. 란슬롯은 멈추어 서서 귀를 기울였다. 잉잉대며 부는 바람소리뿐 다른 소리는 들리지 않았다. 란슬롯은 계속 걸어가 다시 말을 타고 떠날 준비를 했다. 그때 흰색 의장마를 탄 젊은 여자가 그를 향해 다가왔다. 여자는 짙은 갈색 머리에 붉은 옷을 입고 있었다. 아가씨 두 사람이 노새를 타고 따라왔다. 란슬롯이 여자들에게 정중하게 인사했다. 붉은 옷을 입은 여자가 란슬롯에게 누구냐고 물었다.

"숨겨야 할 이유가 없지요. 호수의 기사 란슬롯이라고 합니다. 베노익 반 왕의 아들이며 아더 왕 궁정의 일원입니다."

여자가 반색하며 외쳤다.

"란슬롯 경! 경을 저에게 보내 주신 하늘에 감사드립니다! 얼마나 오랫동안 당신을 기다렸다구요. 오! 부탁입니다. 이미 날이 저물었으니 제 성으로 가시지요. 이곳에서 별로 멀지 않은 곳에 있답니다. 정중하게 모시겠습니다."

란슬롯이 물었다.

"부인께서는 누구신가요?"

"저 역시 숨겨야 할 이유가 없지요. 저는 '비할 데 없는 부인'이라 합니다."

그 이름을 듣고 란슬롯은 몸을 부르르 떨었다. 세상에서 가장 뛰어난 세 명의 기사라고 생각되는 가웨인, 퍼시발, 그리고 그 자신을 한

번도 보지 못했으면서도 사랑한다는 그 여자에 대해서 가웨인이 전에 자세히 이야기해 준 적이 있었기 때문이다. 가웨인은 비할 데 없는 부인이라 불리는 여자가 그 세 사람의 무덤을 마련해 놓고 세 사람을 죽여 묻은 다음, 죽고 난 뒤에 그들 옆에서 휴식을 취하려 한다는 이야기도 들려주었다. 란슬롯의 마음속에는 당장 검을 뽑아 들고, 퍼시발과 가웨인의 안전을 위해 그 여자를 죽이고 싶다는 충동이 일어났지만, 한편으로 그렇게 하는 것이 옳지 않다는 생각도 들었다. 그는 모르는 체 시치미를 뚝 떼고 대답했다.

"초대해 주셔서 정말 고맙습니다. 지금은 꾸물거릴 시간이 없습니다. 이 검과 수의 조각을 죽어가는 사람에게 가져다주겠다고 맹세했거든요."

"그렇다면 약속을 지키시고 난 뒤에 제 성으로 와 주시겠다고 맹세해 주세요. 란슬롯 경, 기사의 명예를 걸고 저를 방문해 주셔야 합니다."

란슬롯은 당황했다. 부인을 화나게 만들고 싶지 않았다. 왜냐하면 가웨인을 통해서 이 여자는 무서운 기사들을 많이 거느리고 있어서 그녀가 명령만 내리면 누구든 잡아다 가둘 것이라는 이야기를 들었기 때문이다. 그녀가 마련해 놓은 운명이 무섭지는 않았다. 가웨인도 무사히 빠져나오지 않았던가. 수많은 생각이 머릿속에 떠올랐다.

'이 여자는 가웨인 경을 알아보지 못했다. 그가 가웨인 경이었다는 것을 나중에야 알게 되었지. 하지만 나는 누군지 알고 있다……. 그렇다면 얘기가 다르다.'

란슬롯은 결국 피해야 한다는 결론을 내렸다.

"부인, 저는 어떤 맹세도 할 수 없습니다. 저는 지금 탐색중인데, 그 탐색만으로도 무척 힘이 듭니다. 대단히 유감입니다만 부인의 성으로 따라갈 수 없고 언젠가 가겠다는 약속도 할 수 없습니다."

비할 데 없는 부인은 눈물을 흘리며 슬픈 탄식을 쏟아냈다.

"나는 저주받은 여자로다! 가웨인 경이 내 집에 왔을 때도 알아보지 못했는데, 란슬롯 경, 당신은 저의 환대를 거절하시는군요. 내 기사들이 함께 있었더라면 강제로라도 따라오게 만들었으련만!"

란슬롯이 말했다.

"그만해 두시지요. 저는 이제 이만 가 보아야 합니다."

란슬롯의 말은 껑충 뛰어 앞으로 달려 나갔다. 부인은 란슬롯의 등 뒤에 대고 고함을 질러 댔다.

"란슬롯 경! 참으로 잔인한 사람이오! 세상에서 제일가는 기사들을 먼저 죽이지 않으면 나는 결코 죽을 수 없어요. 나는 당신을 죽일 거예요. 퍼시발 경과 가웨인 경도 죽일 거예요. 그래야만 내가 영원한 휴식을 얻게 된다구요!"

그녀의 목소리는 곧 란슬롯의 귓가에서 멀어졌다. 란슬롯은 전속력으로 나무들 사이를 달려 앞으로 나아갔다. 란슬롯은 그리폰의 성이 있다고 생각되는 방향으로 말을 몰았다. 곧 말이 피곤한 기색을 드러냈다. 란슬롯도 졸음이 밀려들어 견디기 힘들었다. 그는 높은 담 아래에 말을 세웠다.

문이 열려 있었으므로 말고삐를 잡고 문을 밀었다. 나무들이 무성하게 우거져 있는 과수원이었다. 흐드러지게 피어 있는 꽃향기가 밤공기를 가득 채우고 있었다. 란슬롯은 나무에 말을 매어놓고 투구와 갑옷을 벗은 다음 장미 덩굴 옆에 누웠다. 어찌나 피곤했던지 그는 곧 무거운 잠속으로 빠져들었다. 꿈조차 방해하지 못하는 깊은 잠이었다.

다음 날 태양이 하늘 높은 곳에 떠서 불마차를 끌고 있는 시각에도 란슬롯은 잠에 빠져 있었다. 아가씨 한 사람이 과수원을 산책하러 나왔다가 장미 덩굴 아래 잠들어 있는 그를 발견했다. 그녀는 가까이 다가가 살펴보고, 누구인지 알아보았다. 아더 왕의 궁전에서 란슬롯을 여러 번 보았던 것이다. 여자는 가까이 있는 저택으로 갔다. 완전히 회색 돌로 지어진 매우 아름다운 저택이었는데, 주변을 내려다보는 높은 탑이 저택 위에 세워져 있었다. 그곳이 바로 그리폰의 성이었다. 들리는 말에 따르면 그 성의 여주인은 모르간의 제자라고 한다. 모르간만큼 학식이 높고, 마법에 능통한 여인이라 하였다.

아가씨는 여주인을 찾아가 말했다.

"마님, 이상한 일이 있어요. 과수원에 호수의 기사 란슬롯 경이 잠들어 있어요."

"그게 무슨 말이냐? 내 도움이 필요하기 때문에 나를 찾아오리라는 걸 짐작하고는 있었지만 이렇게 빨리 찾아올 줄 몰랐다. 어서 가 보자꾸나."

두 여자는 란슬롯이 잠들어 있는 곳으로 갔다. 잠들어 있는 그의 모습을 본 부인은 온몸이 떨리는 것을 느꼈다. 란슬롯이 사랑스러워서 마음속의 욕망이 꽃처럼 활짝 피어났던 것이다.

그녀는 작은 소리로 속삭였다.

"아름다운 사람이구나. 이 사람이 세상에서 제일가는 기사, 관대하고 담대한 사람이다. 이런 남자를 옆에 붙들어 놓을 수 있는 여자는 얼마나 행복할까?"

그녀는 무릎을 꿇고, 여전히 꼼짝도 하지 않고 누워 있는 란슬롯의 얼굴

위로 몸을 숙여 입술 위에 세 번의 긴 입맞춤을 했다. 란슬롯은 깜짝 놀라 일어나서 부인을 떠밀었다. 아직 잠이 덜 깼는지 무슨 일이 일어났는지 이해하지 못한 눈치였다. 그는 이윽고 두 명의 여자가 자기 앞에 서 있다는 것을 알아차렸다.

"누구십니까?"

"제 과수원에 들어와 계신 거예요. 여기 잠들어 계신 걸 발견했지요."

란슬롯은 부인을 다시 바라보았다. 그리고 모르간의 동료인 것을 알아보았다. 모르간의 성에 포로로 붙잡혀 있을 때 여러 번 보았던 여자였다. 그는 여자에게 인사한 뒤 말했다.

"간밤에 너무 지쳐 있어서 이 과수원에서 휴식을 취했습니다. 하지만 더 지체할 여유가 없습니다. 아더 왕의 동료 중 한 사람의 목숨이 경각에 달려 있기 때문입니다. 즉시 그리폰의 성으로 가야 합니다."

성의 여주인이 까르르 웃었다.

"란슬롯 경, 여기가 바로 그리폰의 성이에요. 사람들은 저를 '그리폰의 부인' 이라고 부른답니다."

"그렇다면 부인, 신의 사랑을 위하여 부인의 그리폰 한 마리의 머리를 제게 주십시오. 그것이 있어야 병든 기사의 목숨을 구할 수 있습니다."

"란슬롯 경, 아프다는 분이 멜리오트 경이지요? 그분이 입은 상처에 대해서는 제가 잘 알고 있답니다. 그를 고치기 위해서는 그에게 상처를 입힌 사람의 수의와 검으로 충분해요. 그리폰의 머리는 필요 없어요. 자, 이제 집으로 가시지요. 먹을 것과 마실 것은 대접할게요."

"안 됩니다. 곧 떠나야 합니다."

"그럼 멜리오트 경이 쾌차한 뒤에 돌아오겠다고 약속하세요."

"그럴 수 없습니다. 그런 종류의 약속은 결코 할 수 없습니다."

"란슬롯 경, 제 재산뿐만 아니라 사랑도 드릴게요. 그 우스꽝스러운 탐색을 계속해 보아야 아무 소용도 없어요. 성배의 신비를 찾아낼 사람은 당신이 아니에요. 경도 그걸 아주 잘 알고 있잖아요. 검과 수의를 멜리오트 경에게 가져다주고 제게 돌아오세요. 맹세하라는 요구조차 하지 않을게요. 그냥 저에 대한 사랑을 위해 그렇게 해 주세요."

란슬롯은 그리폰의 부인을 고통스럽게 할 생각이 없었으므로 난처했지만, 그냥 안 된다고만 계속해서 말했다. 그러고 나서 말 등에 안장을 올려놓고 마구를 채운 다음 과수원 문을 향해 갔다. 란슬롯이 사라지기 전에 그리폰의 부인은 란슬롯의 등 뒤에서 말했다.

"란슬롯 경, 당신은 이 탐색 도중에 망신을 당하게 될 거예요. 그러면 나를 기억해 내고 돌아오게 될걸요!"

란슬롯은 멜리오트를 간호하는 젊은 여자가 있는 성을 향해 급히 말을 몰았다. 그는 도착하자마자 여자에게 검과 수의 조각을 내어주었다. 여자는 부상자가 누워 있는 방으로 달려갔다. 칼날과 수의 조각을 상처 위에 대자마자 벌어졌던 상처가 아물었다. 멜리오트는 "아, 이젠 아프지 않아" 하고 중얼대더니 깊은 잠 속으로 빠져 들어갔다.

젊은 여자가 란슬롯을 찾아와 말했다.

"이 모험을 완수하신 경에게 축복이 함께하기를. 멜리오트 경은 목숨을 건졌습니다. 전 아주 기뻐요. 저는 오래전부터 그분을 사랑해 왔거든요. 이제 그의 죽음으로 고통스러워할 일은 없겠군요. 청컨대, 저희 집에 오래 머물러 주십시오. 지극한 영광을 돌리겠습니다."

"고맙습니다. 그러나 저는 탐색중입니다. 이 탐색을 끝내야 합니다."

"란슬롯 경, 그렇게 많은 경고를 듣고도 어째서 탐색을 계속 하시겠다고 고집을 피우시나요? 신비를 발견할 사람은 경이 아니에요. 탐색 도중에 경은 치욕과 절망밖에는 얻을 것이 없어요."

란슬롯은 여자의 말에 수긍한다는 듯이 슬프게 고개를 끄덕였다. 그녀의 말이 맞다는 것을 그는 잘 알고 있었다. 그런데도 그는 멜리오트를 잘 돌보아 달라고 부탁한 뒤, 다시 말 위에 올라 성을 떠났다.

그는 어느 쪽으로 가야 할지 알지 못한 채 오랫동안 숲속에서 말을 달렸다. 오후 시간이 반이나마 지났을 때, 그는 시종 한 사람과 마주치게 되었다.

그가 란슬롯에게 질문을 던졌다.

"기사님, 당신은 누구십니까?"

"아더 왕 궁정에 소속된 기사이다."

"이름이 어떻게 되시나요?"

호수의 기사 란슬롯이라고 대답했다.

시종이 말을 이었다.

“란슬롯이라……. 제가 찾는 사람은 나으리가 아닙니다. 나으리는 세상에서 가장 불행한 기사 중 한 사람이니까요.”

“그걸 어떻게 아는가?”

“알다마다요. 성배가 나타나서 기적을 일으키는 걸 두 눈으로 똑똑히 보셨지요? 그런데 그 광경 앞에서 믿음이 없는 사람처럼 꼼짝도 하지 못하셨지요?”

“그러하다. 성배를 보았으나 꼼짝도 할 수 없었다. 그 때문에 마음이 무겁구나.”

“별로 자랑스러운 얘기는 못되는군요. 그 일로 인하여 나으리는 진실하지 못한 가치 없는 기사라는 것이 밝혀졌습니다. 그러니 탐색 도중에 망신을 당하고, 탐색을 끝낼 수 없다 하여도 놀라지 마십시오. 오, 불쌍한 낙오자여, 그 일로 인하여 큰 슬픔을 느끼게 될 터. 전에는 세상에서 제일가는 기사로 칭송받았건만, 이제는 최악의 기사로 여겨지는구나!”

란슬롯은 대답할 말을 찾지 못했다. 모든 것이 자신의 잘못임을 통감하고 있었다. 그는 한참 만에 입을 열고 중얼거리듯 말했다.

“말하고 싶은 걸 말하게. 듣기는 하겠지만 대답은 하지 않겠네. 기사는 시종이 하는 말에 화를 내서는 안 되지.”

“제 말을 들으셔야 합니다. 별로 희망적인 이야기는 아니겠지만……. 나으리는 한때 지상의 기사도의 꽃이었지요. 그건 사실입니다. 당신을 사랑하지도 않고 당신의 구원에 마음도 쓰지 않는 여자에게 매혹된 약한 자여, 가엾도다. 그 여자는 나으리를 유혹했어요. 그 때문에 나으리는 신의 신뢰를 잃고 세상의 치욕이란 치욕은 다 겪어야 하는 처지로 몰락해 버렸다는 말입니다."

란슬롯은 대답하지 않았다. 시종은 계속해서 란슬롯을 비난했다. 란슬롯이 여전히 아무 대답도 하지 않자, 벙어리와 얘기하는 것 같았는지 시종은 지쳐서 입을 다물고 가 버렸다. 란슬롯은 슬픔에 잠겨 멍하니 그 자리에 머물러 있었다. 마치 부서져 버린 사람처럼 그의 얼굴은 완전히 무표정했다.

날이 저물기 시작했으므로, 란슬롯은 다시 길을 떠날 결심을 했다. 그때 빠른 속도로 달리는 백마를 탄 아가씨가 나타났다. 그녀는 란슬롯을 보자마자 인사한 뒤, 말을 건넸다.

"기사님, 어디로 가시는 길인가요?"

"나도 모른다오. 그저 모험이 이끄는 대로 가고 있는 것뿐이라오. 내가 그토록 열심히 찾고 있는 걸 어디에 가서 찾아야 할지 모르겠소."

"저는 당신이 무엇을 찾고 있는지 알지요. 당신은 예전엔 그것에 참으로 가까이 있었건만, 지금은 멀어져 버렸군요. 허나 지금은 생각보다 가까운 곳에 있답니다."

란슬롯이 한숨을 내쉬며 말했다.

"여인이여, 그대의 말은 모순투성이여서 이해하기 어렵구려."

"그것이 무엇인지 스스로 알아내기 전에는 이해하려고 애쓰지 마세요."

여자는 그렇게 말하고 나서 떠나려고 했다. 란슬롯이 그녀를 붙잡고 오늘 밤 유숙할 만한 곳이 어디에 있는지 물어보았다.

"오늘 밤에는 머무실 만한 곳을 찾을 수 없어요. 내일은 더더욱 찾을 수 없지요."

여자는 말을 달려 숲속으로 사라졌다.

란슬롯은 천천히 다시 길을 떠났다. 오솔길이 둘로 갈라지는 곳에 커다란 십자가가 서 있었다. 그곳에 이르렀을 때, 갑자기 어둠이 엄습했다. 란슬롯은 십자가 아래에서 쉬어가기로 결정하고 말에서 내려 재갈을 풀고 갑옷과 투구를 벗은 후 꿇어앉아 기도를 시작했다. 졸음이 쏟아졌다. 란슬롯은 바위에 머리를 기대고 쓰러져 잠이 들었다. 피곤과 슬픔이 육체를 짓눌렀다.

다음 날 아침, 해가 빛나기 시작하는 시각에 그는 자리에서 일어났다. 마음은 어두운 생각으로 여전히 무거웠다. 그는 정오 무렵에 높은 벽과 넓은 해자로 둘러싸인 성 앞의 빈터에 도착했다. 초원에는 여러 가지 색깔의 비단으로 이루어진, 족히 백 개는 됨직한 장막이 쳐져 있고 오백 명 가량 되는 기사들이 무술 경기를 하느라 여념이 없었다. 어떤 이들은 흰색 갑옷을, 다른 이들은 검은 갑옷을 입고 있었다. 양 진영의 차이점은 입고 있는 갑옷의 색깔이 다르다는 것뿐이었다. 흰 갑옷을 입은 사람들은 숲 쪽에 있었고, 검은 갑옷을 입은 사람들은 성 앞쪽에 있었다. 이미 많은 사람들이 결투에 패배하여 땅에 쓰러져 있었다.

란슬롯은 오랫동안 경기를 지켜보았다. 성에서 가까운 곳에 있는 진영이 불리한 형세인 듯했다. 숫자는 그들이 더 많아 보였다. 그는 그쪽 진영을 돕기로 결정하고 결투 장소로 다가가, 처음으로 마주 선 상대를 거칠게 쳐 땅에 떨어뜨렸다. 비록 그 바람에 창이 부서지기는 했지만 두 번째 상대도 멋지게 날려 버렸다. 검을 뽑아 들고 좌우로 휘두르며 많은 전과를 올렸다. 주위에서 지켜보고 있던 사람들은 모두 그가 경기의 우승자가 될 거라고 미리 점치고 있었다.

시간이 흘러감에 따라 란슬롯은 점차 지치기 시작했다. 반면에 상대편 기사들은 놀라울 정도의 지구력을 과시했다. 란슬롯은 쉴새없이 검을 휘둘렀지만 상대편은 물러서기는커녕 점점 더 란슬롯을 압박해 왔다. 결국 란슬롯은 검을 들고 있는 것조차 힘든 지경까지 몰렸다. 더 이상 무기를 들고 있을 힘이 없다는 것을 인정하고 패배를 시인하는 수밖에 없었다. 승리자들은 란슬롯을 숲으로 데리고 갔다. 그의 도움을 받을 수 없게 된 그의 경기 동료들도 항복했다. 란슬롯을 숲으로 데리고 간 기사들이 란슬롯에게 말했다.

"란슬롯 경, 경은 포로가 되었으니 우리는 당신에 대한 전권을 가지고 있소. 그것을 면하려면 우리의 뜻을 따라야 하오."

란슬롯은 어쩔 수 없이 그렇게 하겠다고 약속하고 풀려날 수 있었다. 그러나 올 때 왔던 길이 아닌 다른 길로 가야만 했다.

말을 달리면서 란슬롯은 이처럼 비참한 처지로 전락했던 적이 없다고 생각했다. 무술 경기에 참여해서 승리하지 못했던 적은 없었다. 그 생각을 하자 더욱 슬펐다. 이처럼 힘과 끈기를 잃은 것은 중대한 잘못을 저질렀기 때문이다. 그의 패배를 어떻게 달리 설명하겠는가? 란슬롯은 성배 앞에서 이상한 마비 상태에 빠져 화석처럼 굳어 있었을 때 그것을 분명하게 깨달았다.

란슬롯은 두 개의 헐벗은 언덕 사이에 꼬불꼬불 펼쳐져 있는 골짜기로 들어섰다. 골짜기 바닥에는 황폐한 숲을 둘로 나누어 놓는 마르코이즈라는 강이 흐르고 있었다. 강을 건너가야 한다고 생각했지만 강물의 흐름이 너무 세서 겁이 났다.

조금 덜 깊고 덜 위험한 곳을 찾고 있을 때 아주 이상한 일이 일어났다. 오디보다 검은 갑옷을 입은 기사 한 사람이 역시 갑옷만큼이나 검은 말을 타고 물속에서 쑥 솟아오르는 게 아닌가. 그 기사는 아무 말도 하지 않고 란슬롯에게 다가오더니 검을 세게 휘둘러 란슬롯의 말을 죽였다. 란슬롯에게는 손을 대지 않았다. 기사는 란슬롯이 미처 반격할 틈도 없이 바람처럼 사라졌다. 죽어서 나자빠진 말을 바라보는 란슬롯의 심정은 절망의 끝에 가 있었다.

그는 넋이 나간 사람처럼 멍한 표정으로 강둑을 따라 걷기 시작했다. 어떻게 해야 강을 건너갈 수 있단 말인가. 그렇게 걷다가 강물을 굽어보고 있는 야트막한 구릉에 도착하게 되었다. 지칠 대로 지친 그는 투구와 방패를 내려놓고 두 개의 바위 사이에 있는 맨땅에 벌렁 드러누워 버렸다. 이 힘든 상황을 어떻게 해야 벗어날 수 있을까? 길을 잃을 위험을 무릅쓰고 걸어서 숲으로 들어가야 할까? 먹을 것을 찾아서 언덕 위로 올라가야 할까? 그러나 먹을 것이 있을 성싶지 않았다. 도강渡江을 시도해 볼까. 강물은 깊은데다 격류였다. 발을 담그는 즉시 소용돌이 속으로 끌려 들어갈 것만 같았다. 란슬롯은 기도하기 시작했다. 그를 가엾게 여겨 힘을 낼 수 있는 징조를 보내 주십사고 간절히 빌었다.

05 브루니센의 과수원

돈의 아들 거플렛은 원탁의 동지들과 헤어져 황량한 광야를 지나가게 되었다. 붉은 바위들 사이에는 삐죽삐죽한 가시양골담초들이 자라고 있었다. 바람이 거세게 불어서 거플렛은 말을 앞으로 모는 데 무진 애를 먹었다. 거센 바람 때문에 말은 숨을 제대로 쉬지 못했다. 한참 동안 말을 달린 그는 두 개의 산 사이에 패인 골짜기에 도착했다. 그곳은 바람이 그리 심하지 않았으므로 골짜기가 어디로 이어져 있는지 깊이 생각해 보지 않고 일단 들어섰다.

나무 아래에 완전 무장을 한 기사가 축 늘어져 있었다. 손에는 아직도 피 묻은 검을 쥐고 있었다. 거플렛은 말을 멈추고 그가 오래전에 죽었다는 것을 확인했다. 시신이 심하게 부패되어 있어서 얼굴을 알아볼 수는 없었다. 그는 계속해서 말을 몰았다. 조금 더 갔더니 또 다른 기사가 풀밭 위에 쪼그리고 누워 있었다. 역시 죽어 있었고, 셀 수 없이 많은 칼자국이 나 있는 그 시신 역시 누구인지 알아볼 수 없었다. 그는 계속해서 강을 따라갔다. 숲속의 빈터가 나타났는데, 두 개의 바위 사이에 세 번째 기사가 있었다. 다가가 보니 여러 군데에 부상을 당하기는 했지만 아직 살아 있었다.

거플렛은 급히 말에서 내려 부상자 위로 몸을 굽히고 물었다.

"형씨는 누구요? 누가 이 지경으로 만들었소?"

그 불쌍한 기사는 몸을 일으켜보려고 무진 애를 썼지만 어림도 없는 일이었다. 꺼져가는 목소리로 거플렛에게 몇 마디 말을 하는 것 외에는 아무것도 할 수 없었다.

"기사여, 부탁이오. 전능하신 하느님의 이름으로 내 원수를 갚아 주시오. 나는 아주 잔인하고 비열한 영주의 공격을 받았소. 그는 베르페이의 에스투라는 자요. 그자는 목표를 절대로 놓치는 법이 없는 무서운 무기를 가지고 있어서 모두 무서워한다오. 그는 모든 정의를 무시하고 나를 공격했소. 그를 죽이겠다는 맹세를 하지 않고는 죽을 수 없소."

거플렛은 죽어가는 자가 흘리는 눈물에 깊은 동정심을 느꼈다. 그는 곧 복수해 주겠노라고 맹세했다. 그러자 부상당한 기사는 거플렛의 손을 꼭 잡더니 큰 소리로 비명을 지르고 숨을 거두었다. 거플렛은 몸을 일으켰다. 다시 말 위에 올라 에스투라는 자와 싸울 준비를 했다.

얼마 가지 않았을 때 나무꾼들을 만나게 되었다. 거플렛은 베르페이의 에스투라는 자가 어디 있는지 아느냐고 물어보았다. 나무꾼 하나가 대답했다.

"알다마다요. 자기 성채에 처박혀 있지요. 성벽 뒤에 안전하게 숨어 있답니다. 그가 잡아간 사람들은 그를 위해 일하고 맹목적으로 섬기지요. 그 사람보다 더 잔인하고 살육을 즐기는 주인은 없으니까요. 이 근방에서 헤매다가 붙잡혀 간 다른 기사들과 같은 운명을 겪고 싶지 않거든 그냥 지나가시구랴."

"조언해 주셔서 고맙소. 허나 그 조언을 따를 생각은 없소이다."

언덕 꼭대기에 이르렀을 때, 기사들이 커다란 불을 피워놓고 고기를 굽고 있는 것이 보였다. 거플렛은 그들에게 다가가 누구냐고 물어보았다. 그들 중 한 사람이 대답했다.

"우리는 잔인한 베르페이의 에스투의 죄수들이라오. 죽을 때까지 그를 위해 봉사해야 한다오."

"왜 싸우지 않은 거요? 숫자가 충분한데 말이오."

"그건 불가능하다오. 에스투는 마법의 갑옷으로 자신을 보호하고 있어요. 게다가 그의 검은 절대로 목표물을 벗어나는 법이 없소. 우리 중 여러 사람이 이미 그의 손에 죽임을 당했소. 형씨도 여기서 더 꾸물거리고 있다간 우리와 똑같은 운명이 될 거요. 그가 식사하러 올 시간이 다 되었으니까."

거플렛이 단호하게 말했다.

"그자를 때려눕히기 전에는 떠나지 않을 거요."

죄수들은 큰 소리로 탄식하며 어서 떠나라고 애원했지만, 거플렛은 꿈쩍도 하지 않았다. 조금 뒤에, 튼튼한 검은 말을 탄 베르페이의 에스투가 모습을 나타냈다. 거플렛을 본 그는 당장 도전을 해 왔다. 싸움이 시작되었다. 에스투가 창을 앞으로 겨누고 거플렛을 향해 달려왔다. 돈의 아들은 말을 옆으로 몰아 공격을 피했다. 화가 난 에스투는 다시 공격해 왔다. 그의 창이 거플렛의 방패에 부딪쳐 부러졌다. 그는 검을 들고 상대를 힘껏 치려고 했지만, 거플렛이 더 빨랐다. 거플렛은 들고 있던 창을 휘둘러 에스투를 쳐서 말에서 떨어뜨리는 데 성공했다. 에스투는 손에서 검을 놓친 채 풀밭에 처박혔다. 거플렛은 그에게 달려가 검을 다시 집을 시간을 주지 않고 칼끝을 목에 가져다 댔다. 에스투는 졌다는 것을 알고 애절한 목소리로 살려 달라고 빌었다.

거플렛이 대답했다.

"살려 주지. 두 가지 조건이 있다. 첫째, 나는 네 갑옷과 검을 원한다. 둘째, 카멜롯에 계신 아더 왕에게 너의 모든 죄수들을 맡겨라."

패배자는 명령을 어김없이 수행하겠다고 약속했다. 거플렛은 쟁취한 갑옷을 입고 투구를 쓴 다음 방패와 검도 차지했다. 그는 베르페이의 에스투를 기사들 사이에 남겨 놓고 다시 길을 떠났다. 기사들은 환호성을 지르며 풀려난 기쁨과 해방자에 대한 고마움을 소리 높여 외쳤다.

해가 진 후에도 거플렛은 계속 말을 달렸다. 어쩐지 으스스한 기분이 드는 커다란 산이 달빛 아래 그 모습을 드러냈을 때는 자정을 훌쩍 넘긴 시각이었다. 산으로 올라가는 길은 아주 좁았다. 다른 길이 없었기 때문에 그 위험해 보이는 길로 들어서는 수밖에 없었다. 그는 천천히 그 길로 접어들었다. 말을 타지 않고 땅위에 버티고 선 병사가 나타났다. 어깨가 떡 벌어졌고 균형이 잘 잡힌 근육질의 몸매에 머리를 박박 민 모습이었다. 그는 면도날보다도 더 날카로운 세 개의 투창을 휘두르며 아주 날렵하게 다가왔다. 허리엔 큰 칼을 찼고, 아주 단단해 보이는 사슬 갑옷을 입고 있었다.

그가 거플렛을 향해 고함을 질렀다.

"멈추라! 내 말을 들으라."

거플렛이 말을 세우고 말했다.

"듣겠다. 무엇을 원하는가?"

"여기 네 무기와 말을 내려놓으라. 그렇지 않으면 앞으로 갈 수 없다."

"무슨 권리로 그런 요구를 하는가? 무장하고 말을 탄 채 이곳을 지나갈 수 없다는 법이라도 있는가?"

"물론 그런 건 없지. 하지만 이 계곡에서는 통행료를 미리 내야 한다."

"정신 나간 친구로군. 싸울 수 없는 처지가 된다면 모르거니와, 이유 없이 말과 무기를 포기할 수는 없다."

"들어 봐. 순순히 내놓지 않으면 험한 꼴을 당하게 된다고. 내가 어떤 방식으로 빼앗아 가는지 구경해야 할 테니까. 난 네놈을 포로로 만들 테다."

"이런! 나를 포로로 만들겠다고?"

"내 말을 듣지 않겠다면 그렇게 하는 수밖에 없지."

"네 말을 들을 생각은 추호도 없다!"

"좋아! 그럼 내 창을 받아라!"

"좋으실 대로. 상대해 주마."

돈의 아들은 말을 뒤로 물러나게 했다. 사내는 투창을 귀 쪽으로 들어 올리더니 세게 날렸다. 투창은 무서운 힘으로 방패에 박혔다. 어찌나 세게 던졌는지 박히는 순간 파팟 불꽃이 일어났다. 방패를 뚫지는 못하고 창날이 창대에서 부러져 나갔다. 두 번째 투창은 거플렛의 투구에 부딪쳤다. 돈의 아들의 머리가 울렸다. 두 번째 투창 역시 부러졌기 때문에 거플렛에게 타격을 입히지는 못했다. 사내는 기사에게 상처를 입히지 못하자 미친 듯이 화를 내며 세 번째 투창을 날렸다. 거플렛은 잽싸게 몸을 숙여 투창을 피했다. 투창은 거플렛의 척추를 스치듯이 날았다. 투창은 갑옷 사슬을 여러 개 끊어냈지만 거플렛은 무사했다. 거플렛은 상대에게 더 이상 투창이 없다는 것을 확인하고 큰 소리로 외쳤다.

"자, 이제는 내 차례다. 내 창날로 네놈에게 복수하리라!"

말고삐를 느슨하게 풀어 창을 아래로 내린 거플렛은 상대를 향해 질풍처럼 내달렸다. 그는 상대를 문제없이 잡을 거라고 생각했지만, 사내는 상상 이상으로 민첩했다. 사방으로 훌쩍훌쩍 뛰며 창을 피했다. 그러다가 얼른 몸을 숙여서 땅에 놓인 단단한 돌멩이를 집어 들더니 거플렛을 향해 힘껏 던졌다. 거플렛이 방패를 들어 막자, 방패는 완전히 찌그러져 버렸다. 거플렛은 약이 잔뜩 올라 몇 차례 다시 공격했지만, 사내는 매번 놀랍도록 민첩하게 공격을 피했다. 뿐만 아니라 공격에 실패한 거플렛이 그의 옆을 스쳐 지나가는 동안 잽싸게 검을 뽑아 들더니 말 엉덩이에 올라타고 두 팔로 목을 꽉 조이는 데 성공했다.

사내가 외쳤다.

"꼼짝 마라! 움직였다간 죽을 줄 알아라!"

돈의 아들은 어떻게 해야 좋을지 몰랐다. 목을 감고 있는 사내의 힘이 엄청나서 빠져나갈 가망이 없어 보였다.

사내가 다시 떠들어 댔다.

"너를 끌고 가서 천 번쯤 죽여 주마. 아마 어떤 죄수도 너를 기다리고 있는 그런 끔찍한 고통은 겪지 않았을걸."

거플렛은 속으로 그런 끔찍한 고통을 겪느니 차라리 지금 죽는 것이 낫겠다고 생각했다. 그는 창을 멀리 던지고, 목을 조이는 사내의 오른팔을 젖 먹던 힘까지 다 짜내어 비틀었다. 사내가 칼을 떨어뜨렸다. 거플렛은 왼팔을 잡아당겨 몸에서 떼어내고 말에서 밀어 땅으로 떨어뜨렸다. 사내는 신음하면서 살려 달라고 애원했다.

"너 같은 괴물에게 동정을 베풀 수는 없다!"

거플렛은 냉혹하게 검으로 사내의 두 발을 잘라 버렸다.

혈투를 벌이는 동안 어느새 날이 밝아왔다. 산중턱에 우중충한 큰 건물이 보였다. 거플렛은 건물을 향해 다가갔다. 벽에 뚫린 창문에는 모두 쇠창살이 달려 있고 문에도 쇠살이 내려와 있었다. 쇠살문 뒤에 공포에 질린 난쟁이가 서 있었다. 거플렛은 네 주인이 결투에서 졌으니 문을 열라고 명령했다. 난쟁이는 사지를 부들부들 떨면서 문을 열었다. 감옥에는 스물다섯 명의 기사들이 갇혀 있었는데 모두 처참한 몰골이었다. 거플렛은 그들에게 먹을 것과 마실 것을 주라고 명한 뒤, 난쟁이와 함께 아더 왕의 궁으로 가라고 지시했다. 그들은 가는 길에 팔도 없고 발도 없는 모습으로 누워 있는 사내를 보고 이구동성으로 외쳤다.

"네놈이 도움도 받지 못하고 거기에 누워 있다니, 정의가 실현되었구나. 그런 꼴을 당해도 싸지. 너를 동정해 줄 사람은 아무도 없다."

그들이 카멜롯을 향해 가는 동안 거플렛은 산의 다른 쪽으로 떠났다. 거플렛은 정오가 될 때까지 말을 달렸다. 찌는 듯이 더운 날씨 때문에 말이 금세 지쳐서 속도를 늦추는 수밖에 없었다. 그는 아주 느릿느릿 말을 몰았다. 그렇게 가고 있을 때, 아주 잘생긴 종자 하나가 다가오는 것이 보였다. 허리띠 아래쪽까지 갈기갈기 찢어진 상의를 걸친 그 종자는 극심한 고통을 드러내고 있었다. 두 손으로 가느다란 금발머리를 쥐어뜯는가 하면, 얼굴을 마구 손톱으로 할퀴어서 피가 가슴으로 뚝뚝 떨어지고 있었다.

거플렛을 보자마자 그가 소리쳤다.

"용감한 기사님, 목숨을 구하세요. 얼른 도망치세요!"

거플렛이 물었다.

"무엇 때문에 도망치라는 거냐? 왜 그렇게 고통스러워하고 있는지 이유나 말해다오."

"그 남자가 무서워요. 어떻게 표현해야 할지 모르겠어요. 그자가 저의 훌륭한 주인을 죽였어요. 참으로 용감한 분이셨는데……. 그놈은 우아하고 아름다운 아가씨까지 끌고 갔어요. 권세 높은 백작님의 따님이랍니다. 제게서 억지로 아가씨를 빼앗아 갔어요. 무서워서 지금도 몸이 덜덜 떨려요."

"그 때문에 지금 나더러 도망치라는 거냐? 실로 불쌍한 멍청이로다."

그들이 그렇게 대화를 나누고 있을 때 문둥이가 하나 나타났다. 팔에 어린 아이를 안고 있었다. 그 뒤를 여자 하나가 울부짖으며 쫓아가고 있었다.

여자가 거플렛에게 달려와 애원했다.

"기사님, 전능하신 신의 이름으로 저를 불쌍히 여겨 주십시오. 문둥이가 잡아간 제 아이를 살려 주세요. 우리 집 문 앞에서 아이를 잡아 갔습니다!"

"무엇 때문에 아이를 잡아 갔느냐?"

"아무 이유도 없습니다. 악을 저지르는 기쁨을 즐기기 위해서일 뿐입니다!"

"문둥이가 큰 죄악을 저질렀구나. 즉시 아이를 찾아 돌려주겠다."

거플렛은 즉시 말을 달려 문둥이에게 덤벼들었다. 여자도 달려들어 문둥이의 발꿈치를 붙잡고 늘어졌다. 거플렛이 문둥이에게 호통을 쳤다.

"이 미친 문둥이 놈아! 참을 수 없이 막돼먹은 놈! 아이를 데려갈 수 없다!"

문둥이는 뒤를 돌아보더니 혀를 쑥 내밀었다.

"애를 달라구? 와서 가져가 보시지!"

"내 머리를 걸고 맹세한다. 더러운 냄새를 풍기는 추잡한 문둥이 놈아, 죄의 대가를 치르게 해 주겠다!"

문둥이는 어떤 마법의 도움이라도 받고 있는 듯 거플렛의 공격을 요리조리 피해 도망쳤다. 그는 이윽고 어떤 집 앞까지 가는 데 성공했다. 문둥이가 집 안으로 쏙 들어갔다. 돈의 아들이 그 뒤를 바짝 뒤쫓았다. 아이의 어머니는 엉엉 울면서 "하느님, 우리를 도와주세요"라고 소리치며 뒤따라 왔다. 거플렛은 말에서 내린 뒤, 여자에게 자기가 돌아올 때까지 말과 창을 지키고 있으라고 말했다. 검을 손에 들고 방패를 팔에 낀 그는 집 안으로 들어갔다. 크고 아름다운 집이었다. 안에는 끔찍하게 생긴 다른 문둥이가 또 하나 있었다. 그는 침대에 누워 아름다운 여자를 껴안고 있었다. 막 피어난 장미처럼 신선한 얼굴이었다. 그녀는 큰 소리로 절망의 비명을 쏟아내고 있었다. 얼마나 울었는지 두 눈이 붉게 충혈되어 있었다.

침입자의 존재를 알아차린 문둥이는 벌떡 일어나 침대 옆에 놓인 커다란 몽둥이를 집어 들었다. 거플렛은 몸을 일으킨 문둥이의 끔찍한 모습을 보고 공포에 사로잡혔다. 남자는 창보다도 키가 크고 어깨는 두 발 넓이는 되어 보였다. 거대한 팔 끝에 달린 두 손은 퉁퉁 부어 있었고, 갈고리처럼 생긴 검붉은 이빨은 바깥으로 모두 빠져나와 있었다. 독성을 품은 고약한 냄새가 풀풀 풍겨 나왔다. 얼굴은 종기로 뒤덮여 있었고, 눈썹은 없었으며, 단단한 눈꺼풀은 부풀어 있었다. 시커먼 색깔의 눈동자는 쉴새없이 불안하게 움직였다. 밖으로 말려 있는 두툼한 두 입술은 푸르딩딩한 색깔이었다. 전체적으로 시뻘건 얼굴은 불이 붙어 있는 숯덩이처럼 이글이글 타고 있었다. 그가 뭐라고 말을 하기 시작했는데, 헐떡이며 그르렁대는 소리여서 알아듣기가 힘들었다.

그가 화를 내며 물었다.

"누가 네놈을 이곳으로 데려왔느냐? 포로가 되기 위해 왔느냐?"

거플렛이 아니라고 대답하자, 문둥이가 다시 말했다.

"그렇다면 여기엔 왜 왔느냐? 뭘 찾는 거냐?"

"내 눈앞에서 아이를 안고 이 집 문턱을 넘어 들어온 문둥이를 찾고 있다. 아이의 어머니가 신의 사랑을 위하여 아이를 찾아다 달라고 내게 애원했다."

"흠……. 이 집에 들어온 걸 보니 일진이 고약한 모양이군. 겁대가리 없는 미친 놈 같으니, 살아서는 이 집을 나갈 수 없을 것이다."

문둥이는 몽둥이를 휘둘러 거플렛의 방패를 내리쳤다. 방패는 방 저쪽으로 날아갔다. 거플렛은 정신이 하나도 없었다. 문둥이가 두 번째 공격을 시도

하려고 할 때, 거플렛은 정신을 차리고 구석으로 도망쳤다. 문둥이의 몽둥이가 땅바닥을 내리찍자 집 전체가 우릉우릉 떨렸다. 거플렛은 있는 힘을 다해 공격했다. 문둥이의 상의 자락과 셔츠가 찢어지고 허리띠도 끊어졌다. 검은 아래로 내려오면서 바지를 찢고 엉덩이 살을 잘라냈다. 문둥이는 상처를 입고 미친 듯이 날뛰면서 다시 공격을 시작했다. 거플렛은 재빠르게 기둥 뒤로 몸을 숨겼다. 아가씨는 무릎을 꿇고 앉아 신의 도움을 탄원하고 있었다.

거플렛은 문둥이에게 방어할 틈을 주지 않고 오른쪽 팔에 검을 푹 찔러 넣어 어깨에서 잘라냈다. 문둥이는 끔찍한 비명을 지르고 증오와 분노로 거품을 내뿜으면서 거플렛을 향해 다가왔다. 그는 왼손으로 몽둥이를 휘둘러 거플렛의 머리통을 세게 갈겼다. 거플렛은 무릎을 꿇고 쓰러졌다. 입과 코에서 피가 폭포처럼 쏟아졌다. 끔찍한 무기는 땅으로 내리꽂히면서 산산조각이 나 버렸다. 거플렛은 몸을 일으켜 죽을힘을 다해 문둥이의 머리를 턱 있는 데까지 쪼개버렸다. 동시에 문둥이는 거플렛을 벽 쪽으로 미친 듯이 집어던졌다.

거플렛은 정신을 잃고 쓰러져 움직이지 않았다. 아가씨는 거플렛이 움직이지 못하자 죽었다고 생각하고 겁에 질렸다. 그녀는 거플렛 위에 몸을 숙이고 투구를 벗겨냈다. 얼굴이 드러나자 거플렛은 곧바로 숨을 토해냈다. 아가씨는 물을 가져다 거플렛의 얼굴에 뿌려 주었다. 거플렛은 여자를 문둥이로 착각했는지 벌떡 일어나 귓가를 냅다 후려갈겼다. 여자가 바닥에 나뒹굴었다. 거플렛은 자기가 무슨 짓을 했는지 모르고 있었다. 반쯤 정신이 나간 상태에서 기둥 뒤로 몸을 숨기더니 여전히 방패를 꼭 쥔 채 기둥에 몸을 기대고 숨을 헐떡였다.

아가씨는 별로 고통스러워하지 않고 일어나더니 거플렛에게 다가가 부드럽게 말했다.

"기사님, 보세요. 제가 말하는 거예요. 기사님께서 저를 그 괴물에게서 구해주셨잖아요. 이제 가슴에서 방패를 치우셔도 괜찮아요. 문둥이는 죽었어요. 이제 그를 무서워하실 필요 없어요."

거플렛은 머리에서 투구가 벗겨진 것을 알아차리고 말했다.

"누가 내 투구를 벗겼소? 내 검은 어떻게 되었소?"

거플렛이 아무것도 기억하지 못했기 때문에 아가씨가 일어났던 일을 설명해 주어야만 했다. 정신이 조금 돌아온 거플렛이 쓰러져 있는 문둥이에게 다가가 죽었다는 것을 확인했다. 그러더니 긴 의자 위에 오랫동안 탈진한 상태로 앉아 있었다.

갑자기 아이를 납치해 간 문둥이 생각이 났다. 그는 사방을 둘러보았다. 아무 흔적도 보이지 않았다. 그는 슬프고 화가 나서 문으로 달려갔다. 문은 열려 있었지만, 놀랍게도 문턱을 넘을 수가 없었다.

"이게 무슨 일이지? 마법에 걸린 건가? 어째서 이 문턱을 넘을 수 없지?"

그는 놀라서 고통스러운 신음을 내뱉었다. 그때 다른 문 너머에서 어린아이의 울부짖는 소리가 들려왔다.

"하느님, 우리를 도와주세요. 당신의 도움이 없으면 우리는 죽습니다."

거플렛은 소리 나는 쪽으로 달려갔다. 커다란 문이었다. 들어가 보니 길고 넓은 방이 나타났다. 그 끝에 바깥쪽에서 빗장이 걸려 있는 또 다른 문이 있었다. 문을 쾅쾅 두들겨 보기도 하고 큰 소리로 외쳐 보기도 했지만 아무런 반응이 없었다. 거플렛은 크게 심호흡을 한 뒤 몸을 세게 부딪쳐 가까스로 문을 열었다. 그는 검을 빼 들었다. 큰 칼을 든 문둥이가 몇 구의 시체 한가운데 서 있었다. 막 다른 아이들을 죽이려던 참이었다. 큰 아이도 있었고 작은 아이도 있었는데 합쳐서 서른 명쯤 되는 것 같았다. 아이들은 겁에 질려 울고 있었다. 그 광경을 보자 분노 때문에 속이 뒤집어 지는 것 같았다. 그는 살인자에게 달려들어 호되게 걷어찼다. 문둥이가 땅바닥에 넘어져 구르면서 주인에게 도움을 청했다.

거플렛이 고함을 질렀다.

"추악한 문둥이 놈아! 네 주인을 계속 불러 보려무나. 네 주인은 죽었다. 뻗어 버렸다구! 네놈 역시 저지른 죗값을 비싸게 치러야 할 것이다!"

그는 분노에 가득 찬 몸짓으로 문둥이의 손을 잘라 버렸다. 문둥이는 고통과 공포의 비명을 지르며 거플렛의 발밑으로 기어가 절규했다.

"제발, 자비를! 신께서 십자가에 달리신 것이 진실이듯이, 저를 죽이는 건 큰 죄악입니다. 저는 어쩔 수 없이 이 아이들을 죽인 것입니다. 주인님께서 그렇게 하지 않으면 저를 죽이겠다고 협박하셨기 때문에 어쩔 수가 없었습니다. 순결한 아이들의 피를 받아야 했어요. 그 피로 주인님의 끔찍한 병을 고칠 수 있다고 해서……."

"좋다! 살고 싶다면 어떻게 해야 이곳을 나갈 수 있는지 말해라."

"그건 어려운 일입니다. 이 집은 마법에 걸려 있는데 주인님만이 풀 수 있어요. 이 집에 적대감을 가지고 들어온 사람은 끔찍한 고문을 받기 전에는 포로로 갇혀 있어야 해요. 저는 그 마법을 풀 수 있는 방법을 한 가지 알고 있습니다. 창가에 금으로 도금한 청동으로 만들어진 아주 단단한 어린 소년의 두상이 있어요. 그것을 깨면 마법이 풀릴 것입니다. 갑옷을 입고 하셔야 합니다. 충격이 엄청날 테니까요. 이 집은 마법이 풀리는 순간 무너져서 사라질 겁니다."

거플렛은 미심쩍다는 듯이 물었다.

"그것이 진실이냐?"

"참말이구말구요. 제가 무엇 때문에 거짓을 말하겠습니까? 제 목숨이 나으리에게 달려 있는데요."

"그러나 조심하는 것이 좋겠지."

거플렛은 문둥이를 단단히 묶은 다음 아가씨에게 말했다.

"이 문둥이를 잘 감시하십시오. 내가 죽거든, 이자의 칼로 이자의 가슴을 찌르십시오."

그는 두 사람을 큰 방으로 보낸 다음, 혼자 남아서 머리에 투구를 쓰고 창가로 다가갔다. 문둥이의 말대로 창가에는 잘 만들어진 아름다운 두상이 있었다. 거플렛은 날카로운 검으로 두상을 내리쳐 둘로 갈랐다. 두상은 끔찍한 비명을 지르며 바닥으로 떨어져 튕겨 올랐다.* 그 순간, 모든 원소들이 날뛰며 그 비명 소리에 대답하는 것만 같았다. 바람이 미친 듯이 소용돌이치며 불어 젖히고, 번개가 번쩍이고, 천둥이 으르렁대면서 집 전체를 쿠르릉 쿠르릉 뒤흔들었다. 집이 전부 거플렛의 몸 위로 무너져 내리는 듯했다.

완전한 어둠이 들이닥쳤다. 이따금 무서운 번개만이 어둠을 가르고 지나갈 뿐이었다. 회오리바람은 점점 더 거세어졌다. 바람은 뿌연 먼지바람을 일으키며 지나가는 길에 있는 것을 전부 휩쓸어갔다. 먼지가 짙어 거플렛은 눈을 뜰 수가 없었다. 그는 버틸 기운이 없어 바닥에 죽은 듯이 누워 있었다. 시간이 한참 지나간 뒤에야 거플렛은 정신을 차릴 수 있었다.

집은 흔적도 없이 사라져 버렸다. 아이를 잃어버렸던 어머니와 아

✤ 성배 신화에 정신분석학적으로 접근하는 연구자들은 이 문둥이의 성을 어머니 신의 면모를 지니고 있는 브루니센Brunissen(그녀는 아름다운 모습에도 불구하고 잔인한 밤의 여신이다. 그녀의 이름 안에 들어 있는 갈색brune의 어휘를 눈여겨볼 것. 게다가 그녀가 살고 있는 성은 몽브룬Monbrun[Mont Brun, 갈색의 산]이다. 그녀는 인도의 칼리 여신처럼 검은 여자인 것이다. 거플렛에 대한 뜨거운 사랑을 품고 있는데도 그녀는 대단히 잔인하고 사나운 면모를 보인다. 그녀는 융이 '무서운 어머니' mére terrible 원형이라고 부르는 고대적 여신의 특성을 지닌 인물이다)과 결합하기 전의 주인공의 죄의식의 검열로 분석한다. 따라서 주인공이 부수는 두상은 소년의 두상이다. 거플렛은 문둥이와 싸워 이김으로써 소년의 단계를 뛰어넘은 것이다.

이런 관점으로 살펴보면 어린아이들을 잡아먹는 문둥이의 설정은 우연이 아니다. 브루니센의 과수원에 들어간 거플렛이 계속 잠을 자고 싶어 한다는 것도 모태회귀 욕망과 일정한 연관이 있으며(게다가 거플렛은 어머니의 배처럼 볼록한 방패를 뒤집어쓰고 잔다), 그 밤의 성에서 벌어지는 광란의 소란도 아름다운 브루니센이 고대적 어머니 여신의 통음난무 제의와 연관이 있다는 것을 나타낸다. 어부왕의 고통에 동참하기 위해서라는 것은, 따라서 원시적 신화 주제에 덧붙여진 합리화의 장치일 뿐이다. 미친 듯이 황소를 때려죽이는 소몰이꾼의 이해하기 어려운 행동은 통음난무 제의에 동반되는 동물 희생의 메아리이다. 신월이 뜰 때마다 어부왕이 고문당한다는 것도 이 일화가 원초적 층위에서 달의 여신과 연관되어 있음을 암시하고 있다. 아티스 여신의 제의에서 광란에 사로잡혀 스스로 거세하던 남성 참례자들의 유혈적 면모가 어부왕의 처참한 고통에서 읽힌다. 몽브룬의 격렬한 통곡과 난동은 이 원시적 심성이 가부장적 기독교 독트린 안에서 얼마나 억압되어 있는가를 역으로 증명하고 있다. —역주

이들, 아가씨와 문둥이는 깎아지른 듯한 큰 암벽 아래에 피신해 있었다. 그들은 그곳에서 놀란 눈으로 집이 태풍에 휩쓸려 사라지는 것을 지켜보았다. 그들은 거플렛이 지쳐서 땅바닥에 늘어져 있는 것을 발견하고 환호성을 질렀다. 몸은 지칠 대로 지쳐 있었지만 그는 이 저주받은 장소의 마법을 걷어낸 것이 못내 행복하다는 표정이었다.

기운을 좀 차린 뒤 거플렛은 사람들에게 모두 아더 왕의 궁으로 가서 왕과 왕비님께 이 모험 이야기를 해 드리는 것이 어떻겠느냐고 말했다. 모두들 기꺼이 그렇게 하겠다고 약속했다.

그들이 떠날 준비를 하고 있을 때 아가씨가 거플렛에게 다가와 말했다.

"돈의 아드님이신 거플렛 경, 당신은 저를 커다란 위험에서 구해주셨어요. 저는 결코 잊지 않을 겁니다. 도움을 드리고 싶어요. 전 당신이 무엇을 찾아 헤매고 있는지 알아요. 신비의 잔과 피 흘리는 창을 지키고 있는 부상당한 왕을 찾고 있지요. 당신은 어부왕이라고 불리는 사람이 어디에 살고 있는지 알지 못해요. 저 역시 모릅니다. 이 점에 대해서 제가 알고 있는 것을 말씀드릴게요.

이곳에서 멀지 않은 북쪽에 젊은 여자 영주가 소유하고 있는 넓은 영지가 있는데, 낮과 밤의 어떤 시간이 되면 큰 탄식 소리와 통곡 소리가 울려 퍼진다고 합니다. 모든 주민들이 그들 중 어떤 사람의 비탄 때문에 우는 것 같다고 해요. 그 비탄의 원인이 무엇인지는 저도 모릅니다. 그곳에서 북쪽으로 더 멀리 가면 부상당한 성주가 살고 있는 성이 있어요. 그 성주의 상처는 그 상처를 입힌 사람에게 피의 복수를 해 줄 젊은이가 와야만 치유받을 수 있다고 합니다. 제가 말씀드릴 수 있는 것은 이게 전부입니다. 제 도움이 필요하시면 언제라도 돕겠습니다."

"고맙습니다. 알려 주신 내용을 잘 활용하도록 하겠습니다."

두 사람은 서로 인사하고 헤어졌다. 아가씨와 문둥이, 여자와 아이들은 카멜롯으로 가는 길로 접어들었다. 거플렛은 북쪽을 향해 떠났다.

밤이 되었다. 거플렛은 어부왕에 대해서 알게 되기 전까지는 말을 멈추지 않겠다고 다짐했던 터였다. 어둡고 빽빽하고 넓은 숲을 계속 달렸다. 피곤이 엄습해 왔다. 오래전부터 제대로 먹지도 마시지도 못한데다가 결투하는 동안 너무 많이 얻어맞았기 때문에 힘이 부치기 시작했던 것이다. 매순간 말에서 떨어질 것만 같다는 생각이 들었다. 그는 겨우 안장 위에 버티고 앉아 있었다. 그는 말이 가는 대로 내버려두고 계속 졸았다.

밤은 맑고 부드러웠다. 하늘에 떠 있는 별은 반짝이고 바람은 향기로웠다. 거플렛은 대리석 울타리가 쳐져 있는 과수원 가까이 다가갔다. 천국의 향기란 향기는 모두 모아놓은 듯 말할 수 없이 감미롭고 달콤한 향기가 진하게 풍겨 나왔다. 나뭇잎 사이에서는 조화로운 음악 소리가 들렸다. 날이 저무는 즉시 나라 전체의 새라는 새는 모두 그곳에 와서 부드러운 소리로 이야기를 나누고 있었기 때문이다. 그 노랫소리는 새벽이나 되어야 사라질 터였다. 그 신비한 장소는 사람들이 '아름다운 브루니센' 이라고 부르는 젊은 여자의 소유였다. 그녀가 살고 있는 저택은 몽브룬이라고 불렸다.

어두운 색깔의 큰 사각형 돌로 지어진 그 집은 총안銃眼이 여러 개 뚫린 성벽으로 둘러싸여 있었고, 역시 어두운 색깔의 탑들이 있었다. 한가운데에는 다른 탑들보다 더 아름답고 튼튼한 탑이 우뚝 서 있었다. 그곳에 아름다운 시녀들에게 둘러싸여 있는 브루니센이 살고 있었다.

여주인의 아름다움은 시녀들의 아름다움에 비할 바가 아니었다. 백합보다 더 희고 신선한 여자였다. 바라보기만 해도 즐거운 아름다운 입은 늘 입맞춤을 요구하는 것처럼 느껴졌다. 지난 칠 년 동안 슬픔과 근심에 잠겨 모든 기쁨을 잃어버리지 않았더라면 더욱 아름다웠을 것이다. 매일처럼 그녀는 네 차례에 걸쳐 신음하면서 고통을 드러내야 했다. 매일 밤 그녀는 세 번 일어나 지칠 때까지 울었다. 그러다 창가에 가서 과수원의 새들이 노래하는 소리를 듣고는 했다. 한참 동안 있으면 음악 소리에 마음이 가라앉았다. 그러나 다시 잠들었다가 일어나 신음하며 울었다. 성안에 있는 사람들은 아름다운 브루니센의 탄식 소리를 듣고는 함께 슬퍼하며 울었다.

과수원에서 말을 내린 거플렛은 커다란 문을 통해 안으로 들어갔다. 아주 아름답게 장식된 문이었다. 그는 말이 파릇파릇 돋아난 풀을 뜯어먹고 기운을 차릴 수 있도록 재갈을 풀어준 다음, 머리에 방패를 뒤집어쓰고 드러누웠다. 그렇게 하면 어떤 시끄러운 소리가 들려도 방해받지 않고 잠들 수 있었다. 그날 겪은 많은 고통으로 죽을 것처럼 피곤했기 때문에 아무리 아름다운 새소리라 해도 견디기 힘들었다.

그 시각 브루니센은 저녁 식사 후에 곁에 붙들어 둔 몇 명의 기사 및 측근들과 함께 대화를 나누고 있었다. 잠들 시간이 되자 그들은 브루니센을 남겨두고 탑을 떠났다. 브루니센은 자기 방으로 돌아와, 언제나처럼 새소리를 들으려고 창가로 다가갔다. 아무 소리도 들리지 않았다. 짐승이나 낯선 사람이 들어와 새들이 놀란 게 틀림없다고 생각한 그녀는 잔뜩 화를 내며 시녀를 불러 집사장을 찾아오라고 일렀다.

집사장이 나타나 물었다.

"마님, 무슨 일이신가요?"

"내 과수원 안에 누군가 들어온 모양이다. 새들이 무서워서 노래를 부르지 않는구나. 쉴 수가 없다."⚜

브루니센은 집사장에게 불청객이 누구인지 알아보고, 만일 사람이라면 잡아오든지 죽이라고 명령했다. 집사장은 종자 두 사람에게 횃불을 들려 급히 과수원으로 갔다. 곧 머리에 방패를 뒤집어쓰고 잠들어 있는 거플렛을 발견했다. 집사장은 당장 일어나라고 큰 소리로 외쳤다. 거플렛은 꼼짝도 하지 않았다. 집사장은 그를 흔들면서 다시 말했다.

⚜ 새들의 노랫소리를 들어야 휴식을 취할 수 있는 브루니센의 이상한 이야기는 웨일즈어 문헌에 자주 나타나는 '죽은 자들을 깨우고 산 자들을 잠들게 하는 리아논의 새'라는 신화 주제와 연관 지어 이해해야 한다. 리아논('위대한 여왕' 리간토나)은 어머니 신의 한 형태이다. 프랑스어 문헌에 나타나는 돈의 아들 거플렛(프랑스어 발음으로 '지르플레'—역주) 또는 우리가 여기에서 참조하고 있는 문헌인 오크어(중세기 남부 프랑스어—역주) 문헌에서는 도송의 아들 조프레라고 불리는 인물이 웨일즈어 텍스트에 나오는 길바에트위와 같은 인물이라는 것을 잊지 말 것. 돈은 어머니 신의 다른 이름이다. 따라서 우리는 브루니센이 돈 여신의 젊은 이미지라고 생각할 수 있다. 이 이미지는 거플렛-조프레의 탐색 내내 그의 무의식에 출몰하는 분명히 근친상간적인 이미지이다.

“당장 일어나라. 말을 듣지 않으면 죽이겠다!”

그제야 거플렛은 잠에서 깨어났다. 그는 일어나서 점잖게 말했다.

“신의 이름으로 부탁하겠소. 이러지 마시오. 조용히 자게 내버려두시오. 다른 건 요구하지 않겠소.”

“여기에서 더 잘 수 없다. 나를 따라서 마님에게 가야 한다. 마님의 과수원에 멋대로 들어왔으니 네놈에게 복수해야만 마님의 마음이 편해지실 것이다. 네놈이 그분의 새들을 놀라게 해서 그분의 잠과 휴식을 빼앗았단 말이다.”

거플렛이 대답했다.

“내가 푹 자고 일어날 때까지 기다리든지, 아니면 나와 싸워서 끌고 가시든지 마음대로 하시오.”

집사장은 미지의 기사가 결투를 요구한다는 것을 알고 종자들에게 무기를 가져오라고 일렀다. 거플렛은 다시 잠들었다. 집사장은 무장을 하고 외쳤다.

“자, 무사여, 일어나라! 네 눈앞에 네게 도전하는 기사가 있다!”

거플렛은 여전히 쿨쿨 자고 있었다. 집사장은 그가 일어날 때까지 거칠게 흔들어 댔다. 거플렛은 집사장의 무례한 태도에 화가 나서 벌떡 일어났다.

“잠도 못 자게 하다니, 참으로 무례한 사람이로군. 난 지금 너무 졸리고 피곤해서 몸이 다 부서질 것 같소. 겨우 버티고 서 있단 말이오. 하지만 나와 싸우겠다고 결심한 모양이니, 만일 내가 당신을 말에서 떨어뜨리면 자게 해 주겠소?”

“물론이지. 약속하겠다. 나는 걱정하지 않는다. 마님에게 네놈을 끌고 갈 수 있을 테니까.”

거플렛은 쏜살같이 말이 있는 곳으로 다가갔다. 마구를 채우고 무장을 마친 그는 안장 위에 뛰어올라 상대가 기다리는 곳으로 질풍처럼 내달렸다. 상대가 그를 세게 쳤지만 거플렛은 거꾸러지기는커녕 미동도 하지 않았다. 이번에는 돈의 아들이 반격했다. 상대는 일격에 말에서 떨어졌다.

거플렛이 말했다.

"이젠 약속대로 자게 해 주시오."

그는 대답을 기다리지도 않고 말에서 내리더니 투구를 벗어놓고 길게 드러누웠다. 거플렛은 방패를 뒤집어쓰고 곧장 잠이 들었다.

집사장은 창피하기도 하고 화가 나기도 했다. 그는 풀이 죽은 모습을 하고 저택으로 돌아왔다.

브루니센이 물었다.

"과수원에 무엇이 있더냐?"

집사장은 기어들어가는 듯한 목소리로 과수원에서 일어난 일을 보고했다. 브루니센은 화가 나서 얼굴이 빨갛게 달아올랐다.

"그자가 나를 놀리는구나. 병사들을 보내 천한 도둑을 잡아오듯이 그자를 끌고 오너라! 그자가 목 매달리는 걸 볼 때까지는 먹지도 않고 쉬지도 않겠다. 무슨 수를 쓰든 끌고 오너라."

집사장은 기사들을 소집한 다음 마님의 명령을 전달했다. 모두 서둘러서 과수원으로 내려갔다. 그들은 잠들어 있는 거플렛을 에워싸고는 어떤 사람은 다리를, 어떤 사람은 팔을, 어떤 사람은 허리를, 어떤 사람은 넓적다리를, 또 어떤 사람은 어깨를 붙잡았다.

거플렛은 깜짝 놀라 잠에서 깨어났다. 포로가 되었다는 것을 깨닫고 소리쳤다.

"제발, 그만 두시오! 당신들은 대체 누구요? 왜 나를 이렇게 몰래 붙잡아 가는 거요? 내가 당신들에게 무슨 짓을 했기에? 악마들이오? 그래, 틀림없이 그런 모양이군. 아니면 야밤에 밖에서 헤매고 다니는 것을 보니 영원한 휴식을 빼앗긴 유령들이거나! 신과 성모 마리아의 이름으로 명하노니 가서 볼일들 보시오. 나는 마음껏 자게 내버려두란 말이오!"

기사들은 한마디 말도 하지 않고 갑옷을 입은 거플렛을 그대로 들고 브루니센의 방으로 데려갔다. 브루니센이 그를 놓아 주라고 명령했다. 거플렛은 놀란 표정으로 허리를 펴고 일어섰다. 큰 키에 균형 잡힌 몸매, 멋진 사슬 갑옷을 입은 그의 모습은 아주 당당해 보였다.

한참 동안 그를 바라보던 브루니센이 물었다.

"오늘 밤에 그토록 많은 고통을 불러일으킨 사람이 당신인가요?"

"부인을 고통스럽게 하려는 생각은 조금도 없었습니다. 오히려 누군가 부인을 해치려 든다면 온 힘을 다해 지켜 드릴 것입니다."

"당신은 내 과수원에 멋대로 들어왔고, 설명을 요구하는 집사장을 땅에 처박지 않았나요?"

"사실입니다. 제가 달리 어떻게 할 수 있었을까요? 잠을 자도록 내버려두지 않았는걸요."

브루니센의 얼굴이 분노로 빨갛게 달아올랐다.

"정말 무서운 게 없는 모양이군요. 내 손에 들어왔으니, 다시는 오만하게 굴지 못하도록 해 주겠어요. 당장 목을 매달든지 어디 한 군데 못쓰게 만들어

주겠어요. 당신에게 마땅한 벌을 내리기 위해서 내일까지 기다려야 할 이유는 없으니까!"

거플렛은 그제야 그녀가 진짜로 화났다는 사실을 알아차렸다. 그는 그녀를 가만히 바라보았다. 이마, 목덜미, 얼굴, 붉은 입술, 고통을 주겠다고 협박하는 이 아름다운 여자에 대한 격렬한 사랑이 참을 수 없이 솟아나오는 것이 느껴졌다. 그녀가 화를 낼수록 그녀를 품에 안고 싶다는 욕망이 점점 더 커지는 것이었다.

브루니센은 기사들에게 그를 끌고 가라고 명령했다.

"데려가서 목을 매달든지 죽이든지 해라. 내가 흡족해할 만한 방식으로 죽여야 한다."

그때 거플렛이 나서서 말했다.

"부인, 원하시는 대로 저를 처분하실 수 있습니다. 당신은 완전 무장한 백 명의 기사들보다 더 빨리 저를 정복하실 수 있습니다. 저는 완전히 당신의 처분에 맡겨져 있으니까요. 만일 제가 저도 모르게 당신에게 어떤 고통이나 불쾌함을 야기했다면 몸소 복수하십시오. 저는 제 입장을 변호하기 위해 검도 방패도 창도 들지 않겠습니다. 마음껏 저를 벌하십시오."

정중하고 진실하게 자기 생각을 표현하는 거플렛의 말을 듣고 브루니센의 분노가 가라앉았다. 그녀는 저도 모르게 미지의 남자에게 감동하게 되었다. 할 수 있다면 그를 당장 용서해 주고 싶었다. 그러나 그녀는 그의 갑옷을 벗기고 가장 혹독한 고통을 주라고 명령했다.

거플렛이 다시 입을 열었다.

"신의 이름으로 한 가지 은혜만 베풀어 주십시오."

"죽음 외에는 아무것도 허용할 수 없다."

"저를 마음대로 처분하십시오. 그러나 불쌍히 여기셔서 죽기 전에 실컷 잠이나 좀 자게 해 주십시오."

집사장이 끼어들었다.

"마님, 이자는 우리에게 아무런 위험도 되지 않을 것입니다. 저렇게 원하는데 자게 해 주시지요. 어디에서 온 자인지도 모르는데 죽이는 것도 현명한 일은 아닐 듯합니다. 세상을 편력하고 있는 기사들 중에는 출신이 뛰어나고 권세 있는 사람들이 많이 있습니다."

브루니센은 기분이 좀 언짢기는 했지만 처형을 미루자는 집사장의 제안이 내심 반가웠다. 게다가 그녀는 포로를 놓아 주자고 말하는 사람이 없다는 것이 기뻤다.

"그를 가두어 두는 것이 마땅하다고 판단된다면 그를 너희에게 맡기겠다. 내일 아침에 내게 끌고 오지 않으면 나의 신뢰를 잃는 것은 물론이고 나와 편하게 지내지 못할 것임을 경고해 둔다."

"마님, 저희를 믿으십시오. 단단히 감시하겠습니다."

사람들은 거플렛을 어떤 방으로 끌고 갔다. 집사장은 그 방에 침대를 놓아 주라고 이른 뒤, 기사들과 병사들을 주위에 빙 둘러 배치했다. 집사장은 방을 나가기 전에 거플렛에게 어디에서 왔는지, 또 무엇을 찾고 있는지 물었다.

돈의 아들이 대답했다.

"나는 아더 왕 궁정에 속해 있소. 지금으로서는 그 이상 말할 수 없소이다. 이제 질문은 그만하고 날 좀 자게 해 주시오."

집사장은 대답을 강요하지 않고 그냥 물러나왔다. 거플렛은 입은 옷 그대로 침대에 눕자마자 잠들었다. 브루니센도 자리에 누웠다. 그러나 기사의 영상이 계속 떠올라 잠을 이룰 수 없었다. 그 기사는 아주 기묘한 방식으로 그녀의 가슴을 떨리게 했다.

브루니센은 생각했다.

'그 사람 없이는 살 수 없을 것 같아. 나는 그 사람을 사랑하게 된 거야. 틀림없어. 그는 날 어떻게 생각할까? 그가 나와 함께 있고 싶어 할지 그건 잘 모르겠어. 방금 완전 무장한 기사 백 명보다 내가 더 그를 더 잘 정복할 수 있다고 말한 걸 보면 날 좋아하는 것 같기도 해. 아냐, 내가 미쳤지. 지금 무슨 생각을 하고 있는 거야. 전부 바보 같은 생각이야. 그가 그렇게 말했던 건 용서를 받으려고 꾀를 낸 걸 거야. 머릿속은 도망칠 궁리뿐이라구. 그런 비겁한 짓은 참을 수 없어. 안 되겠다. 도망칠지 모르니 내가 직접 감시해야겠어.'

그녀는 자리에서 일어나 얼른 옷을 챙겨 입었다. 그녀가 막 방을 빠져나오려 할 때 탑의 파수꾼이 나팔을 불었다. 성의 주민들이 전부 일어나 비명을 질러대고 탄식을 쏟아내며 통곡하기 시작했다. 밤의 고요를 갈가리 찢어놓는 괴이한 소리였다. 탑에 살고 있는 귀부인들과 아가씨들도, 브루니센도 손을 비틀고 머리를 쥐어뜯으며 곡소리를 쏟아냈다. 거플렛이 잠들어 있던 방에서도 기사들과 병사들이 벌떡 일어나더니 소란을 피워 댔다.

깜짝 놀라 잠에서 깬 거플렛이 소리쳤다.

"하느님! 이게 무슨 일이랍니까? 여보시오들, 왜 이렇게 슬피 우는 거요? 무엇 때문에 그토록 고통스러워하는 겁니까?"

기사들은 대답 대신 거플렛에게 달려들어 두들겨 패기 시작했다. 거플렛이 울부짖듯 물었다.

"여보시오! 내가 무슨 잘못을 했다고 이렇게 두들겨 패는 거요?"

그들이 미친 사람들처럼 소리를 질러대기 시작했다.

"천한 놈! 미친놈! 역적 아들놈! 넌 반드시 죽게 된다!"

그들은 칼, 창, 몽둥이, 막대기, 도끼, 무엇이든 닥치는 대로 집어 들고 거플렛을 때리려고 했다. 거플렛은 저항해 봐야 아무 소용없겠다는 결론을 내리고 죽은 듯이 웅크리고 있었다.

흥분 상태에 있던 기사들이 소란을 멈추었다. 그들은 거플렛을 내버려두고 각자 자기 위치로 돌아갔다.

병사 하나가 말했다.

"이자가 도망갈 거라는 걱정은 안 해도 되겠군. 숨도 안 쉬고 꼼짝도 하지 않잖아. 감시하느라고 날밤 새우지 않아도 될 듯하니 모두 눈이나 좀 붙이세."

거플렛은 그 말을 듣고 움직이지 않으려고 조심했다. 감시병들의 미치광이 같은 살기를 자극할까 봐 겁이 났던 것이다. 저들은 왜, 어째서 그렇게 슬피 우느냐고 물어보자마자 득달 같이 달려들어 두들겨 팼던 것일까?

그는 속으로 생각했다.

'이곳에서 나갈 수 없을 것 같구나. 이곳에 잡혀 있다간 신이 존재하시는 것만큼이나 확실하게 목숨을 잃을 것 같다.'

그의 눈앞에 성 여주인의 상큼하고 아름다운 모습이 떠올랐다. 그러자 어쩐지 이곳에서 사는 것도 기분 좋은 일이 될 것 같다는 생각이 드는 것이었다.

'그 여자가 누군지는 알 수 없지만, 내 가슴이 온통 그 여자 생각으로 가득 차 있는 것을 알겠구나. 그 여자와 늘 함께 사는 것도 나쁘지 않을 것 같다. 그런데 내가 미쳤나, 왜 이따위 생각을 하고 있담? 본의는 아니었다 하더라도 그 여자가 절대 용서할 수 없다고 하는 잘못을 저질러 놓고 어떻게 그 여자가 나를 사랑하기를 바란다는 말인가? 게다가 나는 지금 끝까지 완수하겠다고 맹세한 탐색을 떠난 처지 아닌가?'

돈의 아들의 마음은 한없이 슬퍼졌다. 그가 다시 깊은 잠에 빠져들지 못하는 이유는, 방금 얻어맞은 곳이 아파서라기보다는 부인이 그의 마음속에 불러일으킨 쓰라린 생각 때문이었다…….

자정이 되자 탑의 파수꾼이 또 다시 나팔을 불었다. 성안의 모든 사람들이 서로 약속이나 한 듯 한 사람처럼 일제히 잠에서 깨어나 친아버지가 죽기라도 한 것처럼 통곡하기 시작했다. 브루니센과 시녀들도 요란을 떠는 데 있어 다른 사람 못지않았다. 여자들은 소란스럽게 곡소리를 냈다. 거플렛이 있는 방에서도 요란한 울음소리가 터져 나왔다. 거플렛은 이번에는 꼼짝도 하지 않고 어떤 질문도 던지지 않았다. 침대 위에서 기절한 척하고 눈을 반만 뜬 채 주위에서 무슨 일이 벌어지는지 동태를 살폈다. 기사들은 손과 손가락을 잡아 뜯기도 하고 벽에다 머리를 쾅쾅 찧기도 하고 바닥에 넘어져 미친 것처럼 버둥대기도 했다.

거플렛은 생각했다.

'여기 있어 봐야 좋은 일은 없겠군! 신께서 내가 도망치는 걸 허락해 주신다면 좋으련만. 이자들의 수중에 떨어지느니 차라리 창에 찔려 죽는 게 낫겠다. 모든 사람들이 조용히 잠들어 있는 이 시간에 저런 광란을 벌이는 걸 보면 이자들은 인간이 아니라 지옥에서 튀어나온 악마야. 오, 하느님! 제발 내일은 이곳에 있지 않도록 해 주십시오!'

갑자기 광란이 뚝 멈추었다. 모든 것이 고요히 가라앉고 탄식 소리는 전혀 들려오지 않았다. 기사들은 침대 주위로 돌아와, 옷과 신발을 신은 채 그대로 드러누워 잠들어 버렸다.

그 시각에 브루니센은 마음속의 고통 때문에 잠들지 못한 채 복도를 이리저리 헤매고 있었다. 어떻게 해야 그 기사가 나를 사랑하게 만들 수 있을까? 금은보화를 준다고 해도 그 기사와 맞바꾸고 싶지 않았다. 그렇게 그녀의 마음을 온통 빼앗아간 남자는 여태껏 한 명도 없었다. 사랑이 그녀의 마음을 잔인하게 괴롭혔다. 그가 보고 싶어 미칠 것만 같았다. 새벽까지 기다리는 것조차 힘들었다. 그녀는 자신의 정신 나간 생각을 비난하며 눈물을 흘렸다. 하지만 눈물은 그녀의 욕망을 더욱더 타오르게 만들었을 뿐이다.

거플렛은 전혀 다른 일에 마음을 쓰고 있었다. 그는 고뇌에 가득 차서 어떻게 하면 그곳을 빠져나갈 수 있을지 궁리하는 중이었다. 병사들과 기사들은 곧 깊이 잠들었다. 거플렛은 자리에서 일어나 앉았다. 감시병들이 전혀 움직이지 않았기 때문에 그는 살그머니 침대를 빠져나왔다. 벽에는 그의 창과 방패가 걸려 있었다. 그는 조용히 무기를 내렸다. 소리 없이 방을 빠져나온 거플렛은 과수원으로 들어갔다. 말은 그가 두고 떠난 자리에 그대로 있었다.

거플렛은 말을 타고 과수원을 떠나 숲속으로 접어들었다. 그는 그의 가슴을 기이하게 뒤흔들어 놓은 여자의 영상을 물리치고 탐색을 계속하기로 단단히 결심했다.

브루니센은 여전히 고통스러운 마음을 부여안고 방으로 돌아가 다시 침대에 누웠지만 사랑이 너무나 뜨겁게 불타올라 잠을 이룰 수 없었다. 그녀는 이리 누웠다 저리 누웠다 뒤척이기만 했다. 생각은 계속해서 과수원에 숨어들어 왔던 그 기사에게로 향했다. 어떻게 하면 그를 옆에 붙잡아 놓을 수 있을까? 밤이 낮에게 자리를 내어줄 때까지 그녀는 그렇게 마음을 끓였다.

탑에 있던 파수꾼이 다시 나팔을 불었다. 성의 주민들은 즉시 일어나 곡을 하기 시작했다. 그 시간에 거플렛은 빠른 속도로 숲을 달리고 있었는데 그 소리가 그의 귀에까지 들렸다. 얼마나 크고 끔찍한 소리였던지, 거플렛은 완전히 얼이 빠져서 어디로 가는지도 모르고 아무렇게나 되는 대로 말을 몰았다. 조금 뒤에 곡소리는 갑자기 뚝 끊겼다. 태양이 떠올랐다.

브루니센은 더 이상 참을 수 없어서 그녀에게 강한 인상을 남긴 남자가 붙잡혀 있는 방으로 들어갔다. 그녀는 기사 한 사람을 붙잡고 어찌 되었느냐고 물어보았다.

그가 대답했다.

"마님, 살아 있는 모습을 보실 수는 없을 겁니다."

브루니센이 비명을 질렀다.

"그게 무슨 소리냐?"

"그자가 간밤에 우리가 곡을 하고 있을 때, 우리의 관습에 관해 던져서는 안 되는 질문⚜을 던졌습니다. 우리가 죽도록 두들겨 팼지요. 지금쯤 죽었을 겁니다."

브루니센은 가슴이 무너지는 것 같았다. 그녀는 침대를 향해 달려가 이불을 젖혔다. 침대는 텅 비어 있었다. 그녀는 고함을 지르며 다 모이라고 명령했다. 그녀의 신하들이 모두 달려왔다.

"이 멍청한 놈들! 너희들은 나를 배반했어! 그 기사는 어디 갔느냐? 도망치게 내버려두다니 혼날 줄 알아라. 나는 지금 농담하는 게 아니다. 악마가 그를 잡아갔다 하더라도 그를 찾아서 내 앞에 데려와! 그렇게 하지 못할 시에는 모조리 목을 매달아 버리겠다. 빨리 서두르란 말이야. 모두 무장하고 떠나서 그를 찾아와. 내가 그 기사를 너희에게 맡겼으니 무슨 수를 쓰든 그를 데려오는 것은 너희 책임이다. 데려오지 못하면 절대 용서하지 않을 것이다!"

브루니센은 휑 하니 자기 방으로 돌아갔다. 그녀는 침대에 몸을 던지고 슬피 울었다. 분노와 사랑이 범벅이 된 울음이었다.

낮이 환하게 밝았을 때, 돈의 아들은 길 위에서 소몰이꾼 하나를 만났다. 그는 네 마리 황소가 끌고 가는 수레를 몰고 있었는데, 수레에는 식량이 잔뜩

⚜ 몽브룬에서 던져서는 안 되는 질문은 코르베닉에서 던져야 하는 질문의 뒤집힌 짝이다. 브루니센의 성은 따라서 가짜 성배 성이거나, 어부왕 성의 기독교 이전의 '이교' 동형同形이다. 몽브룬의 통곡은 『탐색』의 웨일즈 고대 판본인 『페레두르』 안에서 주인공이 목격한 통곡을 떠올리게 한다(『아발론 연대기』 6권 3장 「잃어버린 기회」 참조).

실려 있었다. 남자는 거플렛에게 친절하게 인사하며 말했다.

"기사님, 아주 지치고 굶주린 얼굴을 하고 계시군요. 괜찮으시다면 먹을 것을 좀 드리지요. 여기서 잠깐 쉬었다 가십시오."

"이거 고맙군. 밥을 언제 먹었는지 기억도 나지 않는다네."

소몰이꾼은 빵과 절인 고기를 내밀었다. 거플렛은 음식을 한입에 꿀꺽 삼킨 다음 물었다.

"그런데 어디로 가는 길이신가?"

"이 식량을 전해 드리려고 몽브룬에 가는 길입니다. 그게 제가 하는 일입죠. 몽브룬에는 사람이 많이 살고 있기 때문에 이틀에 한 번꼴로 그곳에 가지요. 음식을 많이 가져다줘야 합니다요."

"몽브룬…… 몽브룬이라……. 큰 과수원 한가운데에 있는 숲속의 성이 몽브룬인가?"

"예, 그렇습니다. 이곳에서 별로 멀지 않지요. 숲을 지나다 보면 큰 탑이 보이는데, 못 보셨습니까?"

거플렛은 잠깐 생각하다가 물었다.

"그 영지의 주인이 누구인지 아는가?"

"물론 알지요. 브루니센이라고 불리는 아가씨가 주인이지요. 많은 봉신과 기사, 지체 높으신 제후들을 거느리고 계시지요. 모두들 그분을 침이 마르게 칭송한답니다. 한번 아름다운 브루니센 님을 본 사람들은 평생 잊지 못한다고 하더군요."

"몽브룬에서 들리는 비명과 곡소리에 대해 알고 있나? 그 슬픔과 고통의 이유가 뭔가?"

그 말을 듣더니 소몰이꾼의 얼굴이 갑자기 분노로 시뻘겋게 달아올랐다. 그가 소리를 버럭 질렀다.

"어떻게 감히 그런 질문을 할 수 있소? 저주를 받으시오. 비명횡사해서 죽어 버리시오!"

그러더니 씩씩대면서 수레 뒤에 있는 투창을 집어 거플렛을 향해 던졌다. 거플렛은 불시의 공격에 당황했지만, 다행히 옆으로 껑충 뛰어 피할 수 있었다. 그는 얼른 말을 타고 옆구리를 찼다. 소몰이꾼과 싸우고 싶은 생각이 조금도 없었기 때문이다. 길을 따라 멀어지기 전에 뒤를 돌아보았더니, 소몰이꾼 사내는 마치 광기에 사로잡힌 것처럼 자기 황소를 도끼로 내리찍고 있었다. 돈의 아들은 뒤로 돌아가지 않으려고 말에게 박차를 가해 숲속으로 들어갔다. 말을 달리면서 그는 몽브룬은 지옥이며, 그토록 사랑스러운 브루니센은 원수가 탐색을 끝내지 못하도록 방해하려고 그가 가는 길에 놓아두었던 여자 악마는 아니었을까 하고 고통스럽게 자문해 보았다.

06 곤의 보호트

흰 방패를 든 기사의 자취를 따라가겠다고 고집을 피우는 란슬롯과 헤어진 보호트는 여자 은자가 기거하고 있는 암자로 돌아갔다. 그는 여자 은자에게서 흰 방패를 든 기사의 이름을 알아낼 수 있으면 좋겠다고 생각했다. 보호트가 땅에 내려서자 여자 은자가 자기 집 창살 틈으로 빵과 물을 내어 주었다. 그녀는 그가 말에서 떨어질 지경으로 지친 줄 알았던 것이다. 보호트는 빵을 먹고 물을 마신 다음 암자 앞에 있는 풀밭에 앉았다.

"저와 제 동료가 맞서 싸웠던 기사의 태도에 무척 놀랐습니다. 그는 우리와 싸우고는 겁쟁이처럼 도망쳐 버렸습니다. 우리를 무서워하는 것처럼 보였습니다."

"비겁해서가 아니라, 부끄러웠기 때문입니다."

"무엇이 부끄러웠을까요? 그 점에 대해 잘 알고 계시는 듯하군요. 제게 말씀해 주실 수 있으신지요?"

"그러지요. 저는 경이 모르는 많은 일들을 알고 있답니다. 저는 경이 곤의 보호트이며, 경의 동료는 베노익 반 왕의 아들인 호수의 기사 란슬롯이라는 걸 알고 있지요."

"그걸 어떻게 아셨습니까?"

"그게 뭐가 중요합니까! 저는 흰 방패의 기사가 누구인지도 알고 있지요. 경도 아는 사람이랍니다. 그는 란슬롯 경과 펠레스 폐하 따님의 아들 갈라하드 경이랍니다."

"이런 변이 있나! 란슬롯 경도 저도 까맣게 몰랐습니다. 갈라하드 경도 우리를 알아보지 못한 거군요!"

"그렇답니다. 그는 두 분이 자기 앞길을 막아선다고 생각했기 때문에 공격했던 것입니다. 그런데 두 분을 알아보고, 아버지와 사촌을 공격했다는 것이 죄스러워서 자리를 피한 거지요."

보호트는 오랫동안 생각에 잠겨 있다가, 한참 만에 입을 열었다.

"그런데 왜 그를 알아보지 못했을까요?"

"그건 간단합니다. 그는 흰 방패를 들고 있었지요. 그런데 두 분은 선한 기사가 붉은 방패를 들고 있는 걸로 알고 있었잖습니까. 보호트 경! 두 분이 하고 계시는 탐색이 저는 무척 걱정스럽습니다. 여러분 중 많은 사람들이 알아보지 못하고 서로 죽이게 될 거예요. 원수 자신이 이 모든 오해를 촉발시키는 거랍니다. 이 탐색에 뛰어든 훌륭하고 용감한 기사들이 길을 잃고 헤매다가 이유 없이 서로 죽이는 걸 보는 것, 그에게 그보다 더 큰 기쁨은 없으니까요."

보호트가 나지막한 소리로 대답했다.

"명심해 두겠습니다."

"그대가 세상의 허영심을 포기하지 않는 한, 아무리 명심해도 소용없을 것입니다. 제 말을 믿으세요. 탐색을 끝낼 사람은 세속적 행복에 대한 집착이 없는 사람으로서 충성스러운 신의 종이어야 합니다. 이 탐색은 앞서 이루어졌던 어떤 탐색보다도 더욱 고결한 것이기 때문입니다. 그것은 앞서의 탐색들을 훌쩍 뛰어넘습니다. 앞서의 탐색들은 왕국을 모든 노예 상태로부터 해방시키고 정의를 실현하기 위한 것이었을 뿐이지요. 이번 탐색이 완결되는 것을 보기 위해서는 흠결이 없어야 합니다.

살아가는 방식과 삶의 태도를 완전히 바꾸겠다는 결연한 의지도 없이 얼떨결에 끝까지 탐색에 나서겠다고 맹세한 모든 기사들이 흠결이 없는 존재는 아닙니다. 그들 중 상당수가 원수가 길목마다 쳐놓은 그물에 걸려드는 무지한 멍청이라는 걸 곧 알게 될 거예요. 그런데 그들은 겉보기에 아주 순결한 피조물처럼 보인답니다. 그들은 지은 죄를 참회했을까요? 그들은 진실로 모든 것을 고백하고, 사제에게서 죄사함을 받았을까요? 행실을 고치겠다고 약속했을까요? 물론 아닙니다. 그들은 어리석게도 그들의 평소 상태 그대로 육체와 정신의 순수함을 요구하는 모색에 뛰어든 것입니다.*

어떤 기사, 또는 어떤 사람이 큰 죄를 저질렀을 때, 그는 자기 안에 원수를 받아들인 것입니다. 그는 원수를 먹고, 원수를 흡수하고, 그리고 급기야는 그의 노예가 됩니다. 십 년이 되었건, 이십 년이 되었건, 시간은 중요하지 않습니다. 언제건 자신의 잘못을 고해하면, 그는 원수를 토해내고, 원수를 몸에서 내쫓고, 그를 명예롭게 해 줄 새로운 주인이신 우리 주님 예수 그리스도께서 머무시게 하실 수 있지요. 예수께서는 오랫동안 지상의 기사도에 육肉의 양식을 베풀어 주셨지만, 이제는 기사들에게 성배를 베풀어 주십니다. 성배는 육을 유지시켜 줄 뿐만 아니라 영의 양식을 주지요. 성배는 기사들을 위한 은혜로 충만합니다. 성배는 그들에게 납이 아니라 금을 약속하니까요.✣✣ 그러나 지상의 양식이 천상의 양식이 되는 것과 마찬가지로, 지금까지 이 땅에 속했던 자들, 즉 죄인들이 그들의 죄를 버리고 천상의 인간이 되어, 참회의 힘으로 정화되는 것이 마땅하지요.✣✣✣ 그들이 인내와 겸손으로 이루어진 방패를 든 예수 그리스도의 기사들이 되기

✣ 여기에서 우리는 『성배 탐색』을 따라가고 있는데, 이 문헌은 시토 수도회의 개혁적 특징을 나타내는 신학적이고 제의적인 새로운 주장에 대한 진실한 변론이다. 잦은 고해 성사, 잦은 영성체, 자발적인 동정童貞, 브뤼주나 페캉에서 이루어지던 성혈 예배, 성性과 결혼에 대한 매우 엄격한 기독교 도덕 등. 성직자들은 완전히 이교적인 이야기의 요소들을 13세기에 제안되었던 영성에 합치하는 생활 방식을 설명하기 위해 놀라울 정도로 완벽하게 동원한다. 이러한 모든 요소는 크레티앙 드 트르와나 그의 작품의 초기 속편들을 쓴 작가들에게서는 전혀 나타나지 않는다. 『페레두르』는 더더욱 말할 필요도 없다. 이 '동원'은 로베르 드 보롱의 『성배 이야기』에서 처음 나타나며, 『페를르보』에서는 클루니 파의 영감으로 연장된다. 이러한 변화가 가장 잘 드러나는 것은 고티에 맙이 썼다고 알려져 있는 『성배 탐색』이다. 따라서 그 작품을 '시토 수도회 판본'이라고 부르는 것은 매우 정당하다.

✣✣ 우리는 어떻게 해서 성배의 주제가 연금술사들에게서 자주 등장하는 상징이 되었는지 알 수 있다. 볼프람 폰 에센바흐가 성배를 매주 금요일마다 비둘기가 그 위에 성체를 물어다 놓는 하늘에서 떨어진 경이로운 돌로 제시함으로써, 연금술사들은 더욱더 쉽게 성배를 그들의 상징으로 차용할 수 있었다.

✣✣✣ 여기에서 묘사되고 있는 것은 연금술 작업의 1단계로써, '검은 작업'이라고 불린다. 이 단계에서는 모든 불순함을 제거하기 위해서 원래의 물질을 검게 태워야 한다.

를 바랍니다. 인내와 겸손은 예수께서 그의 형제인 인간들이 영의 죽음을 면할 수 있도록 십자가에 매달려 고통당하실 때 원수를 쳐부수기 위해 지니셨던 유일한 무기입니다. 우리는 이 문을 통해서만 예수에게 갈 수 있습니다. 취하는 양식을 바꾼 존재[✢]로서 이 문을 통해 탐색을 시작해야 합니다. 다른 문을 택한 사람은, 아무리 수많은 시련을 겪는다 하여도 약속된 양식을 맛볼 수 없습니다.

이 자격 없는 탐색자들에게는 더 나쁜 일도 일어납니다. 하늘의 기사들 가운데에 자리 잡은 탐색의 동지들이라고 주장했으나, 실은 그렇지 못했기 때문에, 신성 모독의 죄를 저지르게 됩니다. 어떤 이는 간통에 몰두하게 되고, 다른 이는 우상 숭배에, 또 다른 이는 살인에 빠지게 됩니다. 그들은 조롱과 모욕을 당하게 되며, 아무것도 발견하지 못한 채 아더 왕의 궁정으로 돌아오게 될 것입니다. 부끄러움과 불명예만 잔뜩 수확하게 되지요. 기사여, 그대가 이 탐색에 뛰어들었다는 것을 알기 때문에 이 모든 이야기를 들려주는 것입니다. 그대가 마땅한 존재가 아니라면 탐색을 중단하라고 권하고 싶군요."

"제가 마땅한 존재인지 아닌지 어떻게 알 수 있습니까?"

✢ 중세기의 모든 연금술 서적들은 화금석化金石(Pierre philosophale, 조야한 금속을 금으로 변환시켜주는 돌. '철학자의 돌', '현자의 돌' 등으로 불리기도 한다—역주)을 발견하고자 하는 자는 외부의 물질뿐만이 아니라, 반드시 자신의 존재를 변화시켜야 한다는 점을 강조한다. 연금술사는 물질적 변모를 이끌어내는 방법을 사용하여 자기 자신의 존재를 변화시켜야만 했다.

"그걸 아는 것은 그대에게 달려 있습니다. 보호트 경, 그대의 가슴이 말씀이 머무시는 장막이 된다면 그대는 진실로 선한 기사가 될 수 있습니다. 흔히들 좋은 나무가 좋은 열매를 맺는다고 하지요. 그대는 아주 좋은 나무의 열매입니다. 선친이신 곤의 보호트 왕은 세상에서 가장 훌륭한 남성 가운데 한 사람이었고, 모친께서는 아무런 흠결도 없는 뛰어난 여성이셨습니다. 두 분은 결혼의 관계를 통해서 한 그루의 나무를 이루었고, 그대는 형제 리오넬과 함께 그 나무에서 태어났지요. 그러나 두 분은 두 분을 적시고 있는 풍요롭고 은혜로운 수액을 가지고 무엇을 하시려 하는지요?"

보호트가 대답했다.

"선한 자가 되기 위해서는 좋은 나무에 열린 과일이 되는 것만으로는 충분치 않지요. 마찬가지로 나쁜 나무에 열린 과일이 좋은 자가 되는 일도 때로 일어나야 하지 않을까요? 그렇지 않으면 신께서는 공의로우신 분이 아닐 것입니다. 신께서는 파멸과 구원의 선택권을 당신의 피조물에게 주셨으니까요.⚜ 선함은 어머니와 아버지가 아니라 한 인간의 마음에 달려 있는 것입니

⚜ 여자 은자와 보호트의 대화는 당시에 종종 토마스 아퀴나스 신학을 둘러싸고 벌어지던 진정한 신학 논쟁과 연관되어 있다. 우리는 이 대목에서 아퀴나스의 입장(인간은 죄인으로 태어나기 때문에 신의 특별한 은총이 없이는 구원받을 수 없다)과 펠라기우스의 입장(인간은 신의 개입 없이도 자신의 의지만으로 구원받을 수 있다) 사이의 영원한 딜레마를 발견하게 된다. 아퀴나스의 신학은 예정설(성 아우구스티누스)과 절대적인 자유의지(펠라기우스) 사이의 중간항을 강조한다. 이 뜨거웠던 논쟁의 메아리가 고티에 맙이 쓴 것으로 알려져 있는 이 작품 안에서 크게 울리고 있는 것이다. 이 논쟁은 파스칼의 『프로뱅시알』이 증언하고 있는 바와 같이, 장세니스트들과 몰리니스트들이 충돌했던 17세기에 재연된다.

다. 마음은 배를 자기 마음대로 끌어가는 노櫓입니다. 좋은 항구에 도착할 수도 있고, 파선할 수도 있지요."

"그대는 노에게 주인이 있다는 것을 잊었군요. 그 주인은 노를 단단하게 잡고 자기 마음대로 조종합니다. 인간의 마음도 마찬가지지요. 마음이 행하는 선은 성령의 은총으로부터 오는 것입니다. 마음이 저지르는 잘못은 원수가 시키는 것입니다."

보호트와 여자 은자는 밤늦게까지 대화를 나누었다. 잠잘 시간이 되었을 때, 보호트는 벽을 따라 놓여 있는 돌과 나뭇잎으로 만든 침대 위에서 잠들었다. 다음 날 아침에는 자리에서 일어나 은자가 주는 빵과 물을 먹었다.

보호트가 은자에게 말했다.

"당신에게 한 가지 약속하겠습니다. 성배와 피 흘리는 창의 경이를 목격하기 전에는 빵과 물 외에는 아무것도 먹지 않겠습니다."

"약속을 지킬 자신이 있으신가요?"

"저 자신이 제가 한 약속의 증인입니다. 그 약속을 어기느니 목숨을 버리겠습니다."

보호트는 은자에게 작별 인사를 했다. 말에 마구를 채우고 안장을 올려놓은 보호트는 암자를 떠났다. 그는 오랫동안 말을 달렸다. 오후 시간이 반 정도 지나갔을 때 그는 커다란 새 한 마리가 나뭇잎과 열매가 모두 떨어져 버린 늙고 말라빠진 나무 위에서 오랫동안 맴돌다가 가지 위에 내려앉는 것을 보았다. 한 나뭇가지에 뚫려 있는 구멍 속에 새 새끼들이 있었는데, 모두 죽어 있었다. 새는 그것을 바라보더니 자기 가슴을 부리로 힘껏 쪼았다. 피가 솟구쳐 올라 새 새끼들 위로 뿌려졌다. 따스한 핏방울이 닿자마자 놈들은 꼬물꼬물 움직이기 시작하더니 살아났다. 보호트는 의미를 이해할 수 없는 그 신비한 현상을 놀란 눈으로 지켜보았다. 그는 큰 새가 다시 머리를 드는 것을 보기 위해 오랫동안 기다렸다. 새는 머리를 들지 않았다. 새는 죽어 영영 돌아오지 않는 길을 떠난 것이다. 보호트는 다시 길을 떠났다. 저녁이 될 때까지 그는 생각에 잠겨 말을 달렸다.

높고 튼튼한 탑 아래에 도착했다. 망을 보는 사람을 발견하고 하룻밤 재워줄 수 있느냐고 물어보았다. 파수꾼은 상냥하게 대답하더니 문을 열었다. 사람들은 보호트의 갑옷을 벗기고 여주인이 있는 방으로 데리고 갔다. 젊고 아름다운 여자였지만 옷차림은 초라했다. 그녀는 보호트 앞으로 다가와 환영 인사를 하면서 우아한 태도로 맞아들이고, 자기 옆에 앉으라고 정중하게 권했다. 식사 시간이 되자 시종들이 식탁에 고기를 잔뜩 차려냈다. 보호트는 시종을 불러 물을 가져다달라고 부탁했다. 시종이 커다란 은잔에 물을 담아 가지고 왔다. 보호트는 빵을 물에 적셔 먹기 시작했다.

부인이 보호트에게 물었다.

“음식이 마음에 안 드십니까?”

“아닙니다, 부인. 걱정하지 마십시오. 오늘 저녁 저는 빵과 물만 먹을 것입니다.”

부인은 손님의 기분이 상할까 걱정이 되어 더 이상 음식을 권하지 않았다. 저녁 식사가 끝나자 모두 일어나 창가로 다가갔다. 보호트는 부인 옆에 앉아서 계속 대화를 나누었다.

시종이 헐떡이며 들어와 부인에게 고했다.

"마님, 마님의 언니께서 마님 소유의 저택 두 채와 그곳에 있는 사람들을 모두 차지해 버렸습니다. 내일 제1시까지 마님의 이름으로 그분의 영주인 검은 프리아단과 싸울 기사를 구하지 못하면 한 뙈기의 땅도 남겨 줄 수 없다고 합니다."

부인이 슬퍼하며 외쳤다.

"아, 이게 무슨 일이란 말이냐! 이유 없이 땅을 빼앗아갈 참이면 무엇 때문에 내게 땅을 주었단 말이냐. 참으로 부당한 일이로구나. 나는 절대로 양보할 수 없다!"

보호트는 어떻게 된 일이냐고 물었다. 여자가 대답했다.

"세상에 이처럼 이상한 일이 있을까요. 예전에 이 나라는 아만곤 왕의 소유였습니다. 그는 저보다 나이가 아주 많은 제 언니를 사랑하게 되어서 그의 땅과 사람들을 다스리라고 언니에게 맡겼답니다. 왕의 옆에 머물면서 언니는 끔찍한 죄를 많이 저질렀어요. 신하들도 여럿 죽였답니다. 아만곤 왕은 언니의 악한 행실을 보고 언니를 쫓아낸 뒤, 그가 소유하고 있는 것을 전부 저에게 주었어요. 그러나 왕이 죽고 난 뒤에, 언니는 저와 오랜 기간에 걸친 전쟁을 시작했습니다. 그 전쟁에서 저는 많은 땅과 봉신들을 빼앗겼습니다. 이제 제게는 이 탑 하나밖에 남아 있지 않습니다. 하지만 언니는 아직도 성이 차지 않아서, 어디엘 가나 저에게서 모든 재산을 빼앗고 말겠다고 공언한다는군요. 내일 누군가 저를 위해 검은 프리아단과 싸워주지 않는다면 저는 이 탑마저 잃고 말 거예요!"

보호트가 물었다.

"그 검은 프리아단이라는 자는 누굽니까?"

"높은 무공을 자랑하는 막강한 무사인데 이 나라 사람들이 모두 무서워하는 장수입니다. 평판이 아주 나쁘지요. 자신에게 대항하는 사람들에게 잔인하고 무자비하게 굴거든요."

보호트는 잠깐 생각해 보더니 말했다.

"전투는 내일로 예정되어 있습니까?"

"그렇습니다. 제 휘하의 기사들 중에서 그와 대적할 수 있는 사람은 없어요."

"그렇다면 부인의 권리를 지켜 줄 장수를 한 사람 찾아냈다고 언니에게 전하십시오. 아만곤 왕이 부인에게 이 땅을 주었으니, 이 땅은 부인의 소유이며 이 땅의 주인에게 쫓겨났으니 언니는 이 땅을 요구할 아무 권리도 가지고 있지 않다는 사실을 상기시키십시오."

보호트는 자기가 살아 있는 한 그녀는 더 이상 재산을 빼앗기지 않을 거라고 단호하게 말했다. 부인은 언니에게 전령을 보내어 자신을 지지하는 기사가 모든 기사들이 지켜보는 가운데 검은 프리아단과 대결할 준비가 되었음을 알리라고 하였다. 결투는 다음 날 제1시에 탑 아래에 있는 풀밭에서 이루어질 것이다.

부인은 탑에서 가장 아름다운 방에 화려한 침대를 준비하라고 일렀다. 시종들이 보호트를 그 방으로 안내해 갔다. 사치스럽기 이를 데 없는 방에 들어간 보호트는 시종들을 모두 내보내고 작은 상자를 베개 삼아 차갑고 딱딱한 마룻바닥에 드러누웠다. 그는 정의와 신실함의 이름으로 내일 자신의 맞수가 될 기사와 싸워 이길 수 있게 해 달라고, 부당한 폭력을 끝낼 수 있게 해 달라고 기도했다. 빵과 물만 먹어서는 충분치 않다고 여겨졌기 때문에 딱딱한 바닥에서 잠을 자면서 죄를 참회하고 싶었다. 딱딱한 바닥에서 자겠다는 맹세를 한 것은 아니지만, 그는 마음속으로 그렇게 하기로 결심했던 것이다.

기도를 끝내고 막 잠이 들었을 때, 눈앞에 새 두 마리가 나타났다. 한 마리는 백조처럼 희고 컸으며 다른 한 마리는 그보다 훨씬 작고 놀라울 정도로 새카만 색이었다. 처음에는 작은 까마귀처럼 보였지만, 아름다운 깃털을 가진 것으로 보아 작은 까마귀는 아닌 듯했다.

흰 새가 보호트에게 다가와 말했다.

"네가 나를 섬긴다면, 세상의 모든 부를 네게 주고, 나처럼 희게 만들어 주겠다."

보호트가 물었다.

"나에게 그렇게 말하는 너는 누구냐?"

새가 다시 물었다.

"모르겠느냐? 나는 희고 아름답고 많은 권세를 가지고 있다."

보호트가 아무 대답도 하지 않자, 흰 새는 여러 차례 같은 이야기를 반복하다가 가 버렸다. 이번에는 까만 새가 다가와 말했다.

"너는 내가 검다는 이유로 싫어하지 말고 내일 나를 섬겨야 한다. 내 검은색이 다른 이의 흰색보다 더 가치가 있다는 것을 명심하도록 하라."

그렇게 말하고 나서 검은 새도 가 버렸다.

그 꿈이 지나가자 다른 꿈이 나타났다. 보호트는 성당처럼 보이는 크고 아름다운 건물 안으로 들어갔다. 의자에 앉아 있는 어떤 남자가 보였다. 그의 왼쪽으로 멀리 떨어진 곳에는 벌레 먹은 대들보가 겨우 버티고 서 있었고, 오른쪽에는 백합 두 송이가 있었는데 한 송이가 다른 한 송이 위에 마치 흰 빛을 빼앗아 버리려는 것처럼 가까이 있었다. 의자에 앉아 있던 남자가 일어나더니 백합 두 송이를 떼어놓았다. 그러자 백합 두 송이에서 각각 열매를 잔뜩 매달고 있는 나무가 솟아나왔다.

남자가 말했다.

"보호트야, 저 썩은 대들보가 땅에 쓰러지지 않게 하기 위해서 이 꽃들을 돌보지 않는다면 그건 어리석은 짓이 아니겠느냐?"

보호트는 깊이 생각해 보지 않고 대답했다.

"물론입니다. 저도 그렇게 생각합니다. 이 꽃들은 아름답지만 저 대들보는 값어치가 없습니다."

"너에게 그 비슷한 모험이 닥쳐온다면 저 대들보를 구하러 달려가지 말고 썩게 내버려두어라. 뜨거운 열기가 덮치면 꽃들은 곧 시들어 버릴 것이다."

잠에서 깨어났을 때 보호트는 꿈 때문에 심란했다. 이것이 모두 무슨 뜻일까? 벌써 아침이 되어 있었다. 침대에서 자지 않았다는 것을 사람들이 눈치채지 못하도록 그는 침대에 몇 번씩 올라가서 이리저리 뒹굴었다. 시간이 되었을 때 부인이 그를 찾아와 인사했다. 그는 성당으로 부인을 따라가 미사를 올리고 말을 탔다. 사람들이 성문을 열어 주었고, 보호트는 풀밭으로 내려갔다. 상대는 이미 도착해 있었다. 빨리 마무리하고 싶어서 마음이 급한 듯했다. 평소 때처럼 일격에 승리를 거두리라는 것을 확신하고 있는 듯 자신만만

한 모습이었다. 보호트는 날렵하게 상대의 창을 피했다. 상대는 다시 공격을 개시했지만 말 위에서 균형을 잃고 풀밭으로 떨어졌다. 보호트가 달려가서 그의 몸 위에 발을 올려놓고 검을 빼어 들며 목을 치겠다고 위협했다.

패배자가 소리쳤다.

"오, 제발, 신의 이름으로 목숨만 살려 주시오."

"이 탑의 여주인의 언니가 빼앗아간 재산을 돌려주도록 보증을 선다면 살려 주겠다."

검은 프리아단이 즉시 대답했다.

"맹세합니다!"

보호트는 그것으로 충분치 않다고 판단했다. 상대가 몸을 일으키자 그는 탑의 여주인 앞으로 데리고 가서, 무릎을 꿇고 모든 기사들이 지켜보는 가운데 같은 맹세를 되풀이하게 하고, 아더 왕의 궁에 가서 사건을 고하겠다는 약속도 받아냈다. 부인은 기뻐서 어쩔 줄 몰랐다. 그녀는 큰 잔치를 베풀겠노라고 말하며 보호트를 초대했다.

보호트가 대답했다.

"부인께서 권리를 회복하신 걸 보았으니 저는 보상을 받았습니다. 저는 다시 탐색을 완결하기 위해 떠나겠습니다. 신께서 그렇게 할 수 있는 힘과 능력을 주신다면……."

보호트는 환대해 주어 고맙다고 말한 뒤, 작별 인사를 하고 다시 길을 떠났다.

다음 날 그는 숲속에서 아주 이상한 일과 맞닥뜨렸다. 네거리에서 바지만 입은 어떤 남자를 끌고 가는 두 명의 기사들을 만났는데, 남자의 손은 가슴 쪽에 묶여 있었고 튼튼한 짐말을 타고 있었다. 두 명의 기사는 각각의 가시가 달린 채찍으로 포로를 때렸다. 포로의 몸은 온통 피로 덮여 있었다. 그런데 그 용감한 남자는 비명 한 마디 지르지 않고 마치 아무 느낌도 없다는 듯이 모진 학대를 참아 내고 있었다. 일행이 가까이 다가왔을 때 보호트는 포로가 친형 리오넬인 것을 알고 경악했다.

리오넬을 구하기 위해 달려가려는 찰나, 무장한 기사가 젊은 여자를 강제로 끌고 가는 모습이 멀리에서 보였다. 아가씨는 공포에 질려 살려 달라고 비명을 질러 댔다. 그녀는 말을 탄 보호트가 탐색을 떠난 편력 기사 중 한 사람일 것이라 생각하고, 있는 힘을 다해 그를 불렀다.

"기사님! 당신이 충성스럽게 섬기는 분에 대한 신앙의 이름으로 애원합니다. 이 남자가 저를 능욕하지 못하도록 도와주세요!"

여자의 애원을 듣고 보호트는 극심한 혼란에 빠졌다. 어떻게 해야 한다는 말인가? 형을 포기해야 하나? 어쩌면 다시는 영영 만날 수 없을지도 모른다. 아가씨를 포기할까? 그녀는 치욕을 당하게 되고 그 일로 자신도 명예를 잃게 될 것이다.

그가 망설임을 끝내는 데는 오랜 시간이 걸리지 않았다. 그는 말의 옆구리를 상처가 날 정도로 세게 차면서 여자를 납치하려는 기사를 향해 달려갔다.

"그 아가씨를 놓아 주어라. 경고를 듣지 않으면 너는 죽은 목숨이다!"

기사는 여자를 땅에 내려놓고 검을 뽑아 보호트와 맞설 채비를 했다. 보호트는 단칼에 방패와 사슬 갑옷을 뚫어 버렸다. 기사는 땅에 떨어져 정신을 잃었다.

보호트가 여자를 향해 말했다.

"자, 이제 자유요. 또 해 드려야 할 일이 있습니까?"

"저를 불명예에서 구해주셨으니, 이 기사가 저를 잡아온 곳으로 데려다 주세요."

보호트는 부상당해 쓰러져 있는 기사의 말에 여자를 태우고, 여자가 안내하는 곳으로 따라갔다. 얼마 가지 않아서 여자를 찾으러 떠난 열두 명의 기사가 달려오는 것을 볼 수 있었다. 여자가 무사한 것을 보고 그들은 보호트에게 크게 고마움을 표하며 말했다.

"우리 성으로 가십시다. 우리에게 큰 도움을 주셔서 어떻게 감사해야 할지 모르겠소이다."

"감사합니다만, 같이 갈 수 없습니다. 언짢아하지 마십시오. 급히 다른 곳으로 가야만 합니다. 그렇지 않으면 소중한 것을 잃게 됩니다."

그들은 서로에게 신의 가호를 빌어 주며 작별 인사를 했다. 아가씨는 기회가 닿으면 꼭 만나러 와 달라고 당부했다. 보호트는 모험이 그곳으로 이끌어 준다면, 잊지 않고 가 보겠노라고 약속했다.

보호트는 두 명의 기사에게 끌려가던 형을 만났던 곳으로 정신없이 말을 달렸다. 그는 그들의 자취를 찾을 수 있을까 하는 기대를 가지고 사방을 둘러보았다. 아무 자취도 찾을 수 없었다. 그는 일단 숲 속으로 들어가 보았다. 조금 뒤에 사제복을 입고 오디보다 더 검은 말을 탄 남자와 스쳐 지나가게 되었다.

남자가 보호트에게 물었다.

"기사여, 무엇을 찾고 계십니까?"

"형님을 찾고 있습니다. 매를 맞으며 기사 두 사람에게 끌려가는 걸 보았습니다."

"아, 보호트 경이군요! 경께서 슬픔과 절망을 두려워하지 않는다면 안내해 드리겠습니다만."

"부탁입니다. 안내해 주십시오."

보호트는 수도승을 따라 숲속의 빈터까지 갔다. 방금 전에 죽은 듯한 피투성이 시체가 그곳에 누워 있었다. 죽은 사람이 형인 것을 알아본 보호트가 놀란 나머지 말에서 떨어졌다. 그는 오랫동안 정신을 잃고 쓰러져 있었다. 한참만에 겨우 정신이 돌아온 그는 오랫동안 통곡했다. 형의 시신을 말안장 위에 올려놓으면서 승려를 향해 물었다.

"가엾은 형님을 잘 묻어드릴 수 있는 암자나 성당이 근처에 있는지요?"

"이곳에서 아주 가까운 곳에 탑이 하나 있는데, 그 아래에 작은 성당이 있습니다."

"안내해 주십시오."

보호트는 수도승을 따라갔다. 조금 뒤에 두 사람은 높고 튼튼한 탑이 있는 곳에 도착했다. 아래에는 성당처럼 생긴 허름한 집이 한 채 있었다. 두 사람은 말에서 내려, 건물 안으로 들어가 그곳에 서 있는 커다란 대리석 묘지 위에 시신을 내려놓았다. 건물 안을 살펴보았지만 성수도 십자가도 없었다.

남자가 보호트에게 말했다.

"이 사람은 여기에 두고 탑으로 가서 묵읍시다. 내일 아침 돌아와서 내가 죽은 이를 위해 미사를 드리도록 하겠습니다."

"사제이십니까?"

"그렇습니다."

"그렇다면, 간밤에 이상한 꿈을 꾸었는데, 무슨 의미인지 말씀해 주실 수 있으신지요?"

자신이 사제라고 주장하는 사내가 물었다.

"어떤 꿈입니까?"

보호트는 우선 마른 나무 위에 앉아 있던 새 이야기를 하고 나서, 흰 새와 검은 새, 그리고 흰 꽃과 썩은 나무를 보았던 꿈 이야기를 했다.

사내가 말했다.

"지금은 한 부분만 설명해 드리지요. 또 다른 부분에 대한 설명을 듣기 위해서는 내일까지 기다려야 합니다. 백조를 닮은 흰 새는 아주 오래전부터 경을 사랑해 왔던 여자를 상징하는데, 그녀가 곧 찾아와 연인이 되어 달라고 부탁할 것입니다. 경은 여자를 거절하지요. 그런데 만일 경이 그녀를 동정하지 않으면 그녀는 슬퍼서 죽게 됩니다. 검은 새는 경이 그렇게 하면 저지르게 될 대죄입니다. 왜냐하면 경은 신에 대한 두려움이나 덕성에 의해서가 아니라, 사람들에게 정결하다는 칭찬을 듣기 위해서, 속세의 헛된 영광을 위해 행동할 것이기 때문입니다.

그 정결함은 불길한 것이어서, 경의 사촌 란슬롯은 그 여자의 부모의 손에 죽임을 당하게 될 것이며, 그 여자 역시 원한으로 죽게 됩니다. 사람들은 경이 그 두 사람을 죽였다고 여기게 될 것입니다. 경의 형 또한 당신이 죽였다고 말할 겁니다. 왜냐하면 비참한 상황에 빠져 있는 형을 구하는 대신 경은 아가씨를 구하러 달려갔으니까요. 그건 경의 의무가 아니었습니다. 생각을 좀 해 보십시오. 무엇이 더 중요합니까? 그 여자의 순결입니까? 형님의 목숨입니까? 세상 모든 여자들이 순결을 잃더라도 형님의 목숨을 구하는 것이 더 중요하지요!"

보호트는 사제의 말을 듣고 크게 놀랐다.

그가 보호트에게 물었다.

"꿈의 의미를 잘 이해하셨습니까?"

"물론입니다."

"란슬롯 경의 운명은 경의 손 안에 있습니다. 그가 죽고 사는 것은 경의 선택에 달려 있습니다."

"그를 구하기 위해서라면 무슨 일이든 할 겁니다!"

"때가 오면 증명이 될 테지요."

말을 마친 남자는 보호트를 탑까지 데리고 가서 대문으로 들어가게 했다. 안에 들어가자 많은 기사들과 귀부인들과 아가씨들이 모여 보호트를 환영했다.

보호트의 갑옷을 벗기고 아름다운 망토를 입힌 다음 큰 방으로 데리고 들어가 하얀 침대 위에 앉게 했다. 따뜻하게 보살펴 주며 정성을 다해 위로해 주어서 보호트는 리오넬을 잃어버린 고통조차 다 잊을 지경이었다. 사람들이 보호트를 극진하게 위로해 주고 있는 사이에, 아름다운 여자가 한 사람 나타났다. 세상의 모든 아름다움으로 치장한 듯한 뛰어난 미인이었다. 입고 있는 옷도 아름답기 그지없었다.

기사 한 사람이 말했다.

"저희가 섬기는 마님이십니다. 누구보다도 부유하고 아름다운 분이시지요. 이 세상 어떤 여자보다도 더 경을 사랑하셨습니다. 마님께서는 아주 오래전부터 경을 기다리시면서 연인을 가지시길 거부해 오셨습니다."

보호트는 기사가 하는 말에 너무나 놀랐다. 보호트와 미인은 나란히 앉아서 이런저런 이야기들을 나누었다. 말하는 도중에 여자는 점점 더 열정적으로 변했다. 결국에는 보호트에게 연인이 되어 달라고 말하기에 이르렀다. 보호트는 그녀가 세상 누구보다도 사랑하는 남자이며, 그녀의 사랑을 받아들인다면 보호트의 선조 그 누구보다도 부유하고 힘센 사람이 되게 해 주겠다고 말했다. 보호트는 어떻게 대답해야 좋을지 몰라 어리둥절한 표정으로 앉아 있었다.

여자가 물었다.

"왜 그러세요? 제가 그렇게 마음에 들지 않으세요? 제가 지극한 사랑으로 드리는 청에 답하고 싶지 않으신가요?"

보호트는 한참 만에 입을 열었다.

"부인의 청은 적절하지 않습니다. 지금 제 형님께서는 알 수 없는 이유로 죽임을 당하여 저 아래 있는 성당에 누워 계십니다."

여자가 보호트의 손을 잡으며 부드러운 목소리로 말했다.

"보호트! 그 일만 되뇌는 대신 제 이야길 들어 보세요. 저는 이 세상 어떤 여자가 일찍이 한 남자를 사랑했던 것보다도 더 당신을 사랑해요. 그렇지 않았다면 이렇게 애원하지 않았을 거예요. 관습은 여자가 먼저 사랑을 고백하는 걸 적절하지 않다고 여기니까요. 제가 늘 품어온 당신을 향한 사랑이 너무나 커서 지금까지 비밀로 숨겨놓았던 것을 고백하지 않을 수 없었답니다. 그러니 아름다운 친구여, 오늘 밤 함께 있어 줘요."

보호트는 그럴 수 없다고 단호하게 거절했다. 여자는 고통스럽다는 표정을 지으며 흐느끼기 시작했다. 보호트는 흔들리지 않았다. 그는 눈앞에서 벌어지고 있는 광경을 무시하기 위해 짐짓 눈을 돌리고 있었다.

여자는 이런 방식으로는 원하는 것을 얻을 수 없다는 것을 깨닫고 방법을 바꾸기로 했다.

"보호트 경, 거절하시면 당신 눈앞에서 죽어 버릴 거예요."

그녀는 보호트의 손을 잡고 창가로 데리고 갔다.

"여기 계세요. 당신에 대한 사랑 때문에 제가 죽는 걸 보시게 될 거예요."

보호트가 기겁을 하며 외쳤다.

"싫습니다! 보고 싶지 않아요."

보호트는 창가를 떠나려고 했다. 여자는 병사들에게 단단히 붙잡으라고 시킨 후, 열두 명의 시녀들과 함께 성벽 위로 올라갔다. 꼭대기에서 시녀 하나가 큰 소리로 외쳤다.

"보호트 경! 우리를 불쌍히 여기셔서 마님의 부탁을 들어주세요. 그렇지 않으면 우리 모두 마님과 함께 여기에서 뛰어내릴 거예요. 마님이 돌아가시면 우리는 견딜 수 없을 테니까요. 아, 보호트 경! 이렇게 비참하게 죽도록 우리를 내버려두실 건가요! 우리가 죽으면 경은 어떤 기사도 일찍이 저지른 적이 없는 잘못을 저지른 기사로 비난받을 거예요!"

보호트는 여자들을 바라보았다. 여자들은 모두 고결해 보였다. 보호트는 처음에는 동정심을 느꼈다. 하지만 마음속에 있는 무엇인가가 그러한 감정으로부터 빠져 나오게 만들었다. 그는 크고 힘찬 목소리로 그녀들이 살든 죽든 자기는 생각을 바꾸지 않을 거라고 외쳤다. 그 순간 여자들이 일제히 아래로 몸을 던졌다. 보호트는 저도 모르게 손을 들어 올려 성호를 그었다.

그러자 엄청난 소란이 일어났다. 보호트는 지옥의 악마란 악마는 모두 모여 그를 에워싸고 있다는 느낌을 받았다. 소란이 그치자 모든 것이 사라졌다. 그에게 사랑을 요구하던 여자도, 그녀의 시녀들도, 보호트를 붙잡고 있던 병사들도 보이지 않았다. 눈앞에 있던 것이 모두 사라져 버렸다. 보호트의 무기와 말, 죽은 형이 누워 있던 허름한 건물만이 남아 있을 뿐이었다.

보호트는 깨달았다. 그 모든 것이 그의 탐색을 방해하려는 유일한 목적을 가진 원수가 그의 육체의 사망과 영혼의 파멸을 노리고 파 놓았던 함정이라는 것을. 그는 그를 모든 잘못으로부터 지켜 주시고, 악마들과 싸움에서 이길 수 있게 해 주신 신께 감사를 드렸다. 성당은 텅 비어 있었다. 무덤도, 피 흘리는 시체도 어디론가 사라지고 보이지 않았다. 보호트는 안도의 한숨을 내쉬었다. 형이 어떻게 되었는지 여전히 불안하기는 했지만 아직 살아 있을 것이라는 희망이 생겼다.

"그럼, 내가 허깨비를 보았단 말인가? 사제라고 주장하던 사람은 나를 나쁜 길로 인도하기 위해 악마가 보낸 추악한 밀사였던 게로군."

보호트는 그 모든 일에 마음이 놓였다. 그는 다시 말을 집어타고 리오넬을 찾아 숲길을 달렸다.

07 크나큰 고난

돈의 아들 거플렛은 북쪽을 향해 길을 재촉했다. 에메랄드 잔과 피 흘리는 창을 지키고 있는 부상당한 왕에 대한 소식을 알게 되기를 간절히 바라면서 부지런히 말을 달렸다. 정오 무렵이 되었을 때, 또다시 무시무시하고 고통스러운 곡소리가 천지를 흔들며 솟아올랐다.

거플렛이 외쳤다.

"아이구, 하느님! 대체 이건 무엇을 의미하는 것일까? 이 끔찍한 곡소리의 원인이 뭘까? 화가 나서 난리법석을 치지 않고 이 일을 설명해 줄 사람은 없을까?"

날씨는 참을 수 없을 정도로 더워지고 있었지만, 그는 계속해서 길을 갔다. 저녁 무렵에는 사냥개들을 데리고 새매 사냥을 하는 젊은이 두 사람과 만날 수 있었다. 젊은이들은 잘생긴 말을 타고 있었다. 거플렛을 보자 반갑다고 인사하며 말했다.

"시간이 늦었으니 유숙하실 곳이 필요하겠군요. 저희 집으로 가시지요. 기꺼이 모시겠습니다."

"감사합니다만 저는 더 가야 합니다."

"내일 아침에 되기 전까지는, 가시는 길에서 마을도 성도 암자도 만나지 못하실 겁니다. 함께 가시지요. 아버님께서 정중하게 맞아 주실 것입니다."

"그렇게까지 말씀하시니 정말 감사합니다. 초대를 받아들이지요."

세 사람은 나란히 말을 달렸다. 어디선가 또다시 곡소리가 들려왔다. 그 지방 전체가 들썩거릴 정도로 크고 끔찍했다. 그러자 두 젊은이가 갑자기 미친 사람들처럼 비명을 질러대며 곡을 하기 시작했다.

거플렛은 저도 모르게 외쳤다.

"맙소사, 대체 이 요란한 소리의 정체는 뭡니까? 왜 이렇게 비명을 질러대며 통곡하는 겁니까?"

거플렛이 미처 말을 마치기도 전에 젊은이들은 그에게 덤벼들며 소리쳤다.

"배반자! 그런 소리를 내뱉다니 혼 좀 나봐라!"

젊은이 중 하나가 새매를 가지고, 또 한 사람은 사냥개 발을 잡고 거플렛을 마구 때렸다. 거플렛은 말을 옆으로 비켜나게 하여 그들에게서 가능한 한 멀리 도망쳤다. 젊은이들은 거플렛을 협박하며 계속 따라왔다.

"이 천박한 놈! 도망치지 못할걸!"

시끄러운 소리가 갑자기 멈추었다. 동시에 젊은이들은 다시 얌전하고 상냥한 사람으로 돌아왔다. 그들은 거플렛을 부르며 다시 자신들의 집으로 가자고 초대했다. 돈의 아들은 그 괴상한 곡소리가 무엇인지 궁금해 죽을 지경이었으므로 그들의 초대를 받아들였다. 젊은이들은 방금 들은 곡소리에 대해 물어보면 험한 대접을 받게 되므로, 절대로 그것에 관한 질문을 던지지 말라고 충고했다.

세 사람은 두텁고 튼튼한 벽으로 잘 방어되어 있는 아름다운 성에 도착했다. 성은 큰 저수지가 딸려 있는, 물이 깊은 해자로 에워싸여 있었다. 다리 위에는 어떤 시인이 '두 연인들'✤이라는 단시에서 묘사했던 기사가 서 있었다. 그는 두 젊은이의 아버지였다. 두 아들이 돈의 아들과 함께 오고 있는 것을 보고, 그 기사는 편력 기사를 맞아들이는 영주답게 아주 기쁜 표정을 지으며 그들에게 다가왔다.

거플렛은 말에서 내려 그에게 인사했다. 기사가 말했다.

"이렇게 마음에 드는 외지인을 맞이해 보기는 칠 년 만에 처음이오."

그는 거플렛에게 안으로 들어가자고 권했다. 거플렛은 갑옷을 벗고, 이미 식탁이 차려져 있는 큰 방으로 들어갔다. 옆에 딸려 있는 방에서 아름다운 여자가 나와 기대고 앉을 수 있도록 비단 쿠션을 놓아주었다. 식사가 끝나고 나자 기사는 거플렛에게 어디에서 왔는지, 무엇을 찾고 있는지, 어디로 가는지 물었다. 거플렛은, 자기는 원탁의 일원으로서 성배와 피 흘리는 창을 지키고 있는 부상당한 왕을 찾고 있다고 대답했다.

✤ 중세기에 운문으로 쓰인 아주 유명했던 13세기 이야기와 연관되어 있다. 이야기의 배경은 노르망디 지방의 센 강가지만, '브리튼 단시'라고 불린다. 그 이야기 가운데 하나이다.

이번에는 거플렛이 기사에게 물었다.

"그 왕에 대해 알고 있는 것이 있으신가요?"

"물론이오. 하지만 오늘은 너무 늦었으니 내일 대답해 드리리다. 내일, 괜찮다면 내가 직접 길 안내를 하며 말해 주겠소. 오늘은 푹 쉬도록 하시오."

거플렛은 그날 밤 편하게 잘 수 있었다. 고통스러운 소리는 들려오지 않았다. 아침에 일어나 보니, 주인은 벌써 자리에서 일어나 있었다. 아침 식사를 끝내고 거플렛은 성주와 그의 두 아들과 함께 성을 떠났다. 성에서 꽤 멀리까지 왔을 때, 거플렛은 기회를 보아 이 나라 전체에서 들리는 그 이상한 곡소리에 대해 물어보아야겠다고 생각했다. 부상당한 왕에 대해서도 알려주겠다고 약속했으니, 다른 질문을 한다고 화를 내지는 않겠지. 그렇게 말없이 한참 달렸을 때, 기사가 거플렛에게 물었다.

"걱정이 많은 얼굴이구려. 무슨 걱정이라도 있으시오?"

"질문을 드려도 화를 내지는 않을 거라는 확신이 있으면 말씀드리겠습니다만……."

"화를 내다니요. 그럴 리가 있겠소이까. 거짓말과 배반을 제외한다면 내가 그대를 위해 하지 못할 일은 없다오."

"좋습니다. 그럼 여쭈어 보겠습니다. 이 나라 어디를 가나 들리는 그 곡소리의 정체는 무엇인가요? 왜 그렇게 난리법석들을 피우는 겁니까?"

앞서가던 기사가 갑자기 몸을 획 돌리더니 분노로 벌겋게 달아오른 얼굴로 소리를 버럭 질렀다.

"사생아! 천한 놈! 뻔뻔한 놈! 그따위 질문을 던지다니 죽여 달라는 거냐?"

기사는 거플렛이 타고 있는 말의 고삐를 잡으려고 팔을 뻗으며 거플렛을 향해 달려왔다. 그의 아들들도 덩달아 울부짖었다.

"도망가지 못하도록 그자를 붙잡아요!"

거플렛은 말을 한옆으로 몰아 기사의 공격을 피한 뒤, 전속력으로 도망쳤다. 기사는 뒤쫓아 오며 여전히 울부짖었다.

"그렇게 쉽게 빠져나가지는 못할걸!"

그는 말을 달리면서도 머리카락을 잡아 뜯고 얼굴을 쥐어뜯었다. 한참을 그렇게 자신을 괴롭히고 나서, 그래 봐야 아무 소용도 없고 거플렛을 따라 잡을 수도 없다는 것을 깨닫자, 기사는 고통을 과시하는 일을 멈추었다. 그는 우뚝 멈추더니 거플렛을 향해 소리쳤다.

"기사여, 무서워하지 마시오. 나의 분노와 고통은 지나갔소!"

돈의 아들이 응수했다.

"당신은 이유도 없이 자신을 괴롭히고 있소! 더 이상 다가오지 마시오. 내게 할 말이 있거든 그냥 거기에서 말하시오!"

"거플렛 경, 이리 돌아오시오. 당신이 알고 싶어 하는 것을 말해 주리다. 무서워하지 마시오. 내 신앙에 걸고 맹세하리다. 무서워할 것은 아무것도 없소."

"좋습니다. 질문에 대답하겠다고 약속했으니 돌아가도록 하지요."

거플렛은 기사에게 돌아갔다.

기사가 말했다.

"내가 했던 일을 나무라지 마시오. 누군가 그 일에 대해 말하는 걸

듣는다는 건 고통스럽고, 견딜 수 없고, 잔인한 일이오. 내 아들이나 형제라 해도 차라리 목 매달리는 걸 보는 게 낫소. 그 때문에 나는 이렇게 화를 냈던 거요. 부탁이오. 나나 내 아들들이 화를 내지 않게 해 주시오."

거플렛은 고집스럽게 물었다.

"그 소란은 뭔가요?"

"그 점에 관해서는 대답하지 않겠소. 대답할 권리가 없기 때문이오. 경은 잔과 창을 지키는 부상당한 왕에 대해서 물어보았소. 그것은 두려움 없이 알려 줄 수 있소. 그 문제에 대해 진실을 감춰야 할 이유는 전혀 없으니까."

"좋습니다. 그 시끄러운 소리에 대해서는 더 이상 묻지 않겠습니다. 저에게 중요한 문제도 아니니까요. 어디로 가면 부상당한 왕을 만날 수 있을지 일러 주십시오."

"앞에 있는 길을 하루 종일 따라가시오. 가는 길에는 마을도, 도시도, 성도 없고, 빵도 포도주도 얻을 수 없을 것이오. 잠을 자야 할 시간이 되면 풀밭 위에서 쉬는 수밖에 없소. 내일 정오가 되기 전에 깎아지른 산이 우뚝 서 있는 평야에 이르게 될 것이오. 그 산 기슭에 잘 지어진 아름다운 성채가 있는데, 그 앞에 장막과 오두막이 세워져 있는 걸 보게 될 거요. 많은 기사들과 부유한 제후들도 만나게 될 것이오. 당신은 그들 사이로 지나가야 하오. 그러나 누구에게도 말을 걸어서는 안 됩니다. 알아들었소?

그들을 지나친 다음에는 성으로 들어가 가장 큰 건물이 나올 때까지 쉬지 말고 앞으로 나아가야 합니다. 그곳에 이르면 말에서 내려 두려워하지 말고 벽에 창과 방패를 기대어 놓고 안으로 들어가시오. 안에 들어가면 부상당한 고귀한 노인이 침대에 누워 있는 처참한 광경을 만나게 될 것이오. 그 노인의 발치에는 아름다운 젊은 여인이 슬피 울며 앉아 있소. 환자의 머리맡에는 나이든 부인이 앉아 있소. 이 두 여인이 환자를 돌보고 있소. 두려워하지 말고 나이든 부인에게 다가가 그녀에게만 따로 말하시오. 에사르의 오지에—이것이 내 이름이오—가 그녀가 곡소리의 진실을 밝히도록 경을 보냈다 말하시오. 그 곡소리는 노인의 상처에서 유래한 것이기 때문이오. 진실을 알고 난 다음에는 경이 원하는 대로 행동하면 됩니다."

"이러한 일들을 알려 주심으로써, 성주께서는 진정 우정을 베풀어 주셨습니다. 영광스럽게 생각합니다. 고마움을 표현할 방법이 있다면 그렇게 하고 싶습니다. 더 얘기해 주실 것이 없는지요?"

"이 말만 덧붙이리다. 신께서 그 모험을 무사히 마치게 해 주신다면 내 집으로 돌아와 묵어가시오. 내 초대를 거절하지 않으셨으면 하오."

"감사합니다. 신께서 저를 불행에서 지켜 주시고 탐색 안에서 이끌어 주신다면 반드시 찾아뵙겠다고 약속하겠습니다."

돈의 아들은 성주와 두 명의 아들과 작별하고, 성주가 일러준 길로 쏜살같이 달려갔다.

에사르의 오지에를 통해 부상당한 왕이 살고 있는 곳에 관해 알게 된 거플렛은 기쁨에 가득 찬 마음으로, 용기백배하여 하루 종일 말을 달렸다. 어두움이 숲을 침범해 오는 시간에, 말이 많이 지친 것을 보고 초원에서 쉬어가기로 했다. 말이 풀을 충분히 뜯어먹고 기운을 차리자 다시 어둠 속을 달렸다. 동이 막 터오를 무렵에 거플렛은 넓은 평야와 깎아지른 듯한 산과 성채를 만났다. 오지에가 말한 대로 성채 앞에는 수많은 장막과 오두막이 보였다. 수많은 기사들이 그 사이를 바쁘게 오가고 있었다. 거플렛은 그들에게 아무런 신경도 쓰지 않고 말도 걸지 않은 채 숙영지를 지나쳤다.

그가 지나가는 동안 기사들이 수군거렸다.

"보아하니 잠도 거의 자지 않은 것 같은데, 용감무쌍한 친구로군. 불행을 찾아서 서둘러 왔구먼. 고통을 겪고 죽으려고 밤새 말을 달려온 모양이군."

거플렛은 그들이 하는 말을 들었지만, 그것이 무슨 의미인지 잘 이해할 수 없었다. 성채 안에 들어가자마자 주위를 돌아보니, 잘 지어진 높은 집이 많이 있었다. 사람은 아무도 없었다. 남자도 여자도, 살아 있는 피조물이라고는 그림자도 보이지 않았다. 거플렛은 이어지는 건물들을 살펴보면서 계속 앞으로 나아가다가 제일 큰 건물 앞에 이르렀다. 말에서 내려 창과 방패를 놓고 문으로 들어갔다. 조각된 꽃과 아름다운 채색으로 장식한, 우아하고 둥근 지붕을 덮은 문이었다. 안으로 들어가 보니 커다란 방이 있고 한가운데에는 침대가 놓여 있었다. 침대 위에 남자가 누워 있고, 침대 앞에는 늙은 여자와 젊은 여자 둘이 앉아 있었다. 두 여자는 팔에 얼굴을 묻고 끊임없이 한숨을 쉬며 눈물짓고 있었다. 거플렛은 늙은 여자에게 다가가 따로 말씀드리기를 청하노라고 말했다. 여자는 자리에서 일어나 방 한쪽 구석으로 거플렛을 따라왔다.

여자가 말했다.

"기사님, 하느님과 성처녀 마리아의 이름으로 부탁드리니, 조용히 말씀해 주세요. 저곳에 부상당하여 누워 계신 나의 주인께서는 오래전부터 기쁨도 즐거움도 누리지 못하셨답니다."

"조용히 하도록 노력하겠습니다. 하지만 제 말을 들어주십시오. 에사르의 오지에 님께서 저를 보내셨습니다. 부상당한 왕이 누구신지, 또 무엇 때문에 나라 전체에 곡소리가 울려 퍼지는지 부인께 물어보라 하셨습니다."

늙은 여자는 한숨을 깊이 내쉬었다.

"대답할 수 있기를 바랍니다. 그런데 그런 질문을 던지는 당신은 누구십니까?"

"저는 돈의 아들 거플렛이라 합니다. 아더 왕께서 원탁 주위에 모으신 동지 중 한 사람입니다. 그리고 아더 왕의 모든 기사들처럼 저도 성배 탐색에 뛰어들었습니다."

그 이야기를 듣더니 여자는 눈물을 비처럼 줄줄 흘렸다. 여자는 한참 울고 나서 눈물을 닦고 말했다.

"우리가 기다리는 사람이 기사님이면 좋겠습니다. 이 나라는 루즈몽의 톨라의 학정 때문에 고통당하고 있습니다."

"그 루즈몽의 톨라라는 사람이 누굽니까?"

"신께서 우리로 하여금 지은 죄를 참회하도록 이 왕국에 보내신 재앙이지요. 루즈몽의 톨라는 불의와 교만으로 많은 영혼들을 그 육체로부터 분리시켰지요. 그는 용감한 기사들을 많이 죽였어요. 그는 많은 귀부인들을 비탄에 빠지게 만들었고, 아가씨들의 명예를 빼앗아 슬픔에 빠뜨렸습니다. 많은 아이들을 고아로 만들고 사람들의 영토를 빼앗았어요. 지금 침대에 누워 계신 나의 주인을 수치스럽게 대접한 것도 그자입니다. 원래 이 나라의 합법적인 왕은 나의 주인님이시랍니다. 몇 달 사이에 톨라는 전하에게서 많은 땅을 빼앗았고 신하들을 죽였지요. 그리고 어느 날, 마법의 창으로 잔인무도하게 전하를 찔렀습니다. 그 이후로 전하는 불구가 되셨어요. 용감한 기사가 그와 싸워 이기지 않는 한 폐하는 나을 수가 없습니다."

"제가 그 용감한 기사가 되어 드리겠습니다. 약속합니다. 그 폭군과 싸우다가 죽는 한이 있더라도!"

늙은 여자가 한숨을 내쉬었다.

"톨라는 강력한 마법사들의 도움을 받고 있어요. 그들을 없애지 않는 한 톨라는 무적이랍니다. 그 마법사들은 사람의 무기로는 어떻게 해 볼 수가 없어요. 톨라를 이기려면 마법사 하나와 거인을 죽여야 하고, 거인의 어머니의 분노를 뛰어넘어야 해요. 그녀는 원수가 우리의 교만과 죄를 벌하기 위해 보낸 무서운 마녀입니다."

"그 괴물들을 죽이겠습니다."

"그게 전부가 아니에요. 왕에게 상처를 입히는 것으로 모자라서 톨라는 왕을 이 성채에 가두고 그의 기사들을 시켜 감시하고 있습니다. 돌아오는 성 요한 일이 폐하께서 유폐되신 지 칠 년째 되는 날입니다. 톨라는 매달 와서 폐하를 괴롭힌답니다."

"어떻게요?"

"폐하의 상처는 매달 아뭅니다. 그래서 그믐 동안에는 한숨 돌리시지요. 그런데 톨라가 와서 시종들을 시켜 폐하를 결박하고 가죽 끈으로 때려서 산으로 올라가게 만들어요. 폐하가 산꼭대기에 올라갔을 때는 상처가 다시 벌어져 있지요. 그분은 더 이상 걷지도 못하세요. 너무 지치고 약해지셔서 우리가 가서 모셔다가 침대에 눕혀 드려야 해요. 그런 고통스러운 생활이 칠 년째 이어지고 있답니다."

그 모든 이야기를 들으면서 돈의 아들의 가슴에 분노가 치밀었다.

"어떻게 그렇게 끔찍한 운명이 있을 수 있다는 말입니까? 부인의 주인께서 어떻게 그런 대접을 참고 견디실 수 있는지 놀랍기만 하군요. 그런데 바깥에 있는 저 사람들은 누구인가요?"

"그 기사들은 톨라의 포로가 된 기사들이랍니다. 톨라는 그들을 모두 일대일 결투에서 이겼어요. 아까도 말씀드린 것처럼 톨라는 마법사들의 보호를 받고 있으니까요. 모두 두 개나 세 개의 성을 소유하고 있는 사람들이랍니다. 폐하의 고통을 끝내 드리려고 톨라와 싸우러 왔던 거지요. 슬프게도 성공한 사람은 아무도 없어요. 그들은 모두 죽을 때까지 이 성을 지키는 운명이 된 거랍니다."

"톨라는 언제 이곳에 옵니까?"

"여드레 뒤예요. 톨라는 신월新月 때 와서 폐하를 고문한답니다. 정말 톨라와 싸울 생각이 있다면 여드레 뒤에 오세요. 목숨을 걸어야 한다는 걸 잊지 마세요. 죽지 않는다면 성 앞에 있는 숙영지에 포로로 잡혀 있게 될 거예요."

"여드레 뒤에 이곳에서 그를 만나게 되기를 바랍니다. 잔인함의 대가를 호되게 치르게 만들고 싶군요. 어디에 가면 그를 만날 수 있나요?"

"그가 어디에 살고 있는지는 아무도 모릅니다. 더 알고 싶다면 오셨던 곳으로 돌아가십시오. 하지만 죽기를 각오한다면 모를까, 그 점에 대해 솔직하게 말하는 사람은 없을 거예요. 톨라를 보호하고 있는 마법사들이 즉시 발설한 자의 이름을 알려 주고, 톨라는 그를 죽일 테니까요."

"그러면 왔던 곳으로 돌아가겠습니다. 떠나기 전에, 찬란한 빛이 쏟아져 나오는 잔과 꼭대기에서 피가 흘러내리는 창이 무엇인지 알고 싶습니다."

"창은 톨라의 창이 틀림없어요. 아까도 말씀드린 것처럼 마법의 창이랍니다. 말씀하시는 잔은 무엇인지 모르겠군요."

"마지막으로 한 말씀만 더 여쭙겠습니다. 왜 이 나라 사람들은 낮과 밤의 어떤 정해진 시간에 그런 소란을 피우는지요. 어째서 그것에 관해 물어보는 것을 참을 수 없는 모욕이라고 여기는지요."

"그들이 그렇게 행동하는 데는 그럴 만한 이유가 있습니다. 저 침대에 누워 계신 분이 그들의 합법적인 왕이기 때문입니다. 그들은 언제나 충성스럽고, 착하고, 정중한 신민들이었기 때문에 슬퍼서 비명을 지르고 곡을 하는 것 외에 다른 방법이 없다고 여기는 것입니다. 신께서 왕을 완전히 낫게 해 주실 때까지 그렇게 해야 한다고 생각하고 있습니다. 누구라도 그 고통을 상기시켜 주는 얘기를 들으면 고통스러워서 참지 못하는 것이랍니다. 그 말을 한 사람이 형제라 해도 죽이고 싶어 할 정도로 못 견디지요. 이것이 진실입니다."

"부인, 감사합니다. 충성스러운 기사로서 부인의 주인을 곧 고통에서 해방시켜 드리겠다고 약속하겠습니다."

거플렛은 부인에게 절하고 방을 나와 무기를 챙겨들고 말에 올랐다. 그는 숙영지를 거꾸로 지나, 에사르의 오지에의 성으로 가는 길목에 자리한 숲의 오솔길을 따라 가던 그는 소나무 아래 누워 있는 노파를 보았다. 털투성이에다가 쪼글쪼글하고, 불 때는 장작처럼 빼빼 마른 모습이었다. 거플렛이 다가오는 소리를 들은 그녀는 항아리처럼 커다란 머리를 보이지 않을 정도로 슬쩍 들어 올렸을 뿐, 그대로 누워 있었다. 동전 크기만큼도 되지 않는 작은 눈에는 눈곱이 잔뜩 끼어 있었고 푸른 테두리가 둘러져 있었는데, 그나마 한없이 긴 속눈썹에 가려 보이지도 않았다. 입술은 두터웠는데, 아랫입술이 특히 더 두터웠다. 입술에서 세 개의 검붉고 기다란 이빨이 밖으로 삐져나와 있었다. 회색 머리카락은 위로 삐죽삐죽 솟아 있었다. 끔찍한 몰골인데도 그녀는 거지처럼 보이지 않았다. 흰 담비털로 장식된 붉은 망토를 걸치고 있었고, 망토 안에는 하얀색의 귀한 옷감으로 만들어진 옷을 입고 있었다. 거플렛은 특이한 외모라고 생각하면서 그녀에게 다가가 인사했다.

노파는 답례도 하지 않고 다짜고짜 내뱉었다.

"기사여, 여기서 무얼 하려고 그러는가? 왔던 곳으로 돌아가라."

"내가 왜 그래야 하는지 알기 전에는 돌아갈 수 없다."

노파는 목 쉰 소리로 말했다.

"곧 알게 될 거야. 저기 있는 사람들이 알려줄 거야."

"잘 됐군. 그러면 곧 알게 되겠지. 하지만 적어도 누군지 이름은 말해 주어야지."

여자가 벌떡 일어났다. 망토가 흘러내렸다. 여자의 키는 창 길이만큼 컸다. 거플렛이 놀란 목소리로 말했다.

"맙소사! 난 이렇게 이상한 피조물을 본 적이 없다!"

"계속해서 이 길로 간다면 더 이상한 것도 보게 될걸."

돈의 아들은 이미 그녀의 이야기를 듣고 있지 않았다. 그는 다시 가던 길로 접어들었다. 은자가 미사를 드리고 있는 성당이 나타났다. 거플렛이 은자에게 말을 걸려고 하는데 요란스러운 소리가 들려 왔다. 숯처럼 까만 갑옷을 입은 기사가 검은 방패와 검은 창을 들고 나타나 전속력으로 달려오더니 거플렛을 세게 쳐서 땅바닥에 떨어뜨렸다. 거플렛은 수치심과 분노로 가득 차서 검을 빼어들고 상대를 향해 용감하게 나아갔다. 그러나 마법의 힘으로 사라져 버렸는지 검은 기사의 모습은 보이지 않았다.

거플렛이 외쳤다.

"이상한 일도 다 있군! 내가 꿈을 꾸는 건 아닐 텐데!"

거플렛은 다시 말을 탔다. 안장에 앉기가 무섭게 아까의 그 기사가 다시 모습을 드러냈다. 거플렛은 전속력으로 말을 달려 덤벼들었다. 두 사람 모두 말에서 떨어졌다. 거플렛은 유연하게 얼른 일어나서 검을 들고 돌진했다. 적은 또다시 흔적도 없이 사라졌다. 돈의 아들은 화가 나서 견딜 수가 없었다.

"이 기사는 나를 가지고 놀고 있다. 대체 어디 있는 거지?"

그는 사방을 살펴보다가 다시 말 위에 올라탔다. 적이 다시 나타났다. 하늘에서 천둥이라도 치는 것처럼 요란스럽게 쉭쉭대는 바람 소리를 내는 그의 모습은 사납고 맹렬했다. 이번에는 돈의 아들도 당하고만 있지 않았다. 그는 선수를 쳐서 창을 아래로 내리고 상대방의 방패 너머를 겨냥하여 푹 박아 넣었다. 기사는 말에서 떨어졌다. 거플렛도 말에서 뛰어내렸다. 그러나 이번에도 거플렛은 혼자였다. 적은 다시 사라졌다.

"성모 마리아님! 이 악마는 대체 어디로 간 겁니까? 내 창으로 분명히 놈의 배를 찔렀는데!"

바로 그 순간, 거플렛은 자기 창이 바닥에 놓여 있는 것을 발견했다. 핏자국 하나 없이 깨끗했다. 그는 창을 집어 들었다. 말을 탈 때마다 검은 기사가 다시 모습을 나타낸다는 것을 깨달은 그는 성당까지 걸어서 가기로 했다. 그는 창을 팔 아래 끼고 말고삐를 끌고 걸었다. 이번에는 검은 기사가 말을 타지 않은 모습으로 나타나 그를 향해 미친 듯이 달려왔다. 거플렛은 창을 땅에 내려놓고 검을 뽑았다. 어둠이 내리기 시작했으므로 적의 모습이 잘 보이지 않았다. 거플렛은 이상한 분노에 사로잡혀 끈질기게 싸웠다. 무기들은 부딪치면서 불꽃을 내뿜었다. 전투는 밤이 이슥할 때까지 이어졌지만 승부는 가려지지 않았다.

은자는 성당 안에서 두 사람이 싸우는 소리를 듣고 있었다. 그는 아무래도 결투에 개입해야겠다는 결론을 내리고, 스톨라와 성수를 들고 밖으로 나왔다. 그는 싸우는 두 기사의 몸 위에 성수를 뿌렸다. 성수를 뒤집어쓴 검은 기사는 끔찍한 비명을 지르며 뒤도 돌아보지 않고 도망쳤다. 그가 도망치고 있는 사이에 거센 바람이 일어났다. 흙먼지가 사방에 날리고, 천둥이 무서운 소리를 내며 으르렁대는 동안 나무들은 몸을 비틀었다. 바람은 한참 만에 가라앉았다. 다시 고요가 찾아오자 은자는 거플렛을 안으로 데리고 들어갔다.

은자가 거플렛의 이름을 물었다.

"저는 아더 왕의 동지로서 성배 탐색에 참여하고 있습니다."

"그랬군요. 그건 칭송할 만한 일이지요. 이쪽에서 성배를 찾을 수는 없습니다. 출발할 때부터 길을 크게 잘못 드신 것 같군요."

"그럴지도 모르겠습니다. 제가 방금 맞아 싸웠던 그 무공이 뛰어난 기사가 누구인지 말씀해 주실 수 있으신지요."

"그자는 겉보기에는 기사 같은 모습을 하고 있으나 기사도 아니고 사람도 아니랍니다. 지옥에 살고 있는 악마 중에서 제일 못된 놈이지요. 거인의 에미인 사납고 빼빼 마른 꺽다리 쪼그랑 할망구가 마법과 강신술을 사용해서 이곳으로 불러들였답니다."

"꺽다리 노파라구요? 그 노파를 만났습니다. 그런 흉물은 처음 봤습니다."

"흉물이지요. 그 노파에게 남편이 있었는데 옛날에 나라 전체를 깡그리 약탈했던 악당 거인이었습니다. 숲과 가시덤불 빼고는 남은 게 없었지요. 사람들은 그의 수탈을 견디다 못해 다른 지역으로 피난을 떠났답니다. 그런데 어느 날 어디론가 원정을 떠났는데, 심한 부상을 입고 돌아왔더군요. 그리곤 사흘 만에 죽었습니다. 남편이 죽자, 노파는 사람들이 아직 어린 자식을 잡아다가 죽일까 봐 겁을 집어먹었지요. 그래서 마법의 힘으로 악마를 불러내 길을 막아버렸답니다. 이 경계 너머로는 아무도 갈 수 없어요. 내가 그 악마를 물리칠 수 있는 유일한 무기를 들고 개입했을 때에만 그 경계를 넘을 수 있답니다. 경은 운 좋게도 내 암자 근처에서 결투를 벌였지요. 결투가 다른 곳에서 벌어졌더라면, 나는 경을 도울 수 없었을 겁니다.

그 악마는 사실 이 암자에서 결투를 벌이지 않으려고 늘 조심하지요. 혼란을 일으켰을 때에만 이곳 가까이 오게 됩니다. 놈은 나를 피합니다. 나에게는 아무 해도 끼치지 못한다는 것을 알기 때문이지요. 이곳에 있는 예수 그리스도의 무기는 이십사 년 전부터 나를 잘 보호하고 있기 때문에 어떤 적이나 짐승과 거인도 나를 해칠 수 없습니다. 불행하게도 나 자신이 악마와 싸울 능력은 없답니다. 그래서 악마는 누구도 경계선을 건너가지 못하도록 막고 있는 것이지요. 어머니에게서 태어난 사람은 누구도 경계를 넘을 수 없어요. 경도 넘을 수 없을 겁니다. 지금은 무서워할 필요가 없습니다. 예수 그리스도의 무기들은 어떤 악마의 힘도 저항할 수 없는 강력한 힘을 가지고 있기 때문에 그 악마는 오지 않을 겁니다.

경이 보았다는 악마는 루즈몽의 톨라라는 잔인한 기사와 동맹을 맺었습니다. 톨라의 집으로 진입하는 것을 막기 위해 그 가짜 기사는 길목을 지키고 있는 것이랍니다. 그렇게 해서 톨라와 노파의 아들들을 보호하는 것이지요. 노파는 자욱한 안개에 둘러싸여 아무도 알아볼 수 없는 탑에서 아들들을 길렀습니다. 이곳에서 멀지 않은 곳이지요. 그러나 두 아들이 장성한 다음에는 마녀와 헤어졌지요. 아들 하나는 이 나라에 머물면서 주변의 땅들을 약탈하고, 처녀들을 납치해 능욕하거나 공범인 루즈몽의 톨라에게 넘겨주고 있지요. 그 무서운 거인은 일일이 열거하기도 힘들 정도로 많은 죄를 저질렀어요.

다른 아들은 문둥이가 되었습니다. 마녀는 마법의 힘으로 집을 하나 지어 주었는데, 그 집에 적대감을 가지고 들어가는 사람은 그곳에서 나오지 못하고 머물거나 잔인한 고문을 당해야 합니다. 게다가 병을 고치기 위해서 그 괴물은 만나는 아이들을 죄 잡아다가 죽여 가지고는 그 피 안에 몸을 담근답니다. 이 끔찍한 짓거리를 끝내기 위해서 많은 기사들이 도전했다가 실패했지요. 그런데 최근에 아더 왕의 동지 한 사람이 성공했습니다. 그래서 문둥이의 동생인 다른 거인이 복수하기 위해서 그 기사를 찾아 나섰답니다. 신께서 그 기사를 지켜 주시기를. 아직까지는 아무도 그 거인과 맞서는 자가 없었답니다."

"제가 바로 그 거인이 찾는 사람입니다. 제가 그 끔찍한 문둥이를 해치웠거든요."

돈의 아들은 문둥이를 물리쳐 갇혀 있는 아이들을 구하고 저주받은 집의 마법을 풀었던 이야기를 자세히 들려주었다. 은자는 그의 이야기를 주의 깊게 듣고 나서 물었다.

"누가 경을 이곳으로 보냈습니까?"

"저는 원탁의 모든 동지들처럼 성배를 찾는 탐색을 떠났습니다. 제 탐색을 막는 자는 사람이든 악마든 모두 맞서 싸울 각오가 되어 있습니다."

"칭송받을 만한 말이로군요. 그러나 경이 경보다 더 강한 자와 대적하는 건 아닌지 걱정스럽습니다. 마녀의 아들인 거인이나 루즈몽의 톨라는 대적할 수 없는 괴물들입니다. 신께서 경을 지켜 주시기를!"

"저는 신의 이름으로 그들과 싸우겠습니다."

"이제 어찌 할 생각이신지?"

"루즈몽의 톨라와 싸워 부상당한 왕의 고통과 이 나라 백성들의 슬픔과 통곡이 끝날 수 있게 하고 싶습니다."

"오, 신이여, 이분을 도와주소서! 성공한다면 모든 사람의 축복을 받을 겝니다. 이 왕국이 슬픔에 잠긴 지 어언 칠 년이나 지났군요. 자, 내 이야기를 잘 들어보십시오. 아무도 톨라에게 접근할 수 없습니다. 그를 찾는 사람이 방향을 잃고 헤매도록 아주 조심하거든요. 하지만 여드레 뒤에 그는 다친 왕을 괴롭히러 올 겁니다. 그때 도전할 수 있을 겁니다. 그때까지는 나와 함께 지냅시다. 아무것도 무서워하지 말아요. 지옥의 힘은 경에게 미치지 못할 것입니다."

여드레 동안 거플렛은 암자에서 보냈다. 매일 아침 미사를 드리고, 은자를 도와주었다. 은자는 거플렛에게 많은 가르침을 베풀었고, 거플렛은 귀 기울여 들었다. 거플렛은 왕국에 대하여 많은 것을 알게 되었다. 돈의 아들은 브루니센이 지옥의 피조물이 아니라 톨라의 음모에 걸려든 희생자라는 것을 알고 마음이 놓였다.

드디어 결전의 날이 왔을 때, 거플렛은 무장한 뒤 은자에게 작별을 고하였다. 은자는 거플렛의 모습이 시야에서 사라질 때까지 계속 거플렛의 뒷모습을 향해 성호를 그어 주었다. 거플렛의 모습이 완전히 보이지 않게 되자 그는 성당으로 돌아가 돈의 아들을 위하여 성령 미사를 드렸다. 신께서 앞으로 겪게 될 혹독한 시련으로부터 거플렛을 지켜 주시게 하기 위해서였다.

얼마 가지 않았을 때 거플렛은 잔인무도한 거인을 만났다. 거인은 젊은 여자를 마치 어린아이 다루듯 팔 아래에 끼고 어딘가로 가는 중이었다. 여자는 성모 마리아의 도우심을 탄원하고 있었다. 거플렛은 거인이 누구인지 대번에 알아보았다. 은자가 묘사했던 괴물의 모습과 똑같았던 것이다. 거플렛은 전투태세를 갖추고 거인을 향해 달려가며 큰 소리로 외쳤다.

“이 지옥의 괴물아, 신께서 나를 도우신다! 여자를 잡아오다니, 천벌을 받을 것이다. 당장 놓아 주어라!”

완전 무장을 한 거플렛이 맹렬하게 달려들자 거인은 여자를 바닥에 내동댕이치고 나무로 다가가 가지 하나를 붙잡더니 뿌리째 뽑아냈다. 거인이 그 나무를 휘두르기 전에 거플렛은 분노의 창을 거인의 가슴에 꽂아 넣었다. 창은 몸을 뚫고 등으로 나왔다. 거인은 아랑곳하지 않고 거플렛을 향해 나무를 휘둘렀다. 나무는 거플렛을 슬쩍 치고 지나갔지만 그 충격만으로도 거플렛은 거의 넋이 나가 말에서 떨어졌다. 얼른 다시 자세를 가다듬은 거플렛이 이번에는 검을 뽑아 거인의 허리를 후려쳤다. 거인의 허리 살이 푹 베어져 나왔다. 피가 철철 흘러내리자 이번만큼은 거인도 정신을 차리지 못했다. 힘이 빠져 더 이상 나무를 휘두르지 못하게 된 거인이 칼을 놓치고 땅바닥에 쓰러져 있는 거플렛을 향해 천천히 발을 옮겼다.

젊은 여자는 땅바닥에 엎드려 두 팔을 십자가 모양으로 펼치고 열심히 기도문을 중얼거렸다.

“성모 마리아님, 우리를 구해주세요.”

거인은 검을 집어 들고 비틀거리며 거플렛을 향해 다가갔다. 검을 휘둘러 끝장을 낼 심산이었다. 다행히도 출혈이 너무 심했는지 기운이 없어 덜덜 떨다가 쓰러져 뻗어 버렸다. 정신이 돌아온 거플렛이 힘겹게 일어나 엎어져 있는 거인에게 다가갔다. 거인이 한손으로 검을 꽉 움켜쥐고 있었기 때문에, 검을 빼내느라고 어지간히 애를 먹어야 했다. 어쨌든 거플렛은 검을 빼내는 데 성공했다. 거플렛은 두려워하지 않고 적의 두 발을 잘랐다. 그리고 아가씨에게 달려갔다.

여자가 외쳤다.

"신의 축복을 받으십시오! 기사님께서 저를 구해주셨습니다. 이 나라는 드디어 저 괴물에게서 자유로워졌습니다."

그제야 거플렛은 그녀가 전에 상냥하게 시중들어 주었던 오지에의 딸이라는 것을 알아보았다. 그녀는 무슨 일이 일어났는지 자세히 설명해 주었다. 거플렛은 여자의 친절한 보살핌에 보답할 수 있게 되어 무척 기뻤다.

여자가 계속해서 말했다.

"이제는 기사님께서 지금까지 겪으신 모험 얘기를 들려주세요."

"시간이 없습니다. 아직 할 일이 많습니다. 여유가 생기면 그때 말씀드리도록 하지요. 이 나라를 짓누르고 있는 불의를 끝내기 위해 했던 약속 시간에 늦을까 걱정이 됩니다."

말의 뱃대끈을 다시 조인 거플렛에게 아가씨는 창과 방패를 건네주었다. 거플렛은 아가씨를 부드럽게 안아 올려 앞에 태웠다. 그는 여자에게 자신을 기다리고 있는 임무가 끝내면 집에 데려다 주겠노라고 약속했다. 말은 부상당한 왕이 누워 있는 성으로 달려갔다.

톨라는 병사들을 거느리고 성에 도착했다. 그들은 방에 들어가 다친 왕의 팔을 등 뒤로 단단히 묶었다. 수많은 매듭이 달려 있는 사슴가죽 채찍을 든 네 명의 건장한 사내들은 왕을 강제로 산으로 올려보내면서 채찍질을 할 준비를 했다. 칠 년 동안 그들은 그 가혹한 형벌을 왕에게 가해 왔던 것이다. 톨라는 그 광경을 아주 좋아했다. 아무리 보아도 지치지 않았다. 그날도 그는 한바탕 즐길 준비를 하고 있던 참이었다. 그때 오지에의 딸을 앞에 태운 거플렛이 달려 들어왔다.

톨라가 거만하게 소리쳤다.

"웬 놈이 우리를 방해하러 온 거냐?"

"나는 아더 왕의 동지로서 너와 싸우러 왔다. 왕을 가만히 놓아두고 이 나라를 당장 떠나라. 그렇게 하지 못하겠다면 나와 싸워야 한다."

톨라가 껄껄대며 웃었다.

"죽거나 망신을 당하겠다고 자청하는군! 나와 싸우겠다니, 그럼 어디 덤벼 보시지. 난 네 살가죽을 살살 다룰 생각이 없다!"

거플렛은 아가씨를 땅에 내려놓고 결투 준비를 했다. 톨라가 당당한 태도로 말을 달려 거플렛을 공격했다. 거플렛은 살짝 옆으로 피하여 적의 옆으로 돌아, 가슴속에 가득 차 있는 분노의 힘으로 적을 격렬하게 몰아붙였다. 말에서 떨어진 톨라가 몸을 일으키려고 하자 이번엔 그의 왼팔을 정확하게 후려쳤다. 피가 콸콸 쏟아졌다. 거플렛은 적에게 쉴 틈을 주지 않고 검을 목에 가져다 대고 소리쳤다.

"패배를 인정하라!"

톨라는 패배했다는 것을 깨닫고 자비를 구했다.

"목숨은 살려 주겠다. 한 가지 조건이 있다. 아더 왕의 궁으로 가서 왕 앞에서 지금까지 지은 죄를 낱낱이 고하라. 너에게 어떤 벌을 내릴 것인가는 내가 아더 왕에게 위임했음을 알리라. 또한 왕을 더 이상 괴롭히지 않을 것이며, 네가 정의와 충성을 배반하며 빼앗아 갔던 모든 땅을 반환하고, 너에게 패배했다는 이유로 포로가 되어 네 악행의 공범자 노릇을 해 온 모든 기사들을 즉각 석방하겠다고 맹세하라. 마지막으로 이 나라의 백성에게 말할 수 없는 고통을 주었던 거인, 문둥이의 어미인 마녀와의 동맹을 깬다는 것을 공개적으로 천명해야 한다."

"그렇게 하겠다. 맹세한다."

거플렛은 그제야 톨라가 일어서는 것을 허용했다. 톨라는 병사들의 부축을 받아 떠났다. 기세등등하던 평소의 모습은 어디로 갔는지 비참하기 이를 데 없는 모습이었다.

성채 아래에 있는 숙영지는 기쁨으로 뒤덮였다. 해방된 기사들은 돈의 아들을 용장 중의 용장이라고 칭송하며 감사의 말을 쏟아냈다. 겨우 버티고 서 있던 늙은 왕이 거플렛을 껴안으며 말했다.

"아들아✣, 너무나 고통스러운 탓에 이런 날이 올 것이라는 희망조차 가질 수 없었다. 나는 죽는 날만 손꼽아 기다렸다. 이렇게 기적이 일어났으니, 그토록 오랫동안 나를 충성스럽게 섬겨온 백성을 위하여 내 영혼을 신께 맡길 수 있게 되었도다."

왕이 미처 말을 마치기도 전에, 두 명의 기사가 숙영지를 가로질러 달려왔다. 기사들은 그들의 모습을 의아한 표정으로 바라보았다. 그

✣ 어부왕의 수난은 분명히 예수의 수난과 이어져 있으며, 그는 거녀, 문둥이, 톨라 등이 대표하는 현세적 정치 권력과 대치하는 성직자의 대표이다. 은자와 악마의 싸움은 어부왕 신화를 신화기술자가 어떤 관점에서 기술하고 있는지 알게 해 준다. 어부왕이 영웅을 "아들"이라고 부른다는 것은, 그가 성직자의 입장에 서 있다는 것을 증명하는 결정적인 증거이다. ―역주

들은 거플렛이 늙은 왕과 오지에의 딸과 함께 있는 장소로 다가왔다. 거플렛은 그들이 오카니 로트 왕의 아들 가웨인과 늪의 기사 헥토르라는 것을 당장 알아보았다. 헥토르는 란슬롯의 이복 형제였는데, 그걸 아는 사람들은 별로 없었다. 세 명의 기사들은 그렇게 만나게 된 것이 기뻐서 서로 얼싸안았다. 그들은 자신들이 겪은 모험담을 이야기하느라 시간 가는 줄 몰랐다.

그날 부상당한 늙은 왕의 성에서는 성대한 잔치가 벌어졌다. 사람들의 눈과 가슴에서 모든 슬픔이 사라졌다. 나라가 톨라의 왕위 찬탈 이전의 상태로 돌아왔으니, 부와 풍요를 되찾을 수 있으리라. 이제 이 땅의 백성은 정의롭고 선한 왕의 부드러운 권위 아래에서 옛날처럼 행복해지리라.

세 명의 원탁의 기사들은 아침 일찍 일어나 떠날 채비를 했다.

가웨인이 말했다.

"란슬롯 경, 갈라하드 경, 보호트 경, 퍼시발 경의 소식을 듣고 싶소. 헤어지고 난 다음에 나나 헥토르 경은 그들을 만나지 못했다오."

"나도 마찬가지라오. 아무 소식도 듣지 못했소."

"우리도 그들을 찾아볼까 하오. 거플렛 경도 우리와 함께 가겠소?"

"우선 나와 함께 있는 아가씨를 집에 데려다 주어야 하오. 그녀의 아버지는 에사르의 오지에라고 하는 훌륭한 기사요."

사실 거플렛은 내심 아름다운 브루니센의 과수원으로 돌아가고 싶어서 몸이 잔뜩 달아 있었다. 밤마다 그녀의 영상이 꿈속에 나타났던 것이다. 그는 왕과 두 명의 동료들과 작별한 뒤 아가씨를 말에 태우고 오지에의 성이 있는 남쪽 방향으로 향했다. 가웨인과 헥토르는 왕에게 신의 가호를 빌어준 뒤, 동료들의 소식을 알아보기 위해 떠났다.

가웨인과 헥토르는 하루 종일 말을 달려 숲속의 빈터에 있는 작은 성당에 도착했다. 문은 닫혀 있었지만, 벽을 따라 긴 의자가 놓여 있었다. 두 사람은 그 의자에 누워 잠이 들었다.

아침녘에 그들은 잠에서 깨어났다. 누군가 잠든 그들의 몸을 건드리는 느낌이 들었던 것이다. 두 사람은 벌떡 일어났다. 팔 하나가 성당에서 스윽 빠져나오는 게 보였다. 팔 끝에 달려 있는 손은 붉은 비단 장갑을 끼고 있었는데, 재갈과 불 밝혀진 초를 들어 흔들고 있었다. 두 사람은 동시에 검을 뽑았다. 누군가 모습을 나타내면 내리칠 생각이었다. 어디선가 목소리가 들려왔다. 성당 깊은 곳에서 울리는 목소리였다.

"믿음이 적은 기사들이여. 너희가 본 것은 너희에게 결핍되어 있는 세 가지 덕성을 나타내는 것이다. 그 때문에 너희는 성배 탐색을 끝낼 수 없는 것이다."

말이 끝남과 동시에 팔은 사라져 버렸다. 두 사람은 크게 당황해서 긴 의자 위에 주저앉았다. 이 이상한 출현을 어떻게 이해해야 할지 알 수 없었다.

가웨인이 한참 만에 입을 열었다.

"그러고 보니 간밤에 꾸었던 꿈이 생각나는군. 풀이 우거진 초원에서 아주 오만해 보이는 황소 백오십 마리를 보았소. 얼룩소들이었는데, 왔다갔다 뛰어놀면서 풀을 뜯다가 서로에게 달려들어 싸우더군. 그중에 다른 놈들과 구별되는 세 놈이 있었는데, 한 놈은 완전히 얼룩무늬도 아니지만 아주 희지도 않았고, 두 번째 놈은 가슴에 얼룩이 한 개 있고, 세 번째 놈은 눈처럼 희었다오. 황소 떼는 마치 무슨 의논이라도 하듯이 모여 있었는데, 조금 뒤에는 각각 헤어져 제 갈 길로 가더군요. 그러고는 오랫동안 초원에서 보이지 않길래 숲으로 영영 사라져 버린 모양이로구나, 하고 생각했는데 한 놈 두 놈 돌아오는 게 영 마음이 안 좋았다오. 몇 주 동안이나 아무것도 먹지 못했는지 비쩍 마른데다가 지쳐 보였거든. 다른 놈들과 다른 세 마리 황소 중에서는 완전히 얼룩무늬도 아니고 완전히 희지도 않은 놈 한 마리만 돌아왔다오. 이 꿈이 무슨 의미겠소"

헥토르가 말을 받았다.

"거 참 이상한 일이로군. 나도 꿈을 꾸었는데 무슨 뜻인지 모르겠소. 꿈속에서 나와 내 동생이 말을 타고 길을 떠났다오. 무얼 찾아 와야 한다는 명을 받았는데, 우리가 절대로 찾을 수 없는 물건이라는 거요. 우리는 계곡과 황야와 숲을 지나 정신없이 달렸지만 성도 성당도 암자도 만나지 못했소. 그때 어떤 기사와 싸우고 있는 란슬롯 경의 모습이 보이더군. 무기와 말을 모두 빼앗긴 채 말이오. 나중에는 당나귀를 타고 호랑가시나무 무늬가 있는 옷을 입은 모습으로 나타나더군.

그런 모습으로 길을 가다가 아주 잘 만들어진 샘에 도착했는데, 물을 마시려고 고개를 숙이면 물이 저만치 달아나 버리는 게 아니오. 그래서 물을 마시지 못했다오. 그 다음에는 결혼식을 치르며 기쁨에 잠겨 있는 내 모습이 나타났소. 사람들과 기쁨을 나누고 싶었던 나는 문지기에게 문을 열어 달라고 애원했지. 그런데 문지기는 내 얘기는 들은 척 만 척 나를 혼자 내버려두었소. 나는 슬픔과 괴로움에 잠겨 풀밭에 혼자 서 있었소. 나 역시 경처럼 이 꿈이 무슨 뜻인지 모르겠소."

"참으로 이상한 일이군. 이곳에 있어 봐야 좋은 일을 만날 것 같지 않아. 떠나는 것이 낫겠소."

두 사람은 서둘러 그 장소를 떠났다. 미처 일 리외도 못 가서 그들은 회색 갑옷을 입은 기사와 맞닥뜨리게 되었다. 기사는 다짜고짜 가웨인에게 도전해 왔다. 상대의 실력이 막강했으므로 가웨인도 바싹 긴장해서 싸움에 임했다. 오랜 시간을 겨룬 끝에 가웨인은 미지의 기사를 창으로 찔러 말에서 떨어뜨렸다. 가웨인이 다가가자 기사는 신음 소리와 함께 무슨 말인가를 중얼거렸다.

"수도원에서 죽고 싶소. 이곳에서 멀지 않은 곳에 있다오. 부탁이오. 나를 그곳으로 데려다주시오. 신의 품 안에서 평화롭게 죽고 싶소."

가웨인은 마음이 뭉클해져서 헥토르의 도움을 받아 부상자를 자기 말 위로 옮겼다. 두 사람은 숲을 지나 버려진 것처럼 보이는 큰 건물에 도착했다. 분명히 수도원이 맞기는 했지만, 수도승은커녕 살아 있는 사람의 흔적조차 찾을 수 없었다. 성당 문은 반쯤 열려 있었다. 두 사람은 문을 밀고 들어가 제대 아래에 부상자를 눕혔다.

가웨인이 그에게 물었다.

"이름이 뭐요? 왜 나에게 그런 식으로 싸움을 걸어온 거요?"

"교만 때문이었소. 나는 당신이 누군지 모르오. 나에게 아무런 잘못도 하지 않았소. 나는 사생아이기 때문에 형보다 못나 보이고 싶지 않았을 뿐이오. 내 형은 무공으로 유명하오."

"당신은 누구요?"

“나는 사생아 이베인이오. 레그헤드의 고귀한 왕 우리엔의 아들이오. 어머니는 시녀였소. 나는 어떤 지위도 얻을 수가 없었지. 아더 왕만이 나를 원탁의 일원으로 받아들여 주심으로써 내 권리를 인정해 주셨소.”

그 말을 들은 가웨인과 헥토르는 망연자실했다. 가웨인이 힘들게 입을 열었다.

“당신에게 상처를 입힌 걸 용서해 줄 수 있소? 나는 당신의 사촌 가웨인이오. 여기는 늪의 기사 헥토르요. 우리 두 사람처럼 원탁의 일원이며 훌륭하고 용감한 기사라오.”

사생아 이베인이 꺼져가는 목소리로 대답했다.

“신께 영광을! 나는 죽겠지만 명예를 잃지도 않았고 적들에게 에워싸여 있지도 않소. 누구의 잘못도 아닌 내 잘못이오. 나는 교만 때문에 경을 공격했군요. 왕의 조카를 공격하는 겁 없는 짓을 저질렀으니 죽음으로 사죄하는 것이 마땅하오. 또한 교만으로 탐색에 뛰어들었으나, 자격이 없다는 것을 알게 되었소.”

가웨인이 말을 이었다.

“우리가 돌보아 주겠소. 우리와 함께 탐색을 끝낼 수 있을 것이오.”

부상자는 점점 더 기운을 잃어갔다. 그는 마지막인 듯 힘없이 입을 열었다.

“가웨인 경, 신께서 나와 경을 용서해 주시기 바라오. 나를 살리기에는 너무 늦었소.”

그렇게 말한 뒤, 그는 숨을 거두었다.

가웨인과 헥토르는 그 죽음에 크게 상심하여 한참 동안 이베인의 주검 앞에 석상처럼 서 있었다. 한참 뒤에 두 사람은 바닥을 덮고 있는 돌들을 들어내어 죽은 자의 몸 위에 덮어 주었다.

가웨인은 칼끝으로 돌 위에 비문을 새겼다.

> 여기 오카니 로트 왕의 아들 가웨인에게 죽음을 당한 사생아 이베인 잠들다. 가웨인은 사생아 이베인을 알아보지 못하였다.

두 사람은 버려진 수도원을 떠나, 란슬롯과 퍼시발, 갈라하드, 보호트를 찾아 숲길로 접어들었다. 마음이 슬픔과 고통으로 짓눌려 무거웠다.

보호트는 형을 포로로 잡고 괴롭히던 기사들을 찾게 되기를 바라며 황야와 숲을 정신없이 달렸다. 앞으로 나아갈수록 적의 종적은 묘연해졌다. 보호트는 절망하고 있었다. 어느 날 그는 과수댁의 저택에서 유숙하게 되었다. 과수댁은 맛있는 식사를 내왔지만, 보호트는 맹세를 지키기 위해서 빵과 물만 먹고 밤에는 바닥에서 잤다.

다음 날, 그는 '카어데우르' 라고 불리는 성을 향해 떠났다. 그 성은 두 개의 강물이 합쳐지는 골짜기에 서 있었다. 성 근방에서 숲을 향해 급히 달려가고 있는 시종을 만나게 되었다. 보호트는 어딜 그렇게 급히 달려가느냐고 물었다.

"소식을 전해야 하거든요. 내일 저 성 앞에서 굉장한 무술 경기가 열린다는 걸 알려야 한답니다."

보호트는 더 이상 캐묻지 않았다. 속으로 그 경기에서 형의 소식을 알고 있는 원탁의 동지들을 만나게 되었으면 좋겠다는 생각을 했다. 혹시 리오넬을 만날 수 있다면 얼마나 좋을까. 형이 무사하다는 걸 확인하면 그도 무술 경기에 참가해 볼 생각이었다. 그는 남아 있는 하루를 보내고, 밤에 유숙할 만한 곳을 찾아 말을 몰았다. 드디어 남자 한 사람을 만나게 되었는데, 놀랍게도 형 리오넬이었다. 리오넬은 갑옷도 입지 않은 채 성당 문 앞 풀밭에 앉아 쉬고 있었다. 오랫동안 찾아 헤매던 형의 모습을 발견한 보호트는 기쁨에 겨워 말에서 뛰어내리며 외쳤다.

"형! 언제부터 여기 있었던 거야?"

리오넬은 일어서지도 않고 보호트를 노려보더니 볼멘소리로 투덜댔다.

"보호트! 전날 두 명의 기사들에게 매질을 당하며 끌려갈 때, 네 잘못 때문에 하마터면 죽을 뻔했다. 나를 돕는 대신 너는 다른 기사에게 끌려가는 아가씨를 구하러 쏜살같이 달려가더구나. 나를 죽을지도 모르는 위험 속에 던져두고 말이지! 난 잘 알고 있다. 여자의 웃음을 얻기 위해서라면 너는 어떤 일이든 한다는 것을. 하지만 자기 형에 대해 그보다 더한 배반이 있을까? 이 악행에 대한 보답으로 나는 죽음 외에는 네게 약속할 것이 없다. 앞으로는 나를 조심해야 할 거다. 곧 무장을 하고 어디에서 너를 만나든 죽을 때까지 싸울 테니까!"

보호트는 마음이 아파서 형의 발밑에 몸을 던지며 두 손을 모아 쥐고 신의 사랑을 위해 용서해 달라고 애원했다. 리오넬은 보호트를 용서해 줄 생각은 전혀 없으며, 할 수 있다면 신의 도우심을 받아 죽이겠노라고 대답했다. 그러고는 더 이상 듣기 싫다고 말하며 무기를 놓아두었던 암자 안으로 들어가 서둘러 무장했다.

말 위에 올라탄 리오넬이 보호트를 향해 외쳤다.

"조심해라! 신께서 나를 사랑하신다면 나는 너를 이길 것이다. 나는 네게 배반자가 받아 마땅한 대접을 해 줄 것이다. 왜냐하면 너는 우리의 선친이신 보호트 왕 같은 분에게서는 결코 태어날 수 없는 배은망덕한 배반자이기 때문이다. 자, 이제 말을 타라! 그게 네 신상에도 이로울 것이다. 말을 타지 않겠다면, 땅 위에 선 채로 죽여 줄 테니까. 나는 수치를 당하겠지만, 수치 따위는 상관없다. 불명예를 겪어 마땅한 너를 용서하느니 세상 사람 모두에게 비난당하는 편을 택하겠다."

보호트는 형과의 대결을 피할 수 없다는 것을 알았다. 그의 존재 전체가 그 싸움을 거절하고 있었다. 리오넬의 비난은 부당하게 느껴졌고, 형의 태도도 평소와 달랐다. 그러나 어쩔 수 없이 말을 탈 수밖에 없다는 결론을 내렸다. 말을 타기 전에 마지막으로 형의 마음을 바꿔 보려고 형의 말 아래 무릎을 꿇고 울며 애원했다. 울음소리 때문에 그의 말소리는 툭툭 끊어졌다.

"형, 신의 사랑을 위해 나를 가엾게 여기길! 서로 죽이는 대신 내 잘못을 용서해 줘! 우리가 얼마나 서로 사랑했는지 기억해 봐!"

리오넬은 보호트의 말을 들은 척도 하지 않았다. 리오넬은 원수가 그에게 불어넣어 준 복수에 대한 생각에 온통 사로잡혀 있었다. 보호트가 몸을 일으키지 않자, 리오넬은 그의 옆구리를 차서 쓰러뜨렸다.

아무 준비도 하지 않았던 보호트는 무력하게 쓰러졌다. 리오넬은 말이 보호트의 몸을 밟고 지나가게 내버려두었다. 보호트는 고통 때문에 정신을 잃었다. 동생이 일어설 기미를 보이지 않자, 리오넬은 검을 들고 말에서 뛰어내려 머리를 벨 작정으로 동생에게 달려들었다.

그때 나이가 아주 많은 은자가 오두막에서 나오다가 이 광경을 목격했다. 은자는 비명을 지르며 리오넬에게 몸을 던졌다.

"기사여, 어찌하여 이런 큰 죄를 저지르려는가! 게다가 그를 잃는 건 큰 손실일세. 그는 첫 손에 꼽히는 기사 중 한 사람이 아닌가!"

리오넬이 냉정하게 대답했다.

"비켜나시지요. 비키지 않으시면 당신도 죽일 겁니다. 당신이 이런다고 보호트를 살려 줄 수는 없습니다."

"차라리 날 죽이게. 내가 죽는 게 그가 죽는 것보다는 손실이 적을 테니."

노인은 보호트를 꽉 끌어안았다. 리오넬은 한마디 말도 하지 않고 노인을 세게 갈겼다. 노인은 목이 부러져서 보호트가 쓰러져 있는 곳에서 열 발자국쯤 떨어진 곳에 나뒹굴었다.

리오넬의 분노는 가라앉지 않았다. 그는 동생의 목을 치기 위해 동생의 투구를 붙잡고 끈을 끊어내려고 했다. 그러는 사이에 어디선가 기사 한 사람이 나타났다. 그는 눈앞에 펼쳐진 광경에 놀라 벌어진 입을 다물지 못했다. 은자는 죽어 나자빠져 있고, 리오넬은 보호트의 목을 자르려 하고 있었다. 그 기사는 형제를 모두 알아보았다. 그는 말에서 뛰어내려 비극을 막으려고 리오넬의 어깨를 잡고 뒤로 잡아당기며 소리쳤다.

"리오넬 경, 무슨 짓이오? 기사들의 꽃과 같은 동생을 죽이려 하다니…….

이렇게 끔찍한 죄를 저지르는 걸 보고만 있다면 비겁한 일이 될 것이오."

리오넬이 뒤를 돌아보았다.

"무엇 때문에 남의 일에 끼어드는 거냐? 내 동생을 돕겠다고 나서겠다면 너도 내 동생처럼 죽여 주지."

기사는 어처구니가 없다는 표정으로 리오넬을 바라보았다.

"동생뿐 아니라 당신의 미친 짓을 막으려는 사람까지 죽이겠다구? 그게 진심이오?"

"물론이지. 난 그를 죽일 거야. 아무도 막을 수 없어. 나에게 큰 잘못을 저질렀기 때문에 죽어 마땅하다구."

그는 다시 보호트에게 달려들었다. 기사가 막아서며 동생을 죽이기 전에 자기와 먼저 싸워야 할 것이라고 경고했다. 리오넬이 물었다.

"대체 넌 누구냐?"

"칼로그레난트요. 보호트 경이나 당신처럼 원탁의 기사요."

칼로그레난트가 이름을 밝혔는데도 리오넬은 평정을 되찾기는커녕 미친 사람처럼 날뛰며 칼을 앞으로 겨누고 공격해 왔다. 리오넬은 칼로그레난트를 향해 검을 세게 휘둘렀지만, 칼로그레난트는 잘 방어했다. 두 사람의 접전은 계속되었다.

그 사이에 보호트는 정신을 차렸다. 칼로그레난트와 형의 결투를 지켜보는 보호트의 심정은 말할 수 없이 참담했다. 칼로그레난트가 형을 죽이게 된다면 살아가면서 더 이상 기쁨을 느낄 수 없을 것이다. 반대로 형이 칼로그레난트를 죽인다면 그건 그것대로 수치스러워 살아남을 수 없을 것 같았다. 두 사람을 떼어놓고 싶었지만 일어날 힘도 남아 있지 않았다. 그는 죽을힘을 다해 싸우고 있는 두 사람을 향해 기어가며 제발 그만두라고 애원했다.

리오넬은 거의 반미치광이 같은 모습으로 검을 휘둘러 칼로그레난트의 목을 베었다. 칼로그레난트가 비명을 지르며 쓰러졌다. 보호트는 울면서 칼로그레난트에게 다가가 그를 껴안았다. 콸콸 흘러나오는 피가 보호트의 몸을 적셨다. 보호트의 신경 한 오라기 한 오라기가 분노로 떨렸다. 그는 리오넬을 향해 절규했다.

"아! 저주받을 배반자 같으니! 형은 나를 위해 싸운 사람을 죽였어. 자, 덤벼! 이제 나도 그의 복수를 할 수 있을 것 같다는 생각이 드니까!"

보호트는 죽을힘을 다해 일어나 형에게 덤벼들어 쓰러뜨린 다음 그의 목에 칼을 가져다 대며 외쳤다.

"하느님! 저는 제 목숨을 지키고, 방금 제 형이 저지른 살인을 벌하려 합니다. 하느님, 제발 비오니, 이것을 죄라 하지 마소서."

그가 리오넬의 목을 막 치려는 찰라, 불덩어리 하나가 번개처럼 형제 사이에 떨어져 세찬 불길을 일으키며 사방으로 번져나갔다. 순식간에 리오넬과 보호트의 방패는 검게 그을렸다. 어디선가 목소리가 들려왔다. 하늘에서 들려오는 것 같기도 하고, 나무 꼭대기에서 들려오는 것 같기도 했다.

"보호트야, 보호트야! 네 형을 내버려두고 이곳에서 떠나라! 그에게 손대지 마라. 그를 죽이면 큰 죄를 짓게 된다. 가거라, 보호트야. 리오넬은 그의 회한 속에 내버려두어라. 그는 울며 자신이 저지른 죄악을 참회할 것이다. 너는 그의 일에 끼어들지 마라. 이 숲 가장자리에 있는 큰 강을 향해 가거라. 그곳에서 퍼시발이 너를 기다리고 있을 것이다. 그는 헐벗음과 큰 고뇌 안에 던져져 있다."

보호트는 즉시 그 목소리에 복종했다. 손에 검을 든 채로 그는 말 위에 올라타 옆구리를 찼다. 말은 히히힝대면서 저주받은 장소에서 멀리 떨어진 곳으로 보호트를 데려갔다.

저녁이 되었을 때 그는 언덕 위에 올라 앉아 있는 수도원에 도착했다. 수도사들은 한마디 말도 없이 그를 맞아 주었다. 마치 얼이 빠진 사람처럼 보호트의 눈빛은 공허하고 무표정했다. 방으로 데려다 주자 갑옷도 벗지 않은 채 드러눕더니 그대로 깊은 잠에 빠져 버렸다. 그는 어떤 목소리가 들려올 때까지 계속 잠들어 있었다. 형을 죽이려고 했을 때 들려왔던 그 목소리였다.

"보호트야! 보호트야! 일어나 강으로 가거라. 시간이 없다. 퍼시발은 헐벗음으로 고통스러워하고 있다. 가거라, 믿음을 잃지 마라."

보호트는 벌떡 일어나 성호를 그었다. 한밤중에 떠나는 것을 수도사들에게 알리고 싶지 않았으므로 그는 혼자서 출구를 찾았다. 벽 한 군데에 틈이 벌어져 있는 게 보였다. 그는 그 사이로 빠져나와 전속력으로 말을 달렸다. 수도원에서는 아무도 보호트가 한밤중에 떠난 사실을 알지 못했다.

보호트는 막 먼동이 틀 무렵 강가에 도착했다. 온통 하얀 비단으로 덮여 있는 배 한 척이 보였다. 그는 신의 가호를 빌며 배 위에 올라탔다. 어디선가 부드러운 바람이 불어왔고, 배는 마치 나는 것처럼 물 위에 떠서 앞으로 나아갔다. 그제야 보호트는 서두르느라 배에 말을 태우는 것을 잊었다는 사실을 알아차렸다. 유감스러웠지만, 그는 곧 체념했다. 선장도 없이 바람과 물결을 따라 저 혼자 항해하는 배 위에 올라타게 된 것은 우연이 아니라고 생각했기 때문이다.

배의 속도가 줄어들고 있었다. 곧 강 한가운데에 솟아 있는 큰 바위들과 나무로 뒤덮인 조그만 섬이 하나 나타났다. 그곳에는 구조를 요청하기 위해 서인 듯 두 팔을 흔들어 대는 남자가 서 있었다. 배가 강가로 가까이 다가갔을 때, 보호트는 그 남자가 퍼시발이라는 걸 알아차렸다.

08 신비한 배

오카니 로트 왕의 아들 가웨인과 늪의 기사 헥토르는 오랫동안 황야와 사막을 헤매고 다녔다. 사생아 이베인의 죽음 때문에 그들의 마음은 여전히 무겁고 쓸쓸했다. 찾고 있는 기사들의 소식은 여전히 들을 수 없었다.

어느 날 저녁, 그들은 어떤 성에 도착했다. 여러 가지 색깔의 대리석으로 조화를 이룬 벽장식이 무척 아름다운 성이었다. 문은 열려 있었고 문지기도 보이지 않았다. 그들이 문을 밀고 안으로 들어가자마자 문은 저절로 쾅 하고 닫혔다.⚜ 누가 문을 닫았는지는 알 수 없었다.

가웨인이 소리쳤다.

⚜ 이 장소의 자기 충족성을 나타내는 표지. ―역주

"이게 어떻게 된 일이야? 마법에 홀린 건가?"

두 사람은 검을 들고 눈앞에 펼쳐진 안마당을 살펴보았다. 아무도 없었다. 그들은 혹시 있을지도 모를 적의 공격에 대비하며 조심스럽게 건물 안으로 들어갔다. 방 안에는 장식이 훌륭한 네 개의 작은 구리기둥이 있고 그 위에 섬세하게 가공된 주석 상판床版이 놓여 있었다. 상판 위에는 금도금으로 장식되어 있는 쇠망치가 있었다.

가웨인이 큰 소리로 물었다.

"누구 없소?"

아무 대답도 들려오지 않았다. 헥토르가 말했다.

"누구든 나타날 거요. 우릴 지켜보고 있겠지."

그는 망치로 주석 상판을 두들겼다. 건물 토대부터 지붕까지 덜덜 떨릴 정도로 큰 소리가 났다. 아름다운 여자가 모습을 나타냈다.

"기사님들! 더 이상 탁자를 치지 마세요. 성이 다 무너질지도 몰라요. 아무튼 우리 성에 잘 오셨습니다. 오늘 저녁에는 편히 쉬실 수 있도록 도와드리겠습니다."

그녀가 말을 마치기 무섭게 온갖 색깔의 아름다운 비단옷을 입은 많은 아가씨들이 방으로 들어왔다. 여자들은 헥토르와 가웨인의 갑옷을 벗기고, 아름다운 망토를 둘러 주고, 맛있는 음식을 탁자 위에 차리기 시작했다.

방 안쪽에 있는 문이 열리더니, 금실로 수놓은 붉은색 비단 망토를 두른 아름다운 부인이 흰 옷을 입은 젊은 여자들을 거느리고 들어왔다. 성의 주인인 듯했다. 그녀는 기사들에게 절했다. 두 사람은 여자의 아름다움에 놀라 더더욱 정중하게 답례했다. 부인은 두 사람을 자기 옆에 앉게 했다. 여자들이 시중을 들기 시작했다. 부인이 어디에서 온 누구냐고 물었다.

가웨인이 대답했다.

"저희는 아더 왕 궁정 소속 기사들입니다. 경이로운 잔과 피 흘리는 창을 지키고 있는 부상당한 왕을 찾기 위해 탐색에 뛰어들었습니다. 하지만 자꾸 길을 잃고 헤매게 되어 동료들을 찾고 있는 중입니다."

부인이 대답했다.

"이 근처에서는 찾으실 수 없을 겁니다. 이 성은 세상에서 멀리 떨어져 있는 곳입니다. 보시다시피 여자들만 살고 있지요. 그래서 기사님들을 맞이하는 일이 드물답니다."

가웨인은 호수의 기사 란슬롯, 웨일즈인 퍼시발, 곤의 보호트, 그리고 붉은 갑옷을 입은 선한 기사에 관해 아는 게 없느냐고 물어보았다.

"그분들에 관해서는 아무것도 모릅니다. 이 나라에는 기사가 단 한 사람뿐이랍니다. 그가 다른 기사들을 전부 내쫓거나 죽였거든요. 일 년 전쯤 그는 어떤 섬[*]에 정착했습니다. 그가 타고 있는 배가 바다를 떠도는 것을 종종 볼 수 있지요. 그러나 그의 이름을 알고 있는 사람은 아무도 없습니다. 의도가 무엇인지도 모르구요."

가웨인은 더 이상 묻지 않고 화제를 돌려 다른 이야기를 하며 음식을 먹었다. 식사가 끝난 다음, 부인은 시원한 바깥 공기를 쐴 수 있도록 손님들을 창가로 안내했다. 넓은 황야 저 너머로 멀리 바다가 보였다. 잠자리에 들 시간이 되자, 여자들은 가웨인과 헥토르를 아름다운 침실로 데리고 갔다. 두 사람은 침대에 누워 이내 잠속으로 빠져 들었다.

두 사람은 따스한 햇살을 받으며 잠에서 깨어났다. 일어나 보니 놀랍게도 잎이 무성한 나무 아래에 누워 있는 게 아닌가. 주위는 수없이 많은 색깔의 아름다운 꽃이 지천으로 피어 있는 넓은 초원이었다. 두 사람의 무기는 옆에 가지런히 정리되어 있었다. 말들은 마구가 모두 갖추어진 채 신선한 풀을 조용히 뜯어먹고 있었다.

헥토르가 놀라서 외쳤다.

"이게 무슨 일인가! 우리는 어젯밤에 아름다운 여자들이 살고 있는 멋진 저택에서 좋은 침대에 누워 잠들지 않았었소?"

"그랬지요. 아마도 우리가 꿈을 꾸었던 것 같소. 어제 저녁에 너무 피곤해서 어디인지도 모르고 여기에 쓰러져 잠을 잤던 모양이오."✤✤

✤ 성배 신화에서 '섬'은 타자성의 집적지로 나타난다. 긍정적으로 나타날 때는 저승의 행복한 섬으로 나타나며, 부정적으로 나타날 때는 야만의 장소(특히 이교도들의 고장)로 나타난다. 어떤 경우에도 이 장소는 여성과 연관되어 있다. 란슬롯의 절친한 친구인 섬들의 게일호트는 거녀의 아들이며, 모르간은 섬의 여왕이며, 이 대목에서도 이 섬의 기사는 여성들만 살고 있는 금남의 영역인 저승의 파수꾼이다. 그가 초록색 십자가가 있는 방패를 들고 있다는 사실은 그가 꽃-여자들의 대리인임을 증명해 주는 상징적 장치이다. 가부장적 독트린으로 옮겨오면서 이 꽃-여자들은 매우 부드럽고 온순하게 묘사되어 있지만, 켈트 원형에서 꽃-여자는 대단히 사나운 반항자들이다. 원형과 겹쳐놓고 보면, 이곳을 찾아오는 기사들을 죽인 것은 섬의 기사가 아니라 꽃-여자들이다. —역주

✤✤ 이 성은 물론 퍼시발이 이미 묵어갔던 '꽃 아가씨들의 성'이다. 『아발론 연대기』 6권 참조.

두 사람은 말을 타고 강을 향해 갔다. 가는 길에 마치 살인자에게 쫓기기라도 하듯 정신없이 달려가는 기사 한 사람을 만나게 되었다. 소리치면 들릴 만한 거리까지 그가 달려왔을 때 헥토르가 소리쳐 물었다.

"이보시오! 무슨 일이 있소? 왜 그렇게 질풍처럼 달리는 거요?"

기사가 말을 갑자기 세우고 말했다.

"만나는 사람마다 모두 죽이는 기사에게서 도망치는 중이오."

"그 사람이 누구요?"

"모르오. 섬에 살고 있다는 것만 알 뿐이오."

가웨인과 헥토르는 서로 얼굴을 마주보았다. 어제 저녁에 그들이 보았다고 생각했던 신비하고 아름다운 부인이 다른 기사들을 내쫓거나 죽여 버린 다음에 섬에 살고 있다는 기사 이야기를 하지 않았던가? 가웨인은 그들이 찾고 있는 동료들에 대해서도 물어보았다. 상대방은 아무것도 모른다고 대답했다.

그 기사와 막 헤어지려는 참에 가웨인이 말했다.

"그런데…… 어디선가 본 듯한 얼굴이오."

"맞소. 경이 반은 흰색이고 반은 검정색인 방패를 든 기사와 싸워 이겼을 때, 숲속에서 만났던 겁쟁이 기사외다. 수레를 끄는 아가씨의 봉신이지요.* 신에 대한 사랑을 위해 드리는 말씀인데, 나를 붙잡고 늘어지지 마시오. 그쪽으로 계속 가면 기사를 한 사람 만나게 될 터인데, 눈빛이 얼마나 사나운지 그 눈빛만 봐도 무서워 죽을 지경이오!"

가웨인이 껄껄 웃었다.

"이런 세상에! 어쨌든 우릴 무서워해야 할 이유는 전혀 없소. 나는 당신이 섬기는 아가씨를 무척 좋아하오. 언젠가 다시 만나고 싶소."

"누가 알겠소? 모든 기사님들이 두 분만 같다면 좋겠소이다. 나는 이 세상 누구보다도 나 자신이 더 무섭다오."

말을 마친 겁쟁이 기사는 다시 가던 길로 달려갔다.

헥토르와 가웨인이 바다가 가까이 보이는 곳에 다다랐을 때, 기사가 한 사람 나타났다. 큰 군마를 타고 목에는 초록색 십자가가 그려진 황금색 방패를 들고 있었다.

가웨인이 헥토르를 바라보며 말했다.

"아름다운 부인과 겁쟁이 기사가 얘기하던 바로 그 기사인 모양이군. 우리가 찾고 있는 소식을 알고 있을지도 모르니, 말을 걸어 봅시다."

두 사람은 그 기사를 향해 빠르게 달려갔다. 가웨인이 기사에게 말했다.

"기사여, 붉은 십자가가 그려진 방패를 가진 기사를 보지 못했소?"

"봤소이다. 그 사람을 찾는 거라면 내일 열리는 큰 무술 경기에 가 보시구려."

"경기가 어디에서 열립니까?"

"붉은 황야에서 열린다오. 저기 보이는 숲 맞은편에 성이 있는데, 그 아래

✣ 대머리 아가씨 오넨의 기사인 이 기사의 '겁쟁이'의 속성은 남성적 호전성의 맞은편에 서 있는 여성 원칙인 대리인의 속성이다. 긍정적 층위에서 바라보면 그는 '평화'의 옹호자이며, 부정적 층위에서 바라보면 일체의 투쟁을 거부하는 '비겁한' 존재이다. 어쨌든 그가 섬의 기사와 연관되어 있다는 사실은 (혼란스러운 맥락이긴 하지만) 매우 암시적이다. —역주

요. 벌써 기사들이 많이 모여 있다오. 그곳에 가면 당신들이 원하는 기사를 만날 수 있을 거요. 태양이 빛나는 것만큼이나 분명한 사실이오."

가웨인과 헥토르는 고맙다고 말했다. 기사는 바닷가를 향해 말을 달렸다. 그 모습을 바라보던 헥토르가 말했다.

"원 세상에! 아주 상냥한 사람이구먼. 사람들이 얘기하는 것처럼 사나워 보이지 않는데……."

"그러게 말이오. 그 겁쟁이 기사는 나무를 보고도 사납다고 할 사람이니까. 어쨌든 우리는 붉은 황야로 가면 되겠구려."

두 사람은 지평선 저쪽에 양털처럼 몽글몽글한 모양으로 서 있는 큰 숲을 향해 달리기 시작했다.

헥토르와 가웨인은 이미 경기가 시작되고 난 뒤에 붉은 광야에 도착했다. 싸우고 있는 기사들 중에 붉은 십자가가 그려진 방패를 들고 있는 사람은 보이지 않았다. 두 사람은 혼전을 벌이고 있는 무리에 끼어들어 싸우기 시작했지만, 어느 편이 어느 편인지 알 수가 없었다. 성 진영의 기사들과 성을 공격하는 진영의 기사들이 뒤죽박죽으로 엉켜 있었기 때문이다. 성 진영의 기사들이 우왕좌왕하며 흩어지고 있는 것으로 보아 공격자 진영의 기사들이 우위를 점하고 있는 게 틀림없었다.

성으로부터 꽤 가까운 강가에서 기사가 나타나더니 결투장 한복판으로 뛰어들었다. 성 쪽의 기사들이 난처한 상황에 빠져 있는 것을 보고 그들을 돕기로 결심한 듯했다. 창을 낮게 내리고 나는 듯 달려

온 그는, 처음 만난 기사의 창을 부러뜨리고 말에서 떨어뜨렸다. 이어 검을 뽑아들고 혼전이 가장 치열한 곳으로 뛰어들어 수많은 말과 기사들을 물리쳤다. 사람들은 모두 그 기사의 용맹스런 모습을 바라보며 감탄으로 벌어진 입을 다물지 못했다.

공격자 쪽에 가담하여 싸우고 있던 가웨인과 헥토르는 그 기사가 들고 있는 방패를 알아보았다. 붉은 십자가가 그려진 방패였다.

가웨인이 소리쳤다.

"선한 기사다! 그를 공격하는 건 어리석은 일이지. 그의 검을 막아낼 수 있는 사람은 아무도 없으니까."

선한 기사는 어느새 가웨인의 코앞에 이르렀다. 그는 가웨인의 투구를 세게 내리쳐 찌그러뜨렸다. 가웨인은 말에서 떨어졌다. 흥분한 갈라하드는 가웨인의 말 역시 쳐서 죽여 버렸다. 상황은 곧 역전되었다. 성 진영의 기사들은 점점 더 사기가 올라갔고, 공격자 진영은 갈라하드의 무서운 공격을 피하려고 도망치기 바빴다. 갈라하드는 도망치는 기사들을 오래 추격한 끝에, 그들이 더 이상 결투에 뛰어들지 않으리라는 확신이 들자 어디론가 사라져 버렸다. 군중은 이구동성으로 그가 경기의 우승자라고 외쳤다.

가웨인의 상처는 생각보다 깊었다. 그는 힘겨운 목소리로 헥토르에게 말했다.

"친구여, 이제 이 모든 일이 무엇 때문에 생겼는지 알겠소. 오순절 날 카멜롯에서 들었던 예언이 실현된 것이오. 허락되지 않은 검에 내가 손을 대었는데, 그 검으로 인하여 변을 당하리라는 예언이었소. 바로 그 검으로 갈라하드 경이 나를 친 것이오. 단지 왕의 명령을 따랐을 뿐이지만 그때 저지른 잘못의 대가를 오늘 치르는구려."

"친구여, 부상이 그토록 중하오?"

"그렇소. 신께서 도와주시지 않는다면 나을 수 없을 것 같소."

헥토르가 슬퍼하며 다시 물었다.

"이렇게 힘든 상태에 처하게 되었으니 경의 탐색은 끝난 것이오?"

"그렇소. 경은 탐색을 끝내지 않았으니, 나 없이 계속하시오."

"그럴 수 없소! 경을 절대로 포기하지 않을 것이오."

헥토르는 기어이 울음을 터뜨렸다.

회의를 하기 위해 모여 있던 성의 기사들은 아더 왕의 조카인 가웨인 경이 크게 다쳤다는 것을 알고 마음 아파했다. 그들은 가웨인을 원탁의 기사들 중에서 가장 지혜롭고 관대한 사람이라고 생각했다. 뿐만 아니라 그는 외국에서도 많은 사랑을 받은 기사였다. 그들은 가웨인을 급히 성안으로 데리고 들어갔다.

갑옷을 벗기고 시끄러운 소리가 일절 들리지 않는 조용한 방에 눕혔다. 가웨인의 상처를 살펴본 의사는, 한 달이면 다 나아서 말을 타고 무기를 들 수 있을 것이라고 말했다. 사람들은 그렇게만 해 준다면 일생 동안 넉넉하게 살 수 있도록 많은 보상을 해 주겠노라고 의사에게 약속했다. 결국 가웨인은 그곳에 머물렀다. 물론 헥토르도 함께였다.

한편, 아무도 눈치 채지 못하게 조용히 경기장을 떠났던 선한 기사는 얼마 동안 강가를 따라가다가 아주 깊은 숲에 접어들었다. 어떤 암자에 도착했을 때는 이미 날이 완전히 저물어 있었다. 그는 하룻밤 묵어갈 수 있기를 바라며 문을 두드렸다. 은자는 그가 편력 기사라는 것을 알아보았다.

"푹 쉬셔야 할 것 같구려. 오늘 저녁에는 아무 요구도 하지 않으리다. 내일은 떠나시기 전에 어떤 이상한 일에 대해 이야기해 드릴까 하오. 어쩌면 경이 그 일을 마무리할 수 있을지 모르겠소."

"원하시는 대로 하십시오."

갈라하드는 저녁 식사를 하고 난 뒤, 건초더미 위에서 잠들었다. 다음 날 아침 갈라하드가 은자에게 물었다.

"어제 저녁에 말씀하신 이상한 일이란 무엇인지요?"

"나를 따라 오시구려."

은자는 갈라하드의 손을 잡고 암자를 나와 그곳에서 멀지 않은 곳에 있는 거대한 묘지로 데리고 갔다. 그들은 어떤 무덤 앞에 섰다. 무덤 위에는 황금색 글자로 기록이 새겨져 있었다. 은자가 갈라하드에게 그 기록을 읽어보라고 했다. 갈라하드는 허리를 굽히고 어렵지 않게 읽어 내려갔다.

"혼자의 힘으로 이 묘석을 들어 올리는 자는 망명의 땅에 포로로 잡혀 있는 사람들의 해방자가 되리라. 그 땅에 발을 딛는 순간, 평민도 귀족도 그 땅을 빠져 나올 수 없다. 모든 이방인이 그곳에 갇혀 있으니, 돌아오는 길을 본 자는 아무도 없도다. 그 나라의 사람만이 원하는 대로 경계를 오갈 수 있다."

읽기를 마친 갈라하드는 주저하지 않고 묘석 가장자리를 붙잡아 들어 올렸다. 어두운 무덤 구덩이에서 악취를 풍기는 연기가 솟아나왔다.

"이게 뭡니까?"

“경의 임무는 그것으로 끝나는 것이 아니라오. 지금까지 꼭 한 사람만이 경이 지금 한 것처럼 돌을 들어 올렸지요. 허나 그 사람도 저 아래에 있는 이상한 일에 대해서는 아무것도 할 수 없었다오.”

“어떤 것인지 보여 주십시오.”

은자는 통로처럼 보이는 곳으로 갈라하드를 데리고 들어갔다. 아주 어두운 그 통로는 고약한 악취가 나는 연기로 가득 차 있었다. 연기는 점점 더 짙어졌고, 냄새도 지독해졌다.

“자, 가시오. 고통스러운 일이 기다리고 있을 거요. 마음 단단히 먹어야 하오.”

갈라하드는 짐승 내장처럼 생긴 좁은 길을 따라갔다. 길 끝에서 작은 방이 나타났는데 한가운데에 무덤이 있었다. 무덤은 엄청난 화염을 내뿜었다. 지독한 냄새를 내뿜는 연기도 새어나왔다. 그보다 더 무서운 것은 무덤에서 솟아나오는 불그스레한 빛이었다. 음산하기 이를 데 없는 광경이었다.

갈라하드는 무덤 깊은 곳에서 울려 나오는 듯한 고통스러운 목소리를 들었다. 그 비통한 목소리는 자기를 가두고 있는 묘석을 들어 올려 달라고 애원하고 있었다. 갈라하드는 성호를 그었다. 방패로 몸을 가리고, 그를 태워 죽이려는 듯이 몸을 뒤틀며 긴 혓바닥을 널름대는 화염을 향해 천천히 나아갔다. 무덤 가까이 다가간 갈라하드는 묘석 가장자리를 잡고 번쩍 들어 올렸다. 끔찍한 비명 소리가 들려오고, 화염이 꺼졌다. 갈라하드는 완전한 어둠 속에 홀로 남겨졌다.

다시 목소리가 들렸다. 이번에는 끔찍한 목소리가 아니라 부드럽고 차분하게 가라앉은 목소리였다. 어떤 고통의 흔적도 느껴지지 않았다.

"갈라하드라는 이름을 가진 선한 기사여! 진실로 용맹한 자여, 너를 이곳에 보내신 신께 영광이 있기를. 네 거룩한 존재는 말할 수 없이 오랜 세월 동안 내가 겪어야만 했던 고통으로부터 나를 해방시켰다. 주께서는 나의 기도를 들으시어 네 발걸음을 이 구덩이로 이끌어 주셨구나. 이제 내 영혼은 구원받았다. 옛날에 내 영혼은 죄로 인하여 파멸에 던져져 있었다."

갈라하드가 캄캄한 어둠 속에서 물었다.

"말씀하시는 이는 누구십니까?"

"지상에 있을 때, 사람들은 나를 시메우라고 불렀다. 나는 성배를 브리튼섬으로 가지고 온 요셉 아리마테아의 조카이다. 나는 요셉 숙부님을 따라 바다와 바다를 건너 이 나라에까지 왔다. 그러나 아주 큰 죄를 저질러, 선한 기사라고 불리는 나의 후손이 올 때까지 죽은 것도 아니고 살아 있지도 않은 상태에 처해 있어야 하는 벌을 받았다.

이전에 한 명의 기사가 이곳까지 왔었지만 그는 내 고통을 끝내지 못하였다. 바로 네 아버지, 호수의 기사 란슬롯 경이었다. 갈라하드야, 나를 구하는 것은 네 책임이었다. 나는 네 선조이니라. 나의 영혼을 이렇게 구했으니 축복이 너와 함께하기를!"

목소리는 침묵했다. 모든 것은 다시 완전한 침묵 속으로 빠져들었다. 갈라하드는 어두운 복도를 되짚어 바깥으로 나왔다. 은자는 묘석 옆에 무릎을 꿇고 앉아 있었다. 갈라하드가 모습을 나타내자, 은자는 갈라하드 앞에 엎드려 경배한 뒤 그의 손에 입을 맞추었다.

"선한 기사여, 성배의 모험을 완결하는 영광은 경에게 돌아갈 것입니다.

이 왕국에 기쁨과 행복이 다시 돌아오도록 모든 이들이 기다렸던 이는 바로 당신입니다."

갈라하드는 아침나절을 은자와 보내고 다시 길을 떠났다. 탐색의 목적지로 그를 안내해 줄 징조를 기다리면서 계속 강을 따라 말을 달렸다. 그날은 아무도 만나지 못했고 어떤 징조도 발견할 수 없었다.

저녁 무렵에는 사방이 거의 바다로 둘러싸인 언덕 위에 높이 솟아 있는 아름다운 성에 도착했다. 그곳에서 하룻밤 유숙을 청하려고 암도를 따라 성으로 들어갔지만, 문지기도 병사도 보이지 않았다. 성주는 큰 홀에서 성에 살고 있는 사람을 모두 모아놓고 잔치를 벌이는 중이었다. 갈라하드가 문턱에 다다랐을 때는 이미 첫 번째 음식이 나온 뒤였다. 성주는 자기 옆으로 와서 앉으라며 갈라하드를 정중하게 초대했다. 갈라하드는 갑옷을 벗고 앉아 성주에게 명예를 표하기 위해 즐겁게 먹고 마셨다. 아더 왕의 궁에서 온 것이 분명해 보이는 이 잘생긴 기사에게 성주도 뭔가 마음의 표시를 하고 싶었다. 성주의 맞은편에는 솜씨가 뛰어난 마법사가 앉아 있었는데, 평소에 놀라운 마법을 부려서 성주와 내빈을 기쁘게 해 주곤 했다.

성주가 마법사에게 말했다.

"이 기사님 앞에서 그대의 마법을 보여라. 이분은 아더 왕 궁정 소속의 기사가 틀림없는 듯하니, 궁에 돌아가시면 왕께 우리 얘기를 하시지 않겠느냐."

마법사의 표정은 침울하고 슬퍼 보였다. 그는 힘없는 목소리로 말했다.

"저는 이분이 어디에서 오셨는지 압니다. 아더 왕의 궁정에서 오셨지요. 이분이 이렇게 제 옆에 가까이 계시는 한, 저는 어떠한 마법도 부릴 수가 없습니다."

"어째서 그렇다는 거냐?"

"마법을 부릴 수 없는 것과 마찬가지로, 그 이유도 말씀드릴 수 없습니다."

성주가 버럭 화를 내며 소리쳤다.

"당장 그 이유를 고하라. 고하지 않을 시에는 죽음을 면치 못하리라."

그 말이 떨어지기가 무섭게 두 명의 병사가 달려와 마법사의 팔을 단단히 잡았다. 마법사는 빠져나갈 구멍이 없음을 알았다.

"놓아 주라고 명령하시면 이야기하겠습니다."

병사들이 팔을 놓아 주자 그는 덜덜 떨며 긴 이야기를 시작했다.

"사실대로 말씀드리겠습니다. 저는 이방의 야만족 출신입니다. 성주님께서 상상하시듯이 평민이 아니라 왕족 출신입니다. 상황이 어렵게 되어 망명해야 할 처지가 되었고, 이 나라에 오게 되었던 것입니다. 저는 기독교도가 아니었기 때문에 성주님께서도 잘 아시는 은자 나스키엔 님에게서 세례를 받았습니다. 세례를 받자마자 죄를 짓기 시작했습니다. 그렇다고 해서 더 행복해진 것도 아니었습니다. 이곳에 도착했을 때처럼 여전히 가난했고, 여전히 절망에 빠져 있었으니까요.

어느 날인가, 신앙심을 잃었다는 생각에 절망하면서 숲길을 달리고 있었습니다. 그때 권세 있고 부유한 남자의 겉모습을 한, 지옥에서 온 존재를 만나게 되었지요. 저에 대해 궁금해하기에, 그동안 살아온 이야기를 들려주었습니다.

악마가 말하더군요.

'내 충복이 된다면, 네가 원하는 것은 무엇이든 얻을 것이다.'

저는 이 세상에서 부자가 될 수 있는 방법을 가르쳐 준다면 그를 섬기겠다고 말했지요.

'네가 돈을 많이 벌 수 있도록 도와주기는 하겠다만, 그렇게 하기 위해서는 우선 네가 섬기는 주인들을 모두 부인해야 한다.'

저는 얼른 약속했습니다. 신앙을 부인하고 악마의 노예가 된 것이지요. 악마는 인간이 할 수 있는 모든 마법을 가르쳐 주었습니다. 저는 그를 따라다녔습니다. 더 이상 바랄 것이 없었습니다. 먹을 것이든 마실 것이든 원하기만 하면 즉시 욕구를 채울 수 있었으니까요.✤ 비밀을 알아내려고 애쓸 필요도 없었습니다. 악마가 전부 가르쳐 주었습니다. 그랬기 때문에 성주님 앞에서 마법을 보여 드릴 수 있었던 것입니다.

그런데 이 기사님이 성주님 옆에 와서 앉은 뒤에, 마법을 부릴 수 있도록 해 주었던 악마가 제 몸에서 도망쳐 버렸습니다. 저분처럼 신의 보호를 받는 거룩한 사람 앞에서는 악마도 견디지 못하거든요. 이 기사님은 거룩한 분입니다. 이분이 어디에 가든 천사들의 인도하심을 받습니다. 그래서 이분이 방 안에 들어오시는 순간 저는 모든 힘을 잃게 되었던 것입니다."

✤ 이것은 성배의 향연이다. 그러나 악마적인 방식으로 뒤집힌 향연이다.

성주가 놀란 얼굴로 말을 받았다.

"이분은 용감한 분이다. 난 그걸 믿는다. 그러나 네 주장처럼 거룩하다는 건……. 그건 좀 믿기 힘들구나."

마법사가 자리에서 일어나며 말했다.

"믿기 어려우시다구요? 증거를 보여 드리겠습니다. 이 기사님에게 잠깐 나가 계시라고 부탁해 주십시오. 그러면 제가 진실을 말하고 있다는 것을 확인하실 수 있을 것입니다."

성주는 마법사의 말이 궁금해서 갈라하드를 향해 정중하게 말했다.

"제가 지금부터 드리려는 부탁에 대해 언짢게 생각하지 마십시오. 잠깐만 바깥으로 나가 주실 수 있으신지요. 마법사가 주장하고 있는 기사님과 그의 마법 사이의 관계를 증명해 보일 만한 시간이면 됩니다."

갈라하드는 그러마고 대답하고는 선선히 마당으로 나갔다. 그가 문턱을 막 넘는 순간, 커다란 고함 소리가 들려왔다. 마법사의 몸에 불이 붙더니 마른 장작처럼 활활 타기 시작한 것이다. 다음 순간 몸이 공중으로 떠오르더니 천장이 있는 곳까지 올라갔다.

마법사는 찢어지는 듯한 목소리로 절규했다.

"갈라하드, 지극히 거룩한 기사여! 당신이 나를 위해 기도하면 아직 신의 용서를 받을 희망이 있습니다. 제발 나를 위해 기도해 주십시오. 신은 당신의 기도를 들어주실 것입니다."

말이 끝나자, 마법사는 모든 사람의 시야에서 사라졌다. 사람들은 모두 일어나 갈라하드에게 다가가 허리를 굽혀 절했다.

다음 날 아침, 새벽 어스름이 지평선 위로 솟아오르자 암노새를 탄 젊은 여자가 성 앞에 나타나 갈라하드의 이름을 불렀다. 성주는 여자를 불러 무엇 때문에 이렇게 이른 시간에 찾아왔느냐고 물었다.

여자가 대답했다.

"간밤에 이 성에 묵으신 기사님을 만나 뵙고 싶습니다. 그분의 도움이 필요합니다."

성주는 갈라하드가 잠들어 있는 방으로 가서 조심스럽게 깨운 뒤에 말했다.

"경을 만나보고 싶어 하는 아가씨가 와 있습니다. 경의 도움이 필요하다고 합니다."

갈라하드는 일어나 여자를 만나러 갔다. 여자가 말했다.

"갈라하드 경, 무기를 들고 말을 타신 뒤에 저를 따라오십시오. 일찍이 지상의 어떤 기사도 체험하지 못했을 고귀한 모험을 보여 드리겠습니다."

무장을 하고 말에 오른 갈라하드가 성주에게 신의 가호를 빌어 준 뒤 여자에게 말했다.

"안내해 주시오. 어디든 따라가리다."

여자는 전속력으로 암노새를 몰았다. 급히 달려가는 바람에 여자가 머리에 썼던 베일이 벗겨졌다. 머리카락 한 오라기 없는 대머리가 드러났다. 암노새가 얼마나 잘 달리던지, 간밤에 푹 쉬어서 힘이 넘치는 갈라하드의 말도 따라 가느라고 헉헉댈 지경이었다. 그들은 그렇게 황야의 숲을 지나 먹지도 마시지도 않은 채 하루 종일 달렸다.

저녁 무렵, 그들은 푸르른 계곡에 있는 성에 도착했다. 대머리 아가씨가 성안으로 들어갔다. 갈라하드도 그 뒤를 따랐다. 성안에 살고 있는 사람들이 모두 나와 기뻐하며 외쳤다.

"부인, 어서 오십시오!"

그들은 아가씨를 마치 여왕처럼 반갑게 맞이했다. 여자는 사람들에게 그녀와 함께 온 기사는 이 세상에서 가장 용맹한 기사이므로 극진하게 대접해야 한다고 말했다. 식사가 끝난 뒤에 사람들은 갈라하드를 어떤 방으로 데리고 갔다.

갈라하드가 아가씨에게 물었다.

"우리는 밤새 이곳에 머물게 됩니까?"

"아닙니다. 몇 시간만 휴식을 취하십시오. 한밤중이 되기 전에 다시 길을 떠날 겁니다."

갈라하드는 말없이 침대에 누워 잠이 들었다.

자정 무렵에 아가씨가 그를 깨우러 왔다. 갈라하드가 갑옷을 입는 동안 시종들은 횃불과 촛불을 들고 어둠을 밝혀 주었다. 갈라하드와 아가씨는 각기 말과 암노새를 타고 다시 어둠 속으로 길을 떠났다.

먼동이 틀 무렵, 그들은 바다로 흘러 들어가는 넓은 강 하구에 도착했다. 온통 흰색 비단으로 덮여 있는 배 한 척이 강가에서 흔들리고 있었는데, 배 위에는 두 남자가 타고 있었다.

그들은 갈라하드를 보더니 큰 소리로 외쳤다.

"어서 오십시오. 반갑습니다! 우리는 경을 간절히 기다렸습니다. 드디어 오셨군요."

대머리 아가씨가 암노새를 세우고 갈라하드에게 말했다.

"기사님, 우리는 이만 헤어져야 합니다. 경을 기다리고 있는 동료들에게 가세요. 말은 제게 맡기십시오. 제가 잘 돌보겠습니다."

갈라하드는 말에서 내려 배를 향해 걸어갔다. 배는 해안에서 아주 가까운 곳에 정박해 있었다. 갈라하드는 아가씨를 향해 절하고 이마에 성호를 그은 다음, 배 위에 훌쩍 뛰어올랐다. 배는 물살을 가르며 바다를 향해 나아가기 시작했다. 갈라하드는 그제야 배에 타고 있는 사람들이 보호트와 퍼시발이라는 것을 알게 되었다. 세 사람은 다시 만나게 된 것이 너무 기뻐서 눈물을 흘리며 얼싸안았다.

갈라하드는 투구를 벗고 검을 갑판 위에 올려놓았다. 사슬 갑옷은 벗지 않았다. 갈라하드는 안팎이 모두 아름답고, 선장도 없이 항해하는 이 배가 어디서 왔는지 동료들에게 물었다. 보호트는 모른다고 대답했다. 퍼시발은 섬에서 절망에 빠져, 스스로 자기 몸에 낸 상처 때문에 고통스러워하고 있을 때 배가 다가오는 것을 보았다고 말했다.

보호트는 갈라하드에게 물었다.

"경을 여기까지 데려다 준 그 아가씨는 누구요?"

"모릅니다. 내가 알고 있는 것은 머리카락이 없는 여자라는 것뿐입니다."

퍼시발이 그 말을 듣고 소리쳤다.

"아! 대머리 아가씨로군요. 저는 그녀를 잘 알아요. 제 사촌 누이 오넨입니다. 저에게 성배의 신비에 대해 처음으로 말해 주었고, 어부왕의 궁을 방문했을 때 질문을 던지지 않았다고 비난했지요. 코토아트르 호수와 대장장이 고바논에 대해 말해 준 것도 오넨이었습니다. 제가 누구인지 알아보지 못하고 란슬롯 경을 공격해서 다치게 했을 때, 란슬롯 경을 돌보아 주었던 것도 그녀였지요."

보호트가 갈라하드에게 말했다.

"경의 아버님인 란슬롯 경이 우리와 함께 있었다면 완벽한 팀이 되었으련만……."

"아버님은 우리와 함께 있을 수 없는 처지였습니다. 신께서 원하지 않으셨으니까요."

배는 바다 한가운데를 항해하고 있었다. 갑자기 보호트가 물었다.

"우리는 어디로 가는 걸까?"

"신께서 우리를 데려가시는 곳으로 가지요!"

느닷없는 여자의 목소리였다. 세 사람은 일제히 뒤를 돌아보았다. 하얀 옷을 입은 여자 한 사람이 배 안에 있었다. 그녀가 배 안에 있었다는 것을 알지 못했기 때문에 세 사람은 더더욱 놀랐다. 빛을 등지고 서 있어서 여자의 얼굴은 잘 알아볼 수 없었다.

항해중인 퍼시발, 보호트, 갈라하드

퍼시발이 물었다.

"당신은 누구시오?"

여자가 세 사람에게 다가서며 항의하듯이 물었다.

"퍼시발, 나를 몰라보다니! 나란다, 네 누이 라우리."

그 말을 듣고 퍼시발은 기쁨의 눈물을 흘렸다. 그는 누이를 부드럽게 안고 어떻게 그리고 왜 배를 타게 되었느냐고 물었다.

라우리가 대답했다.

"세 분에게 할 얘기가 있어요. 신께서 적당한 순간이라고 판단하시는 때에 이야기하지요."

세 사람은 가슴속에 자신감이 차오르는 것을 느꼈다. 그들이 이렇게 모이게 된 것은 그들이 신의 비밀스러운 계획을 완결하고 성배의 모험을 끝내야 할 자들이기 때문일 것이다.

그들은 하늘에 닿을 정도로 높이 솟아 있는 작은 섬을 발견했다. 섬은 무척 좁았는데, 완전히 나무로 뒤덮여 있었다. 눈을 들어보니 깎아지른 듯한 산허리에 아주 키가 크고 지독히 늙은 사람이 있었다. 백발이 땅바닥에 끌리는 것으로 보아 상상할 수 없을 만큼 나이를 먹은 듯했다. 세 사람은 무척 신기하게 생각했다. 겉보기에는 사람처럼 보이지만, 사람이 아닐지도 모른다.

갈라하드가 동료들에게 말했다.

"가서 누구인지 알아봅시다. 도움이 필요하다면 도와주도록 합시다. 아마도 아주 오랫동안 저곳에 있었던 것 같습니다."

배는 그 섬에 닻을 내렸다. 여자를 배에 놓아두고 해안으로 내려간

세 사람은, 두 그루 나무 사이에 앉아 있는 이상한 존재를 향해 다가갔다. 남자였다. 너무 늙어서 도저히 어떻게 그런 모습이 가능한지 이해할 수 없을 정도였다. 그들이 다가가자 노인은 몸을 일으키려고 했지만 너무 약해졌는지 다시 털썩 주저앉았다.

갈라하드가 노인에게 물었다.

"신의 이름으로 누구신지, 어쩌다가 이 섬에 있게 되었는지 말씀해 주십시오. 언제부터 이곳에 계셨습니까?"

노인은 들릴락말락한 목소리로 겨우 대답했다.

"나는 오랫동안 고뇌와 고통 속에서 살았소. 내 이름은 카이파스라 하오. 티투스 황제 시절에 예루살렘의 대제사장이었소. 한 선지자에게 유태인들이 저지른 죄악 때문에 우리는 모두 유죄 판결을 받아 처형되었소. 나는 다른 이들보다는 죄가 가벼웠으므로, 베스파시아누스 황태자가 나를 불쌍히 여겨 목숨을 살려 주었다오. 나는 노도 없는 배에 태워진 채 바다 한가운데 버려졌다오. 신께서 직접 나를 벌하게 하시려는 것이었소. 나는 먹을 것도 마실 것도 없이 바람에 실려 적어도 이백 년 동안 바다를 헤매어 다녔소. 나를 구해주겠다는 사람은 한 사람도 만나지 못했다오. 내가 살아온 이야기를 듣자마자, 나를 비참한 죄인 취급을 하며 저주하기를 반복했을 뿐……. 나를 죽이고 싶어 하는 사람도 없었소. 이 끔찍한 삶을 계속 영위하느니 차라리 죽기를 더 원했는데도 말이오.

어느 날 내가 타고 있는 배가 이 섬 가까이 지나가게 되었다오. 나는 무척 기뻤지요. 이곳에서, 이백 년 동안 견뎌내야만 했던 고통을 끝내 줄 수 있는 사람을 만나게 될 것이라 기대했기 때문이오. 나는 배를 해안에 놓아두고 겨우겨우 이 바위로 기어 올라왔소. 몸은 이미 쇠약한 상태였다오. 섬을 둘러보니 무인도였소. 그래서 나를 맞아줄 만한 땅을 찾아 다시 떠나려고 했지만 이미 배는 저만치 떠나버린 뒤였소. 너무 멀어져 버려서 가물가물 보일 지경이었다오. 그때부터 먹지도 마시지도 못하고, 아무도 만나지도 못한 채 이렇게 이 바위 위에 앉아 배가 나타나기를 기다리며 바다를 바라보았다오.

나는 살아 있었소. 배가 고파 미칠 지경이었소. 나는 나날이 죽어가고 있지만, 보시다시피 죽지도 못하고 이런 비참한 처지에 빠져 있다오. 가장 끔찍한 범죄를 저지른 사람이 받아 마땅한 형벌을 받을 수 있다면, 차라리 그 벌을 받고 싶소. 이렇게 살아 있느니 차라리 죽는 게 낫소."

노인의 이야기를 들은 세 명의 동지들은 가슴이 뭉클했다. 어떻게 사람이 먹지도 마시지도 않고 그렇게 오랫동안 살아 있을 수 있는지 믿을 수 없었다. 퍼시발과 보호트가 갈라하드에게 물었다.

"이 사람을 어찌 해야 할까요? 배에 태워 그를 맞아줄 만한 곳으로 데려가는 것이 어떨까요."

갈라하드의 대답은 단호했다.

"안 됩니다. 지은 죄가 무거워 우리 배를 탈 수는 없습니다. 신께서 이러한 벌이 합당하다고 여기셨다면, 그것은 이 사람이 용서를 받기에 너무 큰 죄를 저질렀기 때문일 것입니다. 어쩌면 이 사람이 진실의 일부만을 말했을 수도 있구요. 신의 공의로우심을 믿고 우리는 우리의 길을 갑시다."

보호트와 퍼시발이 말했다.

"경의 생각이 옳습니다. 신께서 정하신 때에 구원받을 수 있겠지요. 어쨌든 우리와는 상관없는 일이니 그냥 가는 게 좋겠습니다."✢

세 사람은 노인을 그대로 놓아두고 바닷가로 다시 내려갔다. 배를 탄 뒤에, 바위 위에서 보고 들은 것을 라우리에게 말해 주었다. 바람에 실려 배가 섬에서 멀어지자 일행은 노인의 죄를 용서해 주시고, 그들의 모험도 무사히 끝날 수 있도록 도와주십사고 기도했다.

그날 배는 남아 있는 낮 시간과 밤 시간 내내 바다를 항해했다. 다음 날 아침, 그들은 만 깊은 곳에 있는 두 개의 바위 사이에 잘 숨겨진 무인도에 도착했다. 놀랍게도 맞은편 해안의 작은 만 안에 다른 배가 한 척 떠 있는 게 보였다. 너무 좁은 만이어서 걸어가야만 하는 곳이었다.

퍼시발의 누이가 말했다.

"친구들이여, 저 배 안에는 놀라운 모험이 기다리고 있어요. 신께서는 그 모험을 위하여 우리를 한데 모으신 것이지요. 배에 올라야 합니다."

세 명의 동지는 해안으로 뛰어내렸다. 라우리가 배에서 내리도록 도와준 다음, 배가 물결에 휩쓸려가지 않도록 닻을 내려 정박시켰다. 암벽이 눈앞을 막아섰다. 배가 떠 있는 작은 만으로 가려면 아주 좁은 길을 따라 바위를 끼고 돌아야 했다. 그 배는 일행이 타고 온 것과는 비교도 할 수 없을 정도로 화

✢ 우리는 이 대목에서 13세기 신학자들의 비타협성을 알 수 있다. 이 일화는 이단과의 무자비한 투쟁으로 나타나는 정신 상태를 잘 보여 주고 있다.

려했지만, 놀랍게도 아무도 타고 있지 않은 것 같았다. 자세히 보기 위해 다가가 보았더니, 뱃전에 기록이 있었다.

> 이 배를 타려는 자여, 그대가 누구이든 간에 죄로 무거운 자라면 오르지 말라. 죄 있는 자라면 내가 즉시 바다에 빠뜨릴 것이다.

그들은 서로의 얼굴을 바라보았다. 어떻게 하는 것이 옳은지 판단이 서지 않아 혼란스러웠다.

퍼시발의 누이가 입을 열었다.

"적당한 순간이 오면 내가 알고 있는 것을 얘기해 드릴 거라고 말했었지요? 만일 세 분이 지금까지 지으신 죄를 벗어 버리지 않는다면 이 배에 오르실 수 없어요. 당장 죽습니다. 이 배는 아주 거룩한 배이기 때문에 흠결이 있는 자는 누구도 살아남을 수 없습니다."

누이의 말이 끝나자, 퍼시발이 외쳤다.

"난 배에 오를 거야. 왜 그런지 알아? 내가 만일 죄인이라면, 나는 비참하게 죽겠지. 하지만 그렇게 해서 모든 잘못을 벗어버릴 수 있다면 나는 구원받을 수 있을 거야."

"그럼 배에 오르렴. 신께서 너를 보호해 주시기를 바란다."

퍼시발이 배를 향해 발걸음을 옮겼다. 갈라하드가 일행을 젖히고 앞으로 나서더니 성호를 긋고 먼저 배에 올라 주위를 살펴보았다. 라우리도 성호를 긋고 그 뒤를 따랐다. 퍼시발도 배 위에 올라 누이의 손을 꼭 잡았다. 보호트는 한참 동안 망설이다가, 드디어 결심이 섰는지 배 위에 뛰어올라 동료들 옆으로 다가갔다. 놀라울 정도로 아름다운 배였다. 배 안을 돌아다니며 살펴보던 그들은 아름다운 침대를 발견했다. 침대 위에는 매우 화려한 이불이 덮여 있었다. 갈라하드가 이불을 젖히자, 머리맡에는 황금 관이 놓여 있고, 발치에는 검집에서 반쯤 뽑혀 나온 검이 있었다. 칼자루에 기록이 있었다.

> 나는 바라보기에 놀랍고, 알면 신묘하도다. 아무리 손이 큰 자라 하여도 나를 잡을 수 없으나, 한 사람은 잡을 수 있을 것이로다. 그는 전에 있었던 자들과 앞으로 올 자를 뛰어 넘을 자로다.

퍼시발이 제일 먼저 앞으로 나섰다.

"제가 한번 잡아보겠습니다!"

그는 칼을 향해 손을 뻗었다. 손잡이를 잡을 수 없었다.

"이 기록이 진실을 말한 것 같구려."

퍼시발이 씁쓸한 목소리로 중얼거렸다. 이번에는 보호트가 앞으로 나섰지만, 그 역시 성공하지 못했다. 보호트가 갈라하드를 돌아보며 말했다.

"검을 잡을 수 있는 사람은 경뿐인 것 같소. 경은 선한 기사이니 말이오."

갈라하드는 거부했다. 그는 검을 자세히 살펴보고 나서 동료들에게 말했다.

"이걸 보십시오. 칼날 위에 또 다른 기록이 있습니다."

그들은 고개를 숙이고 함께 기록을 읽었다.

"나를 붙잡아 매어 놓은 줄을 바꾸기 전에는 아무도 검집에서 나를 뺄 수 없을 것이다. 그런데 왕과 왕비에게서 태어난 아주 순결한 여자만이 이 줄을 바꿀 수 있다. 그녀가 이 줄을 자기 몸에 지닌 것 중에서 가장 귀한 것으로 만든 줄로 바꿀 것이다. 그녀는 마땅히 처녀라야만 한다. 값싼 삼베로 만들어진 이 줄이 내게 어울리는 줄로 바뀌기 전에는 아무도 검집에서 나를 뽑을 수 없다."⚜

네 사람은 줄을 자세히 살펴보았다. 아닌게아니라 그렇게 귀한 무기와 전혀 어울리지 않는 줄이었다. 값싸고 거친 삼베로 만들어진 줄은 너무나 약해 보여서 검의 무게를 지탱할 것 같지 않았다. 들어 올리면 금세 툭 끊어질 것 같았다.

퍼시발이 말했다.

"갈라하드 경에게 검을 뽑아보라고 요구한 것은 잘못이었군요. 경은 검을 뽑을 수 없었을 것이고, 우리는 낙심했을 겁니다. 이제 우리는 줄을 바꾸기 전에는 아무 시도도 할 수 없다는 것을 알았습니다."

보호트가 맞장구를 쳤다.

"그렇소. 이제는 이 줄을 바꿀 수 있는 처녀를 찾아야 하오."

⚜ 이 검은 로베르 드 보통의 『성배 이야기』에 나오는 '이상한 줄이 달린 검' 이다. 그 이야기에 따르면, 솔로몬의 아내가 삼베로 그 '이상한 줄' 을 만들었다. 예정된 자만이 칼집에서 뽑을 수 있는 검의 주제는 분명히 동정童貞의 주제와 연관되어 있다. 선택된 자만이 동정이기 때문이다. 이 일화 전체는 신학보다는 정신분석학에 속하는 요소로 가득 차 있다. 이상한 끈이 달린 검의 성적 상징성은 분명하다. 성배 탐색이 어떤 신학적 이데올로기 안에 잠겨 있다 하여도 그 현실적 목표는 여전히 황폐해진 왕국의 재생이다. 왜냐하면 남성의 기관을 다친 왕이 생식 능력을 잃어버렸기 때문이다.

갈라하드와 퍼시발은 보호트의 말에 찬성했지만, 난처해하는 표정이 역력했다. 어디에 가서 처녀를 찾는다는 말인가. 그들은 일생이 걸리더라도 세상 전체를 뒤져 그 여자를 찾아내야 한다고 의견의 일치를 보았다.

남자들의 대화를 듣고 있던 라우리가 조용히 입을 열었다.

"꼭 그럴 필요는 없어요. 걱정하지 마세요. 신의 뜻이라면, 우리가 떠나기 전에 이 검에 어울리는 줄로 바꿀 수 있을지도 몰라요."

그녀는 망토 자락을 뒤지더니 작은 상자를 꺼내 기사들의 눈앞에서 열어 보였다. 그 안에는 황금과 비단, 머리카락을 꼬아 만든 줄이 들어 있었다. 금발 머리카락은 어찌나 매끄럽게 반짝이는지 금실과 구별하기 힘들 정도였다. 보석이 중간 중간에 박혀 있었고, 양쪽 줄은 두 개의 금 고리로 마감되어 있었다.

라우리가 갈라하드에게 말했다.

"검에 매기 적당한 줄이 여기 있습니다. 나는 이것을 내가 가진 것 중에서 소중한 것, 즉 머리카락으로 만들었습니다. 오순절 아더 왕의 기사들이 모두 탐색을 마치겠노라고 맹세했을 때, 나는 아름다운 머리카락을 가지고 있었어요. 여러분에 대한 사랑을 위해 나는 머리카락을 잘라 이 줄을 꼬았답니다."✣

✣ 우리는 이 줄을 만든 머리카락을 통하여, 베다니의 집에서 막달라 마리아가 예수의 발에 기름을 부은 다음 머리카락으로 닦았던 성서의 기록을 떠올리게 된다. "그러자 마리아는 값비싼 향유를 예수의 발에 붓고, 자기 머리카락으로 닦았다. 그러자 방 안이 향기로 가득 찼다."(요한복음 12장 3절) 막달라 마리아는 고대의 어머니신 예배의 대여사제일 수도 있다. 왕의 가문에 속해 있는 퍼시발의 누이는 탐색의 행로에 반드시 필요한 여성적 요소로서, 켈트 어머니신의 레미니상스이다.

보호트가 감탄하며 외쳤다.

"당신이 우리를 큰 고통에서 구해주는군요. 축복받으시기를!"

라우리는 아무 대답도 하지 않고 삼베 줄을 풀어 자신이 꼬아 만든 줄로 바꾸었다. 마치 지금까지 해 본 일 중에서 가장 쉬운 일을 하는 것처럼 그녀의 손놀림은 자연스럽고 편안해 보였다. 줄을 바꾸어 맨 다음, 라우리가 동료들에게 물었다.

"이 검의 이름이 무엇인지 아시나요?"

"모릅니다. 알고 있으면 가르쳐 주시구려."

" '이상한 줄의 검' 이라 불린답니다. 검집은 '피의 기억' 이라고 불리지요. 왜냐하면 이 검의 일부분은 아벨이 형 카인에게 살해당했을 때 흘린 피를 기억하고 있는 생명의 나무로 만들었거든요. 그 나무는 눈처럼 희면서 초록색이었는데, 피처럼 붉은색으로 변했지요. 그것은 세상에서 제일 아름다운 나무였어요. 아벨이 죽은 이후로 나무는 꽃도 피우지 않고 열매도 맺지 않았어요. 가지를 잘라 땅에 심으면 모조리 말라 버렸답니다. 우리가 지금 타고 있는 이 배도 솔로몬 왕과, 여자 점술가였던 왕비의 명령에 따라 생명의 나무 목재로 만들어졌어요.⚜ 그 때문에 모든 죄를 씻지 않고는 이 배 위에 오를 수 없는 것이지요. 또 그 때문에 이 검의 주인으로 예정되어 있는 사람이 아

⚜ 『아발론 연대기』 1권 「성배의 진정한 역사」 참고. 생명의 나무와 관련된 요소들은 옛 그노시스 전통의 일부로서, 1200년경에 켈트 근원을 가진 아더 로망에 통합되었다.

니고는 검을 검집에서 뽑을 수도 없는 것이구요."

라우리는 그렇게 말하더니 침묵을 지켰다.

갈라하드가 입을 열었다.

"이제 제가 시험에 도전해 보고 싶습니다. 만일 실패한다면 저는 여러분이 보여 주신 신뢰를 누릴 자격이 없는 사람이겠지요."

갈라하드는 칼자루에 손을 가져다 댔다. 손가락은 아무 문제없이 칼자루에 놓였다. 동료들이 환호성을 질렀다.

"갈라하드 경, 이 검은 진실로 경의 것이 틀림없군요. 경이 이 검을 두르지 못하도록 막는 것은 이제 아무것도 없소."

라우리가 다시 입을 열었다.

"그 전에 카멜롯에서 아더 왕과 모든 기사들이 지켜보는 가운데 갈라하드 경이 돌층계에서 뽑아낸 검을 포기해야겠지요."

갈라하드는 발린의 소유였던 검을 풀어 바닥에 던졌다. 그리고 아무 어려움 없이 이상한 줄의 검을 검집에서 쓰윽 뽑았다. 칼날이 온전히 그 모습을 드러냈다. 얼굴을 비쳐볼 수 있을 정도로 투명하게 빛나는 검이었다. 라우리가 새로운 검의 줄을 허리띠에 묶어 주며 말했다.✢

"갈라하드 경, 이제 나는 신께서 원하실 때 죽을 수 있습니다. 이 시대의 가장 뛰어난 기사에게 검을 둘러 줄 수 있었던 행복한 여성이 되었으니까요.

✢ 갈라하드에게 성배를 향해 다가가게 해 주는 제2의 검은 여성적인 검이다. 또는 여성의 개입 없이는 사용할 수 없는 검이다.

그대가 비록 용장이신 호수의 기사 란슬롯의 아드님이라고는 하나 지금까지는 온전한 기사가 아니었습니다. 진정한 기사가 되기 위해서는 자기 자신만의 검을 지녀야만 합니다."

세 명의 기사들은 이 모험에 깊이 감동했다.

라우리가 말했다.

"이제 우리는 다시 떠날 수 있게 되었어요."

일행은 배에서 내려와 암벽을 돌아가는 좁은 길을 지나 그들을 그곳까지 데려다 준 배로 돌아왔다.

퍼시발이 말했다.

"이런 모험을 지켜볼 수 있게 해 주시다니. 평생 동안 신을 찬미할 겁니다."

라우리가 빙그레 웃으며 동생을 돌아보았다.

"이건 시작에 불과하단다. 이제부터 진정한 성배 탐색이 시작될 거야."

일행이 배에 오르자마자 바람이 돛을 펄럭이게 했다. 배는 빠른 속도로 이상한 줄이 달린 검을 발견한 섬에서 멀어졌다. 바다를 항해하는 동안 어느덧 날이 저물었다.

09 희생

다음 날 배는 항구에 도착했다. 황폐한 숲에서 멀지 않은 곳이었다. 일행은 배를 정박시켜 놓고 퍼시발의 누이를 따라 황폐한 숲으로 들어갔다. 그들은 어떤 신묘한 분위기를 감지했다. 숲 전체가 무언가를 기다리고 있는 것 같은 신성한 긴장감 안에 잠겨 있었다. 바람 한 점 불지 않았고, 잎사귀 하나 풀잎 하나까지 긴장한 채 조용히 숨을 죽이고 있었다.

세 명의 기사와 젊은 아가씨는 신비한 광경을 목격했다. 흰 사슴이 네 마리 사자의 호위를 받으며 그림자처럼 조용히 숲속에 들어왔던 것이다. 사나운 사자 네 마리가 눈처럼 흰 사슴을 호위하고 있는 장면은 숨 막힐 정도로 신비하고 아름다웠다. 언젠가 이 신비한 광경을 목격한 바 있는 퍼시발이 속삭이듯이 갈라하드에게 말했다.

"갈라하드 경, 나는 언젠가 이와 똑같은 광경을 본 적이 있소. 그 의미를 이해하지는 못했지만. 이 사자들은 정말로 사슴을 호위하고 있는 것 같군요. 참으로 이해하기 어려운 일이오."

"나 역시 무슨 의미인지 모르겠군요. 이 광경이 무엇을 의미하는지 알고 싶습니다. 이들의 집까지 따라가 보죠. 이 모험 역시 신께서 우리를 인도하시기 위해 보내신 것이라는 생각이 듭니다."

일행은 사슴과 사자들을 따라갔다. 작은 숲이 끝나는 곳에 조그만 성당이 있었다. 가까이 다가가 보니, 미사 준비를 하는 사제가 보였다. 사슴과 사자들이 성당 안으로 들어갔다. 네 명의 동료들도 뒤를 따랐다. 그런데 봉헌문을 낭독할 때 보니, 사슴이 사람으로 변하여 아름다운 의자에 앉아 있는 게 아닌가. 세 마리 사자도 하나는 사람으로, 또 하나는 독수리로, 세 번째 사자는 황소로 변해 있었다. 네 번째 사자만이 사자의 모습으로 남아 있을 뿐이었다. 네 존재의 어깨 위에는 모두 날개가 솟아 나와 있었다.

미사가 끝날 무렵, 이 네 존재는 사슴이 앉아 있는 의자를 붙잡아 들어 올리더니 스테인드글라스를 통과해 밖으로 날아갔다. 창문은 마치 그곳에 없는 것처럼 깨지지도 부서지지도 않았다.

어디에선가 저렁저렁 울리는 목소리가 들려왔다.

"신의 아들은 이렇게 성모 마리아의 품에 안기신 것이다."

목소리와 함께 성당이 부서져 내리는 폭발음이 들리고, 눈을 멀어 버리게 만들 정도로 강렬한 빛이 쏟아져 들어왔다. 네 명의 동료는 겁이 나서 땅바닥에 엎드렸다. 정신을 차려 보니 늙은 사제가 제구들을 챙기고 있었다. 네 사람은 사제에게 다가가 그들이 방금 보았던 광경의 의미를 가르쳐 줄 수 있느냐고 물었다.

사제는 밝은 얼굴로 젊은이들을 바라보며 말했다.

"어서 오시오, 젊은 분들. 말씀하시는 것을 들으니 진정한 기사들이시군요. 많은 고통과 위험을 겪고 성배 탐색을 끝낼 분들. 여러분은 신비에 접하게 될 사람들이오. 여러분이 지금 막 본 광경은 그 신비의 일부분이오. 사람으로 변신한 흰 사슴은 우리 주님의 모습이오. 사람의 몸을 입으시고 태어나 죽음과 싸워 승리하신 뒤에 천상의 인간이 되신 분. 그 때문에 그분은 눈처럼 흰 사슴의 모습으로 나타나신 것이외다. 사슴의 뿔은 매년 떨어지지만, 그 다음해에는 다시 자라나지요. 사슴을 호위하고 있던 네 마리 사자는 주님의 사랑과 생명의 가르침을 전파하는 책임을 지고 있는 사복음서의 저자들이지요. 네 마리 사슴에 에워싸인 흰 사슴의 모습을 본 기사들은 더러 있소만, 그들이 변신하는 모습을 보았던 이들은 지금까지 아무도 없었다오. 앞으로는 아무도 이 광경을 보지 못할 것이오."

갈라하드와 동료들은 그러한 신비를 계시해 주신 데 대하여 신께 영광을 돌렸다. 그들은 그날 하루 종일 사제 곁에 머물렀다.

다음 날 아침, 미사를 드리고 다시 길을 나선 그들은 확신으로 가득 차 있었다. 이제 그들의 탐색을 막을 수 있는 것은 아무것도 없다는 것을 알고 있었다. 정오 무렵 일행은 아름다운 외관을 가진 성 근처에 도착하게 되었다. 성안에까지 들어갈 생각은 없었다. 그들이 따라가고 있는 길은 성을 지나 먼 곳까지 뻗어 있었기 때문이다.

성문을 막 스쳐 지나가고 있을 때, 기사 한 사람이 그들을 향해 달려오며 소리쳤다.

"기사님들, 말 좀 물읍시다. 동행하는 아가씨는 처녀이신가요?"

보호트가 화를 벌컥 내며 대답했다.

"물론이오. 신께서 존재하시는 것만큼이나 분명한 일이외다. 무엇 때문에 그따위 질문을 하는 거요?"

기사는 대답 대신 라우리가 타고 있는 말고삐를 잡고 말했다.

"거룩한 십자가에 걸고 말하건대, 풍습을 따르기 전에는 이곳을 빠져나갈 수 없소."

퍼시발은 기사가 누이를 막아서는 것을 보고 화가 머리끝까지 나서 말했다.

"이보시오. 꼭 미친 사람처럼 말하는구려. 어느 곳엘 가든 아가씨는 모든 풍습에서 자유롭소. 이 숙녀처럼 왕의 가문에 속한 아가씨는 더욱 그러하오."

그때 열 명 가량의 무장한 기사들이 은 대접을 들고 있는 젊은 여자와 함께 성에서 나왔다. 그들은 저마다 세 명의 동지들을 향해 말했다.

"기사님들이여, 여러분과 동행하고 있는 아가씨는 이곳의 풍습을 따라야 합니다."

갈라하드가 대체 무슨 풍습을 말하는 것이냐고 물어보았다.

"이곳을 지나가는 모든 처녀들은 오른쪽 팔에서 피를 뽑아 이 대접을 채워야 합니다. 이 풍습을 지키지 않으면 이 길을 지나갈 수 없습니다."

갈라하드가 분노에 가득 찬 목소리로 외쳤다.

"그러한 풍습을 제정한 자에게 저주가 내리기를! 참으로 가증스러운 풍습이 아니더냐! 명심하시오. 내가 살아 있는 한 이 아가씨는 당신들의 요구를 들어주지 않을 것이오!"

퍼시발도 거들고 나섰다.

"내 누이에게 그런 일을 겪게 하느니 차라리 내가 죽는 것이 낫겠소."

보호트도 소리쳤다.

"나 역시 그렇소. 신 앞에 맹세코 당신들이 그런 일을 하도록 내버려두지 않을 것이오."

당장 싸움이 벌어졌다. 세 명의 동료는 순식간에 열 명의 기사들을 제압하고, 모두 검으로 베어 버렸다. 노인 한 사람을 앞세운 예순 명의 기사들이 달려 나왔다.

노인이 세 사람에게 다가와 말했다.

"자신의 목숨을 귀하게 여기시오. 죽을 생각이 아니라면 이쯤에서 그만두는 것이 좋을 것이오. 보아하니 용맹한 기사들 같은데, 목숨을 잃으면 유감스러운 일이 아니겠소. 우리의 요구를 들어주시오."

갈라하드가 대답했다.

"소용없소이다. 우리는 당신들의 풍습을 따를 생각이 없소."

"죽겠다는 것이오?"

"그런 일은 없을 것이오. 어쨌든 그런 불명예를 겪느니 차라리 죽기를 원하오."

전투가 다시 시작되었다. 세 명의 동료는 사방에서 사납게 치고 들어오는 적에 에워싸였다. 갈라하드는 이상한 줄의 검으로 오른쪽 왼쪽을 무섭게 내리쳤다. 그 기세가 얼마나 대단했던지 그 검에 얻어맞은 사람들은 검의 주인이 사람이 아니라 악마 같다고 느낄 지경이었다. 그는 밀리지 않고 계속 적을 쳐부수며 앞으로 나아갔다. 보호트와 퍼시발은 갈라하드가 측면 공격을 당하지 않도록 옆에서 엄호했다.

전투는 오후 중반까지 계속되었다. 적의 공격은 집요하고 사나웠지만, 세 사람의 동료는 한순간도 전투의 우위를 놓치지 않았고, 한발자국도 뒤로 물러서지 않았다. 전투를 지켜보던 성의 주민들은 세 명의 기사가 군대 전체와 맞먹을 정도의 전투력을 가지고 있는 것을 보고 급히 대책을 논의했다. 날도 어두워지고 있으므로, 일단 휴전하는 것이 낫겠다는 결론을 내렸다.

노인이 이번에는 정중하게 제안했다.

"기사님들, 사랑과 예절의 이름으로 청하오니 이만 전투를 중단하고 오늘 밤은 저희 성에서 유숙하십시오. 내일 아침 날이 밝는 대로 다시 전투를 재개하십시다. 왜 이런 말씀을 드리는고 하니, 이 성에 왜 그러한 풍습이 생겨났는지 그 연유를 들으시면 틀림없이 이해하실 거라 생각하기 때문입니다."

갈라하드는 제안을 일언지하에 거절할 생각이었다. 그때 라우리가 앞으로 나서며 동료들에게 말했다.

"부탁입니다. 이분의 제안을 받아들이세요."

세 사람은 휴전하기로 결정하고 성안으로 들어갔다. 대접은 극진하고 정성스러웠다. 식사를 끝낸 뒤에, 네 명의 동료는 왜 그처럼 이상한 풍습이 제정되었는지를 물었다.

기사 한 사람이 설명을 시작했다.

"이 성은 어떤 귀부인의 소유입니다. 아주 유서 깊은 가문에서 태어난 뛰어난 젊은 여성이시지요. 이곳뿐만 아니라, 근처에 있는 많은 성을 소유하고 계신데, 모든 곳을 정의롭고 평화롭게 잘 다스리고 계십니다. 그런데 이 년 전에 몹쓸 병에 걸리셨어요. 어찌나 고통스러워하시는지, 병의 원인을 알아보니 문둥병이라는 것이었습니다. 우리는 이 나라뿐만 아니라 외국까지 사람을 보내어 이름난 의사란 의사들은 전부 불러들였습니다. 어떤 치료를 하면 좋을지 알아보기 위해서였지요. 누구도 우리를 돕지 못했습니다. 우리는 극도의 혼란에 빠져들었습니다.

어느 날 의술뿐 아니라 마법에도 통달한 사람이 이곳을 지나가게 되었습니다. 우리는 그 사람을 마님께 데리고 갔습니다. 마님을 진찰하더니 왕가 출신 처녀의 피를 한 대접 받은 다음 그것을 몸에 바르면 나을 거라는 처방을 내리더군요.✤ 그래서 우리는 이곳을 지나가는 모든 처녀들이 우리의 여주인을 위해 피를 한 대접씩 바치지 않으면 안 된다는 풍습을 정했습니다. 그 풍습을 시행하기 위해서 문마다 위병을 배치하고, 여의치 않을 경우에 대비해서 기사들을 대기시켜 두었던 것입니다. 이것이 우리가 그러한 풍습을 제정하게 된 원인입니다. 모두 설명드렸으니 이제 여러분이 원하시는 대로 하십시오."

그 말을 들은 라우리는 세 명의 기사들을 한 옆으로 부른 뒤에 말했다.

✤ 이 대목은 마법적 의술 제의에 관계된 것으로, 우리는 앞에서 『조프레의 로망』에 나오는 거인 문둥이의 경우에 똑같은 제의를 목격했다. 그 경우에는 어린아이의 피와 관련이 있었다. 처녀나 순결한 어린아이의 피가 특히 중요하게 여겨지고 있는 것을 알 수 있다. 성배 탐색의 원시 도식은 과거에 저질러진 잘못을 피로 속죄하는 내용을 들려준다. 볼프람 폰 에센바흐의 작품과 같은 판본에서는 종족적 순수성을 훼손한 것이 죄가 되기도 한다. 이것은 현대 사회에서까지 얼마나 성배의 주제가 '종족적 순수성' 이라는 잘못된 해석의 희생물이 될 수 있는가를 보여 주고 있다.

"친애하는 나의 친구들이여, 이 성의 여주인은 병들었어요. 내가 결심만 하면 그분의 병을 고칠 수 있어요. 이 문제는 나 한 사람에게만 달려 있지요. 세 분도 이 일에 관해서는 아무것도 할 수 없어요. 내가 피를 주지 않으면 이 성의 여주인은 나을 수 없어요. 난 그걸 아주 잘 알아요."

갈라하드가 라우리의 결심을 눈치 채고 큰 소리로 외쳤다.

"안 됩니다! 그런 일을 겪기에 당신은 너무 연약해요!"

퍼시발이 덧붙였다.

"그러다 죽어, 누이!"

보호트 역시 단호하게 말했다.

"그럴 수는 없소. 당신의 목숨을 위험에 빠뜨리느니 죽을 때까지 싸우겠소."

라우리가 대답했다.

"이 일로 내가 죽게 된다면, 그것은 나뿐만 아니라 우리 가문의 영광이 될 거예요. 이 성의 백성들과 세 분을 위해서라도 나는 결심해야 합니다. 그렇지 않으면 세 분은 내일 또 싸우셔야 할 테고, 내가 죽는 것보다 더 많은 손실을 입게 될 거예요. 분명히 말씀드립니다. 나는 그들이 원하는 대로 할 것입니다. 많은 고통을 야기하고 많은 피를 흘리게 한 싸움을 막기 위해서입니다. 제발 허락해 주세요."

세 사람은 머리를 맞대고 한참 동안 의논한 뒤에 마지못해 위험을 무릅쓰기로 결심했다. 라우리는 사람들을 불러 말했다.

"기뻐하십시오. 여러분은 내일 싸우지 않으셔도 됩니다. 여러분의 풍습을 따르기로 결심했습니다."

그들은 진심으로 고마워하면서 그녀를 칭송하고 그녀의 동료들에게도 영광을 돌렸다. 고마움의 표시로 일행을 극진히 접대하고 아름다운 침대를 마련해 주었다. 보호트만이 맹세한 대로 빵과 물만 먹고 딱딱한 바닥에 누워 잠들었다.

다음 날 아침, 여느 때와 다름없이 네 명의 동료는 미사를 드렸다. 미사가 끝나자 라우리는 그녀가 고쳐주어야 할 문둥병에 걸린 성의 여주인을 데려다 달라고 부탁했다. 그녀의 모습에 동지들은 징그럽고 무서워 차마 그녀의 얼굴을 바라볼 수가 없었다. 문둥병으로 어찌나 처참하게 일그러졌는지, 그런 끔찍한 고통을 겪고도 살아남아 있다는 것이 믿기지 않을 정도였다. 그대로 두면 필시 죽을 수밖에 없을 것 같았다. 네 사람은 일어나서 여자를 맞이한 뒤 옆자리에 앉혔다. 라우리는 대접✢을 가져오라 이른 뒤 면도날처럼 날카롭고 작은 칼로 정맥을 자르게 했다. 피가 솟아나기 시작했다. 라우리는 성호를 그으며 신께 자신을 맡겼다.

그녀는 성의 여주인을 향해 말했다.

"부인의 병을 낫게 하기 위해서 나는 죽음을 무릅씁니다. 신에 대

✢『성배 탐색』의 원본에서 성배는 돌도 쟁반도 아니며 에메랄드 잔도 아니다. 그것은 예수가 제자들과 함께 유월절의 양고기를 담아 나누어 먹었던 사발이다. 따라서 이 대목에서 성배(그것을 위해서 결국 갈라하드는 희생 제의를 치르게 된다)와, 병든 여자를 고치기 위해 퍼시발의 누이가 목숨을 걸고 구원의 피로 채우는 사발은 분명히 같은 것이다. 이 일화는 시토 수도회의 영감으로 쓰인 탐색의 도정에 공연히 끼어든 것이 아니다.

한 사랑을 위해, 내 영혼을 위해 기도해 주십시오. 어쩌면 이것이 내 마지막 인지도 모르니까요."

그 말을 마치고 나서 라우리는 정신을 잃었다. 피는 벌써 대접에 가득 찼다. 그녀의 동료들은 그녀를 붙잡고, 아직도 흘러내리고 있는 피를 지혈시키려고 애썼다. 라우리는 한참 만에 혼수상태에서 깨어났다. 그녀가 퍼시발을 옆으로 불렀다. 목소리는 이미 꺼져가고 있었다.

"사랑스런 내 동생아, 나는 이 성의 여주인을 구하기 위해 죽는다. 내가 죽거든 이 나라에 묻지 말고, 우리를 이곳으로 실어다 준 배에 태워다오. 신께서 바라시는 대로 바람을 따라 떠돌 것이다. 너와 두 명의 기사님들은 그 배를 타서는 안 된다. 말을 타고 강을 따라간 다음, 숲을 지나, 부상으로 고통스러워하고 있는 어부왕이 계신 코르베닉 성까지 가렴. 어부왕을 고칠 사람은 네가 아니라 갈라하드 경이란다. 너는 나중에 성배의 왕이 될 것이다. 그러나 너는 코르베닉에서 왕이 되지는 않을 것이다. 어부왕의 병이 나으면, 갈라하드 경과 보호트 경과 너는 더 멀리 사라스 시에 가야 한다. 그곳에 가야 성배의 신비에 관한 계시에 접할 것이다. 그곳에서 너와 동료들은 내 육신이 놓여 있는 배를 다시 만나게 될 것이다. 그러면 나의 명예와 내 영혼의 구원을 위하여 사라스 시 한복판에 우뚝 서 있는 영혼의 궁전에 나를 묻어다오.

마지막으로 할 말은 너나 갈라하드 경은 아더 왕의 궁에 돌아가지 못할 거라는 사실이다. 궁으로 돌아가 보고 들은 것을 고할 사람은 보호트 경이다."

누이의 말을 들으며 퍼시발은 흐느껴 울었다. 라우리의 말이 이어졌다.

"왜 그렇게 우느냐? 우리는 이 세상에 신의 뜻을 이루기 위해 살고 있는 것이란다. 그것이 아무리 모호해 보이고 이해할 수 없는 것이라고 해도 말이다. 내일 아침 세 사람 모두 떠나거라. 그러나 헤어져 각자 자신의 길로 가야 한다. 때가 되면 우리의 주인께서 너희를 어부왕의 궁전에서 만나게 해 주실 것이다. 내 동생아, 이 말은 신께서 내 입을 빌어 하시는 말이니, 너희 세 사람은 끝까지 순명해야 한다. 그렇게 하여야만 성배의 모험을 완결할 수 있을 것이다."

세 기사는 눈물을 흘리며 순명하겠노라고 약속했다. 라우리는 성체를 모시고 싶다고 말했다. 사람들은 성에서 가까운 곳에 살고 있는 은자를 불렀다. 라우리는 경건하게 영성체를 하고, 동생에게 신의 은총을 빌어주었다.

그녀는 퍼시발의 팔에 안겨 숨을 거두었다. 퍼시발은 슬프고 상심한 나머지 정신을 차리지 못했다. 그의 동료들도 깊이 상심했다.

그날로 여성주의 병이 나았다. 라우리의 피로 몸을 씻자, 그녀의 문둥병은 깨끗이 나았다. 시커멓게 썩어 문드러져 처참하기 이를 데 없었던 그녀의 피부는 예전의 아름다움을 되찾았다. 백성들은 기뻐 어쩔 줄을 몰랐다. 동지들도 기뻐했다. 라우리의 희생이 헛되지 않게 기적이 일어났다는 것을 알게 되었기 때문이다.* 그들은 라우리의

* 인간을 망가뜨리는 정신적인 문둥병으로부터 인간을 구하기 위해 십자가에 매달려 피를 흘린(전설에 따르면 요셉 아리마테아가 그 피의 일부를 성배에 담았다고 한다) 예수의 희생과, 퍼시발의 누이 라우리의 희생 사이에는 공통점이 있다. 이 경우 속죄의 희생양이 여성이라는 점이 다를 뿐이다. 그러나 성배 탐색의 시토 수도회적인 이야기가 쓰인 남성우월주의의 사회에서, 여성은 육체의 질병을 고칠 수 있지만 영적인 병은 고칠 수 없다고 여겨졌다.

몸을 방부 처리한 다음, 배로 운구해 갔다. 성의 백성들이 울며 그 뒤를 따랐다. 라우리의 몸은 아름다운 비단 이불이 덮인 침대 위에 놓였다. 그들은 배를 바다로 밀어 보냈다. 돛이 곧 바람에 부풀어 배는 힘차게 바다로 나아갔다.

배가 수평선 너머로 사라질 때까지, 세 명의 동지는 슬픔으로 미어지는 가슴을 달랠 수 없어 멍하니 수평선만 바라보고 서 있었다.

보호트가 혼잣말하듯 중얼거렸다.

"그녀가 누구인지 또 어떻게 죽었는지 모든 사람이 알 수 있도록 시신 옆에 기록을 놓아두지 못한 것이 후회가 되는군."

퍼시발이 보호트를 안심시켰다.

"머리맡에 서찰을 놓아두었습니다. 누이의 출생 과정과 죽음, 또 누이의 안내로 우리가 겪었던 모험에 대해 써 넣었습니다. 어떤 낯선 땅에서 누이가 발견되더라도 누구인지 알 수 있을 겁니다."

갈라하드는 언젠가 라우리를 발견하게 될 사람들이 그녀의 고귀한 희생을 알고 영광을 돌릴 수 있을 거라고 생각하니 한결 마음이 놓인다고 말하며 기뻐했다.

기사들을 따라왔던 성의 백성들은 여주인을 구하기 위해 목숨을 버린 처녀를 생각하며 슬피 울었다. 그들은 성으로 가서 편히 지내다가 떠나는 게 어떻겠냐며 세 명의 동지들을 붙잡았다. 세 사람은 정중히 거절했다. 대신 말을 좀 구해 달라고 부탁하자 사람들은 얼른 달려가 제일 좋은 군마들을 끌고 왔다.

세 사람이 출발 준비를 마쳤을 때, 갑자기 하늘이 어두컴컴해지더니 시커먼 구름이 몰려왔다. 그들은 그곳에서 조금 떨어진 곳에 있는 작은 성당으로 몸을 피했다. 날씨는 점점 더 나빠졌다. 천둥이 으르렁대고, 번개는 구름을 가르면서 성 위로 떨어졌다. 폭풍우는 하루 종일 계속되었다. 무시무시한 폭우였다. 성채에 있는 집들과 성벽이 반 이상 부서져 버렸다.

비바람이 조금 멈칫한 사이에 성당 바깥으로 나온 세 사람은 눈앞에 펼쳐진 광경에 아연실색했다. 불과 몇 시간 만에 이렇게 다 부서져 버리다니……. 안타까운 마음으로 황량한 광경을 바라보고 있을 때, 말을 탄 사내가 비명을 지르며 숲속에서 달려 나왔다.

"제발 도와주세요! 저는 큰 위험에 처해 있습니다."

곧이어 검은 말을 타고 중무장을 한 기사와 난쟁이 하나가 쫓아왔다. 난쟁이는 앞서의 사내를 향해 고함을 질러 댔다.

"네놈은 이제 죽었다. 도망칠 수 없단 말이다!"

도망자는 하늘을 향해 팔을 벌리고 끊임없이 애원했다.

"하느님, 불쌍히 여겨 주소서! 저를 이 엄청난 혼란에 버려두지 마소서!"

세 명의 동지들은 그 사내가 불쌍하게 여겨졌다. 갈라하드가 그를 돕겠다고 나서자, 보호트가 만류하며 말했다.

"이 일은 내가 하지. 기사 한 사람과 대적하는데 경의 도움까지 받을 필요는 없을 듯하오."

갈라하드가 뒤로 물러섰다.

"좋습니다. 경의 생각대로 하시지요."

보호트는 두 명의 동지들에게 말했다.

"동지들, 내가 돌아오지 않더라도 탐색을 중단하지 마시오. 내일 아침에는 따로 떠나도록 하시오. 신의 뜻이라면 어부왕의 궁에서 만나게 될 터이니, 그때까지 모험을 계속하기 바라오."

두 사람은 보호트에게 신께서 보호해 주실 터이니, 확신을 가지고 떠나라고 말했다. 보호트는 도움을 간청하는 불쌍한 사내를 찾아 떠났다.

갈라하드와 퍼시발은 밤새 성당 안에 머물러 있었다. 그들은 잠자지 않고, 보호트가 어딜 가든 그를 보호해 달라고 기도했다. 그 사이에 다시 폭풍우가 불어왔다. 비는 세차게 쏟아져 내리고 천둥은 계속 으르렁댔다. 폭풍우는 아침이 되어서야 멎었다. 밝고 맑은 아침이 되었을 때 퍼시발과 갈라하드는 성당을 나와 말을 타고 성으로 향했다. 성문에 다가가 보니 모든 것이 불에 타 버렸고 성벽은 전부 부서져 폐허가 되어 있었다.

그들의 놀라움은 여기에서 그치지 않았다. 남자건 여자건 사람들이 전부 죽어 있었던 것이다. 두 사람은 혹시나 하는 마음으로 이곳저곳을 살펴보았다. 벽이 무너진 큰 탑 안에는 벼락을 맞은 기사들이 쓰러져 있었고, 생존자는 없었다. 두 사람은 그 참혹한 광경을 보면서, 이런 비극적인 운명은 신의 복수일 수밖에 없으며, 만일 이 성의 주민들이 큰 죄를 저지르지 않았다면 이런 재난을 당할 리가 없다고 생각했다.

어디선가 목소리가 들려왔다.

"이는 순결함과 순수함을 희생시킨 대가로 아름다움과 건강을 회복할 수 있다고 여겼던 뻔뻔하고 음탕한 여자의 세속적인 치유를 위해 이곳에 뿌려진 처녀들의 피에 대한 복수이니라."

끔찍한 학살의 현장을 오랫동안 돌아다니던 두 사람은, 성당 옆에서 나뭇잎이 무성한 관목들이 심겨진 묘지를 발견했다. 아름다운 무덤 육십여 개가 있었다. 이상하게도 그곳은 폭풍우의 피해를 전혀 입지 않았다. 묘지에 가까이 다가간 두 사람은 그곳에 피를 흘린 처녀들이 묻혀 있다는 것을 알게 되었다. 무덤 위에는 희생당한 여자들의 이름이 쓰여 있었는데, 그중 열두 명은 왕족이었다. 성의 그 추악한 풍습은 아주 오랫동안 지속되어 왔던 것이다.✢

두 사람은 슬픈 생각에 잠겨 아침나절이 반 이상 지나갈 때까지 묘지에 머물러 있었다. 이윽고 두 사람은 성을 떠나 숲을 향해 말을 달렸다.

숲속으로 들어가기 전에 퍼시발이 갈라하드에게 말했다.

"이제 나의 누이가 권했듯이 각자의 길을 따라가야 할 때가 되었소. 신께서 우리를 곧 다시 만나게 해 주기를 바라오. 경과 함께하는 것은 참으로 즐거운 일이었소. 헤어져야 한다고 생각하니 마음이 무겁소이다. 그러나 헤어져야만 하오. 그것이 신께서 정해놓으신 우리

✢ 기독교 교리에 침윤되어 있는 신화 작가는 성배 탐색에서 여성의 존재를 완전히 배제시키는 데 성공하지 못한다. 그는 '희생'이라는 숭고한 형태로 라우리를 신화의 장면에서 치워 버리지만, 역설적이게도 라우리의 희생으로 살아난 여성주를 '음탕한' 여자로 만들어 그녀의 희생을 무의미한 것으로 탈바꿈시킨다. 그렇게 두 여성은 모두 저주의 무덤에 파묻힌다. 그는 성배의 원형적 의미가 성적인 것임을 무의식적으로 알고 있었던 것일까? 그러므로 라우리가 죽음으로써 성배의 성은 무너질 수밖에 없었던 것인지도 모른다. 성배는 하늘로 떠나 버린다.
죽은 라우리는 라우리 개인이 아니라 모든 여성들이다. 세 명의 기사들을 찾아온 죽은 라우리는 영혼 결혼의 형태로 갈라하드와 결합한다. 그렇지 않다면 그녀를 관에 넣어 이 세상도 아니고 저 세상도 아닌 곳으로 갈라하드의 관과 함께 가져가야 할 이유는 없다. 죽음으로써만 남성들의 환상의 유지에 봉사하는 여성. 또는 여성적 섹슈얼리티. —역주

의 운명이니 말이오."

퍼시발이 투구를 벗었다. 갈라하드 역시 투구를 벗었다. 두 사람은 상대방에 대해 품고 있는 크나큰 사랑을 확인하기 위해 서로 입맞춤을 나누었다. 두 사람은 다시 말 위에 올라, 숲의 입구에서 헤어졌다. 그리고 각자의 길로 접어들었다.

10 란슬롯

란슬롯은 절망에 빠져, 극도로 무력한 상태로 바위 언덕 위에 누워 있었다. 내려다보면 앞을 가로막고 있는 세 개의 장애물이 보였다. 한쪽에는 숲이 한없이 펼쳐져 있고, 다른 한쪽에는 깎아지른 절벽 두 개가 지평선을 가로막고 있고, 또 다른 한쪽에서는 깊은 강물이 우르릉대고 있다. 말도 없고 먹을 것도 없다. 이 황량한 장소를 어떻게 빠져나갈 수 있단 말인가? 외딴 곳이어서 누군가 지나갈 확률은 거의 없어 보인다.

어쨌든 란슬롯은 그곳에 누워 어떤 징조라도 나타나기를 기다렸다. 사위는 금방 어둑어둑해졌고, 그는 잠이 들었다. 잠결에 누군가 가까이 다가오고 있다는 느낌이 란슬롯을 깨웠다. 어느새 날이 밝아 있었다. 누군가 말을 타고 깎아지른 듯한 경사를 올라오고 있었다. 란슬롯은 몽롱한 머리를 흔들며 자리를 털고 일어났다. 자세히 보니 다가오는 사람은 여자였다. 아름다운 진홍색 두건 사이로 빠져나온 머리카락이 바람에 찰랑였다. 여자는 곧 란슬롯 앞에 와서 섰다. 그리고 당당한 목소리로 말을 건넸다.

"이런, 란슬롯 경, 모습이 말씀이 아니시군요. 그렇게 결연히 결심하시더니 용맹과 무공을 잃어버리신 건가요?"

란슬롯은 그 여자가 모르간이라는 것을 알고는 저도 모르게 몸을 떨었다. 모르간은 기묘한 미소가 가득 담긴 눈을 반짝이며 란슬롯을 빤히 바라보았다. 어떤 특별한 상황에서 란슬롯이 익히 보았던 눈빛이었다. 란슬롯은 어떻게 이곳까지 오게 되었느냐고 물었다.

"란슬롯 경, 당신 자신도 어떤 운명의 징조 같은 걸 기다리고 있지 않았던가요? 자, 내가 왔어요. 당신이 큰 어려움에 처해 있다는 것을 알고 도우러 온 것이지요."

란슬롯이 퉁명스럽게 대답했다.

"모르간, 당신이 상관할 일이 아니오. 이건 당신과 아무 관계도 없는 내 문제란 말이오. 나는 탐색에 뛰어들었소. 끝까지 가 보고 싶소."

모르간이 까르르 웃었다.

"그러니까 그 탐색에 대해 얘기해 보자니까요. 가엾은 란슬롯 경, 당신도 속으로는 잘 알고 있지 않나요? 이 탐색을 끝까지 수행할 사람은 당신이 아니라는 것 말예요. 성배의 신비에 도달하기 위해서는 왕비를 포기하는 것으로는 충분치 않답니다."

"내가 왕비를 포기했다는 걸 어떻게 알았소?"

"아, 안심하세요. 당신의 고백을 발설한 사람은 아무도 없으니까. 나는 사람들이 존재 깊은 곳에 숨겨 놓은 것을 알아내는 능력을 가지고 있답니다. 예전에 당신 삶의 목표는 귀네비어 왕비였지요. 그걸 부정할 건가요? 그런데 지금은 에메랄드 잔과 피 흘리는 창에 완전히 자신을 바쳤지요. 그걸 보고 당신이 삶의 목표를 바꾸었다는 걸 알게 된 것뿐이랍니다. 당신은 귀네비어 왕비와 성배 중에서 하나만 선택해야 했어요. 내 말이 틀렸나요?"

란슬롯은 잠시 아무 말도 않고 있다가 화가 잔뜩 난 목소리로 물었다.

"그래서 뭘 어쩌자는 거요?"

"왕비를 포기했으니, 당신은 이제 자유로워졌어요. 당신이 원하는 여자는 누구나 다 사랑할 수 있다구요. 당신은 이 세상에서 당신을 가장 사랑하는 여자가 나라는 걸 알아요. 란슬롯, 날 사랑해 줘요. 성배보다 더 큰 신비를 알게 해 줄게요."

"나는 귀네비어 왕비만 포기한 것이 아니오. 다른 여자들도 모두 포기했소."

모르간은 묘한 미소를 지었다. 그녀의 눈은 계속해서 란슬롯의 얼굴 위에 꽂혀 있었다.

"란슬롯, 당신은 결코 이해하지 못할 거예요. 엄청난 부富의 한가운데에 있으면서 그걸 보지도 못하다니……"

"나는 세상의 부도 포기했소."

"그래서 지금 이렇게 헐벗고 있는 거잖아요! 아무리 어려운 상황에 처하게 되더라도 맹세를 지키겠다는 거군요."

"수다는 그만두시오. 탐색을 계속하도록 날 내버려두란 말이오."

모르간이 말에서 내렸다. 검은색의 멋진 군마였다.

"란슬롯, 내 말을 들어봐요. 나는 당신을 말에 태워 여기보다 더 편한 곳으로 데리고 갈 수 있어요. 하지만 당신은 그 잘난 자존심 때문에 거절하겠지요. 여자 덕택에 목숨을 구했다는 생각만으로도 견디기 어려울 테니까! 내가 당신에게 말을 주고, 나를 데려다 달라고 부탁해도 거절할 건가요?"

"당신이 위험에 빠져 있다면 기꺼이 그렇게 했을 거요. 나의 도움을 청하는 모든 여자들에게 하듯이 당신도 도와주었을 거요. 그것이 기사의 의무니까. 그러나 당신은 어떤 위험에도 처해 있지 않소. 당신은 유능해서 이 세상 누구의 도움도 필요하지 않소. 그러니, 제발 부탁이오. 나를 가만히 내버려두시오."

"정말 고집쟁이로군요. 나와 힘을 합치자고 몇 번이나 제안했던가요! 함께하기만 하면 우리 두 사람은 세상을 지배할 수 있어요. 당신은 그걸 잘 알아요."

"나는 당신의 세상에 관심이 없소!"

모르간은 강을 내려다보며 말했다.

"나의 세계는 이곳이 아니랍니다. 이 강 하구에서 아주 먼 곳, 바다 어딘가에 아름다운 섬이 있어요. 사과나무에 일 년 내내 열매가 달리는 곳. 아무도 슬픔과 병으로 고통당하지 않아요. 새들은 나무 위에서 하루 종일 노래를 부른답니다. 그곳은 늙음과 죽음을 모르는 곳. 여자들이 기사들을 맞아 먹을 것과 마실 것을 주고 편히 쉬게 해 주지요. 이것이 내가 당신에게 알려 주려고 하는 큰 신비랍니다. 내가 데려가지 않으면 아무도 그 섬을 볼 수 없어요. 란슬롯, 내가 아니면 아무도 당신을 그곳에 데려갈 수 없어요. 탐색을 포기하세요. 당신은 그 탐색을 끝낼 수 없어요. 신께서 이미 오래전에 그렇게 정하셨으니까요. 나를 따라오세요. 나와 함께 그 섬을 다스려요."

란슬롯이 퉁명스럽게 말했다.

"난 당신의 술책을 아주 잘 알아요. 당신이 폐하의 누이만 아니었다면 더 심한 말도 했을 거요. 마지막으로 말하겠소. 날 가만히 내버려두고 당신의 길을 가시오."

"이렇게 고집을 부리다니, 당신은 실수하고 있는 거예요. 나는 당신을 도우려는 순수한 의도를 가지고 왔어요. 증거를 보여 드리지요. 나와 함께 말을 타고 가지 않겠다니 내 말을 드릴게요. 아주 튼튼하고 강한 말이랍니다. 나는 말이 없어도 이곳을 빠져나갈 수 있어요. 하지만 당신에겐 필요할 테니……. 가세요, 란슬롯. 탐색을 계속하는 것 외에 아무것도 원치 않는다면 그렇게 하세요."

모르간은 뒤도 돌아보지 않고 바위를 내려가 강가로 걸어갔다. 란슬롯은 붉은 장막을 드리운 배 한 척이 모르간이 서 있는 곳으로 빠르게 다가오는 것을 보았다. 갑판에는 아름다운 옷을 입은 여자들이 있었다. 여자들은 손을 내밀어 모르간이 배를 타도록 도와주었다. 곧 돛이 바람에 부풀어 오르고, 배는 힘차게 떠나 강물에 실려 앞으로 나아갔다. 마치 산란을 위해 태어난 강으로 돌아가는 연어 같았다. 순식간에 배는 시야에서 사라져 보이지 않았다. 란슬롯은 달리고 싶어 콧김을 내뿜고 있는 말 옆에 혼자 남아 있었다.

란슬롯은 다시 갑옷을 입고 말을 탔다. 숲을 가로지르게 해 줄 길을 찾게 되기를 바라면서 강가를 따라 말을 달렸다.

오랫동안 헤맨 란슬롯은 비교적 덜 험준한 지역에 도착했다. 숲으로 들어가는 오솔길이 보였다. 란슬롯은 망설이지 않고 그 길로 접어들었다. 배가 고팠기 때문에 약간의 빵이라도 구할 수 있는 암자라도 만나게 되기를 바라며 말을 몰았다. 저녁 무렵이 되어서야 란슬롯은 기사 한 사람과 만날 수 있었다. 그 기사는 고통으로 말 잔등 위에서 몸을 구부리고 신음 소리를 내뱉고 있었다. 란슬롯이 옆으로 다가가 왜 그렇게 고통스러워하느냐고 물었다.

"돌아가십시오. 계속 이 길로 가시면 무섭고 위험한 장소를 지나가야 합니다. 나도 그곳에서 다쳤습니다."

"어떤 장소입니까?"

" '수염의 성' 이라고 불리는 곳 아래에 통로가 있습니다. 그곳에서 당했지요. 그 성 근처를 지나가는 기사는 누구나 다 수염을 내놓든지 수염을 포기하기 싫으면 싸워서 이겨야만 합니다. 그 때문에 그런 이름이 붙여진 것이지요. 나는 수염을 내놓지 않겠다고 버텼고, 그러다 죽을 뻔했습니다." ✣

"아무도 형씨가 비겁했다고 비난하지 않을 겁니다. 수염을 내 주는 대신 목숨을 걸고 싸우지 않았습니까. 그런데 나에게는 돌아가라고 말하며 비겁한 모습을 보이라는 건가요? 비겁하게 행동하여 수염을 보존하느니, 다치는

✣ 현대의 독자들에게는 당혹스럽게 여겨질 이 일화는 시대적 맥락을 고려하여 이해해야 한다. 수염은 남성다움의 상징이기 때문에, 그것을 강제로 또는 비겁해서 빼앗긴 남자는 '힘을 잃게' 된다(구약성서에 나오는 삼손의 이야기 참조). 게다가 켈트인들, 그중에서도 특히 웨일즈인들은 '내 수염에 수치가 있기를' 이라는 일상적 표현을 사용했는데, 이는 수염이 사회생활에서 얼마나 중요한 상징적 의미를 가지고 있었는지 보여 주고 있다.

한이 있더라도 명예롭게 싸우겠습니다."

"신께서 형씨를 지켜 주시기 바랍니다. 그 성은 형씨가 생각하는 것보다 더 위험한 곳이랍니다. 신께서 이곳을 지나가는 외지인들을 모욕하는 잔인한 풍습을 없앨 수 있는 기사를 그곳으로 보내 주셨으면 좋겠습니다."

"내가 바로 그 기사가 될 것입니다!"

란슬롯은 기사와 헤어져 그 성에 도착했다. 콸콸 흐르는 강물 위에 놓인 다리를 건너자, 단단하게 무장한 기사 두 사람이 문 앞에 버티고 서 있는 게 보였다. 종자들이 마구를 완전히 갖춘 말들을 붙잡고 있었고, 기사들은 방패와 창을 담벼락에 기대어 놓았다. 수염으로 완전히 덮인 입구에는 수많은 사람들의 머리가 걸려 있었다.

란슬롯은 씩씩하게 앞으로 나섰다. 두 명의 기사가 앞을 가로막았다.

"멈추시오. 통행료를 내지 않으면 지나갈 수 없소."

란슬롯이 화를 내며 항의했다.

"언제부터 기사들이 통행세를 내게 되었소?"

기사 하나가 대답했다.

"이곳에서는 늘 그랬소. 수염이 난 기사는 통행료를 내야 하오. 수염이 나지 않은 자는 그냥 통과할 수 있소. 형씨의 수염은 유난히 길구려. 수염을 순순히 내놓는 것이 좋을 거요. 우리에게 아주 긴요하니까."

"뭘 하는데 긴요하다는 거요?"

"이 숲에는 은자들이 많이 살고 있는데, 그들을 위한 말총 셔츠(고행을 위한 뻣뻣한 옷—역주)를 수염으로 만든다오."

"나는 평소에는 수염을 기르지 않소. 지금 기르고 있는 이 수염은 셔츠를 만들기에 적당한 것 같지 않은데……"

"고집부리지 마시오. 풍습은 지켜져야 하오. 공연히 비싼 대가를 치르지 않으려거든 다른 사람들처럼 하란 말이오."

화가 난 란슬롯이 기사에게 달려들어 가슴 한복판을 찔렀다. 기사는 말과 함께 쓰러졌다. 동료가 치명상을 입은 것을 본 다른 기사가 있는 힘을 다해 란슬롯을 공격했다. 란슬롯은 창으로 상대의 창을 막고는 거세게 반격하여 말 엉덩이 저쪽으로 날려 버렸다. 기사의 넓적다리뼈가 분질러졌다.

성은 고귀한 가문 태생인 어떤 귀부인의 소유였는데, 성뿐만 아니라 주변의 땅 전체가 그녀의 소유였다. 시종 하나가 헐레벌떡 궁으로 달려오더니 무공이 뛰어난 미지의 무사가 나타나 문지기 하나를 죽여 버리고 다른 하나에게는 심한 부상을 입혔다고 고했다. 여성주는 가장 힘세고 뛰어난 무사들 가운데 두 사람을 선발해서 성문 앞에 배치하였기 때문에 그 비보에 무척이나 놀랐다. 미지의 기사가 어떤 자인지 알기 위해서 귀부인은 두 명의 시녀를 거느리고 몸소 성문으로 나왔다. 분노로 이성을 잃은 란슬롯이 땅바닥에 쓰러져 있는 기사를 막 죽이려던 참이었다.

귀부인이 큰 소리로 외쳤다.

"기사여, 그를 죽이지 마세요. 그의 목숨을 살려 주세요. 말에서 내려 저와 이야기를 나누는 게 좋겠습니다. 두려워하지 마세요. 경이 이 결투의 승자라는 것을 인정합니다."

시녀 하나가 부인의 귀에 대고 속삭였다.

"마님, 저는 이분을 알아요. 베노익 반 왕의 아드님이신 호수의 기사 란슬롯 경이에요. 아더 왕의 궁에서 가장 사려 깊은 기사랍니다."

란슬롯은 말에서 내려 부인에게 다가가 물었다.

"제게 무얼 원하십니까, 부인?"

"제 집으로 가셔서, 경이 저에게 가한 모욕의 값을 치르셔야겠습니다."

"저는 부인을 모욕한 적이 없습니다. 부인에 대한 악의도 전혀 가지고 있지 않습니다. 이곳을 지나가는 모든 기사들에게 했듯이, 제 수염을 강제로 빼앗아가겠다고 하기에, 명예를 지키기 위해 싸웠을 뿐입니다."

"그것이 이곳의 풍습이랍니다. 하지만 결투의 승자가 되었으니 모든 건 잊으십시오. 경이 저에게 가한 모욕은 용서해 드리겠습니다. 제 초대를 받아들이신다는 조건으로 용서해 드리는 겁니다."

"좋습니다. 부인의 청을 거절한다면 결례가 되겠지요. 초대에 응하겠습니다."

란슬롯은 성안으로 걸어 들어갔다. 말은 시종들을 시켜 뒤에서 끌고 오게 했다. 부인은 죽은 기사를 성당으로 데려가 묻고 의사를 불러다가 부상자를 치료해 주라고 지시했다. 그런 다음에 란슬롯을 자신의 거처로 데리고 갔다. 부인은 란슬롯에게 그가 누구인지 알고 있다고 말했다. 원탁의 기사 중에서 첫 손에 꼽히는 분을 모시게 되어 무한한 영광이라는 말도 덧붙였다.

식사 시간이 되어 그들은 식탁에 앉았다. 첫 번째 요리를 들고 온 기사들은 다리에 쇠로 부목을 대고, 손 하나가 잘린 상태였다. 두 번째 요리를 가져온 기사들 역시 쇠다리를 했는데, 눈이 파였기 때문에 종자들의 부축을 받으며 음식을 들고 와야 했다. 세 번째 요리는 손이 하나밖에 없는 기사들이 가지고 왔다. 네 번째 요리를 들고 온 기사들은 발이 한 쪽밖에 없었다. 다섯 번째에는 아주 우아한 기사들이 나타났는데, 손에 검을 들고 들어와 그들의 머리를 부인에게 바쳤다. 괴상한 방식으로 음식을 대접하는 이 기사들을 보고 란슬롯은 아주 기분이 나빴지만 아무 말도 하지 않았다. 식사가 끝나고 모두 자리에서 일어났다. 부인은 침대가 준비되어 있는 방으로 란슬롯을 데리고 갔다.

"란슬롯 경, 이 성의 법과 심판이 어떤 것인지 보셨지요? 아까 보신 기사들은 제 성문 앞을 지날 때 순순히 수염을 내놓지 않고 싸우다가 패배해서 그런 모습이 된 거랍니다."

란슬롯은 안에서 분노가 치미는 것을 꾹 참으며 대꾸했다.

"슬픈 운명이로군요."

"뛰어난 기사가 아니었다면 경도 같은 운명을 겪었겠지요. 실은 오래전부터 경을 만나고 싶었답니다. 원하신다면 당신을 이 성과 저의 주인으로 만들고 싶어요."

"참으로 영광스러운 제안이십니다."

"당신이 아주 마음에 들어요. 저와 함께 이 성에서 지내시지요."

란슬롯은 부인을 기분 나쁘게 할 생각이 없었지만 난처한 표정을 짓지 않을 수 없었다. 어떻게 해서든 부인을 모욕하지 않고 이 상황을 모면하고 싶었다. 그러나 적당한 변명이 떠오르지 않았다. 그는 한참 머뭇거리다가 입을 열었다.

"말씀은 고맙습니다만, 그럴 수 있는 형편이 못 된다는 걸 솔직하게 밝히는 수밖에 없겠군요. 어떤 탐색에 참여하겠다고 맹세했기 때문에 피할 수가 없습니다. 내일 아침에는 떠나야 합니다."

"어디로 가시는지요?"

"어부왕의 궁이 있는 코르베닉으로 갑니다. 목숨이 붙어 있는 한, 이 탐색을 마치지 못하도록 저를 막을 수 있는 것은 아무것도 없습니다."

"저는 어부왕을 잘 압니다. 그분의 이름은 펠레스, 옛날에 부상을 당했는데 그의 성을 찾아 왔던 기사들의 잘못 때문에 여전히 앓고 있지요. 기사들은 어부왕의 병을 고칠 수 있는 질문을 던지지 않았답니다. 당장 코르베닉으로 가실 작정이신가요?"

"그렇습니다."

"좋습니다. 그렇다면 경이 맹세를 지키지 못하도록 막는 건 잘못입니다. 만일 성배를 만나게 되어 어부왕에게 마땅한 질문을 던질 수 있게 된다면, 돌아가시는 길에 이곳에 다시 들르겠다고 약속해 주실 수 있으신지요?"

란슬롯은 그 제안을 받고 한결 마음이 놓였다.

"그러지요. 기꺼이 약속하겠습니다. 신께서 그것을 허락하신다면 말입니다."

란슬롯을 알아보았던 시녀가 두 사람의 대화에 끼어들었다.

"마님, 성배가 란슬롯 경 앞에 나타날까요? 그런 일은 생기기 어려울걸요. 성배를 만나기 위해서는 모든 죄를 벗어 버려야 하는데, 저는 이 기사님이 그렇지 못하다는 걸 알아요. 성배는 이분처럼 사랑에 빠져 있는 사람 앞에는 나타나지 않아요."

부인이 물었다.

"그럼 이분이 누군가를 사랑하고 있다는 말이냐?"

"그럼요. 이분은 자신의 주군이신 아더 왕의 왕비 귀네비어 마마를 사랑하신답니다. 그 사랑을 오랫동안 가슴에 품고 있었기 때문에 이분은 성배를 바라보실 수 없어요."

그 말을 들은 란슬롯이 격렬한 분노에 사로잡혔다. 그러나 분노를 겉으로 드러내지 않으려고 무진 애를 썼다.

부인은 화가 잔뜩 난 표정으로 란슬롯에게 물었다.

"그렇다면 저 말고 다른 여자를 사랑하고 있다는 건가요?"

"부인, 이 여자는 지금 제멋대로 떠들고 있는 겁니다. 뭐라고 하든 저는 관심이 없습니다."

부인은 더 이상 캐묻지 않았지만 마음은 의심에 사로잡혔다. 란슬롯은 그날 밤 귀네비어 왕비에 대한 자신의 비밀스러운 사랑을 폭로한 시녀에게 화가 나서 제대로 잠을 이루지 못했다. 다음 날 해가 뜨자마자 자리에서 일어난 그는 부인에게 작별 인사를 하고 서둘러 성을 빠져나왔다.

성에서 얼마 가지 않았을 때, 성당을 에워싸고 있는 묘지가 나타났다. 난쟁이가 열심히 무덤을 파는 중이었다.

란슬롯은 말을 세우고 물어보았다.

"그 무덤은 누구를 위해 파는 게냐?"

"제가 알고 있는 기사 중에 가장 훌륭하고 용감한 기사님을 위해 파는 거랍니다. 슬프게도 어제 누군가에게 죽임을 당했어요. 그분을 충성스럽게 섬겼던 저나, 그분을 사랑했던 연인에게는 참으로 큰 불행입니다. 그분의 연인은 지금 성당 안에서 그분 곁을 지키고 있습니다. 묻어드리기 전에 마지막 인사를 하고 계신 것이지요."

란슬롯은 말에서 내려 성당 안으로 들어갔다. 여자에게 도울 일이 없는지 물어보기 위해서였다. 제대 아래 놓여 있는 한 남자의 시신과 그 위에 엎드려 흐느끼는 여자의 모습이 눈에 들어왔다. 란슬롯은 여자를 위로해 주려고 가까이 다가갔다. 시체 가까이 다가가자 죽은 자의 가슴에 난 상처가 벌어지더니 피를 콸콸 쏟아내기 시작했다.✢ 여자가 찢어질 듯한 비명을 지르더니 벌떡 일어나 뒤를 돌아보았다. 그녀는 란슬롯을 향해 울부짖었다. 여자의 말은 흐느낌 때문에 중간 중간 끊어졌다.

"당신이 내…… 연인을 죽였군요! 저주가…… 내리기를! 감히 자기…… 손에 죽은 희생자를 비웃으러…… 오다니!"

란슬롯은 정신없이 성당을 뛰쳐나와 말을 집어타고 도망쳤다. 이

✢ 중세기의 믿음에 따르면, 죽은 자의 상처는 살해자의 면전에서 다시 벌어져 피를 흘린다. 많은 문헌들이 이 믿음을 증언하고 있다. 죽은 사람은 란슬롯이 그 전날 성문 앞에서 죽였던 기사이다.

런저런 어두운 생각으로 마음은 걷잡을 수 없이 혼란스러웠다. 란슬롯은 계속 말을 달려 숲이 끝나는 곳에 도착했다. 완전히 폐허가 된 넓은 지역이 눈앞에 펼쳐졌다. 짐승 하나 살고 있지 않았다. 너무나 메마르고 척박한 곳이어서 새조차도 날아다니지 않았다.

저 멀리 성벽이 보였다. 란슬롯은 그쪽으로 다가갔다. 그 지역 전체를 다 감싸 안을 만큼 커다란 성채였다. 벽은 군데군데 허물어져 있었다. 란슬롯은 성벽을 넘어 안으로 들어가 보았다. 집들은 전부 부서지거나 화재로 시커멓게 그을려 있었다. 모든 것이 황폐하고 을씨년스러웠다. 푸르른 나무들이 심겨져 있는 묘지만이 멀쩡했다. 란슬롯은 으스스한 기분이 들어 얼른 그곳을 떠났다. 아마도 신의 분노를 사서 저주받은 곳인 것 같다는 생각이 들었다.

하루 종일 말을 달렸지만, 사람은 고사하고 짐승 한마리 만나지 못했다. 란슬롯은 이 사막을 빠져나갈 수 있을까 고통스럽게 자문했다. 저녁 무렵, 바닷가에 도착했을 때에는 꼼짝도 할 수 없을 만큼 지쳐 있었다. 지금까지 지나왔던 지역 못지않게 황폐한 풍경이 펼쳐졌다. 여기저기 헐벗고 메마른 바위들만이 흩어져 있었다. 파도가 으르렁대며 밀려왔다가 바위들에 부딪혀 부서졌다. 오랫동안 바닷가를 따라 가다가 고운 모래로 이루어진 작은 만을 하나 발견한 란슬롯은 그곳에서 밤을 보내기로 마음먹었다. 빈약한 풀포기들이 여기저기 흩어져 있었으므로, 란슬롯은 그것이라도 뜯어먹도록 말을 풀어주고 모래 위에 벌렁 드러누웠다. 방패 위에 머리를 기대고 신께 간절히 기도했다.

자신의 처지가 한탄스러워 눈에 눈물이 고였다. 혼란스러워서 탐색을 포기하고 아더 왕의 궁으로 돌아가야 하는 건 아닐까 하는 생각마저 들었다. 그가 일생 동안 이룬 일들이 떠올랐다. 가는 곳마다 죽음과 황폐의 씨앗을 뿌린 것 외에는 아무것도 한 일이 없었다. 슬픔과 피곤에 지친 란슬롯은 그렇게 번민하다가 잠이 들었다.

꿈속에서 란슬롯은 그를 부르는 목소리를 들었다.

"란슬롯아, 란슬롯아! 일어나 무기를 들고 바다로 나가 처음으로 만나는 배에 오르라."

그 말을 듣고 란슬롯은 몸을 떨며 눈을 떴다. 밝은 빛이 주위를 밝히고 있었기 때문에 란슬롯은 벌써 아침이 된 모양이라고 생각했다. 빛은 곧 사라지고 란슬롯은 다시 어둠 속에 갇혔다. 방금 듣고 본 것은 너무나 생생했다. 그는 다시 갑옷을 입은 다음 이마에 성호를 그었다. 바다를 바라보니 방금 도착한 배가 보였다. 그는 주저하지 않고 배를 향해 다가가 갑판 위로 뛰어올랐다.

갑판 위에 오르자마자 세상의 향기란 향기는 다 모아 놓은 듯한 좋은 냄새가 났다. 란슬롯은 그 황폐한 땅을 떠나게 해 주어 고맙다고 신께 감사 기도를 드린 뒤 갑판에 누워 아주 평온하게 잠들었다. 방금까지 번민하던 그 사람이 아닌 전혀 다른 사람이 된 모습이었다. 오래전부터 마시지도 먹지도 못했건만, 배고픔도 갈증도 느껴지지 않았다.

다음 날 아침 눈을 뜨자 눈부신 햇빛이 반짝이고 있었다. 배 한가운데에 장막이 쳐져 있는 것을 보고 란슬롯은 안으로 들어가 보았다. 눈앞에 놀라운 광경이 펼쳐졌다. 아름다운 침대가 있고, 그 위에 죽은 여자가 눕혀져 있었던 것이다. 란슬롯은 성호를 긋고, 그녀가 누구인지 알아보려고 좀더 가까이 다가가 보았다. 여자의 머리 아래에는 서찰이 놓여 있었다.

'이 젊은 여인은 웨일즈인 퍼시발의 누이였다. 그녀는 자신의 의지로 일생 동안 처녀로 남아 있었다. 이상한 줄의 검에 달려 있던 낡은 줄을 새것으로 바꾼 사람은 이 여인이었다. 그 검은 지금 호수의 기사 란슬롯의 아들 갈라하드가 지니고 있다.'

서찰은 이어서 어떻게, 왜 여자가 죽게 되었는지, 또 보호트와 퍼시발과 갈라하드가 어떻게 신의 명령에 따라 여자의 시신을 방부 처리하여 배에 눕혔는지 이야기하고 있었다.

서찰을 다 읽은 란슬롯은 놀라서 한참 동안 장막 안에 멍하니 서 있었다. 처음의 혼란은 점차 기쁨으로 바뀌었다. 기쁨은 그의 가슴을 가득 채우고, 최근에 그의 마음에 쌓여 있던 절망을 흩어 버렸다. 란슬롯은 보호트와 갈라하드와 퍼시발이 다시 만났다는 것이 기뻤다. 아들이 신비의 검을 소유하게 된 것이 한없이 자랑스러웠다. 탐색이 끝나기 전에 아들을 만나 그를 사랑한다는 말을 할 수 있게 되기를 간절히 바랐다.

그런 생각을 하는 사이에 배는 작은 섬에 다다랐다. 바닷가에 조그만 성당이 보였다. 문간에는 아주 쇠약해 보이는 노인이 앉아 있었다. 란슬롯은 노인을 향해 큰 소리로 인사말을 건넸다. 노인도 답례를 보내왔는데 예상 외로 우렁찬 목소리였다. 노인은 일어나서 배를 향해 다가왔다. 그러고는 흙덩어리 위에 앉아서 어떤 모험을 따라 여기까지 오게 되었느냐고 물었다. 란슬롯은 그간 일어났던 일들을 이야기하면서 어떻게 운명이 그를 이 미지의 섬에 데려다 놓았는지 설명했다. 노인은 앞에 서 있는 사람이 호수의 기사 란슬롯이라는 사실을 알고 크게 놀랐다. 그는 장막 아래 누워 있는 처녀에 대해 물어보았다.

란슬롯이 노인에게 말했다.

"위로 올라와서 직접 보시지요."

란슬롯은 노인이 배 위에 올라오도록 도와주고, 아름다운 침대에 놓여 있던 편지를 처음부터 끝까지 읽어주었다. 은자는 그 편지가 이상한 줄의 검에 관해 이야기하고 있다는 것을 알게 되자 반색하며 말했다.

"이 검이 드디어 예언으로 정해진 주인에게 갔구려. 나는 그렇게까지 오래 살 수 있을 것이라고는 생각지 못했소. 경은 이 시대에서 가장 불행한 사람이로군. 이 놀라운 모험을 체험한 사람들 사이에 끼지 못했다니……. 신께서 탐색을 완결하기 위해 이 세 기사를 선택하신 건 틀림없는 사실이오. 이들은 실로 신의 기사들이니까. 그러나 당신이 과거에 무슨 잘못을 저질렀든, 앞으로 죄를 뉘우치고 흠결 없는 삶을 살아간다면 신의 은총을 받으실 수 있을 것이오. 그 얘기는 나중에 다시 하도록 합시다. 어떻게 이 배를 타게 되었는지 그 얘기부터 들려주시구려."

란슬롯은 바닷가에 도착하기까지 했던 모험 이야기를 자세하게 들려주었다. 꿈속에서 들었던 음성에 대해서도 말했다. 노인은 감동해서 눈물을 뚝뚝 흘렸다.

"아, 란슬롯 경! 주께서는 길을 잃고 헤매던 저주받은 땅에서 그대를 구하시고, 순결하고 거룩한 처녀를 여행의 동반자로 주셨으니 얼마나 한없이 자비로우신 분이시오? 그 처녀가 항해하는 동안 그대를 지켜 주고 신께서 원하시는 곳으로 데려가 줄 것이오. 그대가 약속을 지켜 다시는 죄를 짓지 않는다면 그대는 그토록 가고 싶었던 곳으로 가게 될 것이오."

란슬롯은 다시는 신의 의지를 거스르는 행동을 하지 않겠다고 진심으로 은자에게 약속했다. 노인이 덧붙여 말했다.

"자, 이제 지체하지 말고 다시 바다로 나가시오."

"은자께서는요? 저와 함께 가시지 않겠습니까?"

"난 가지 않겠소. 여기 있는 것이 더 낫소."

은자는 배에서 내려 땅으로 돌아갔다.

그 순간 바람이 불기 시작했다. 돛이 팽팽하게 부풀어 배는 순식간에 섬에서 멀어졌다. 란슬롯은 노인이 성당으로 돌아가는 모습을 지켜보았다. 은자는 성당 안으로 들어가기 전에 몸을 돌려 란슬롯을 향해 소리쳤다. 목소리가 란슬롯의 귀에까지 들려왔다.

"란슬롯 경, 내 이름을 잊지 마시오. 나도 어부라오. 그대는 곧 갈라하드 경을 만나게 될 터인데, 그에게 내 이야기를 해 주시구려. 나를 불쌍히 여겨 달라고 신께 청해 달라 해 주시오!"

그것이 외로운 은자의 마지막 말이었다. 배는 강한 바람에 밀려 물결을 가르며 빠르게 나아갔다. 이토록 빠른 속도로 파도를 헤치고 나아가는데도 배는 미동조차 하지 않았다. 란슬롯은 곧 갈라하드를 만나게 된다는 생각으로 기쁨에 가득 찼다. 그는 무릎을 꿇고 앉아서, 갈라하드를 이끌어 주시고 그가 어디엘 가든 성배의 신비에 접할 수 있게 해 달라고 간절히 기도했다.

그렇게 며칠 낮 며칠 밤을 항해했다. 마치 죽은 처녀의 존재만으로도 충분히 먹고 마신 것처럼 배도 고프지 않고 목도 마르지 않았다. 슬프지도 고통스럽지도 않았다. 게다가 란슬롯은 점차 신에 대한 믿음과 자신에 대한 확신을 회복해 갔다.

어느 날 밤, 배는 어떤 해안에 도착했다. 위쪽으로 큰 숲이 보였다. 란슬롯은 귀를 기울였다. 숲을 거쳐 달려오고 있는 말발굽 소리가 들렸다. 그는 기사 하나가 해안 근처에 다다라 말에서 내리는 모습을 지켜보았다. 그 기사는 안장을 내려 말이 마음대로 돌아다닐 수 있게 풀어주고 배가 있는 곳으로 다가왔다. 기사는 성호를 긋더니 목에는 방패를 손에는 창을 들고 배 위로 뛰어올랐다. 란슬롯은 무장하려는 어떤 몸짓도 하지 않았다. 섬에서 만났던 노인의 예언이 실현되고 있는 중이라는 것을 즉시 알아차렸기 때문이다. 그 기사는 란슬롯을 만나러 온 갈라하드가 틀림없었다.

배 위에 올라온 손님이 어둠 속에서 란슬롯에게 말했다.

"축복을 받으시기를. 원하신다면, 이름을 밝히실 수 있다면 누구신지 말씀해 주실 수 있습니까? 빨리 알고 싶습니다."

란슬롯이 이름을 밝혔다. 기사가 감격에 겨운 목소리로 대답했다.

"아, 복 받으소서. 그 어떤 동료보다도 당신을 만나게 되기를 원했어요. 뵙고 싶었습니다. 게다가 그것은 올바른 일이기도 하지요. 당신은 내 근원이시니까요."

기사가 투구를 벗었다.

"너냐? 갈라하드?"

갈라하드와 란슬롯의 만남

"그래요, 아버지. 접니다."

두 사람은 끌어안았다. 두 사람은 다시 만나게 된 기쁨을 마음껏 표현했다. 그들은 궁에서 떠난 뒤 지금까지 겪었던 모든 모험 이야기를 나눴다. 그렇게 이야기를 나누느라고 밤이 새는 줄도 몰랐다. 이윽고 해가 떠오르자 두 사람은 밝은 햇살에 서로의 얼굴을 확인했다. 해후의 기쁨은 이루 말로 표현할 수 없는 것이었다. 갈라하드는 그제야 장막을 발견하고 안으로 들어갔다. 죽은 여자를 한동안 바라보던 그는 란슬롯에게 그녀에 대한 진실을 아느냐고 물었다.

"알고 있다. 머리맡에 서찰이 놓여 있었단다. 그런데 얘야, 이상한 줄의 검에 대해 이야기해 주겠니?"

"예, 아버지. 우선 이 검을 보세요."

갈라하드는 검을 빼어 란슬롯에게 내밀었다. 란슬롯은 검을 받아들고 손잡이와 칼날에 입을 맞춘 다음 아들에게 돌려주면서 그 검을 어떻게 찾아내게 되었는지 들려달라고 말했다. 갈라하드는 지혜로운 솔로몬 왕의 왕비의 명령으로 배가 건조된 이야기, 인류 최초의 어머니인 이브가 심은 나무에서 떼어낸 세 조각의 목재 이야기, 그리고 흰색, 초록색, 붉은색의 세 가지 색깔 이야기를 들려주었다. 란슬롯은 일찍이 어떤 기사도 그처럼 아름다운 모험을 경험하지 못했을 거라고 말했다.

두 사람은 그렇게 며칠 밤낮을 항해했다. 배도 고프지 않고, 목도 마르지 않았다. 배는 신비한 동물들이 살고 있는 기이한 섬들을 스쳐 지나갔다. 때로는 어두운 하늘에서 빛나는 빛을 보기도 하고, 바다에서 솟아 올라오는 듯한 음악을 듣기도 했다.

어느 날 정오에, 배는 어떤 무성한 숲 아래에 있는 모래펄로 다가갔다. 숲 위쪽으로 보이는 절벽 꼭대기에 커다란 십자가가 서 있었다. 하얀 갑옷에 화려한 마구를 갖춘 말을 탄 기사가 숲에서 나와 두 사람을 향해 달려왔다. 그는 눈부시도록 흰 말을 또 한 마리 끌고 왔다. 그는 두 사람에게 인사한 뒤 말했다.

"갈라하드 경, 이제 시간이 되었습니다. 아버님과 함께 충분히 오래 계셨습니다. 배를 떠나서 말을 타고, 브리튼 왕국의 모험을 완결하기 위해 운명이 이끄는 곳으로 가시기 바랍니다."

그 말을 듣고 갈라하드는 아버지에게 달려가 다정하게 입을 맞추고, 눈물을 흘리며 말했다.

"이제 아버지를 다시는 뵙지 못할지도 몰라요. 아버지를 우리 모두의 아버지이신 전능하신 신의 보호에 맡깁니다."

란슬롯 역시 마음이 복받쳐 아들을 품에 꼭 껴안았다.

"갈라하드야, 네 운명을 완성하렴. 네가 태어난 것은, 우리 모두 뛰어들었으나 많은 이들은 돌아오지 못하거나, 신의 의지에 따라 목표에 이르지 못하게 될 탐색을 끝내기 위해서였다. 그러니, 가거라."

두 사람은 눈물을 흘리며 이별했다. 갈라하드는 배에서 뛰어내려 흰 말을 타고 기사와 함께 멀어져 갔다. 두 사람이 숲속으로 사라지자, 다시 바람이 불기 시작했다. 배는 돛을 펄럭이며 해안에서 멀어졌다. 란슬롯은 혼자 배에 남겨졌다. 천박한 문둥이 여자를 구하기 위해 죽은 처녀만이 그의 동행이었다. 그는 며칠 밤 며칠 낮 동안 바다 위를 떠돌았다. 여전히 배도 고프지 않고 목도 마르지 않았지만, 가슴은 크나큰 슬픔으로 터질 것만 같았다. 이제 다시는 아들 갈라하드를 만나지 못할 것이다.

어느 날 밤 자정 무렵에 배는 아름다운 외관을 가진 큰 성채의 성벽 아래에 도착했다. 벽에는 바다 쪽으로 면해 있는 문이 있었는데, 사자 두 마리가 문 양쪽을 지키고 있었다. 란슬롯은 놀랍기도 하고 혼란스럽기도 했다. 어떻게 할까 생각하고 있을 때, 어디선가 또렷한 목소리가 들려왔다.

"란슬롯아! 배에서 나와 성으로 들어가라. 네가 그토록 알고 싶어 하는 것을 거의 알게 될 것이다."

란슬롯은 망설이지 않고 즉시 갑옷을 입은 다음 배에서 뛰어내려 문을 향해 다가갔다. 그러나 사자 두 마리가 위협적인 태도로 몸을 일으키는 것을 보고 싸우지 않고는 문을 지날 수 없겠다고 생각했다. 그는 검 위에 손을 가져다 댔다. 그러나 검을 다 뽑기도 전에 하늘에서 불타는 손이 내려오더니 그의 팔을 후려쳤다. 란슬롯은 무기를 떨어뜨리고 말았다. 다시 목소리가 들려왔다.

"교만하고 믿음이 적은 자여! 네 어찌 너를 지으신 이보다 네 팔을 더 믿느

뇨! 불쌍한 자로다! 너를 택하여 그를 섬기게 하신 이의 힘을 네가 정녕 의심하느냐?"

란슬롯은 그 말을 듣고 죽을 정도로 고통스러웠다. 거기에 아까 불타는 손에게 얻어맞은 충격까지 겹쳐 정신을 잃고 쓰러졌다. 조금 뒤에 정신을 차린 란슬롯이 검을 주워 검집에 집어놓고 문을 향해 걸어갔다. 뒷발로 일어서 있는 사자들은 그가 지나가는 것을 가만히 지켜보기만 했다. 란슬롯은 무사히 문을 지나 성벽 위로 이어지는 큰 길로 접어들었다. 그는 가장 커 보이는 건물을 향해 걸어갔다. 밤이 어둠의 날개를 활짝 펼쳤으므로, 사람들은 모두 잠들어 있었다. 높은 건물 앞에 도착한 란슬롯은 문을 밀고 안으로 들어갔다. 커다란 방이 나타났지만 아무도 없었다. 그는 그 방을 지나쳐 갔다. 누군가 만나 이곳이 어디인지 물어볼 때까지 그곳을 돌아다닐 생각이었다.

그는 단단히 닫힌 문 앞에 도착했다. 밀거나 잡아당기면 열리겠지 하고 문에 손을 가져다 댔지만 아무리 애써도 문은 꼼짝 하지 않았다. 가만히 귀를 기울여 보니 아주 부드러운 노래가 들려왔다. 노랫말은 알아들을 수 없었다. 그 목소리는 너무나 멀고 너무나 가벼워서 천상의 음악처럼 들렸다. 란슬롯은 이 문 뒤에 성배가 있는 것이 틀림없다고 생각했다.

그는 무릎을 꿇고 앉아 흐느껴 울며 애원했다.

"내 하느님, 제가 비록 잘못만을 저질러 왔다 할지라도, 저를 불쌍히 여기시어, 늘 보고자 열렬히 갈구해 왔던 거룩한 신비를 조금이라도 보게 해 주소서. 전능하신 아버지, 이는 제가 아버지와 화해하여 평화롭게 죽기 위해서 구하는 은총이오니, 부디 베풀어 주소서."

기도를 끝내기가 무섭게 문이 열리고, 찬란한 빛이 쏟아져 나왔다. 이 세상의 모든 촛불과 횃불을 밝히기라도 한 듯 집 전체가 밝은 빛으로 빛났다. 빛 속에 잠겨 있는 란슬롯은 행복해서 모든 것을 잊었다. 빛을 발하는 근원을 꼭 보고 싶었던 란슬롯은 문을 향해 다가가 문턱을 넘으려고 했다. 그때 성 밖에서 들었던 목소리가 다시 그의 귀에 울렸다.

"란슬롯아! 들어가지 마라. 들어가서는 안 된다. 너는 더 이상 나아갈 자격이 없다. 이 명령을 어기면 땅을 치며 후회하게 되리라."

란슬롯은 뒤로 물러섰다. 목소리의 위협하는 말투가 무섭기도 했지만, 그 목소리가 말한 금지 명령에 깊이 마음을 다쳤기 때문이다. 서 있는 자리에서 란슬롯은 방 안에 있는 것을 보려고 애를 썼다. 놀랍게도 전에 보았던 은 탁자가 있고, 투명한 헝겊을 덮어 놓은 에메랄드 잔이 놓여 있었다. 그 앞에서 성직자의 옷을 입은 노인이 미사를 드리고 있는 것 같았다. 거양 성체擧揚聖體[✢]를 행할 때, 란슬롯은 위로 치켜든 사제의 손 위쪽에서 세 명의 남자가 나타나는 것을 보았다. 그중 두 사람이 젊은 남자 하나를 사제에게 넘겨주고 있었다.[✢✢] 사제는 그를 붙잡고 신자들에게 보여 주고 있었다.

사제는 들고 있는 남자의 무게 때문에 힘이 빠져가는 것처럼 보였다. 아닌

✢ 예수의 성체인 밀전병을 하늘 위로 높이 들어 올리는 예식. 태양 제의와 연관이 있는 것으로 해석한다. ―역주

✢✢ 명백한 삼위일체의 현현. 무거운 이 세 번째 남자는 삼위일체 중에서 인간의 몸을 입은 유일한 신적 요소인 성자聖子, 즉 예수이다. ―역주

게아니라 늙은 사제는 힘이 빠졌는지 얼굴을 바닥에 대고 쓰러졌다. 그것을 보고 놀란 란슬롯은 사제를 돕기 위해 달려갔다. 사제 주위에 있는 사람들은 아무도 사제를 붙잡아 주려고 하지 않았다. 그는 사제를 돕고 싶다는 열망에 떠밀려 문턱을 넘어서는 안 된다는 명령도 잊어 버렸다. 방으로 달려 들어간 그가 막 탁자에 닿으려는 순간, 잉걸불처럼 뜨거운 바람이 그의 얼굴을 후려쳤다. 뜨거워서 머리 전체가 다 타는 것만 같았다. 그는 한 발자국도 앞으로 내딛을 수 없어서 그 자리에 마비된 것처럼 꼼짝도 못하고 서 있었다. 아무것도 들리지 않았고 아무것도 보이지 않았다. 다만 수많은 손들이 그의 몸 전체를 붙잡고 들어다가 바깥에 내팽개치는 것을 느꼈을 따름이다. 그는 바닥에 세게 부딪쳐 정신을 잃고 말았다.

다음 날 새벽에 잠에서 깨어난 성의 주민들은 방 앞에 쓰러져 있는 란슬롯을 발견했다. 그가 누구인지 몰랐기 때문에 사람들은 모두 크게 놀랐다. 무슨 일이 일어났는지, 이 기사가 어떻게 이곳에 오게 된 것인지 궁금했다. 사람들은 란슬롯을 깨우려고 흔들었다. 그는 꼼짝도 하지 않았다. 듣지도 못하는 것 같았다. 죽었다고 생각한 사람들은 그의 갑옷을 벗겨보았다. 말하지도 못하고 움직이지도 못하지만 숨을 쉬고 있다는 것을 확인할 수 있었다. 마치 숨쉬는 흙덩어리 같았다. 사람들은 그를 조용한 방으로 데려가 눕혔다.

그들은 하루 종일 란슬롯의 곁을 지키면서 한마디 대답이라도 듣거나, 살아 있다는 어떤 징조라도 발견하기 위해 자주 질문을 던져 보았다. 그는 눈을 감고 아무 대답도 하지 않았다. 마치 세상 바깥으로 나가 버린 사람 같았다. 맥박도, 심장도 모두 제대로 뛰고 있었기 때문에, 사람들은 더더욱 이해할 수가 없었다. 겉으로 보기에는 어디 다친 데 하나 없이 멀쩡하게 살아 있는 이 기사는 어째서 한마디 말도 하지 못하는 것일까. 어떤 이들은 신의 벌을 받았기 때문이라고, 다른 이유는 있을 수 없다고 말했다.

"무슨 큰 죄를 지은 게 아니라면 이 지경이 될 리가 없지. 엄청난 신성 모독을 저지른 게 틀림없어. 그래서 신께서 말도 못하고 움직이지도 못하는 벌을 주신 거라구."

그날과 그 다음 날 란슬롯의 머리맡을 지켰던 사람들 중에서 어떤 이들은 그가 죽었다고 하고, 어떤 이들은 살아 있다고 주장했다. 그들의 설왕설래를 지켜보던 지혜로운 노인이 나섰다. 의술을 잘 알고 있는 노인이었다.

"이 사람은 죽은 게 아니오. 죽기는커녕 우리들 중 그 누구보다도 펄펄 살아 있고 건강하다오. 그러니 우리 주님께서 이 사람에게 옛날의 건강을 돌려

주실 때까지 잘 돌보시오. 그러면 그의 입을 통해서 어느 나라에서 온 누구인지, 왜 이 지경이 되었는지 까닭을 들을 수 있을 거요. 이 사람은 세상에서 제일 뛰어난 기사 중 한 사람이 틀림없어요. 신께서 원하신다면 앞으로도 그럴 것이오. 목숨이 위태로워 보이지는 않지만 언제까지 이런 상태로 있을지 그건 나도 모르겠구려."

모두들 노인의 말이 지혜롭다고 생각했다. 그들은 몇 날이고 며칠이고 그를 살펴보았다. 그 사이 란슬롯은 한마디 소리도 내지 못하고 손도 발도 움직이지 못했다. 그를 돌보던 사람들은 그가 가엾게 여겨져 탄식하며 말했다.

"생긴 걸로 보면 미남에다가 용감하게 보이는구만, 어쩌다 이런 고통을 겪게 되었을까!"

그렇게 말하다가 우는 사람도 있었다. 그러나 아무리 생각해 보아도 누구인지 알 수 없었다. 그들 중 많은 사람이 전에 여러 차례 그를 만나 본 적이 있을 텐데도, 그들은 끝까지 알아보지 못했다.

어느 날 정오 무렵에, 란슬롯은 눈을 뜨고 일어나 앉았다. 많은 사람이 자기를 에워싸고 있는 것을 보더니 슬프게 말했다.

"오! 하느님! 왜 저를 이렇게 일찍 깨우셨습니까? 저는 그 어느 때보다도 더 행복했습니다. 어느 누가 당신의 위대한 신비를 그렇게 분명하게 보았을까요? 비록 얻어맞아 쓰러지기는 했습니다만……."

그 말을 듣고 주위에 모여 있던 사람들은 놀라고 기뻐했다. 죽은 줄 알았던 사람이 살아나 말하기 시작한 것만 해도 신기하고 고마운 일인데, 그 말의 내용 또한 신비했다.

사람들은 어떤 일을 보았느냐고 물었다.

"위대하고 행복한 신비였습니다. 어떻게 묘사해야 할지 모르겠군요. 너무나 고결하고 손에 잡히지 않는 것이어서 내 마음도 그걸 이해하지 못했습니다. 불행하게도 내 환상은 완전하지 못했습니다. 내가 그렇게 죄로 가득 차 있지 않았다면 더 많은 것을 볼 수 있었으련만! 신께서는 나의 진실하지 못함을 보시고 내가 받아 마땅한 벌을 주신 것이지요. 그 때문에 나는 눈과 귀와 팔다리의 능력을 잃었던 것입니다."

란슬롯의 신비한 부활을 목격한 사람들은 음식을 가져다주었다. 그는 건강한 사람처럼 잘 먹고 마셨다. 음식을 먹고 기운을 차린 란슬롯은 그를 에워싸고 있는 사람들에게 질문을 던졌다.

"내가 어떻게 해서 이곳에 있게 되었는지 설명해 주실 수 있습니까? 내 발로 걸어온 것 같지 않아서 말입니다."

사람들은 어느 날 아침 방문 앞에 쓰러져 있는 그를 발견하고, 죽었는지 살았는지도 모르면서 몇 날 며칠을 간호했다는 사실을 설명해 주었다. 그들의 설명을 듣고 란슬롯은 깊은 생각에 빠졌다. 그에게 일어난 일을 어떻게 해석해야 할지 알 수 없었기 때문이다.

'난 분명히 성배를 보았다. 빛 속에 잠겨 있었다. 성배를 향해 다가갔을 때 나는 번개 같은 것에 얻어맞았어. 결코 씻어낼 수 없는 더러움이 내 안에 있는 것일까?'

그는 슬프고 고통스러웠다. 동시에 큰 기쁨으로 마음이 가득 차 있기도 했다. '나는 신께 신비의 일부라도 보게 해 달라고 애원했다. 소원은 이루어졌다. 그것은 신께서 나를 불쌍히 여기셨다는 의미가 아닐까?'

란슬롯은 둘러서 있는 사람들을 향해 말했다.

"이제 신께서 나를 고쳐 주셨으니 예전의 모습을 되찾고 싶습니다."

사람들은 그에게 씻을 물을 가져다주었다. 그는 스스로 수염을 깎았다. 자신의 일부를 기꺼이 희생하겠다는 의지를 보이기 위해서였다. 그런 다음 깨끗한 새 무명옷을 입었다. 그제야 성안에 있는 사람들은 그가 란슬롯이라는 것을 알아보았다.

"이런 세상에! 호수의 기사 란슬롯 경이었군요! 반갑습니다, 란슬롯 경! 병이 깊고 모습이 하도 변해 있어서 알아보지 못하였습니다. 이곳에 오신 것을 진심으로 환영합니다."

란슬롯은 깍듯이 답례하고 난 뒤, 이곳이 어디냐고 물었다.

"경께서는 지금 펠레스 폐하의 궁인 코르베닉에 와 계십니다."

방 앞에 정신을 잃고 쓰러져 있던 미지의 기사가 다름 아닌 호수의 기사 란슬롯이라는 소문이 성 전체에 퍼졌다. 사람들은 자리에 누워 있는 펠레스 왕을 찾아가 그 사실을 알렸다.

왕은 그 어느 때보다도 더 상처 때문에 고생하고 있었다. 왕은 란슬롯에게 극진한 예를 갖추기 위해 몸소 찾아가 환영 인사를 하고 싶어 했다. 그는 란슬롯이 있는 방으로 데려다 달라고 시종들에게 명령했다. 왕은 란슬롯을 찾아가 반갑게 인사했다. 더불어 갈라하드의 어머니인 자신의 딸이 죽었다는 사실을 알렸다. 란슬롯은 마음이 무척 아팠다. 그녀와의 사이에 즐겁지 않은 일이 있었지만, 어부왕의 딸을 매우 높이 평가했고 또 깊은 우정을 가지고 있었기 때문이다. 란슬롯은 코르베닉에 나흘간 더 머물렀다. 펠레스 왕은 오래전부터 란슬롯과 함께 지내기를 바랐었기 때문에 란슬롯의 체류를 아주 기뻐했다.

닷새째 되는 날, 성배가 식탁 위에 산해진미를 가득 차려 놓았을 때 아주 이상한 일이 벌어졌다. 아무도 문에 손을 대지 않았는데 문이 저 혼자 쾅 하고 닫혔다. 완전 무장한 기사가 큰 말을 타고 문 앞에 나타났다. 그 기사는 큰 소리로 문을 열어 달라고 외쳤다. 펠레스 왕의 위병들이 들어갈 수 없다고 막아섰지만, 그는 계속해서 들어가게 해 달라고 큰 소리로 외쳐 댔다.

왕은 자신을 창가로 데려다 달라고 한 뒤 불청객을 향해 말했다.

"기사여, 그대는 이곳에 들어올 수 없소. 성배가 이곳에 있는 동안에는 탐색의 동지가 아니면 아무도 들어올 수 없다오. 그대는 성배 가까이 올 수 있는 자가 아니오. 그대의 나라로 돌아가시오. 우리는 그대를 해치지 않을 것이나 그대가 우리와 함께할 수 없는 자라는 것은 인정해야 하오."

기사는 말할 수 없이 슬프고 고통스러운 표정을 지었다. 그는 어찌 할 바를 몰라 당황하고 있었다. 결코 안으로 들어올 수 없다는 것을 깨달았는지 떠나가려고 말을 돌렸다. 펠레스 왕은 상심한 그의 모습을 보고 큰 소리로 물었다.

"여기까지 왔으니, 그대의 이름이 무엇인지 말하시오."

"이름을 감추어야 할 이유는 없습니다. 저는 원탁의 일원인 숲의 기사 헥토르입니다. 기사 란슬롯 경의 형이기도 합니다."

"잘 알겠소이다. 그대의 형제 란슬롯 경을 내가 지극히 사랑하므로, 그대를 맞이할 수 없는 것이 더더욱 가슴 아프구려. 란슬롯 경은 지금 우리와 함께 있소이다."

헥토르는 란슬롯의 뛰어난 무공 때문에 동생을 두려워하면서도 존경하고 있었다. 란슬롯이 그곳에 있다는 사실 때문에 그는 더더욱 마음이 혼란스러웠다.

"아, 신이여! 내 수치는 더더욱 커져가기만 하는군요. 나는 결코 동생 앞에 모습을 나타낼 수 없겠군요. 진정한 기사라면 성취했어야 하는 일에 실패했으니, 무슨 염치로 동생을 대하겠습니까. 이제야 내가 진정한 기사가 아니라는 사실을 알았습니다. 나도 가웨인 경도 성배의 거룩한 신비에 접하는 기쁨을 누릴 수 없습니다!"

그는 자신의 운명을 한탄하며 말의 옆구리를 찼다. 울면서 성의 거리를 지나갔다. 성에 살고 있는 사람들은 성배의 빛 앞에 모습을 나타낼 자격이 없는 나쁜 기사라고 저주하며 그에게 돌을 던졌다.

왕은 다시 란슬롯이 있는 자리로 데려다 달라고 명했다. 왕은 란슬롯에게 늪의 기사 헥토르의 소식을 전했다. 형이 그곳까지 왔다가 거절당해 돌아갔다는 이야기를 들은 란슬롯은 슬픔을 참지 못하고 눈물을 흘렸다. 펠레스 왕은 헥토르의 이야기를 공연히 란슬롯에게 들려주었다고 후회했다. 그렇게 고통스러워할 줄 알았으면 결코 이야기하지 않았을 것이다.

왕이 란슬롯에게 말했다.

"공연한 얘기를 했군요. 경을 모욕하거나 슬프게 해 드릴 생각은 전혀 없었소."

"괜찮습니다. 저를 슬프게 하실 생각이 아니었다는 것을 알고 있었으니까요. 형님께서 성배의 신비를 보실 자격이 없으시다니……."

식사가 끝난 뒤, 란슬롯은 무기를 가져다 달라고 말한 뒤, 아더 왕의 궁으로 돌아가겠다는 의사를 밝혔다.

"제 탐색은 여기에서 끝났습니다. 저는 이 나라에서 이제 더 이상 할 일이 없습니다. 제 아들 갈라하드가 모험을 완결할 테니까요."

란슬롯은 담담하게 말했지만, 왕은 그가 슬픔을 감추고 있다는 것을 알고 있었다. 한때 천하를 주름잡던 용장이니, 마지막 문턱에서 물러나야 한다는 것이 얼마나 견디기 힘들었겠는가. 비록 모험을 완결하는 영광을 누리게 될 기사가 그의 아들이라고 해도……. 왕은 잘생긴 말을 한 마리 선물하고, 언제까지나 아더 왕의 충성스러운 동지로 남아 있어 달라고 당부했다. 란슬롯은 성을 나와 말을 탔다. 왕궁 사람들에게 작별 인사를 한 뒤에 성문을 지나 가까운 숲으로 말을 몰았다.

란슬롯은 잠을 자는 시간만 제외하고 낯선 땅을 밤낮없이 달렸다. 수염의 성에도 다시 들르지 않았고, 그리폰의 성에도 들르지 않았다. 그는 초원과 황야와 골짜기를 쉬지 않고 스쳐 지나갔다. 마음이 무거워서 자기가 어디를 달리고 있는지조차 알지 못했다. 고뇌가 그의 마음을 짓누르고 있었다.

'내 생은 이제 어떻게 되는 것일까?'

그가 도착한 곳은 최근에 만든 듯한 무덤이었다. 무덤이 화려한 걸로 보아 힘센 귀족의 무덤인 것 같았다. 궁금증이 인 란슬롯은 말에서 내려 무덤에 새겨진 기록을 읽어보았다.

> 이곳에 고르의 왕 보데마구 잠들다. 로트 왕의 아들이며, 아더 왕의 조카인 가웨인 경이 실수로 그를 살해하였다.

기록을 읽은 란슬롯은 슬픔에 잠겼다. 보데마구 왕을 극진히 사랑했기 때문이다. 죽인 사람이 가웨인이 아니었다면 란슬롯의 복수를 피할 수 없었을 것이다. 란슬롯이 나지막한 소리로 중얼댔다.

"이 탐색은 얼마나 많은 고통으로 가득 차 있는가! 보데마구 왕을 잃다니, 아더 왕의 궁이나 브리튼 왕국 전체에 얼마나 큰 손실이란 말인가!"

란슬롯은 눈에 눈물을 가득 담고 다시 카멜롯으로 향했다. 그날 저녁, 란슬롯은 드디어 궁에 도착했다. 왕은 저녁 식사를 위해 씻을 물을 가져오라고 지시를 내려놓은 참이었다. 실로 오랜만에 란슬롯과 조우한 왕은 크게 기뻐하며 그를 자신의 옆자리에 앉혔다. 귀네비어 왕비는 기이한 슬픔이 가득 담긴 눈으로 그를 바라보았다. 늪의 기사 헥토르, 거플렛, 케이, 탐색에 실패한 채 돌아와 있는 다른 기사들도 있었다.

그날 밤, 호수의 기사 란슬롯은 잠을 이루지 못했다. 어부왕의 궁까지 가는 고통스러운 길에서 그토록 많은 실수를 저지르며 헤맸다는 사실이 새삼스레 후회가 되었기 때문이다. 슬픔이 마음을 돌멩이처럼 짓눌렀다.

11 어부왕의 치유

갈라하드와 헤어진 퍼시발은 끔찍해 보이는 황야로 접어들었다. 나무들에는 잎사귀 하나 달려 있지 않았고 새 울음소리도 들리지 않았다. 황폐한 땅에는 불탄 자국이 그대로 남아 있었고, 땅은 거북이 등처럼 갈라 터져 있었다. 조금 뒤, 말을 달리고 있는 퍼시발의 눈앞에 암노새를 타고 있는 여자의 낯익은 실루엣이 나타났다. 여자는 퍼시발과 같은 방향으로 가고 있었다. 퍼시발은 그녀를 즉시 알아보고 말을 달려 다가갔다.

"오넨! 사촌 누이! 어디로 가는 거야?"

오넨이 뒤를 돌아보았다. 퍼시발은 그녀가 이제 대머리가 아니라는 것을 알고 깜짝 놀랐다. 검고 풍성한 머리카락이 어깨 위로 흘러내려와 있었다.

"아니, 이게 어떻게 된 거야? 지난번에 만났을 때는 머리카락 한오라기 없더니……. 누이가 이렇게 아름다운 모습을 되찾은 걸 보니 기뻐."

오넨이 방긋이 웃으며 대답했다.

"그래, 퍼시발. 때가 되었기 때문에 기적이 일어난 거란다. 이제 곧 선한 기사가 어부왕의 상처를 치유할 거야. 너는 많은 죄를 지었으나, 최선을 다해 왕국을 구하려고 애씀으로써 죄를 속죄했다. 예전에 나는 황금과 비단으로 만든 스톨라로 내 팔을 목에 걸고 다녔지. 어부왕의 궁에 와서 질문을 던지지 않았던 기사들을 섬기는 잘못을 저질렀다고 생각했기 때문이다. 퍼시발, 너는 지금 코르베닉으로 가는 길 위에 있다. 네가 탐색을 마치지 못하도록 방해하는 건 아무것도 없다. 그래서 나는 내 팔을 풀어놓기로 결정했단다. 세 마리 사슴이 끄는 수레를 뛰어서 따라갔던 아가씨는 이제 말을 타고 다닌단다. 고결한 가슴의 덕성과 유서 깊은 가문의 자질 덕택에 네 용맹을 증명해 보였으니, 축복 받으렴. 너는 선한 기사와 함께 성배의 신비를 향해 나아갈 자격이 있다. 너는 곧 성배의 왕이 될 것이다. 아직도 뛰어넘어야 할 위험이 많이 있긴 하지만."

"어떤 위험이지? 누가 누이를 위협하고 있어? 저주받은 기사들이 누이를 뒤쫓고 있어?"

"그런 게 아니야. 전혀 다른 위험이지. 가웨인 경도 이 근처를 지나다가 그 위험 앞에서 뒤로 물러났단다. 그 위험을 무릅쓰는 건 네가 해야 할 일인 것 같구나."

"어떤 위험인데?"

"저기 숲 뒤쪽으로 성이 보이지? 사람들은 그 성을 '검은 은자의 성'이라고 부른단다. 아무도 가까이 가려는 엄두를 내지 못하지. 계속 앞으로 나가려면 그 성의 성벽 아래로 지나가야 하는데, 그 성벽의 총안 뒤에서 궁수들이 활을 쏘아 대면 버티어 낼 장수가 없단다.

네가 도착하자마자 활을 쏘기 시작할 거야. 나는 그들이 왜 그렇게 하는지 알고 있지. 너를 성에 가두었다가 적당한 때가 되면 죽이려는 거야. 그러나 그 성의 성주인 '검은 은자' 를 빼면 아무도 너를 죽일 수 없어. 그자는 내가 아는 사람 중에서 가장 사악한 사람이다. 그 사람은 너를 죽이려고 단단히 벼르고 있어. 어떻게 해야 하는지 일러주마. 네 방패를 나에게 주고 이걸 들고 가렴. 이 방패의 흰 빛 때문에 저들은 네가 누구인지 알아볼 수 없을 거야. 그들의 공격을 막아낼 수 있을 것이다."

퍼시발은 오넨이 조언한 대로 방패를 바꾸었다. 방패는 완전히 하얀색이었다. 주인을 알아볼 수 있는 표식은 아무것도 없었다. 퍼시발은 용감하게 검은 은자의 성을 향해 나아갔다. 오넨은 약간 거리를 두고 퍼시발을 따라왔다. 그가 재빨리 성벽 아래를 지나가려 하자, 궁수들은 그를 알아보지 못하고 그를 향해 맹렬하게 활을 쏘아 댔다. 활은 퍼시발의 방패에 모두 박혔다. 퍼시발은 위로 올려진 다리를 향해 다가갔다. 다리 아래에는 사나운 강물이 흘러가고 있었다. 퍼시발이 다리에 이르자 다리가 내려오고 궁수들은 활쏘기를 멈추었다. 그가 누구인지 알아보았기 때문이다. 퍼시발이 안으로 들어갈 수 있도록 문이 열렸다. 방해하는 사람은 아무도 없었다. 성안의 병사들은 한 번의 공격이면 퍼시발을 끝장낼 수 있다고 생각했던 것이다. 그러나 군마 위에 당당하게 버티고 앉아 성의 큰 거리를 달려가는 그의 모습을 보자마자 모두 들 겁에 질려 전투를 포기했다. 다들 성주님께서 그를 처리하리라 생각했다.

퍼시발은 계속 길을 따라가, 화려한 태피스트리로 벽을 장식한 넓은 방에 무장한 채 들어섰다. 인상이 고약한 사람들이 검은 은자를 에워싸고 있었다. 퍼시발과 눈이 마주치자 그는 무서운 기세로 달려왔다. 두 사람의 무기가 부뒷쳤을 때, 퍼시발의 방패 전체가 검은 은자의 방패 왼쪽을 아주 세게 쳤기 때문에, 그는 말 아래로 떨어졌다. 떨어질 때 허리가 부러져서 일어나지 못했다. 검은 은자의 부하들은 그를 돕는 대신, 커다란 바닥돌을 들어 올렸다. 아래에는 큰 구덩이가 파여 있었다. 돌을 들어 올리자마자 끔찍한 악취가 솟아나왔다. 놀랍게도 부하들은 검은 은자의 팔과 다리를 집어 들고 구덩이에다 집어던지더니 다시 돌을 덮어놓고 퍼시발에게 와서 절을 했다. 그들은 퍼시발을 그들의 주인으로 섬기며 그의 처분대로 따르겠다고 말했다.

오넨이 암노새를 타고 방으로 들어와 곧장 퍼시발을 향해 다가갔다.

"퍼시발, 이것이 네가 어부왕의 궁전에 가기 전에 치러내야 할 마지막 전투였다. 검은 은자가 코르베닉으로 가는 기사들을 죽이기 위해 꾸민 일이지. 오로지 어부왕의 상처를 고치지 못하게 하려고 말이야. 그는 이 나라의 기사들을 협박해서 못된 짓을 저지르게 하고 말을 듣지 않으면 그가 직접 처형했단다. 그래서 그를 물리친 걸 이 사람들이 그렇게 기뻐하면서 너를 그들의 주인으로 선택한 것이다."

"이들이 나를 영광스럽게 하는군. 어째서 검은 은자는 어부왕의 치유를 한사코 막으려 했던 거지? 그 이유를 알고 싶어."

"아주 긴 이야기란다. 원한다면 들려주마."

오넨은 노새에서 내리더니 퍼시발에게 방 앞에 펼쳐져 있는 마당으로 따라오라고 일렀다. 퍼시발은 말에서 내려, 말고삐를 잡고 누이를 따라갔다. 오넨은 돌층계 위에 앉더니, 퍼시발에게 옆에 앉으라고 말한 다음 이야기를 시작했다.

"검은 은자의 실명은 클링소르란다. 그는 무서운 마법사로서 이 나라에 우글거리는 악령의 우두머리지. 그는 어부왕의 영토를 지키는 수많은 기사들을 죽였다. 이 나라 백성이 겪고 있는 고통은 그의 책임이란다. 마법을 사용해서 이 땅을 태워 버렸기 때문에, 땅은 아무것도 낼 수 없게 되었고 짐승도 모두 도망쳤다. 그러나 그가 이곳에서 저지른 짓은, 다른 곳에서 저지른 행악에 비하면 어린아이 장난이었지. 클링소르라는 자가 얼마나 가증스러운 자인지 이야기해 주마. 오, 얼마나 많은 사람이 그의 죄악으로 인하여 고통당했는지 헤아릴 수조차 없단다. 검은 은자라고 불리는 클링소르는 원래 유서 깊은 가문 태생이었다. 베르길리우스가 그의 선조 중 한 사람이란다. 베르길리우스는 글로 유명한 사람이지만 한때 여러 가지 마술 비법을 발명하기도 했어.⚜

클링소르는 처음에는 기사로서 이름을 드날렸지. 영광의 오솔길 안으로 걸어 들어가 처음에는 기사로서 명성을 쌓았단다. 남자와 여자들이 모두 그에게 찬사를 바쳤다. 그런데 그는 점점 더 교만해져서 어느 날 교만의 값을 톡톡히 치르게 되었고, 이제 그의 명성은 값없는 것이 되었단다. 그 당시에 시칠리아를 다스리는 이버트라는 훌륭한 왕이 있었는데, 고귀한 가문 태생인 그의 아내의 이름은 이블리스⚜⚜였다. 대단한 미모였고, 또 뛰어난 자질과

⚜ 『목가』 4편 (중세인들은 이 작품에서 예수의 탄생이 예고되었다고 여겼다) 때문에 베르길리우스는 중세기에 예언자 또는 마법사 (전승은 이 두 가지 역할을 자주 연결시킨다)로 여겨졌다. 그 때문에 단테는 베르길리우스를 지옥의 안내자로 설정했던 것이다.

⚜⚜ Iblis. 시빌Sibil의 애너그램인 것 같다. 즉 쿠메스의 시빌. 베르길리우스의 『아이네이스』에서 그녀는 지옥의 안내자 역할을 한다.

지성으로 칭찬이 자자했지. 클링소르는 여자들에게 아주 인기가 좋았는데, 아름다운 이블리스마저 그에게 반하게 되었지. 클링소르는 그녀의 사랑에 기꺼이 응답했고, 곧 그녀의 마음과 육체를 지배하게 되었다. 허나 두 사람 사이의 관계는 이내 소문이 나게 되었고, 이버트 왕도 곧 알게 되었단다. 왕은 미친 듯이 분노했고 잔인한 복수를 결심하게 된다. 어느 날 그는 며칠간 궁을 비울 거라는 거짓말로 클링소르를 덫으로 유인했단다. 그리곤 몰래 돌아와, 왕비와 함께 누워있는 클링소르를 발견했지. 클링소르는 말할 필요도 없이 왕비의 품속에서 행복했겠지만, 그는 그 행복의 대가를 혹독하게 치러야 했다. 왕이 클링소르의 가운뎃다리를 잘라 버린 거야. 다시는 어떤 여자도 즐겁게 해 주지 못하도록 말이다. 죽을 고통을 겪은 클링소르는 인류 전체에게 복수하겠다고 결심했지.

페르시다라고 불리는 도시가 있었다. 페르시아에 있는 도시는 아니었지만 마법이 처음으로 생겨난 곳이라고 알려진 곳이다. 클링소르는 그 도시로 가서 그의 욕망—한결같이 악한 욕망이었지—을 실현시켜 줄 기묘하고 강력한 마법을 배웠단다. 거세당한 그는 명예와 덕성, 올바름에 대한 감각을 가진 사람들을 남자든 여자든 이를 갈며 증오했지. 그의 가장 큰 즐거움은 그런 사람들에게서 기쁨과 쾌락을 빼앗아 버리는 것이었단다. 클링소르는 여러 나라를 돌아다니면서 악명을 떨치다가, 어느 날 이곳에 오게 된다. 그 당시에 이라우트라는 이름을 가진 왕이 카어세핀을 다스리고 있었는데, 그가 클링소르를 극진히 맞아주었거든. 클링소르는 이라우트를 오랫동안 충성스럽게 섬겼다. 이라우트는 클링소르가 마법의 힘을 소유하고 있다는 것을 알고 그가 왕위를 넘볼까 봐 겁을 집어먹었지. 그래서 우리가 지금 앉아 있는 이 언덕을 그에게 주었단다. 당시에 이미 아름다운 성이 지어져 있었는데, 왕은 사방 팔천 마일에 이르는 지역을 다스릴 권리도 양도했단다. 클링소르는 마법을 이용하여 이 성을 무시무시한 난공불락의 성으로 만들고 왕의 옛 봉신들을 노예로 만들어 버렸지. 그들은 맹목적으로 복종할 수밖에 없었다. 조금이라도 말을 듣지 않거나 반기를 들 조짐이 보이면, 클링소르가 하늘과 땅 사이에 있는 귀신들을 이용해서 그들을 끝내 버릴 거라는 걸 잘 알고 있었으니까. 클링소르는 귀신들의 힘을 이용할 줄 알았거든.

네가 검은 은자를 때려눕힐 수 있었던 건, 사악한 귀신들이 신의 보호를 받는 자를 해칠 수 없었기 때문이란다. 클링소르는 큰 방 바닥에 구덩이를 파게 하고 희생자들을 거기에 집어던지게 했지. 그가 직접 죽였거나, 또는 사람들을 시켜서 죽인 사람들은 그를 섬기는 귀신이 되기 때문이라더구나. 그러니, 그 자신이 만든 구덩이 안에 그를 던진 것은 옳은 일이다. 검은 은자가 소유하고 있던 모든 것은 이제 네 소유가 되었다. 클링소르는 살아 있을 때 자신과의 싸움에서 살아남는 자는 그의 재산의 소유자가 될 것이라고 공표했으니까. 이제 이 땅에 살고 있는 모든 사람들, 기사들, 병사들, 평민과 장인匠人들, 여자들은 지위 고하를 막론하고 모두 너에게 복종할 것이다. 이 성안에는 아무 잘못도 없이 이방의 땅에서 클링소르에게 포로로 잡혀 온 기독교도가 아닌 사람들이 있단다. 그들을 잃어 고통스러워하는 가족 곁으로 보내 주렴."

퍼시발이 대답했다.

"당연히 그렇게 할 거야."

퍼시발은 성안에 있는 기사들을 불러, 앞으로는 성을 지나가는 기사들에게 잠자리를 제공하고 극진하게 대접하라고 명령했다. 기사들은 퍼시발과 오넨 앞에서 엄숙하게 맹세했다. 포로들은 조건 없이 방면하여 가고 싶은 곳으로 가게 해 주었다. 필요한 조치를 다 취하자, 퍼시발은 모든 사람들에게 신의 축복을 빌고 성을 떠났다. 오넨은 두 개의 언덕 사이를 흘러 지나가는 강까지 퍼시발을 배웅했다.

"퍼시발아, 여기에서 이별해야겠구나. 이제 네 앞길을 막는 것은 아무것도 없을 것이다. 그리고 곧 보호트 경과 갈라하드 경을 만나게 될 거야."

한때 대머리 아가씨였던 오넨은 말을 마치고 암노새를 몰아 깊은 숲속으로 달려 들어갔다.

한편 보호트는 황야와 골짜기를 헤매고 있었다. 그는 어떤 기사와 난쟁이에게 쫓기며 도움을 간청하던 불쌍한 기사를 끝내 구하지 못했다. 퍼시발과 갈라하드와 헤어진 뒤 부지런히 그 기사를 뒤쫓아 갔지만 너무 늦었다. 죽어서 시체가 된 기사를 샘물 옆에서 발견했던 것이다. 보호트가 할 수 있는 일이라고는 죽은 기사를 암자 옆에 있는 묘지에 묻어주는 것이 전부였다.

그는 난쟁이와 같이 있던 기사를 추격하기 시작했다. 가는 곳마다 그들이 누구인지, 또 어디로 지나갔는지 수소문해 보았지만 아무것도 알아내지 못했다. 그는 자진해서 떠맡았던 임무를 완수하지 못했다는 자괴심으로 부끄럽고 우울한 심경에 휩싸였다.

그렇게 헤매던 어느 날, 보호트는 위험한 성에 도착하게 되었다. 란슬롯의 도움으로 용감한 멜리오트가 부상당한 상처를 치료했던 바로 그 성이었다. 보호트는 안뜰로 들어갔다. 젊은 여자 한 사람이 달려 나왔다. 여자는 슬픔으로 넋이 나간 모습이었다. 눈물이 두 뺨 위로 빗물처럼 흘러내렸다.

보호트가 물었다.

"왜 이렇게 슬퍼하시는지요?"

여자는 우느라고 대답도 제대로 하지 못했다.

"그건…… 제가 이 성으로 모시고 와서 보살펴 드렸던…… 어떤 기사님이……."

"그 기사가 누구입니까?"

"아더 왕의 훌륭한 기사님 중 하나인 멜리오트 경입니다. 그이는 가장 뛰어나고, 가장 예의바른 남성이었어요. 저는 그이를 깊이 사랑했고, 그이를 살리려고 최선을 다했습니다. 란슬롯 경에게 그이의 상처를 아물게 해줄 수 있는 물건들을 가져다 달라고 부탁하기까지 했답니다. 란슬롯 경은 충성스러운 기사답게 약속을 지키셨어요. 하지만 멜리오트 경은 부상을 치료하자마자 다시 불구대천의 원수인 브루단과 마주치게 되었답니다. 브루단은 섬들의 브리안의 아들인데, 재미삼아 사람을 죽이는 악당이지요. 브루단은 언제나 난쟁이와 함께 다니는데, 그 난쟁이는 브루단에게 증오를 불러 일으켜 악행을 저지르도록 부추기는 브루단의 저주받은 영혼이랍니다."

"멜리오트 경은 어떻게 되었습니까?"

여자는 더더욱 슬프게 흐느껴 울었다.

"그 저주받은 브루단이 그이를 죽였다는 소식을 방금 들었어요. 신께서 그이의 원수를 갚아 주시기를! 브루단은 그이를 정정당당한 결투에서 이긴 것이 아니라 속임수를 써서 죽였습니다."

"제가 멜리오트 경의 원수를 갚겠습니다."

보호트는 여자의 이야기를 듣고, 그가 보호하지 못했던 기사가 바로 멜리오트였다는 것을 알게 되었다.

"부인, 말씀해 주십시오. 어디에 가면 그 흉악한 브루단이라는 자를 만날 수 있습니까?"

"그는 끊임없이 황폐한 숲을 헤매고 다녀요. 살인자의 본능을 충족시켜 줄 모험을 찾아다니는 거죠."

보호트가 막 다시 떠나려고 하는 순간에, 의장마를 탄 젊은 여자가 마당으로 뛰어 들어왔다. 정신없이 달려왔는지, 말은 온통 땀에 젖어 있었다. 여자가 가쁜 숨을 몰아쉬며 외쳤다.

"기사님, 신의 이름으로 부탁합니다. 제발 도와주세요. 이 숲에는 도움을 청할 만한 사람이 아무도 없어요. 난쟁이를 데리고 다니는 기사가 아더 왕의 궁을 향해 떠난 저희 아가씨를 잡아가려고 해요!"

보호트가 위험한 성의 부인을 바라보며 소리쳤다.

"우리가 찾는 그자로군요! 위험에 처한 부인을 구하고 멜리오트 경의 원수를 갚겠습니다. 기사의 명예를 걸고 맹세합니다."

그는 성을 나와 숲 쪽으로 방향을 잡았다. 도움을 청했던 여자가 뒤따라오면서 납치범이 어디로 갔는지 알려 주었기 때문에 곧 따라잡을 수 있었다. 아닌게아니라, 그자는 멜리오트를 뒤쫓던 기사와 동일 인물이었다. 난쟁이는 그 뒤를 따라가며, 주인에게 희생자를 괴롭히라고 부추기는 것처럼 보였다. 납치당한 여자는 찢어지는 듯한 목소리로 자비를 애원했지만, 기사는 난쟁이의 키득대는 웃음소리에 더욱 고무된 듯, 칼을 옆으로 뉘어 여자의 머리와 등을 때리면서 잔인하게 괴롭히고 있었다.

그때 보호트가 뛰어들었다.

"그 아가씨를 왜 그렇게 괴롭히는가? 무슨 잘못을 저질렀기에?"

섬들의 브루단이 말을 세웠다. 그가 분노로 시뻘게진 얼굴로 오만하게 대답했다.

"왜 남의 일에 끼어드는가? 이 아가씨와 나 사이의 일은 내 문제일 뿐이다!"

"올바른 기사는 여성이 괴로움을 당할 때 못 본 척 지나칠 수 없다. 이 일은 내 일이기도 하다."

브루단이 빈정대며 말했다.

"내 마음대로 행동하는 걸 막을 수 있다고 생각하는 거야? 다른 사람에게 설교를 듣는 일은 내 습관이 아니라구."

"앞으로는 계속 설교를 듣게 될 것이다."

브루단은 들은 체도 하지 않았다. 그러고는 보호트의 경고를 얼마나 가소롭게 생각하는지 보여 주려는 듯, 칼 옆면으로 아가씨를 한 대 세게 후려쳤다. 여자의 몸이 휘청하더니 입과 코에서 피가 흘러나왔다.

보호트가 외쳤다.

"정말 참기 힘들군! 섬들의 브루단이여, 나의 도전을 받으라. 이는 네놈이 끔찍하게 학대하고 있는 여성뿐만 아니라, 네놈이 비겁하게 공격하여 살해

한 기사 멜리오트 경의 복수를 위해서이기도 하다. 네놈의 악행으로부터 그를 지키려 했으나, 뜻을 이루지 못했다. 네놈이 저지른 악행의 대가를 크게 치러야 할 것이다."

브루단이 야비하게 껄껄 웃었다.

"네놈이 나를 잡을 만한 무공을 지닌 것처럼 보이지 않는걸."

"그거야 두고 보면 알겠지."

보호트는 뒤로 물러섰다가 적을 향해 전속력으로 질주했다. 상대를 세게 찌르자, 창은 방패와 갑옷을 뚫고 상대의 몸에 깊이 박혔다. 브루단은 말과 함께 쓰러지면서 다리가 부러졌다. 보호트는 패배자의 신음 소리는 들은 체도 하지 않고, 투구를 벗겨 단칼에 목을 날려 버렸다. 그런 다음, 피가 뚝뚝 흐르는 수급의 머리카락을 움켜쥐고, 공포에 질려 싸움을 지켜보던 아가씨에게 내밀었다.

"자, 받으시오. 당신에게 주는 선물이오. 아더 왕의 궁에 이 수급을 가져다 드리기를 부탁하오. 곤의 보호트가 보냈다고 말해 주시오. 아울러 저 저주받을 브루단이 당신에게 어떤 짓을 저지르려 했는지도 고하시오. 가웨인 경의 조카이며, 우리의 훌륭한 동지였던 멜리오트 경을 죽인 자가 이자였다는 것도 잊지 말고 아뢰어 주시오."

보호트는 난쟁이를 찾았지만, 싸움이 시작될 때 이미 어디로 숨었는지 흔적조차 찾을 수 없었다. 그는 아가씨에게 신의 가호를 빌어 주고 멜리오트를 사랑하던 부인이 기다리고 있을 위험한 성으로 돌아갔다.

멜리오트의 죽음을 어떻게 복수해 주었는지 듣고 난 부인은, 감사

하는 마음으로 보호트를 극진하게 대접하고 싶어 했다. 보호트는 피곤해지기 시작했으므로 기꺼이 초대에 응했다. 그러나 여전히 맹세를 지키기 위해 빵과 물 외에는 아무것도 먹지 않았고, 좋은 침대가 준비되어 있는 침실에 들어가서도 바닥에서 잠을 잤다.

다음 날 아침, 보호트가 부인에게 작별 인사를 하자 부인이 말했다.

"보호트 경, 저는 경께서 무얼 찾고 있는지 알고 있습니다. 멜리오트 경과 란슬롯 경도 같은 것을 찾았었지요. 한 사람은 죽었고, 또 한 사람은 어찌 되었는지 모릅니다. 성 왼쪽에 있는 길을 찾아내세요. 강이 나타나거든 강이 넓어지는 곳까지 따라가세요. 그곳에 찾고자 하는 것이 있을 것입니다."

보호트는 고맙다고 말한 뒤 말을 달려 부인이 가르쳐 준 방향으로 떠났다.

갈라하드는 아버지와 헤어져 숲속으로 흰 갑옷을 입은 기사를 따라갔다. 그런데 얼마 가지 않아 기사의 종적을 잃어버렸다. 소리쳐 불러보기도 하고 주변을 샅샅이 찾아보았지만, 그의 행방은 묘연했다. 숲 한가운데 홀로 버려진 갈라하드는 나뭇잎 사이로 언뜻언뜻 보이는 달빛에 기대어 겨우겨우 앞으로 나아갔다. 날이 밝을 때까지 그렇게 말을 타고 갔다. 해가 하늘 높이 떠 있는 시각이 되었을 때, 성당에서 나오는 은자와 만나게 되었다. 은자는 갈라하드가 들고 있는 방패에 붉은 십자가가 그려져 있는 것만 보고 말을 걸어 왔다.

"보아하니 기독교도구려. 오래전부터 기독교인은 한 사람도 만나보지 못했다오. 우리의 주군인 그림자 성의 임금님은 신과 성모 마리아를 부인하고 피 흘리는 우상을 섬기고 계시지요. 도전하는 자는 가차 없이 죽입니다. 그래서 은자들이 모두 떠나 버렸어요."

갈라하드 경

"어떻게 그런 일이……. 기도하며 살아가겠다고 선택한 장소를 떠나야 하다니, 참으로 유감스러운 일입니다. 신의 도우심으로 여러분은 이곳에 머무실 수 있게 될 것입니다. 그렇게 되도록 제가 도울 것입니다. 은자들이 몇 분이나 되십니까?"

"저를 빼고 열한 명입니다. 이곳에서 멀지 않은 숲에서 저를 기다리고 있지요. 지금 이곳에 머물 것인지, 아니면 아더 왕의 영토로 피난을 갈 것인지 상의하고 있는 중입니다. 우리는 아더 왕을 좋은 왕이라고 여기고 있습니다. 그분은 다른 나라에서 박해당하는 기독교도들을 기꺼이 받아들여 주시지요."

"그렇습니다. 그러나 떠나실 필요는 없을 것 같군요. 제가 이 모든 것을 바로 잡을 테니까요."

"기사님은 그 폭군이 어떤 왕인지 알지 못합니다. 그자는 잔인하고 사악할 뿐만 아니라, 남자건 여자건 어린아이건 닥치는 대로 죽이는 무서운 무사들을 거느리고 있습니다."

갈라하드는 그 말에는 아무 대답도 하지 않았다. 그는 은자를 따라 약속장소로 가서 은자들에게 각자의 암자로 돌아가라고 일렀다. 그는 그림자 왕의 폭정을 반드시 그 나라에서 끝장내겠다고 약속했다.

"저를 위해서 기도해 주십시오. 제 부탁은 그것뿐입니다. 신께서 맡기신 땅을 귀한 것으로 만드는 대신, 백성을 괴롭히는 사악한 자들과 맞서 싸울 수 있도록 저를 인도해 주시고 제 팔을 붙들어 주십사고 빌어 주십시오."

그는 그림자 성으로 가는 길을 묻고 나서 숲을 거쳐 빠르게 말을 몰았다. 그는 타락한 인간들과 접촉하는 대신 신과 함께 살아가겠다는 소망을 가졌다는 이유만으로 박해당한다는 사실을 참기 힘들었다. 그는 곧 그림자 성을 찾아내어 조심스럽게 접근했다. 입구에서는 위병들이 여기저기 보초를 서고 있었고, 입구 앞에 놓여 있는 다리 아래에는 사나운 강물이 콸콸 흘렀다. 다리 위에는 카멜롯에 있는 성당과 똑같은 성당이, 그 안에는 누구의 것인지 알 수 없는 무덤이 있었다.

문을 지키고 있는 기사들은 붉은 십자가가 그려진 방패를 든 기사가 나타나 신을 부인한 왕에게서 이 성을 쟁취할 것이라는 아주 오래된 예언을 알고 있었다. 그래서 갈라하드가 다리 앞에 나타났을 때 기사들은 그가 들고 있는 방패에 붉은 십자가가 그려진 것을 보고 두려워서 벌벌 떨기 시작했다.

갈라하드는 다리 위로 올라가 천천히 말을 앞으로 몰았다. 성당 앞에 도착한 그는 말에서 내려 방패와 창을 벽에 기대어 놓고 성당 안으로 들어갔다. 무덤을 살펴보아도 묘석 위에는 아무 기록도 씌어 있지 않았다. 갈라하드는 몸을 숙여 묘석 가장자리를 쉽게 위로 들어올렸다. 안에는 어떤 기사의 시신이 있었는데, 돌 위에 요셉이라고만 조각되어 있었을 뿐 다른 기록은 없었다. 묘석을 들어 올리자 감미로운 향기가 솟아올라와 공기를 가득 메웠다. 그 향기는 성문 앞까지 퍼졌다. 보초를 서고 있던 기사들은 무덤 뚜껑이 열렸다는 사실을 감지했다. 예언에 의하면, 그림자 성의 주인이 될 자만이 무덤 뚜껑을 열 수 있다고 하였으므로 기사들은 더더욱 두려움에 떨었다.

누군가 무덤 뚜껑을 열었다는 소식이 곧 성주에게 보고되었다. 성주는, 그 기사는 아무 해도 끼치지 못할 것이라고 말하며 병사들을 안심시켰다. 갈라하드가 성당에서 나왔다. 그는 흰 말을 타고, 가슴에 방패를 대고 창을 휘두르며 성문을 향해 달려갔다. 세 명의 기사들이 뛰어나와 그를 공격했다. 첫 번째 기사는 일합을 겨루기가 무섭게 강물에 빠졌고, 나머지 두 사람은 꽤 오래 버텼지만 역시 만신창이가 되어 강으로 떨어지고 말았다. 두 번째 무리가 공격을 개시했다. 갈라하드는 창이 부러지자 이상한 줄의 검을 뽑아 들고 앞을 막아서는 자를 종횡무진 무찔러 모조리 소용돌이치는 강물에 처박아 버렸다. 그 광경을 지켜본 일곱 명의 기사들은 승산이 없다는 것을 깨닫고 순순히 항복했다.

그림자 성의 왕은 성벽 위에 서서 전투를 지켜보고 있었다. 마지막 기사들이 갈라하드 앞에 검을 가져다 바치는 것을 보고 왕은 깊은 절망에 빠졌다. 그는 성벽에서 제일 높은 곳으로 올라가더니 자신의 가슴에 칼을 찔러 넣었다. 그의 시체는 강물 속으로 떨어졌다. 거의 같은 시각, 열두 명의 은자들이 숲에서 나와 그림자 성을 향해 다가왔다. 다리를 지나면서 그들은 성당의 무덤 뚜껑이 열린 것을 보았다.

그들 중 한 사람이 말했다.

"그분이 선한 기사라는 것을 이제 알겠군요."

모두 그의 생각에 동의했다. 그들은 갈라하드를 에워싸고 그를 도와 악한 왕을 물리치게 해 주신 신께 영광을 돌렸다.

은자 한 사람이 말했다.

"그림자의 왕은 죽었지만 이 성안에는 '빙빙 도는 성' 이라고 이름 붙여진 무서운 장소가 남아 있습니다. 제가 들은 바에 따르면, 이 성은 아주 옛날 옛적에 베르길리우스가 지은 것으로, 그는 이곳에서 온갖 마법을 펼쳤다고 하는군요. 그 사이에 철학자들은 지상의 낙원을 찾기 위해 몰두했다는 것입니다.✤ 그러나 선한 기사여, 예언에 따르면 그 성은 붉은 십자가가 그려진 방패를 든 기사가 오면 빙빙 도는 것을 멈출 것이라 합니다."

갈라하드가 말했다.

"성을 보여 주십시오."

은자들은 성안으로 들어가 큰길로 접어들었다. 거리에 가득 메운 백성들은 은자의 일행에게 적대감을 드러내 보이기는커녕 깊은 존경심을 나타냈다.

성 한가운데에는 물과 벽으로 에워싸인 커다란 건물이 우뚝 서 있었다. 가까이 다가가 보니 과연 그 성은 빙빙 돌아가고 있었는데, 총안 위에서 구리로 만들어진 궁수들이 활을 쏘아 대고 있었다. 아주 정교한 활솜씨였기 때문에 활을 피하는 것은 쉽지 않았다. 그 자동인형들 곁에는 살과 뼈로 이루어진 사람들이 서서 땅이 우릉우릉 흔들릴 만큼 큰 소리로 나팔과 뿔피리를 불었다. 아래쪽에 있는 입구

✤ 여전히 로마 시인 베르길리우스가 마법의 소유자로 그려지고 있다. 우리는 여기에서 『페를르보』를 따라가고 있는데, 이 작품에는 기독교 신앙과 고대의 학문과 철학을 대비시키는 대목이 아주 많이 나타난다. 고대의 학문과 철학은 악마적인 시도로 여겨지고 있다. 우리는 이 대목에서 물질주의적 명제와 영성주의적 명제의 끊임없는 투쟁의 메아리를 들을 수 있다. 빙빙 도는 성의 주제는 중세기 이야기 안에 무수히 나타나는 바, 자동 인형 연구와 당시에 발전하기 시작했던 (특히 독일에서) 초보적인 테크놀로지와 연결 지어 생각하는 것이 옳다. 사람들은 그것을 종종 마법과 혼동하는 경향을 보였다.

에는 사슬에 매여 있는 사자와 곰 여러 마리가 무시무시한 소리로 포효하고 있었다.

은자 한 사람이 입을 열었다.

"저곳이 빙빙 도는 성입니다. 예언에 따르면, 성배의 지고한 신비에 이를 수 있는 자만이 안으로 들어갈 수 있다고 합니다. 그는 창도 방패도 지니고 들어가서는 안 되며 검 하나만을 가지고 들어가야 하는데, 그 검을 보면 이 성안에서 설치는 모든 악마의 피조물들이 뒤로 물러날 것이라 하였습니다."

갈라하드는 방패와 창을 은자들에게 건네고 말에서 내려 검을 뽑아 들고 성을 향해 다가갔다. 벽 아래에 도착한 갈라하드가 문을 세게 찔렀다. 검은 적어도 손가락 세 개 정도의 길이만큼 대리석 문틀 안에 박혔다. 사슬에 묶인 채 문을 지키던 사자와 곰은 겁에 질려 우리 안으로 도망쳤다. 빙빙 돌던 성이 멈추어 섰다. 궁수들은 활쏘기를 일제히 중단했다. 성 전체에서 하늘을 찌르는 환호성이 솟아올랐다. 백성들은 나라를 짓누르고 있던 마법이 풀린 것을 보고 기뻐서 춤을 추었다. 그들은 드디어 성배의 위대한 신비를 발견할 사람이 등장했다고 계속해서 외치며 사방으로 뛰어다녔다. 갈라하드는 그곳에서 더 이상 지체하고 싶은 생각이 없었다. 그는 백성들과 의논하여 정의롭고 선한 왕을 새로 선출하라고 은자들에게 말하고 신의 가호를 빌었다. 그는 다시 흰 말을 타고 붉은 십자가가 그려진 방패를 목에 매고 강을 따라 멀어져 갔다. 이제 어부왕의 궁이 아주 가까워졌다는 것을 알고 있었다.

때는 펠레스 왕이 상처 때문에 가장 고통스러워하던 시기였다. 쉴새없이 지르는 왕의 고통스러운 비명 소리가 코르베닉의 성 안에 울려 퍼졌다. 그의 눈빛은 그가 얼마나 혹독한 고통을 견디고 있는지 보여 주었다. 그의 고통을 가라앉혀 줄 방법은 아무것도 없었다. 또한 그를 도와줄 권리를 가진 사람도 아무도 없었다. 이 시기가 되면 왕은 너무나 고통스러워서 기사들을 붙잡고 고통이 끝날 수 있도록 자기를 죽여 달라고 애원하고는 했다.

"경들이 나의 충성스러운 친구들이라면, 내 고통을 불쌍히 여길 것이다. 언제까지 이 고통을 감내해야 한단 말인가? 언젠가 정의의 심판을 받게 된다면 조심해야 할 것이야. 신께서 나의 고통을 내버려 둔 데 대해 경들에게 책임을 물으실 테니까.

나는 처음 무기를 잡은 날 이래로 나의 권력을 여러분과 나누어왔다. 경들 중 많은 사람이 알고 있는 바와 같이 내가 죄를 지은 것이 사실이라 하여도, 그만하면 혹독하게 죗값을 치르지 않았는가. 경들이 충성스러운 마음의 소유자라면 우리가 함께 속해 있는 기사도의 이름으로 부탁건대, 제발 나를 풀어달라. 나는 산과 골짜기를 돌아다니며 수많은 전투에서 창을 부러뜨렸다. 내가 검을 들고 다가가면 적은 겁에 질려 도망치고는 했다. 그런데도 경들은 내게 감사하는 마음을 가지지 않는구나.

오호라, 나는 기쁨의 왕국에서 추방당하였구나, 최후의 심판 날에 나는 경들을 신 앞에서 고발할 것이다. 내가 죽는 것에 찬성하지 않는다면, 경들은 필히 파멸할 터. 내 비참한 꼴이 불쌍하지도 않다는 말이냐. 경들 중에는 나의 불행을 직접 목격한 사람도 있고, 내가 고통의 일격을 받아 이 지경이 되었다는 것을 들어서 알고 있는 사람도 있다. 그런데도 내가 어찌 경들의 주군이 될 수 있다고 판단하는가? 내게는 이 왕국을 지혜롭게 다스릴 능력이 없다. 이 땅이 나의 상처 때문에 불모의 땅이 되었다는 것을 알면서도 어떻게 그것을 견딜 수 있는가 말이다."

펠레스 왕의 처연한 탄식을 들으며 기사들은 눈물을 흘렸다. 그들은 견디기 힘든 고통 속에 던져져 신음하는 주군을 찢어지는 마음으로 바라보았다. 어느 날 누군가 궁으로 찾아와 본질적인 질문을 던짐으로써 주군의 상처를 고쳐줄 것이라는 확신이 없었다면, 그들은 기꺼이 왕을 안락사시켰을 것이다.

이 시기가 되면, 펠레스는 나흘 내내 극심하게 쇠약해져서 눈을 감은 채 지내야만 했다. 기사들은 성배 앞으로 왕을 데리고 간다. 그러면 눈을 뜰 수 있을 정도로 기력을 회복하게 된다. 성배를 바라보면 잠깐 동안 기운을 차리는 것이다. 그러나 방으로 데려오면 다시 고통이 찾아왔다. 왕은 여전히 신음하며 울었다.

왕이 죽을 것 같은 고통 속에서 신음하면, 사람들은 상처에서 풍겨 나오는 악취를 쫓아내기 위해서 향을 피우곤 했다. 왕 앞에 깔려 있는 양탄자 위에는 향료와 테레빈유, 향목과 온갖 종류의 방향제들이 흩뿌려져 있었다. 왕의 옆에다가는 비싼 금액을 들여 사온 잿빛 호박을 놓아두었다. 아주 좋은 냄새가 풍겨 나왔다. 방 전체에 정향의 새싹과 사향, 또한 테리아카 등을 잔뜩 뿌려놓아서, 걸어 다니면 그런 향료들이 발밑에 밟힐 지경이었다. 한 발자국 한 발자국 떼어놓을 때마다, 살이 썩는 고약한 악취와 싸우기 위해서였다. 커다란 벽난로 안에서는 침향목沈香木이 끊임없이 타고 있었다. 왕이 누워 있는 가죽 침대 다리는 살무사의 뿔로 만든 것인데, 왕이 독의 냄새에 질식하지 않게 하기 위해서였다. 쿠션 위에는 향초 가루를 뿌려놓았다. 침대를 덮은 깔개는 금실로 수놓은 화려한 비단으로 만든 것이었다. 게다가 왕의 침대에는 세계 각지에서 온 루비, 토파즈, 에메랄드, 녹주석 등의 보석이 박혀 있었다. 어떤 보석은 마음을 기쁘게 해 주고, 또 다른 보석은 행복과 치유를 가져다주는 효험이 있기 때문에 보석을 이용할 줄 아는 사람은 보석에서 비밀스러운 힘을 끌어낼 수 있었다. 펠레스 왕이 가장 고통스럽고 힘겨운 날들 동안 살아 있을 수 있었던 것은 그 보석들 덕택이었다.

왕의 고통이 가장 견디기 힘든 지경에 도달한 바로 그 순간에, 때로는 대머리 아가씨라고도 불리고 때로는 수레의 아가씨라고도 불리는 여성이 성에 도착했다. 그녀는 경쾌하게 종종 달리는 암노새에서 내려 어부왕이 누워 있는 방 앞으로 갔다. 사람들이 그녀를 왕 옆으로 데리고 갔다.

여자가 왕에게 말했다.

"펠레스 폐하, 제발 눈을 뜨고 저를 보소서."

왕이 힘겹게 눈을 뜨며 머리를 들었다. 그리곤 아가씨의 머리를 덮고 있는 아름다운 머릿결을 보고 깜짝 놀랐다.

아가씨가 말했다.

"그렇습니다, 펠레스 왕이시여. 저는 예전의 모습을 되찾았답니다. 세 명의 기사들이 코르베닉을 향해 오고 있습니다. 용기를 내소서. 세 사람 중 한 사람은 전에 이곳에 왔으나 질문을 던지지 않았던 폐하의 조카이며, 다른 한 사람은 란슬롯 경의 사촌인데 역시 전에 이곳에 왔었지요. 세 번째 사람은 폐하께서 그토록 고대하셨던 기사입니다. 그가 폐하의 상처를 치유할 능력을 가진 사람입니다."

대머리 아가씨가 다시 아름다운 머리카락을 되찾았고, 그녀가 선한 기사의 도래를 예고했다는 소식은 즉시 성 전체에 퍼졌다. 사람들의 가슴에 오랫동안 잊고 있었던 희망이 돌아왔다. 그들은 서로 얼굴을 마주보며 말했다.

"이제 곧 고통이 끝날 거야. 고통이 우리를 칭칭 감아 놓았던 그때부터 우리가 간절히 기다려왔던 사람이 가까이 다가오고 있어. 그날은 왕과 우리 자신의 행복의 날이 될 거야. 그날을 어떻게 맞아야 할까."

갈라하드와 퍼시발과 보호트는 여러 개의 강이 합류하는 지점에서 만났다. 그들은 함께 코르베닉으로 들어갔다. 그들이 성안으로 들어가자마자 수많은 기사들, 종자들, 병사들과 시종들이 에워싸고 환영했다. 그들은 세 사람의 갑옷을 벗겨 주고 똑같은 망토를 둘러 주었다. 그러고는 대연회장으로 데리고 가서 앉게 한 뒤 기사들도 그 주위에 자리 잡고 앉았다. 시종들이 금잔에 맛있는 포도주를 담아서 내왔다. 저녁 무렵에 날씨가 변하더니 갑자기 어둠이 엄습했다. 큰 바람이 일어나더니 방으로 들어와 모든 것을 뒤엎어 버렸다. 바람이 너무 뜨거워 기사 여러 명이 화상을 입었고, 두려움으로 땅바닥에 쓰러진 기사들도 있었다.

바람 속에서 목소리가 들려왔다.

"성배의 식탁에 앉을 자격이 없는 자들은 이곳에서 나가라. 진정한 신의 기사들이 그들이 늘 원했던 식량을 먹을 때가 왔기 때문이로다."

그 말이 끝나자 펠레스 왕의 아들과 젊은 여자를 제외한 사람들이 전부 방에서 나갔다. 젊은 여자는 어부왕의 딸이 갈라하드를 잉태한 이래로 성배를 운반해 왔던 여성이었다. 이들과 함께 세 명의 동지들도 남았다. 그들은 어떤 신비한 일이 일어날지 마음을 졸이며 기다렸다. 조금 뒤에 아홉 명의 무장한 기사들이 들어왔다. 그들은 투구를 벗고 갈라하드 앞으로 나아가 절을 한 뒤에 말했다.

"저희는 천상의 음식이 차려질 식탁에 경과 함께 앉기 위하여 서둘러 왔습니다."

갈라하드는 자신과 두 명의 동료들도 도착한 지 얼마 되지 않았기 때문에 때맞추어 잘 왔다고 말했다. 모두 자리 잡고 앉았을 때, 갈라하드는 그들에게 어디에서 왔느냐고 물어보았다. 그중 세 명은 갈리아에서, 세 명은 아일랜드에서, 나머지 세 명은 덴마크에서 왔다고 대답했다. 그들이 대화를 나누는 동안, 젊은 여자 네 사람이 가죽 침대를 들고 들어왔다.

침대 위에는 다 죽어가는 남자가 황금 관을 쓰고 누워 있었다. 퍼시발과 보호트는 그가 어부왕이라는 것을 곧 알아보았다. 환자가 그의 조부였는데도, 태어난 즉시 코르베닉으로부터 멀리 떨어진 곳에서 성장한 갈라하드만은 첫 대면이었다. 여자들은 방 한가운데에 침대를 조심스럽게 내려놓고 물러갔다.

어부왕이 갈라하드에게 말했다.

"선한 기사여, 어서 오라. 일찍이 어떤 사람도 겪지 못한 고통에 빠져, 나는 네가 오기만을 간절히 기다렸다. 이제 신께서 원하신다면, 나의 고통이 끝나고 불행한 이 왕국이 다시 온전해질 시간이 다가왔구나."

퍼시발이 일어나 어부왕이 누워 있는 침대로 다가가 절을 한 뒤 부드럽게 물었다.

"숙부님, 무엇 때문에 고통을 겪고 계십니까?"✢

왕이 나지막한 목소리로 말했다.

"오, 나의 조카 퍼시발아, 이것이 바로 네가 오래전에 던졌어야 했던 질문이다. 나는 네가 본 바 있는, 끝에서 피를 흘리는 창에 찔린 상처 때문에 고통스러워하고 있다."

그 순간 뜨거운 바람이 한차례 더 불어오더니 방 안에서 소용돌이쳤다. 처음에 불어온 바람만큼이나 뜨거운 바람이었다. 아까와 같은 목소리가 다시 허공을 뒤흔들며 들려왔다.

"탐색의 동지가 아닌 자들은 이 방에서 나가라! 그들은 더 이상 이곳에 머물 권리가 없도다."

펠레스 왕의 아들과 젊은 여자가 즉시 방에서 나갔다. 어부왕과 그를 둘러싼 탐색의 동지들만이 남았다. 그들은 오랫동안 침묵을 지키고 있었다. 어둠이 점점 더 짙어져 방은 어슴푸레했다. 어느 순간엔가 하늘에서 사람 하나가 내려오는 것이 보였다. 주교의 옷을 입고 손에는 끝이 둥글게 말린 지팡이를 들고, 머리에는 삼중관三重冠(주교가 쓰는 뾰족하고 높은 삼각형 모자—역주)을 쓰고 있었다. 네 명의 천사가 아름다운 의자에 앉아 있는 그를 운반하고 있었다. 그 사람의 이마에는 글자가 나타나 있었다.

✢ 이러한 형식의 질문은 볼프람 판본에만 나타난다.

여기 이 왕국의 초대 주교인 요셉이 있다. 주님께서 사라스
시에 있는 영혼의 궁전에서 그를 성별聖別하셨도다

기사들은 그 기록을 어렵지 않게 판독했다. 요셉은 이미 수세기 전에 죽었기 때문에 그들은 놀라워하며 그 기록이 무엇을 의미하는지 생각에 잠겨 있었다. 그들이 그렇게 어리둥절해 있을 때 마치 보이지 않는 손이 운반하는 것처럼 은 탁자가 허공을 날아 들어왔다. 탁자 위에는 찬란하고 눈부신 빛을 뿜는 에메랄드 잔이 있었다. 역시 보이지 않는 손이 운반하는 것처럼 창 하나가 허공을 날아 들어와 탁자 위에 놓였다. 창끝에서 피가 흘러내리고 있었다.

주교 옷을 입은 남자가 말했다.

"아, 기사들이여! 내가 너희들 앞에 있는 것이나, 거룩한 잔 앞에

서 있는 것에 놀라지 말라. 내가 세상에 살아 있는 동안 내내 이 잔을 섬겼듯이, 영이 되어서도 섬기는 것이다."

그는 자리에서 일어나 은 탁자로 다가가 팔꿈치와 무릎을 땅에 대고 엎드렸다. 곧 몸을 일으키더니 창을 들어 창날을 에메랄드 잔에 넣었다가 다시 은 탁자 위에 올려놓았다. 잠시 동안 미사를 드리던 그가 잔에서 빵과 같은 형상의 성체를 꺼내어 위로 들어 올리자, 잉걸불처럼 붉게 타는 얼굴을 가진 어린아이 모양이 되었다. 그 자리에 있던 사람들은 모두 그것을 보았다. 요셉은 어린아이를 잠시 허공에 들고 있다가 다시 잔 안에 집어넣었다. 요셉은 미사를 드릴 때 필요한 모든 몸짓과 말을 마치고 난 뒤, 갈라하드를 향해 다가가 입을 맞추었다. 그리고 갈라하드에게 탐색의 동료들에게 입을 맞추라고 얘기했다. 갈라하드는 주교의 지시를 따랐다.

요셉이 다시 입을 열었다.

"예수의 기사들이여, 너희는 성배 신비의 일부분을 응시하기 위하여 고통과 아픔을 겪었다. 이제 이 탁자에 와서 앉거라. 우리 주님께서 일찍이 어느 기사도 맛보지 못하였던 음식을 몸소 너희에게 먹이시리라. 너희는 너희의 고통이 헛되지 않았음을 알게 되리니, 그 고통으로 인하여 세상에서 가장 귀한 상을 받게 될 것이기 때문이로다."

말을 마친 요셉은 어디론가 홀연히 사라졌다. 기사들은 감동의 눈물을 흘리며 탁자에 둘러앉았다. 한편으로는 두려움으로 마음이 떨렸다.

그때 잔 속에서 완전히 벌거벗은 남자가 나타났다. 두 손과 가슴에서 피를 흘리고 있었다. 그가 기사들을 향해 말했다.

"기사들이여, 나를 섬기는 자들, 내 아이들아, 너희가 나를 그토록 찾아 헤매어 필멸의 생애 안에서 영적인 존재가 되었으니, 내가 너희의 눈으로부터 감추인 바 될 수 없구나. 너희가 오래 참고 고생하여 요셉 아리마테아 시대 이래로 어떤 기사도 앉지 못하였던 이 탁자에 앉게 되었으니, 나는 너희가 내 신비와 비밀의 일단을 알게 되기를 바라노라. 다른 자들은 선한 종들에게 돌아가는 몫을 누렸다. 이 거룩한 잔이 베푸는 음식을 맛본 것이다. 그러나 그들은 너희와 같이 직접 누리지는 못하였다. 이제 너희가 오랫동안 갈구해 왔던, 또한 그것을 위하여 너희가 많은 고통을 겪었던 숭고한 음식을 받으라."

그는 잔을 들고 갈라하드에게 다가갔다. 갈라하드는 두 손을 모으고 무릎을 꿇었다. 그의 동지들도 그를 따랐다. 남자가 기사들의 입에 성체를 넣어주었다. 보통 사람들이 기껏해야 사제의 손에서 받아먹는 성체를 그들은 구세주의 손에서 직접 받은 것이다. 열두 명의 기사들만이 그 명예를 누릴 수 있었다.

어부왕은 매혹된 듯한 눈으로 그 광경을 바라보고 있었다. 그는 눈앞에서 벌어지는 광경과 전적으로 무관한 듯이 보였다.

기사들이 성체를 모두 받고 난 뒤에, 그들에게 성체를 먹여준 사람이 갈라하드에게 말했다.

"세상 사람 가운데에서 가장 순결한 아들아, 내가 손에 들고 있는 것이 무엇인지 알겠느냐?"

"모르옵니다."

"이것은 빛을 나르던 천사가 교만으로 인하여 심연에 떨어지기 전에 그의 이마를 장식하고 있던 에메랄드를 깎아 만든 것이다. 나의 충성스러운 종 요셉이 나를 십자가에서 내려 무덤에 넣을 때 이 잔으로 내 가슴에서 흐르는 피를 받았느니라.⚜ 너는 아직 그것을 보지 못하였으나, 언젠가 분명히 보게 되리라. 그곳이 어디인지 아느냐? 그곳은 사라스 시에 있는 영혼의 궁이다. 그곳으로 이 잔과 탁자를 가져가거라. 다시는 아무도 이것들을 보지 못할 것이다. 성배는 이 땅에서 충분히 섬김을 받지 못하였으며, 또한 언젠가는 악인들의 먹이가 될지 모르기 때문이로다.

내일 아침에 바다로 가거라. 바닷가에 네가 이상한 줄의 검을 찾아내었던 배가 있을 것이다. 나는 네가 탐색의 충성스러운 동지였던 퍼시발과 보호트와 함께 가기를 원하노라. 셋이서 탁자와 잔을 가지고 가거라. 잔은 너희를 제외한 아무도 보지 못하도록 베일을 덮으라. 내일 새벽, 날이 밝자마자 떠나야 한다. 펠레스 왕을 제외한 그 누구도 너희가 떠나는 것을 보아서는 안 된다. 어부왕은 오랫동안 나의 충성스러운 종이었으며, 앞으로도 오랫동안 그러하리라.

⚜ 이 대목에서 우리는 『성배 탐색』을 따라가고 있는데, 이 문헌의 표현을 그대로 옮기면, '그것은 유월절에 예수께서 양고기를 담아 제자들과 나누어 먹었던 그릇' 이다. 물론 기독교의 부활절과 유태교의 유월절은 겹쳐진다(성 목요일). 더욱이, 『성배 탐색』은 성배graal의 이상한 어원을 제시하고 있다. 그것은 불신자가 바라볼 때 언제나 고통을 느끼게 되는 그릇이다. 이 그릇이 모든 선한 사람들을 기쁘게 하기 때문에 성배saint Graal(원형은 Gréal)라고 불리는 것이다. Graal이라는 단어는 단지 '잔' 또는 '그릇' 을 의미하는 고대 오크어인 gradal에서 유래했다. 필사본에서는 sangréal이라는 형태가 가장 많이 쓰인다는 사실도 유념할 것.
상그레알은 '성배' saint Graal과 동시에 '왕의 피' sang royal을 의미한다. 이는 한편으로는 탐색의 원시적인 역사(왕의 피에 의한 복수와 속죄)에게로, 다른 한편으로는 이니시에이션에 의한 왕가의 존재에게로 귀결된다. 전설 도식의 일관성을 존중하기 위해서 사발(『탐색』에만 나타난다)은 제외시키고 루시퍼의 이마에서 떨어진 에메랄드에 관한 그노시스 전승을 다시 택했다.

갈라하드야, 나는 또한 네가 떠나기 전에 너무나 많은 고통을 겪은 어부왕을 고쳐주기를 바란다. 이 창을 들고 펠레스 왕의 상처에 가져다 대어라. 그것만이 그를 고칠 수 있는 유일한 방법이며, 너는 그를 낫게 할 수 있는 유일한 사람이다."

"하오나, 여기 있는 아홉 기사들은 왜 우리와 함께 가지 않는지요?"

"내가 원하지 않기 때문이며, 내 제자들과 같이 해야 하기 때문이다. 내 제자들이 최후의 만찬에서 나와 함께 먹었듯이, 너희들은 성배의 식탁에서 오늘 함께 먹었다. 너희는 열두 제자들처럼 열두 명이다. 그러나 내가 그들을 세상 전체로 보내었듯이, 너희도 오늘날 각기 헤어지게 하노라."

손과 발과 가슴에서 피 흘리는 벌거벗은 남자는 말을 마치자 사라져버렸다. 그가 사라지는 모습을 본 사람은 아무도 없었다. 모여 있던 사람들은 서로 얼굴을 마주보았다. 그들이 보고 들었던 것이 전부 실제였을까 의심하는 마음이 들었다.

갈라하드가 일어나, 탁자 위에 놓여 있는 창을 집어 들고 펠레스 왕에게 다가갔다. 그는 왕의 참혹한 상처 위에 창날을 가져다 대었다. 펠레스 왕이 큰 소리로 끔찍한 비명을 질렀다. 그러나 조금 뒤에 그는 벌떡 일어나 외쳤다.

"신이여, 영광 받으소서. 이제 나의 고통은 끝났도다. 신께서 나를 불쌍히 여기셨도다."

왕은 어린아이처럼 엉엉 흐느껴 울었다. 그것은 이제 고통의 눈물이 아니라, 환희의 눈물이었다. 그는 언제 그토록 고통스러웠던 적이 있었느냐는 듯이 자리에서 일어나 새 옷으로 갈아입고, 그곳에 있는 기사들에게 일일이 입을 맞추었다. 그는 기쁨에 겨워, 이제 자신이 건강을 되찾았으므로, 그의 왕국도 드디어 구원받았다고 말했다.

밤이 끝나갈 무렵, 보호트와 퍼시발과 갈라하드는 성을 나와 안뜰로 내려갔다. 그곳에는 건강을 되찾아 활기 넘치는 펠레스 왕이 그들을 기다리고 있었다. 그는 말과 마구를 미리 준비시켜 두었었다. 세 사람은 왕과 함께 항구까지 갔다. 강과 바다가 만나는 하구에서 조금 떨어져 있는 장소였다. 그곳에 이상한 줄의 검이 있던 배가 파도에 흔들리고 있었다. 배 위에 오르자, 은 탁자와, 붉은 비단 베일에 덮인 채 눈부신 빛을 발하는 성배가 놓여 있었다. 어부왕도 배에 올라, 이제 다시는 볼 수 없는 신비를 마지막으로 바라보았다. 신께서 결정하셨으므로, 이제 성배는 그의 왕국을 떠나는 것이다.

왕이 갈라하드에게 말했다.

"선한 기사여, 너와 함께 있으면서 나는 내 생애 안에서 일찍이 맛보지 못했던 행복을 맛보았다. 내가 견디어 왔던 참혹한 고통으로부터 나를 건져 냈고, 경작할 수 없는 불모의 땅을 바라보며 절망하고 있던 나의 백성에게 생명을 돌려주었으니, 축복이 너와 함께할 것이다. 신께서 너를 이끌어 주시기를 바란다."

이번에는 퍼시발을 향해 말했다.

"조카여, 나는 너의 소명이 다 끝나지 않았음을 알고 있다. 너는 앞으로 오랫동안 이 성물聖物을 지키는 파수꾼이 되어야 할 것이다. 나는 이것을 탐내는 사람들로부터 지키기 위해 최선을 다하였다. 이제 네가 그것을 지켜야 한다."

마지막으로 보호트를 바라보며, 이 세상 어떤 나라에서도 유례를 찾아볼 수 없는 신비한 탐색을 완결할 수 있도록 힘과 용기를 내라고 격려해 주었다.

세 명의 동지는 어부왕에게 부드럽게 입을 맞춘 다음, 땅으로 내려가 신의 가호를 빌어주며 배웅했다. 왕이 떠나자, 그들은 성호를 긋고 다시 배 위에 올라갔다. 그들이 배 위에 오르자마자, 그때까지 잠잠하던 바람이 거세게 불어 돛을 때리기 시작했다. 배는 순식간에 해안을 떠나 바다로 나갔다. 배는 점점 더 빠른 속도로 물살을 갈랐다.

참혹한 상처에도 불구하고 성배를 충성스럽게 지켜왔던 펠레스 왕은 언덕 너머로 떠오르는 햇살을 받으며 바닷가에 서 있었다. 눈에 눈물이 가득 차올랐다. 그는 이제 성배의 모험을 완결할 사람들을 태우고 있는 배가 멀어져 가는 모습을 바라보았다. 그 세 사람 가운데, 그의 손자와 조카가 있는 것이다. 배가 새벽 안개에 싸여 사라지자, 어부왕은 코르베닉 성으로 돌아갔다.

12 잃어버린 왕국

갈라하드와 퍼시발과 보호트는 오랫동안 바다를 헤맸다. 그들을 신이 어디로 데리고 갈지 알지 못했다. 그들은 자신들에게 성체를 먹여주었던 남자가 해 준 말을 기억하고 있었다. 사라스 시 한가운데에 있는 영혼의 궁에서 성배의 위대하고 신비로운 계시에 접하게 될 거라고, 그는 분명히 말했다. 그러나 그들은 요셉이 그곳에서 브리튼 왕국 최초의 주교로 성별聖別되었다는 것 외에는 아무것도 알지 못했다.

거칠어 보이는 바위투성이 해안을 따라 항해하던 그들은 이내 넓은 바다 한가운데에 이르게 되었다. 파도와, 이따금 모여드는 구름 외에는 아무것도 보이지 않았다. 그들은 배고픔도 목마름도 느끼지 않았다. 성배의 현존이 그들에게 양식이 되었기 때문이다. 그들은 기도를 하거나 찬란한 하늘을 바라보면서 시간을 보냈다. 아침에 해가 뜨면 일어나고, 해가 저물면 잠을 잤다. 그리고 창조의 아름다움에 대하여 신께 감사드렸다.

네 번째 되는 날 아침, 배가 작은 만으로 접근하고 있었다. 만 위로 아주 낡은 성이 보였다. 세 사람은 서로 마주보며 배에서 내려야 하는 것이 아닐까 하고 물었다. 마치 신이 그들을 이곳으로 보내기 위해 일부러 그런 것처럼, 배가 꼼짝도 하지 않고 서 있었던 것이다.

갈라하드가 말했다.

"징조를 기다립시다."

그들은 갈라하드의 말을 따르기로 결정했다. 기다림에 서서히 지쳐갈 무렵, 완전 무장한 기사가 한 사람 나타났다. 그는 해안을 따라가고 있었다. 세 사람은 이곳이 어디냐고 그에게 소리쳐 물었다.

기사가 큰 소리로 대답했다.

"얼른 이곳을 떠나세요. 절대로 땅에 오르지 마세요. 비참과 고통밖에는 얻을 것이 없습니다. 이 나라 사람들은 기독교도들이 아닙니다. 호수의 기사 란슬롯 경에게 죽임을 당한 오리안데 왕의 누이가 이 나라의 여왕이랍니다. 지금은 세상 전체가 예수 그리스도에게 경배를 바치고 있지요. 여왕은 그 사실에 무척 마음이 상했습니다. 그녀는 새로운 종교의 추종자들을 증오하거든요. 벌써 오래전에 그녀는 기독교가 세상에서 사라질 때까지 세상을 보지 않을 수 있도록 그녀에게서 눈을 빼앗아가 달라고 기도했어요. 그녀는 정말로 장님이 되었습니다. 그녀는 그녀의 신들이 자신의 소원을 들어주었다고 사방에 소문을 퍼뜨렸습니다. 그러나 나는 우리 주님께서 그녀의 사악한 생각을 벌하신 거라고 생각합니다. 불행이 닥칠 터이니 이곳을 피해 가시라고 이런 말씀을 드리는 겁니다."

갈라하드가 대답했다.

“경고해 주어 고맙소. 그러나 신의 영광을 드높이는 것보다 더 아름다운 일은 없소. 우리는 그러한 일에 몸을 바친 자들이오. 우리 주님께서도 십자가에 달릴 것을 받아들이셨을 때, 스스로 고통을 감당하지 않으셨소. 우리 모두 그분처럼 해야 할 것이오.”

“경의 말을 믿습니다. 그러나 여러분이 과연 이 나라를 지배하고 있는 악마들을 무찌를 수 있을지 걱정이 되는군요.”

“그건 우리가 알아서 할 일이지요.”

기사는 신께서 지켜 주시기 바란다고 말하고 해안가를 따라 말을 달려 떠났다. 세 명의 동료들은 무장을 한 다음, 땅으로 내려서서 성을 향해 다가갔다. 성벽 안으로 아주 높고 오래된 듯한 탑이 보였다. 성문 앞에는 쇠목걸이가 채워진 남자가 있었는데, 그 쇠목걸이는 깊은 해자 위에 걸쳐진 다리 길이만 한 쇠사슬로 성문에 박힌 쇠창살에 고정되어 있었다. 세 사람이 다가오자, 남자는 사슬이 허용하는 길이만큼 앞으로 나와 다급한 목소리로 외쳤다.

“여러분 중 한 분이 들고 있는 방패 위에 붉은 십자가가 그려진 것을 보니 기독교인들이시군요. 신에 대한 사랑을 위해 말씀드립니다. 성안으로 들어가시면 안 됩니다.”

갈라하드가 물었다.

“왜 그렇소?”

“저 역시 여러분처럼 기독교인인데, 이 나라를 지배하고 있는 사람들에게 붙잡혔어요. 그리고 보시다시피 이렇게 문을 지켜야 하는 신세가 되었습니다. 이 성은 끔찍한 곳이에요. 이 성이 ‘분노의 성’이라고 불리는 데는 그럴 만한 이유가 있어요. 성에 살고 있는 기사 세 사람은 모두 젊고 아주 미남입니다. 그런데 기독교인 기사를 보기만 하면 이성을 잃고 광분합니다. 그 무엇도, 또 그 누구도 그들을 말릴 수 없어요. 그들의 누이도 성에 살고 있습니다. 아주 예쁜 여자지요. 아마 제가 만나 보았던 여자들 중에서 제일 예쁜 여자 중 하나일 겁니다. 그 여자는 오라비들을 지켜보고 있다가, 그들이 분노로 미쳐 날뛰면 진정시키려고 노력합니다. 그들이 누이를 너무나 무서워하기 때문에 시키는 대로 고분고분 따르지요. 여자가 없었다면, 그들은 지금보다 더 사람들을 괴롭혔을 거예요. 저는 노예이기 때문에, 그들이 저는 봐줍니다. 그래서 그들을 두려워할 필요가 없지요. 하지만 기독교인 기사들이 성안으로 들어갔다가는 절대로 살아서 빠져 나올 수 없습니다."

역시 갈라하드가 말을 받았다.

"나와 동지들은 성안으로 들어갈 것이오. 왜냐하면 우리는 지옥의 악마들이 다 모인다 해도 신 한 분만큼 강하지 못하다고 확신하기 때문이오."

갈라하드와 보호트와 퍼시발은 즉시 문을 지나 탑을 향해 갔다. 쇠사슬에 묶인 문지기가 말했던 여자가 창문을 통해 그들의 모습을 보았다. 갈라하드가 들고 있는 방패가 그들의 종교가 무엇인지 분명히 드러내 보여 주고 있었다. 아가씨는 밖으로 달려 내려와 기사들을 막아섰다.

"기사님들, 이 탑 안으로 발걸음을 옮겨 놓으셔서는 안 됩니다. 세상에서 제일 잘생긴 세 명의 기사가 탑 안에서 트릭트랙과 체스 놀이를 하고 있어요. 그런데 그들의 잔인함은 그들의 아름다움 못지않답니다. 세 분을 보는 즉시 분노의 광기에 사로잡혀 죽여 버릴 거예요!"

갈라하드가 조용히 대답했다.

"신께서 원하시고, 또 그대가 원한다면 그런 일은 일어나지 않을 것입니다. 아름답고 선한 기적이 일어날 겁니다. 두려워할 아무 이유도 없습니다. 신을 믿기를 거부하는 자는 신께서 이루실 수 있는 일을 보고 분노의 광기에 사로잡히는 것입니다."

세 명의 기사는 탑으로 올라가, 세 형제가 있는 방까지 갔다. 세 사람은 불청객들을 보자마자 펄쩍 뛰어 일어났다. 분노로 이글거리는 눈을 이리저리 굴리던 그들이 악마처럼 울부짖으며 입고 있는 옷을 박박 찢기 시작했다. 거의 동시에 방 안에 놓여 있던 미늘 창(중세기에 사용되던 도끼를 겸한 창—역주)과 검을 움켜쥐었다. 그러나 그들은 지나치게 흥분한 나머지, 제 편이 누구인지, 적이 누구인지 분간할 수 없는 지경이 되어 버렸다. 결국 갈라하드 일행의 털끝 하나 건드리지 못하고, 자기편에게 달려들어 무자비하게 서로 죽여 버렸다. 누이동생이 미처 끼어들 틈도 없었다. 아가씨는 오라비들이 죽어 나자빠지는 것을 보고 미친 듯이 울부짖었다. 그녀는 오라비들의 분노를 가라앉히지 못했다는 사실을 자책하며 슬피 울었다.

갈라하드가 여자에게 다가가 말했다.

"여자여, 울지 마시오. 차라리 그대의 사악한 종교를 포기하시오. 신을 믿기를 거부하는 자는 분노에 사로잡혀 미친 자들이나 악마처럼 죽게 된답니다."✢

갈라하드는 세 구의 시체를 강에 가져다 던져버리라고 지시했다.

퍼시발은 성문으로 다시 내려가 기독교인 노예의 사슬을 풀어주었다. 그는 남자를 방으로 데리고 올라갔다. 여자는 그때까지도 오라비들의 죽음을 슬퍼하며 울고 있었다. 갈라하드와 보호트가 그녀를 달래려고 무진 애를 썼지만, 여자의 슬픔은 가라앉지 않았다.

이번에는 퍼시발이 나섰다.

"오라비들을 위해 울어 주는 것이 무슨 소용이 있소? 그들은 그들에게 합당한 운명을 겪은 것뿐이오. 그리 되지 않았다면, 당신이 누구보다 먼저 그들의 폭력과 광기의 희생자가 되었을 것이오."

여자는 뛰어나게 아름다웠다. 그녀는 눈물을 닦고 다정하게 말을 걸어오는 퍼시발을 가만히 바라보았다. 아주 잘생긴 남자였다. 그녀의 마음 깊은 곳에서 어쩐지 그를 사랑하게 될 것 같다는 이상한 예감이 들었다. 그녀는 속으로 생각했다. 만일 이 남자가 그의 신을 버리고 그녀가 믿는 신들을 맞이한다면, 그녀 소유의 성과 거기에 딸린 영토의 지배를 기꺼이 이 남자에게 맡기겠노라고.

그녀가 묘한 표정을 짓자, 퍼시발은 무슨 생각을 하느냐고 물었다.

"만일 내가 당신에게 당신의 종교를 버리고 나와 결혼해 달라고 한다면 어떻게 하실 건가요? 당신은 이 세상 어떤 남자보다 더 사랑받으실 거예요. 난 당신을 내 모든 영토의 주인으로 만들겠어요."

퍼시발이 차갑게 대답했다.

⚜ '교회 밖에는 구원이 없다' 라는 언명으로 표현되는 확신을 완벽하게 드러내고 있다. 이 대목은 『페를르보』에서 따온 것인데, 이 작품은 12세기경에 분출하고 있던 이교와의 전쟁을 수행하는 문학에 속해 있다.

"그런 일은 있을 수 없소. 내가 당신의 신들을 섬기기 위해 나의 신을 저버리는 일은 결코 없을 것이오. 만일 당신이 남자였다면, 당신 오라비들과 함께 죽였을 거요. 그러나 당신은 자신의 과오를 뉘우칠 것이오. 확신합니다."

"만일 당신이 한 사람의 기사가 귀부인을 사랑하듯이 나를 사랑해 주겠다고 약속한다면, 당신에 대한 사랑을 위해 당신의 종교를 받아들이겠어요."

"그건 할 수 있소. 만일 당신이 세례를 받겠다고 약속한다면 기독교도로서 신앙을 걸고 맹세하겠소. 진실로 신을 믿는 자들이 부인들과 아가씨들을 사랑하듯이 당신을 사랑하리다."⚜

"알겠습니다. 그 이상은 요구하지 않겠습니다."

그녀는 성의 허가를 얻어 숲속에서 살고 있는 은자를 불러오라고 시녀들에게 지시했다. 상황을 듣고 난 은자가 서둘러 여자와 시녀들에게 세례를 주었다. 은자는 여자 곁에 오래 머물면서 교리도 가르쳐 주고 그녀를 위해 미사를 드리기도 했다. 여자는 그 이후로 올바른 삶을 영위하며 자신의 영토를 지혜롭게 다스렸다.

세 명의 동지들은 모험이 행복한 결말을 맞이하게 되어 무척 마음이 흡족했다. 일행은 곧 성벽 아래에 있는 배를 향해 갔다. 그들이 배에 오르자마자, 기다렸다는 듯 바람이 불어와 돛을 부풀렸고, 배는 빠르게 넓은 바다로 나아갔다. 그들은 신 자신이 그들을 보내어 임무를 수행하게 했다는 것을 깨달았다.

⚜ 즉, 기독교도들을 위해, 특히 여성들을 섬기는 올바르고 충성스러운 신하로서.

그들은 사흘 밤낮을 항해했다. 넷째 날 아침에 그들은 배가 작은 항구에 들어와 있다는 것을 알게 되었다. 수많은 군중이 바닷가에 나와 있었고, 성문 주위에도 가득 모여 있었다.

갈라하드는 젊은 종자 한 사람에게 성이 누구의 소유냐고 물어보았다.

"장드레 여왕님의 소유지요. 병사들을 모두 거느리고 문 앞에 나와 계십니다. 분노의 성의 세 기사가 죽었고, 세 사람의 이방인 기사들이 성을 정복한 뒤에 아가씨에게 세례를 받게 했다는 보고를 받았거든요. 여왕님은 그 사실에 놀라서 땅을 빼앗길까 봐 두려워하고 계십니다. 여왕님의 오라버니인 오리안데의 마다글란 님 역시 아더 왕의 기사 한 사람에게 죽임을 당했기 때문에 도움을 청할 사람이 아무도 없거든요. 여왕님께서는, 분노의 성을 정복한 세 기사 중 한 사람은 붉은 십자가가 그려진 방패를 들고 있는데, 그의 이름이 선한 기사라는 사실도 보고 받으셨지요. 무적의 무사라 하더군요. 그래서 여왕님은 이곳보다 더 튼튼하고 안전한 다른 성으로 옮기시려는 것입니다."

젊은 종자는 말을 마치고 가 버렸다. 세 사람은 어찌 하는 것이 옳은지 몰라 서로 얼굴을 마주 보았다. 제일 먼저 입을 연 사람은 보호트였다.

"우리가 이곳에 있는 것은, 신께서 우리를 이곳으로 데려오셨기 때문이오. 따라서 우리는 행동해야 하오."

갈라하드가 말을 받았다.

"옳은 생각입니다. 장드레 여왕을 만나러 갑시다."

그들이 무장하려고 준비하고 있을 때, 성의 입구에서 그들을 바라보고 있던 남자가 여왕을 향해 외쳤다.

"여왕 마마! 저 기사를 보십시오. 붉은 십자가가 그려진 방패를 들고 있어요. 두 명의 동료와 함께 배에서 내리고 있습니다."

여왕이 한숨을 쉬며 말했다.

"사람들이 말하던 그 기사인 모양이구나. 지금은 어떡하고 있느냐?"

기사 한 사람이 대답했다.

"세 명이 모두 이곳으로 오고 있습니다."

"알았다. 나에게 데리고 오라. 뭐라고 말하는지 들어보고 싶다."

갈라하드와 보호트와 퍼시발은 성문 앞에 도착했다. 갈라하드가 앞으로 나섰다. 여왕이 시녀 두 사람의 부축을 받아 걸어오는 것을 보고, 그녀가 장님이라는 얘기를 바닷가를 달리던 기사에게서 들은 기억이 났다.

그는 여왕 앞으로 나가 말했다.

"여왕 마마, 저희는 외국에서 온 기사들로 전하께 인사드리러 왔습니다."

"고맙군요. 이곳엔 무얼 하러 오셨는지요?"

"전하의 행복을 위해서 왔을 뿐입니다."

"분노의 성에서 오시는 길이지요? 내가 사랑하던 세 명의 고결한 기사들을 죽였다고 하더군요. 여러분이 저지르신 짓이지요?"

"그렇지 않습니다. 우리가 그들 앞에 모습을 보이자, 그들은 미쳐서 날뛰더니 서로 죽여 버렸습니다."

"어쨌든, 당신들은 기독교인이지요? 내가 기독교인들을 증오한다는 걸 알아두셔야 합니다."

갈라하드가 차분한 어조로 대답했다.

"물론 알고 있습니다. 그래서 제 동료들과 저는 우리가 죄인들이 아니라 우리의 신을 섬기는 것을 자랑스러워하는 사람들이라는 것을 전하께서 이해하시기를 바라는 마음으로 이렇게 찾아뵙게 된 것입니다. 우리가 섬기는 신은 모든 존재들과 사물들의 주인이십니다."

여왕은 잠시 생각에 잠겼다가 다시 입을 열었다.

"그것은 그대의 주장일 뿐이지요. 나는 그 말을 조금도 믿지 않습니다. 우리가 섬기는 신들이 그대의 신보다 더 힘이 셉니다."

"그렇다면 서로의 주장을 한번 시험해 보도록 하지요. 장드레 여왕 폐하, 왜 장님이 되셨습니까?"

"내가 원했으니까요."

"어떻게요?"

"기독교인들이 지상에서 모두 사라질 때까지 눈이 멀게 해 달라고 내가 섬기는 신들에게 기도했거든요."

"그렇다면, 전하의 의지와 상관없이 제가 섬기는 신께 전하의 눈을 돌려주십사고 기도해 보면 어떻겠습니까?"

여왕이 화를 내며 소리쳤다.

"이건 도전인가요? 좋습니다. 받아들이지요. 이 시험의 결론이 내려지기 전에는 떠나지 마십시오. 오늘 밤은 나의 성에서 머물도록 하십시오."

장드레 여왕은 여전히 하녀들의 부축을 받아 앞장서서 성으로 들어갔다. 갈라하드와 보호트와 퍼시발이 뒤따라갔다. 백성들은 여왕이 기독교인들, 그중에서도 붉은 십자가가 그려진 방패를 든 사람을 받아들였다는 사실에 크게 놀랐다. 시력을 잃은 뒤에, 그녀는 자신의 영토에 들어온 기독교도들을 모두 죽였기 때문이다. 오죽 했으면 기독교의 추종자들이 보기 싫어서 눈을 포기했을까. 그런데 생각을 바꾸다니. 혹시 여왕은 저들을 보고 싶어 한 게 아닐까. 사람들은, 특히 그녀와 얘기를 나누었던 기사를 보고 싶어 할 것이라고 생각했다. 용맹이 하늘을 찌른다는 소문은 들었지만, 어쩌면 생김새마저 저토록 준수하단 말인가.

세 명의 동지들은 융숭한 대접을 받고, 편안하게 잠들 수 있는 침대 세 개가 놓여 있는 방으로 안내되었다. 밤은 평온하고 고요하게 지나갔다.

다음 날 아침, 여왕은 신하들을 모두 소환했다. 그들이 모두 모이자, 왕비가 대접견실 안으로 들어왔다. 갈라하드와 보호트와 퍼시발도 신하들 사이에 끼어 있었다. 그런데 여왕은 눈을 뜨고 있었다. 시력을 되찾게 된 것이다. 모두 놀라며 감탄했다. 가장 기뻐했던 사람들은 물론, 세 명의 동지들이었다.

여왕이 말했다.

“모두 내 말을 들으세요. 내가 간밤에 겪은 신비한 일을 들려드리겠습니다. 어제 저녁에 잠자리에 들었을 때만 해도 나는 여전히 장님이었어요. 아무것도 보이지 않았지요. 나는 내가 섬기는 신들에게 다시 보게 해 달라고 기원했습니다. 그러나 그들은 그렇게 할 수 있는 능력이 없는 것 같았어요. 대신 외국에서 온 세 명의 기사들을 죽이라고 명령했답니다. 명령에 복종하지 않으면 벌 받을 것이라고 화를 내며 위협하더군요. 나는 그들이 내 소원을 들어줄 수 없기 때문에 화를 낸다는 걸 알게 되었지요. 아무것도 잃을 건 없으므로, 나는 이번엔 기독교의 신에게 겸손하게 빌었지요. 만일 사람들이 말하듯이 정말로 그렇게 힘이 있는 분이라면 나에게 눈을 돌려 달라고. 그렇게 해 주면 평생 동안 그를 진심으로 믿겠다고 약속했습니다. 그러고 나서 잠이 들었지요.

잠을 자는 동안 아주 이상한 꿈을 꾸었습니다. 아름다운 부인이 아이를 낳는 것을 보았어요. 그녀는 햇빛처럼 찬란한 빛에 둘러싸여 있었습니다. 아름답고 사랑스러운 아기는 날개를 가진 피조물들에게 에워싸여 있었는데, 그들은 기쁨의 환희에 빠져 있었어요. 그 광경을 바라보는 동안 나는 매혹되어 있었답니다. 그런데 꿈이 갑자기 바뀌었어요. 사람들이 어떤 남자를 기둥에 묶더니 막대기로 마구 후려치는 것이었습니다. 사방으로 피가 튀었지요. 형 집행인들은 아주 잔인했습니다. 나는 참을 수 없어 눈물을 흘렸습니다. 사람들이 그 남자를 십자가에 매달더니 손과 발에 못을 박고, 창으로 가슴을 찔러 피를 철철 흘리게 하는 것도 보았습니다. 또한 공경할 만한 모습의 한 남자가 에메랄드 잔에 그 피를 받는 것도 보았습니다. 나는 너무나 큰 소리로 흐느껴 울었습니다. 그 바람에 잠에서 깨었지요. 그런데 깨어나 보니 전처럼 모든 것이 보이는 겁니다. 이것은 진실입니다. 나의 신들은 나를 다시 보게 해 줄 능력이 없었습니다. 그러나 기독교의 신은, 내가 그의 원수임에도 불구하고 나를 불쌍히 여겨 주었습니다."

방 안에서 큰 웅성거림이 솟아올랐다. 여왕의 신하들은 기독교의 신이 오랫동안 자신을 섬기는 사람들을 집요하게 증오해 왔던 여왕을 불쌍히 여겨 주었다는 사실에 감동했다. 여왕이 조금 틈을 두었다가 말을 이었다.

"나는 여러분이 지금까지 믿던 신들을 버리고 기독교의 신을 진정한 빛의 신으로 인정하기를 바랍니다."

그리하여 장드레 여왕은 세례를 받게 되었다. 여왕의 신하들도 모두 그녀를 따라 세례를 받았다. 갈라하드 일행은 다시 배로 돌아갔다. 세 사람이 배를 타자마자, 배는 해안을 떠나 넓은 바다로 나아갔다.

그들은 오랫동안 물결에 따라 흔들렸다. 그러나 갈라하드는 슬픈 표정을 짓고 있었다. 어떤 고통스러운 생각에 몰두하고 있는 듯했다. 그는 배 뒤쪽에서 몇 시간씩이나 시간을 보내곤 했다. 때로는 앉아 있기도 했지만, 대부분의 시간에는 무릎을 꿇고 있었다. 마치 주위에서 일어나는 일에 아무 관심도 없다는 듯 멍하니 바다만 바라보았다. 뭔가 심상치 않다는 것을 느낀 퍼시발이 이유를 물었다.

갈라하드가 아득한 목소리로 대답했다.

"오, 퍼시발 경, 내 동지여! 사실대로 말하리다. 전날 주께서 성배의 신비의 일부분을 우리에게 보이셨을 때, 나는 예수의 신실한 신도들에게만 밝혀지는 비밀스러운 것을 보았답니다. 세상에 살고 있는 인간의 머리로는 상상할 수도 없고, 인간의 말로는 표현할 수도 없는 것을 보고 있는 동안 내 마음은 너무나 큰 기쁨과 표현할 수 없는 지극한 감미로움을 맛보았습니다. 그 순간에 나는 죽었던 것입니다. 어떤 인간도 그처럼 행복한 죽음을 맛보지는 못했을 겁니다. 퍼시발 경, 내 앞에 수없이 많은 천사들이 있었습니다! 그들이 가득 찬 영적 행복 안에서 나를 지상의 삶에서 천상의 삶으로, 신의 기쁨과

영광 속으로 옮겨놓은 것 같았습니다. 고백하지요. 내겐 한 가지 희망밖에는 없습니다. 신께서 원하신다면, 성배의 신비를 바라보면서 가능한 한 빨리 이 세상을 떠나고 싶습니다."

동료의 고백을 듣고 퍼시발은 혼란스러웠다. 갈라하드의 명상을 방해하지 않으려고 아무 내색도 하지 않았을 따름이다. 마음속으로는 갈라하드가 다른 인간들과 똑같은 인간이 아닐지도 모른다는 생각을 하고 있었다. 그는 어쩌면 세상에서 가장 고결한 신비로 인간을 이끌어 가려고 신이 보내신 천사는 아닐까.

배 안에는 침대가 있었다. 그들이 이상한 줄의 검을 발견했던 바로 그 침대였다. 그것은 아주 이상한 모양이었다. 완전히 나무로 만들어져 있고, 이불도 베개도 없었다. 침대 다리는 눈처럼 하얗고, 피처럼 붉었으며, 에메랄드처럼 맑은 녹색을 띠었다. 그 아래 바닥에는 "선한 기사만이 어느 날 생명의 나무로 만들어진 이 침대 위에 누울 수 있다"라는 기록이 씌어 있었다. 그러나 그때까지 세 동료 중 누구도 그 시험에 도전해 보고 싶다는 생각이 들지 않았다.

바람 한 점 불지 않아 바다가 고요한 어느 날, 보호트와 퍼시발이 갈라하드에게 말했다.

"친구여, 경은 이 침대에 한번도 눕지 않았소. 우리가 보기에 이 침대는 경을 위해 일부러 만들어진 것이오. 기록이 분명히 보여 주고 있지 않소? 갈라하드 경, 이 침대를 사용해야 합니다. 그것이 주님의 명령이니까요."

갈라하드는 아무 말도 하지 않고 침대에 누워 깊은 잠 속으로 빠져 들어갔다. 그는 아주 오랫동안 잤다. 그가 잠에서 깨어났을 때 배는 거대한 도시가 굽어보고 있는 항구에 들어와 있었다.

갈라하드가 물었다.

"여기가 어디입니까?"

퍼시발이 대답했다.

"사라스요. 경이 잠들어 있을 때 도착했다오."

바로 그때, 바닷바람에 실려 온 듯한 목소리가 말했다.

"기사들이여! 배를 떠나라. 은 탁자를 가지고 사라스로 가되, 영혼의 궁전에 도착하기 전에 내려놓아서는 안 된다. 그곳은 우리 주님께서 요셉을 이 나라의 첫 번째 주교로 성별하신 곳이니라."

그들이 막 탁자를 들어 올리려는 순간, 퍼시발의 누이 라우리의 시신을 넣어두었던 배가 파도에 흔들리고 있는 것이 보였다. 세 사람이 마주보며 서로에게 말했다.

"하느님, 라우리는 우리를 만나러 오겠다는 약속을 지켰군요."

그들은 은 탁자를 들어올렸다. 보호트와 퍼시발이 앞쪽을 들고, 갈라하드가 뒤쪽을 들었다. 그들은 배를 떠나 도시를 향해 걸어가기 시작했다. 탁자는 무척 무거웠다. 성문 앞에 왔을 때, 갈라하드는 힘이 빠져 비칠거렸다. 마침 문 아래에, 목발을 짚고, 지나가는 행인들에게 구걸하는 거지가 한 사람 있었다.

갈라하드가 큰 소리로 그를 불렀다.

"이보시게! 이리 와서 좀 거들어 주게!"

거지가 놀란 표정으로 갈라하드를 바라보았다.

"아이구, 기사님, 지금 뭐라고 하셨습니까? 다른 사람의 도움을 받거나, 목발 없이 걷지 못한 지 십 년도 넘었습니다요!"

갈라하드가 다시 말했다.

"그런 것은 걱정할 필요 없네. 일어나 걸어오게. 자네는 고침을 받았네."

그 말을 듣고 남자는 몸을 일으켜 보았다. 놀랍게도 그의 말은 사실이었다. 남자는 언제 불구였던 적이 있느냐는 듯 힘찬 모습으로 탁자를 향해 달려와 한 귀퉁이를 들었다. 성안으로 들어가면서 그는 만나는 사람마다 신께서 방금 자신을 위해 베푸신 기적에 대해 큰 소리로 떠들어 댔다.

영혼의 궁전은 도시 변방에 있는 아주 높은 성이었다. 세 동료는 성이 비어 있으며, 오래전부터 사람이 살지 않았다는 것을 알게 되었다. 그렇다고 해서 폐허처럼 보이는 것은 아니었다. 마치 시간 속에 정지되어 버린 것 같은 모습이었다.

세 사람은 문 앞으로 다가갔다. 문이 스르르 열렸다. 일행은 방안으로 들어갔다. 옛날에 신께서 요셉과 성배의 파수꾼인 그의 동료들을 위해 마련해 두신 의자들이 놓여 있었다. 그들은 그 방에 은 탁자를 내려놓았다. 탁자 위에는 범인凡人들이 에메랄드 잔과 그것이 뿜어내는 빛을 보지 못하도록 붉은 덮개가 씌워져 있었다.

그 사이에 도시에 살고 있는 사람들이 방금 고침을 받은 절름발이를 보기 위해 달려왔다. 그들은 기적이 일어났던 상황을 자세히 이야기해 달라고 졸라 댔다. 세 사람의 동료는 탁자를 내려놓고 난 뒤, 퍼시발의 누이가 누워 있는 배로 올라가서, 시신을 영혼의 궁전으로 옮겼다. 그곳에 라우리를 안장한 뒤, 그녀에게 합당한 예를 올렸다. 이 모든 것이 라우리 자신의 유언에 맞게 이루어졌다.

사라스 시는 세 사람의 도착으로 온통 시끌벅적했다. 사람들은 그들이 어떻게 거지를 고쳐 주었는지, 왜 탁자를 영혼의 궁전으로 가져갔는지 저마다 떠들어 댔다. 그 도시의 왕은 에스코란이라는 사람이었는데, 소문을 듣고 세 명의 동료들이 어떤 사람들인지 무척 궁금해 했다. 그는 그 이방인들을 당장 데려오라고 명령했다. 세 사람은 곧 왕 앞으로 나아가 정중하게 예를 표했다.

왕이 어디서 온 누구인지, 또 그의 나라에는 무엇 때문에 왔는지, 은 탁자 위에 올려놓고 가져온 것은 무엇인지 물었다. 갈라하드와 두 동료는 모두 사실대로 말했다. 성배의 신비뿐 아니라, 신께서 에메랄드 잔에 어떤 능력을 부여하셨는지도 이야기했다.

에스코란 왕은 기독교도가 아니었다. 갈라하드가 들려주는 이야기를 듣더니, 그는 피식 웃음을 터뜨렸다. 세 명의 동료가 그를 설득하려고 계속 애쓰자, 마지막에는 벌컥 화를 내더니 그들을 잡아 가두라고 명령했다. 혹세무민하는 사기꾼들이라는 것이 이유였다. 그는 또한 죄수들에게 일절 먹을 것도 마실 것도 주지 말라고 명령했다. 그러나 갈라하드 일행이 감옥에 갇히자마자, 그들을 잊지 않으신 신께서는 그들에게 성배를 보내주셨다. 그들은 갇혀 있는 동안 성배의 덕성으로 먹고 마셨다.

두 주일이 지나갔을 때, 에스코란 왕은 큰 병에 걸렸다. 그는 자신이 죽을병에 걸렸음을 깨닫고 세 명의 동지를 불러오라고 일렀다. 그는 세 명의 동지들에게 그들을 학대했던 것을 용서해 달라고 빌었다. 그들은 너그러운 마음으로 왕을 용서해 주고, 마지막 순간을 맞이하고 있는 왕을 위로해 주었다. 왕은 얼마 뒤에 죽었다.

왕의 장례식이 끝난 뒤, 사라스 백성들은 큰 혼란에 빠졌다. 왕이 후사를 남기지 못하고 죽었던 것이다. 그들은 왕위 계승자로 누구를 선출해야 할지 알지 못했다. 그들이 열심히 의논하고 있는 중에 머리 위에서 목소리가 들려왔다.

"오랫동안 감옥에 갇혀 있었던 이방에서 온 세 동지들 중에서 가장 젊은 자를 택하여라. 그가 너희를 보호해 줄 것이며, 너희들 가운데 살아 있는 동안 훌륭한 조언을 해 줄 것이다."

그들은 목소리의 명령에 복종하기로 결정하고, 갈라하드를 찾아가 머리 위에 관을 씌워 주며 그들의 왕으로 추대했다. 갈라하드는 그 나라를 다스리고 싶은 마음이 전혀 없었지만, 거절하지 않았다. 거절했다가는 틀림없이 그나 동지들의 목숨이 위험해지리라는 것을 알고 있었기 때문이다.

그 나라의 주인이 된 갈라하드는 보석이 박힌 황금 아치를 만들어 성배 위에 씌워 놓았다. 그리고 매일 아침 일어나자마자 두 명의 동료와 함께 영혼의 궁전의 큰 방에 들어가 기도하고 찬미를 바쳤다.

어느 날이었다. 에메랄드 잔 앞에서 명상에 잠겨 있는데, 주교의 옷을 입은 아름다운 사람이 나타났다. 그는 오랫동안 탁자 앞에 무릎을 꿇고 앉아 있다가 미사를 올리기 시작했다. 봉헌을 올릴 때가 되었을 때, 그는 잔을 덮고 있던 덮개를 벗긴 뒤에 갈라하드를 불렀다.

"오너라. 믿음이 깊은 자여, 오너라. 네가 그토록 보고 싶어 하던 것을 보게 되리라."

갈라하드는 탁자 앞으로 다가가 잔 위로 몸을 기울였다. 잔 속을 들여다보는 순간, 그의 몸이 덜덜 떨리기 시작했다. 죽어야 할 삶이 영적인 것을 만났기 때문이었다. 갈라하드는 하늘을 향해 두 손을 올리고 말했다.

"주님, 당신을 찬미하며 제 소원을 들어주시니 감사합니다. 어떤 혀도 묘사할 수 없고 어떤 가슴도 상상할 수 없는 것을 제가 분명히 보았습니다. 모든 위대한 용기의 근원과 무훈을 보았습니다. 경이 중의 경이를 보았습니다. 제 모든 소원을 채워 주셨으니, 원컨대 제가 지금 처해 있는 기쁨의 상태에서 지상의 생으로부터 천상의 생으로 옮겨 주소서. 세계의 위대한 비밀을 알아 버린 지금 더 이상 세상에서 살 수 없는 까닭입니다."

보호트와 퍼시발은 무릎을 꿇고 앉아 있는 갈라하드의 모습을 보았다. 주교 옷을 입은 사람의 모습은 그들의 눈에도 뚜렷하게 보였다. 그 사람은 갈라하드에게 몸을 숙이고, 방금 에메랄드 잔에서 끄집어 낸 성체를 내밀었다. 갈라하드는 잠깐 동안 꼼짝도 하지 않고 앉아 있었다. 마치 동료들의 귀에는 들리지 않는 어떤 말을 귀 기울여 듣고 있는 모습이었다. 조금 뒤에 갈라하드는 몸을 일으켜 퍼시발에게 다가왔다.

"퍼시발 경, 이제 신비를 지키는 것은 경이 해야 할 일입니다."

그는 퍼시발에게 입을 맞추었다. 그리고는 보호트에게 다가가 다정하게 입을 맞추면서 나지막하게 말했다.

"보호트 경, 아버지 란슬롯 경을 만나게 되거든 나를 위해 인사를 전해 주십시오."

그는 탁자 앞으로 돌아가 엎드렸다. 조금 뒤에는 고개가 푹 꺾이더니, 얼굴이 바닥에 닿았다. 그의 영혼이 육체를 떠난 것이다. 그때 보호트와 퍼시발은 놀라운 일을 목격했다. 찬란한 빛이 갈라하드의 몸을 감싸고, 그 빛 속에서 누구의 것인지 알 수 없는 손이 하늘에서 내려왔다. 그 손이 곧장 에메랄드 잔을 향해 가더니, 잔을 집어 들고 가버렸다. 빛은 이내 꺼졌다. 보호트와 퍼시발만이 큰 방안에 홀로 남아 있었다. 갈라하드는 은 탁자 앞에 조용히 누워 있었다. 탁자는 텅 비어 있었다. 성배는 이제 그곳에 없었다.

두 사람은 갈라하드가 정말로 죽었다는 것을 확인하고 견딜 수 없는 슬픔에 사로잡혔다. 그들은 사람들에게 그 소식을 알렸다. 백성들은 가슴을 치며 갈라하드의 죽음을 애도했다. 그들은 갈라하드가 죽은 바로 그 자리에 갈라하드의 무덤을 팠다. 백성들은 다시 모여 의논한 뒤, 퍼시발을 그들의 왕으로 선택했다. 그들은 퍼시발의 머리에 황금 관을 씌우고 그들을 보호해 달라고 부탁했다. 퍼시발은 신께서 사라스 시에 머무는 것을 허락하시는 동안 최선을 다하겠노라고 약속했다. 그는 매일 같이 보호트와 함께 영혼의 궁전에 있는 갈라하드의 무덤을 찾아가 기도를 올렸다.

어느 날 밤, 퍼시발은 이상한 꿈을 꾸었다. 일어나자마자 그는 보호트에게 꿈 이야기를 들려주었다.

그는 혼자서 배를 타고 여기저기 흩어져 있는 섬들 사이를 항해하고 있었다. 오랫동안 그렇게 항해하다가 섬 위에 서 있는 성을 발견하게 되었는데, 배가 그 섬으로 가까이 다가가 성벽 바로 아래에 멈추어 서는 것이었다. 그때 성벽 꼭대기에서 아주 아름다운 네 개의 주석 나팔 소리가 들려왔다. 눈을 들어 보니, 흰 옷을 입은 사람들이 나팔을 불고 있었다. 그는 배에서 내려 성을 향해 다가갔다. 그는 여기저기 방들을 돌아다녀 보았다. 어느 방이나 모두 화려하고 아름다웠다. 안뜰에도 나무들이 가득 심겨져 있고, 꽃들이 흐드러지게 피어 있었다. 잎이 무성한 큰 나무 아래에 아름다운 샘이 있었는데, 물이 너무나 맑고, 바닥에는 보석들이 가지런히 깔려 있었다. 샘 옆에는 남자 두 사람이 앉아 있었다. 수염과 머리카락이 눈처럼 흰데도 얼굴은 젊은이 같았다. 그를 보자마자 두 사람은 자리에서 일어나 그의 이름을 부르며 인사했다.

그런 다음 황금과 상아로 만들어진 탁자가 여러 개 놓여 있는, 그 성에서 가장 크고 가장 아름다운 방으로 그를 데리고 갔다.

두 사람 중 한 사람이 뿔나팔을 세 번 불었다. 그러자 서른 살쯤 되어 보이는 젊은 사제 서른세 명이 한꺼번에 방안에 들어왔다. 모두 흰 옷을 입고, 가슴에는 붉은 십자가를 걸고 있었다. 그들은 방안에 들어오자마자 고개를 숙이고, 가슴을 치며 죄를 고백한 다음, 아름다운 황금 대야 안에 손을 넣어 씻고 나서 탁자에 앉았다. 두 명의 연장자들은 가장 큰 탁자에 퍼시발 혼자서 앉게 했다. 맛있어 보이는 음식이 차려졌지만, 퍼시발은 주위를 돌아보느라 정신이 팔려 있어서 음식에는 손을 대는 둥 마는 둥 했다. 그를 둘러싸고 있는 모든 것이 놀랍기만 했다.

갑자기 천장에 매달려 있는 금 사슬이 눈에 들어왔다. 사이사이 보석을 촘촘하게 박아 넣은 금 사슬은 부드러운 광채를 발하고 있었는데, 한가운데에 아름다운 금관이 매달려 있었다.* 금 사슬은 천천히 아래로 내려왔다. 그리고 신의 의지에 의해서인 것처럼 허공에 대롱대롱 매달려 있었다.

사제들이 방 한가운데에 있는 커다란 구덩이의 뚜껑을 열었다. 구덩이에서 끔찍한 비명 소리와 찢어지는 괴성이 솟아올랐다. 퍼시발은 그 고통스러운 비명 소리가 들려오자, 금 사슬이 마치 기적처럼 위로 솟아올라가 사라져 버렸다는 것을 알고 크게 놀랐다. 사제들이 다시 구덩이 뚜껑을 닫았다. 식사가 끝나자 흰옷을 입은 사람들은 자리에서 일어나 신에게 영광을 돌리고는, 그들이 왔던 곳으로 돌아갔다.

그때 두 명의 연장자들이 퍼시발에게 말했다.

"그대가 보았던 금 사슬은 아주 귀중한 것일세. 금관도 귀한 것이지. 이 방은 왕의 방일세. 그것을 명심하게. 사라스 시 앞에 붉은 십자가가 그려진 돛을 단 배가 나타나는 날, 그대는 다시 이곳으로 오게 될 걸세. 그 배가 나타났다는 사실은 금관이 그대의 것이 되었다는 사실을 의미하는 것이야. 그러면 그대는 이곳에서 아주 가까운 곳에 있는 섬의 왕이 될 것이네.

그곳은 모든 것이 풍성하고, 사람들이 살아가는 데 필요한 것이 모자라는 법이 없지. 어떤 훌륭한 사람이 그곳을 다스리면서 그렇게 만들어 놓았다네. 그는 그가 세운 모든 공으로 인하여 더 큰 왕국의 왕으로 선출되었는데, 섬의 백성들은 그와 똑같이 훌륭한 사람이 그의 후계자가 되기를 바라고 있다네. 그러므로 퍼시발 경, 때가 되면 그들의 소망에 합당한 사람이라는 것을 보여 주게. 그 섬은 진실로 축복받은 땅이라네. 또한 그 섬으로 그대의 누이와 선한 기사의 시신을 싣고 가게."

⚜ 금 사슬로 허공에 매달려 있는 잔은 켈트 신화에서 자주 나타나는 이미지. 천상과 지상의 연속성 안에서 존재를 파악하는 형이상학을 드러낸다. 그러나 이 원형성은 중세기에 이르면 정치적으로 오염된다. 여기에서 퍼시발의 성배 왕으로서의 지위는 퍼시발이 사제들이 가득 찬 방에 들어가 그 우두머리로 대접받고 있다는 사실에서 알 수 있는 것처럼 일종의 사제-왕을 상징한다. 게다가 텍스트는 이 섬의 부유함을 매우 현실적인 방식으로 거론함으로써, 이 직위가 정신적이거나 영적인 세계하고만 연관을 맺고 있지 않다는 것을 명시하고 있다. 구약 성서의 멜기세덱이 가장 잘 재현하고 있는 사제-왕의 개념은 성배 신화를 자기화하고 싶어 했던 중세기 군왕들의 욕망을 잘 드러내 보여 주고 있다. 중세기에 지어진 유럽 성당의 스테인드글라스에는 멜기세덱의 모습이 아주 빈번하게 나타나고 있다. 신화 작가는 퍼시발이라는 민중적 영웅을 사제—왕으로 변모시켜 지상도 아니고 천상도 아닌 일종의 지상천국으로 데려가 버림으로써 왕과 교황의 경쟁으로부터 주인공을 도피시키고 있다. —역주

그 순간에 퍼시발은 잠에서 깨었다. 꿈속에서 보고 들은 모든 것이 무엇을 의미하는지 몰라 그는 멍하니 자리에 누워 있었다.

꿈 이야기를 끝낸 퍼시발이 보호트에게 물었다.

"이 모든 것에 대해 어찌 생각하십니까?"

"한 가지는 분명하군. 세상을 떠나기 전에 갈라하드 경이 말했잖소. 이제부터는 경이 신비의 파수꾼이라고."

퍼시발은 오랫동안 침묵을 지켰다. 한참 만에 그가 나지막한 소리로 말했다.

"신비라……. 성배가 사라진 지금 무엇이 신비가 될 수 있을까요?"

"금 사슬과 금관을 잊으셨소? 수많은 비명 소리가 들려왔다는 그 구덩이가 무엇인지도 모르지 않소."

"그렇군요. 이 모든 신비를 알고 싶습니다. 보호트 경, 우리는 이 세상 누구도 응시할 축복을 받지 못했던 기적의 증인들입니다. 그러나 나는 여전히 큰 공허감을 느낍니다. 마치 바로 옆에 있는 엄청난 보물을 바라보지도 못하고 지나쳐 버린 것처럼 말입니다."

"우린 인간에 불과합니다. 우리는 신께서 우리에게 보여 주시는 것이 마땅하다고 여기는 것을 보았을 뿐이오."

보호트는 석 달여의 기간을 퍼시발 옆에서 보냈다. 어느 날 퍼시발은 영혼의 궁전 안에 있는 갈라하드의 무덤 앞에서 기도하고 있었다. 어느 순간엔가 바다 쪽에서 커다란 주석 나팔 소리가 들려왔다. 전에 꾸었던 꿈이 떠올랐다. 창가로 다가가 바깥을 내다보니 붉은 십자가가 그려진 돛을 단 큰 배가 눈에 들어왔다. 배는 항구에 닻을 내렸다. 퍼시발은 흰 옷을 입은 사람들이 아름다운 상자 두 개를 들고 배에서 내리는 것을 보았다. 하나는 금으로, 다른 하나는 은으로 되어 있었다. 그들은 곧장 영혼의 궁전으로 왔다. 궁전 안으로 들어온 그들은 갈라하드의 무덤을 열고 금으로 만든 상자 안에 관을 집어넣었다. 라우리의 관은 은 상자 안에 집어넣었다. 그리고 상자들을 배로 가지고 갔다. 퍼시발은 그들을 따라갔다. 배에 오르기 전에 퍼시발은 보호트를 껴안으며 말했다.

"보호트 경, 사랑하는 친구여, 나는 신께서 마련해 놓으신 운명을 따라가야 합니다. 다시는 볼 수 없겠지만, 살아 있는 동안 경을 가슴에 간직하겠습니다. 나를 위하여 아더 왕과 귀네비어 왕비님, 그리고 원탁의 모든 동지들에게 인사를 전해 주십시오. 경은 궁으로 돌아가 우리가 행한 모든 일을 아뢰어야 합니다."

퍼시발이 배에 오르는 동안, 보호트의 두 뺨으로 눈물이 쉴새없이 흘러내렸다. 흰 옷 입은 사람들이 닻을 들어 올리자, 강하게 불어오는 바람을 받아 돛이 팽팽하게 부풀었다. 배는 곧 수평선 너머로 사라졌다. 사라스 사람들은 놀란 표정으로 사라지는 배를 지켜보았다.

다음 날, 보호트는 영혼의 궁전이 무너지기 시작했다는 것을 확인했다. 벽을 이루고 있는 돌멩이들이 하루 종일 하나씩 무너졌다. 저녁에는 한 무더기의 무너진 돌 외에는 아무것도 남지 않았다. 사라스 관리들은 이제 다시는 누구도 영혼의 궁전이었던 곳에 발을 들여 놓아 더럽혀서는 안 된다는 칙령을 발표했다. 어둠이 내리자, 보호트는 세 명의 동지를 사라스로 실어 왔던 배 위에 올랐다. 배는 여전히 항구에 있었던 것이다.

보호트가 갑판 위에 오르기가 무섭게 강한 바람이 배를 바다 쪽으로 밀어냈다. 그는 밤새 항해했다. 다음 날 아침 해가 떴을 때, 그는 배가 모래와 자갈로 이루어진 바닷가에 좌초했다는 것을 알게 되었다. 보호트는 무장을 한 다음, 배에서 내려 그곳이 어디인지 얘기해 줄 수 있는 사람을 만나게 되었으면 좋겠다고 생각하며 오랫동안 걸었다. 다행히 어떤 부인이 사는 집을 만날 수 있었다. 부인은 그를 극진히 맞아 주었고, 카멜롯까지 이틀 거리라는 것도 알려 주었다. 보호트는 뛸 듯이 기뻐했다. 부인이 말을 한 마리 내주자, 보호트는 고맙다는 인사를 한 뒤 말 위에 뛰어올랐다. 아더 왕과 동지들을 만날 생각을 하니 가슴이 두근거렸다.

그는 쉬지 않고 말을 달려 그 다음 다음 날 정오 무렵 성문 앞에 도착했다. 처음으로 만난 사람은 형 리오넬이었다. 리오넬이 보호트를 알아보자마자 달려와 껴안았다. 그는 눈물을 흘리며 전에 있었던 일을 용서해 달라고 애원했다. 보호트는 형과 화해하게 되어 기뻤다. 그렇게 형과의 해후를 즐기고 있을 때, 아더 왕의 모습이 보였다. 왕은 보호트가 도착했다는 소식을 듣고, 기다리고만 있을 수 없어 그를 만나러 달려왔던 것이다. 왕은 크나큰 기쁨을 표현하며 더할 나위 없는 애정으로 보호트를 맞았다. 곧 궁에 있던 동지들이 보호트를 둥글게 에워쌌다. 그들은 그를 영영 잃어버렸다고 생각하고 있었으므로, 그의 귀환에 더욱더 감격했다. 보호트는 사촌 란슬롯에게 다정하게 입 맞춘 다음, 귀네비어 왕비에게 절을 했다. 그러고는 이베인, 가웨인, 헥토르와 다른 동지들과도 인사를 나누었다. 케이마저도 처음으로 못된 소리를 하지 않았다. 보호트는 아름다운 브루니센과 함께 있는 거플렛과도 해후의 기쁨을 나누었다.

보호트는 궁 안에 어떤 슬픈 분위기가 감돌고 있다는 것을 알아챘다. 모두들 성배 탐색에 실패했다는 사실 때문에 부끄러워 고통스러워하는 걸까…….

저녁에 아더 왕은 기사들을 모두 원탁 주위에 불러 모았다. 왕은 서관을 부르고, 보호트에게 그가 경험한 모험 이야기를 들려달라고 부탁했다. 보호트는 보고 들은 것을 자세히 이야기했다. 서관은 그의 이야기를 한 마디 한 마디 정성스럽게 받아썼다. 보호트가 얘기를 끝내자, 좌중에는 무거운 침묵이 내려앉았다. 모두들 그들이 방금 들은 이야기의 의미를 깊이 생각하고 있었다.

아더 왕이 무거운 침묵을 깨고 입을 열었다.

"성배 탐색은, 우리에게는 큰 영광이다. 그러나 나는 이 탐색에서 우리에게 영광을 가져다주었던 기사들을 많이 잃었다. 갈라하드 경은 세상을 떠났고, 사그레모르 경, 보데마구 왕과 사생아 이베인도 죽었다. 퍼시발 경은 우리에게서 멀리 떠났다. 이제 성배 모험이 끝났으니 나도 오래 살지 못할 것이다. 멀린이 그렇게 예언하였다."

왕의 두 뺨 위로 눈물이 흘러내렸다. 왕은 자리에서 일어나 천천히 성 앞에 있는 풀밭으로 나갔다. 그는 깊은 생각에 잠겨 있었다.

어느덧 어둠이 성 주위를 둘러쌌다. 기사들은 한 사람씩 말없이 대접견실을 빠져 나갔다. 가슴이 무겁게 짓눌려 있었다.

보호트는 방 안에 혼자 남았다. 그는 방금 이야기한 추억 속에 아직도 깊이 잠겨 있었다. 그때 모르간이 살며시 방 안으로 들어왔다. 그녀는 보호트에게 다가가 말을 건넸다.

"결국, 성배가 어디에 있는지 아는 사람은 이제 아무도 없군요. 여러분이 일제히 그런 모험에 뛰어들 필요가 있었던 것일까요?"

보호트가 대답했다.

"그렇게 해야만 했소. 그것이 신의 의지였으니까."

모르간이 방긋 웃었다.

"신의 의지라구요! 그럴지도 모르지요. 하지만 당신이 탐색을 떠났던 건 세상을 정복하려는 욕망 때문이 아니었나요? 남들보다 더 많이 알고 싶은 욕망 말예요. 하지만 누구나 다 갈라하드 경이 될 수는 없으니……."

"퍼시발 경도 될 수 없소. 브리튼 왕국에서 이제 신비를 지키는 사람은 퍼시발 경이오."

"당신은 그가 어디 있는지 모르잖아요. 보호트 경, 당신은 모험의 증인이에요. 하지만 궁에서 떠나기 전보다 더 알게 된 것도 없어요."

그 말을 듣자 보호트는 가슴이 아팠다. 모르간의 말이 맞았기 때문이다. 그는 모든 것을 보고 들었다. 그러나 그는 여전히 아무것도 모른다. 세계의 위대한 신비 앞에 서 있을 때 인간은 얼마나 무지한가.

모르간은 창가로 다가가 벌판을 바라보고 있었다. 갑자기 그녀가 바깥에서 무엇을 보았는지, 몸을 떨며 긴장하는 것이 느껴졌다. 보호트는 그녀가 왜 그러는지 알 수 없었다. 그가 말했다.

"나를 불안하게 하는 건 미래요. 이제 우리는 성배에 다가갈 수 없다는 것을 알고 있소. 우리에게 어떤 생의 목표가 남아 있을까요? 아무 일도 일어나지 않으면 우리는 어떻게 될까요?"

모르간이 몸을 돌려 보호트를 바라보면서 웃었다.

"걱정하지 말아요. 언제나 무슨 일이든 일은 일어나고 있고, 앞으로도 일어날 테니까!"

그녀는 어스름 속으로 사라지면서 묘하게 웃었다.

보호트는 자리에서 일어나 창가로 다가가 보았다. 귀네비어 왕비가 벽을 따라 과수원 쪽으로 미끄러지듯이 걸어가고 있었다. 어두움 속에서 사람들의 눈에 띄지 않으려고 애쓰고 있는 듯했다. 그런데 작은 숲을 에돌아 똑같은 방향으로 움직이고 있는 또 한 사람의 실루엣이 보였다.

출전

1. 불확실한 징조들

오크어 이야기 『조프레의 로망』(13세기), 고티에 맙이 썼다고 잘못 알려진 프랑스어 문헌 『성배 탐색』(13세기).

2. 선한 기사

『성배 탐색』, 『페를르보』.

3. 퍼시발의 방랑

『디도-페르스발』(13세기), 마느시에가 쓴 것으로 알려진 『페르스발 제3속편』.

4. 란슬롯의 고뇌

『페르스발 제2속편』, 『성배 탐색』.

5. 브루니센의 과수원

『조프레의 로망』.

6. 곤의 보호트

7. 크나큰 고난

『성배 탐색』.

8. 신비한 배

『페를르보』와 『페르스발 제2속편』, 『성배 탐색』, 산문 『트리스탄』.

9. 희생

10. 란슬롯

『페를르보』, 『성배 탐색』.

11. 어부왕의 치유

볼프람 폰 에 셴바흐의 『파르치팔』, 『페를르보』, 『성배 탐색』.

⚜ 도판 목록

저자의 말

멀린의 유산

— 장 마르칼

겉으로 보기에 아더의 왕국은 견고한 토대 위에 지어진 것처럼 보인다. 지상의 세계를 천상의 도시의 이미지에 맞추어 경영하려고 하는 아더 왕의 권위에 이의를 제기하는 사람은 아무도 없다. 원탁의 연속성이 그 권위를 나타내는 가장 빛나는 상징이다. 원탁은 가장 용맹스러운 기사들을 불러 모으고, 그들에게 완벽한 형제애 안에서 절대적인 연대 의식을 가질 것을 요구하지만, 각자는 역설적으로 자유로우며 독립적이다. 각각의 개인은 그들의 행동이 선하든 악하든, 긍정적이든 부정적이든, 영광스러운 것이든 수치스러운 것이든, 개인 자격으로 자신의 행동에 책임을 진다.

모든 말들은 체스판 위에 놓여 있다. 킹은 기사들과, 광대들, 무사들, 그리고 마음대로 옮겨 놓을 수 있는 단순한 폰('졸卒')들 한가운데에서 왕좌에 좌정하고 있다. 룩Rook('탑')은 경계를 감시한다. 그리고 퀸('여왕')이 있다. 그녀는 어디에나 갈 수 있으며, 전지전능하다. 그녀는 귀네비어, 모르간, 성처녀 마리아 등의 이름을 가지고 있다. 그녀는 적용되고 있는 논리와 법칙을 무시하고 체스판 위에서 마음대로 움직일 수 있다. 왜냐하면 공동체 전체를 나타내고 있는 대문자의 여성에게는 모든 것이 허용되기 때문이다.

이상한 공동체이기는 하다. 그것은 상호 간의 경쟁, 음모, 질투, 환상과, 끊임없이 좌절하지만 불안한 미래에 다시 던져지는 희망을 지닌 인류의 모습인지도 모른다. 체스판 위에서 모든 것은 자리 잡고 있으며 안정되어 있다. 적의 진영도 마찬가지이다. 그러나 그 외양은 얼마나 기만적인가! 한차례 부는 바람만으로도 이 아름다운 건물은 통째로 흔들려 버릴 수 있는 것이다.

무엇인가 아더 왕의 사회를 안에서 파먹어가고 있기 때문이다. 결코 치유될 수 없는 상처, 옛날에 기사 발린이 어부왕에게 가했던 고통의 일격이 상징하는 상처.✢ 그것은 참으로 고통스러운 일격이어서, 발린은 그 일격을 휘두른 뒤에 동생 발란을 알아보지 못하고 싸우다가 서로 죽이는 결말을 맞게 된다. 그때부터—어쩌면 그보다 훨씬 전부터—어부왕은 나을 수 없는 상처로

✢『아발론 연대기』 2권, 그중에서도 「창과 '고통의 일격'」을 참조할 것. 이 일화는 전설 전체를 통틀어 가장 이해하기 힘든 것 중의 하나이다. 아주 오래된 켈트 신화까지 거슬러 올라가는 요소들과 아더 시대(5세기)에서 발췌된 듯한 역사적 사실로 추정되는 요소들이 뒤섞여 있기 때문이다. 이 일화는 어부왕이 부상당하게 된 이유를 예기치 않은 방식으로 설명하고 있다. 볼프람 폰 에센바흐의 독일어 판본은 이 상처가 '가문의 순수성'을 오염시키는 잘못을 저질렀기 때문에 생긴 것이라고 설명한다. 영어와 프랑스어 공통 판본과, 인종주의 색채가 가미되어 있는 독일어 판본은 엄청나게 다르다.

고통받게 되며, 그의 왕국은 불모의 땅이 되어 '이방의 땅', 또는 '황폐한 땅'이라고 불리게 된다. 그런데 이 망해가는 왕국은, **아더 왕의 왕국과 마찬가지로**(어부왕의 왕국은 아더 왕의 왕국의 은유일 뿐이다) **병들고** 무력한 왕을 치유해 주고, 그로써 저주받은 그 땅에 생명력을 되돌려 줄 **선한 기사**의 도래를 기다리고 있다.

멀린은 이미 그러한 사실을 예언했다. 원탁의 동지들은 어느 날 어부왕의 왕국을 무겁게 짓누르고 있는 저주로부터 해방시키고, 부상당한 늙은 왕을 치유하고, 성배라고 불리는 잔을 응시하는 고결한 임무를 완수해야 한다는 것. 사실 멀린 자신이 고백했다시피 그것이 바로 원탁의 중요한 목표였다.

바로 이러한 목표 때문에 멀린은 처음에는 우터 펜드라곤과 함께, 나중에는 아더 왕과 함께 성배의 탁자의 이미지에 따라 원탁을 설립했던 것이다. 원탁은 최후의 만찬의 식탁을 본 딴 것에 불과하다. 그렇게 해서 세 가지 단계가 정의되는 것을 볼 수 있다. 지상의 기사도의 단계, 천상의 기사도의 단계, 마지막으로 신적 기사도의 단계. 아더 왕의 동지들의 임무는 분명하다. 시련을 통하여 신적인 존재에 이르는 것이다. 그러나 멀린이 예언했던 순간이 늦게 찾아왔기 때문에 무기력함이, 무기력함을 넘어서는 의심이, 점점 기사들을 헛되고 무의미한 모험 안으로 밀어 넣어 방향을 잃게 만든다.

기사도는 그것이 역사적인 사실들 안에 기록되어 있는 현실적인 것이든, 아니면 원탁의 로망 안에 나타나고 있는 것처럼 엄밀한 의미에서 상상적인 것이든, 세 가지 섬김에 의해 정의된다. 주군과, 주군의 아내인 귀부인, 그리고 신을 섬기기. 물론 이것은 관념론적인 정당화에 불과하며, 있는 그대로의 기사도는 거짓말과 이중성으로 오염되어 있다. 기사도는, 결코 존재한 적이 없는 과거에 대한 향수를 가진 사람들에게는 기분 나쁘게 여겨질 말일지 모르지만 어쩔 수 없이 택해진 편법이었으며, 호전적인 에너지를 신성하다고 표방된 목표를 향해 인공적으로 돌려놓으려는 노력에 불과하다.

중세기의 기사들은 모험을 찾아다니는 무사들의 떼거리에 불과했다. 보통은 귀족 가문 출신이지만, 맏이가 아니거나 막내들, 따라서 '땅이 없는' 자들로서, 온갖 방법을 동원해서 형들과 경쟁할 수 있게 해 줄 봉토를 차지하려고 했다. 12세기에는 재산을 찾아 헤매는 떠돌이 '기사들' 이 너무나 많아서, 무슨 수를 쓰든 무력화시키거나, 적어도 물꼬를 터 주어야만 했다. 십자군(식민화라는 말이 생겨나기 전의 식민화이다)이나, 이른바 '신의 휴전' (11세기에 교회의 명령으로 하던 수요일 저녁부터 월요일 아침까지의 영주 간의 휴전)이라는 것, 또 과부와 고아를 보호하는 '거룩한' 임무는 그렇게 해서 생겨난 것이다.

그러한 사실을 확인하기 위해서는, 중세기 문헌들, 특히 『산문 란슬롯』에 나타나 있는 수많은 일화들을 참조하는 것으로 충분하다. 세상에서 가장 뛰어난 기사들은 민중을 등쳐먹고, 아무 맞수나 잔인하게 학살하며, 힘없는 백성을 '촌뜨기' 나 '상놈' 이라고 부르며 강도처럼 행동하고 있다.

만일 원탁의 로망들이 중세기 기사도의 칭송에 불과하다면, 중세기 멘탈리티 연구라는 층위를 제외한다면 아무런 흥미가 없다. 그러나 시간의 밤에서 솟아오른 이 이야기들은 다행히도 전혀 다른 의미를 드러낸다. 기사들의 전투는 영웅들에게 뛰어넘어야 할 내적인 단계일 뿐이다. 요컨대, 아더 왕의 동지들의 수많은 모험은 통과제의적인 여정을 그려 보이고 있는 것이다. 군데군데 함정이, 즉 모순들이 파여 있는 너무나 길고 너무나 위험한 여정, 도중에 영혼을 잃어버릴지도 모르는 여정.

그것이 바로 아더 왕의 동지들을 괴롭히는 고뇌의 한 가지 이유인지도 모른다. 그들은 죽음을 경멸하고, 세계의 올바른 진행을 방해하는 어둠의 세력과 절망하며 싸우지만, 형언할 수 없는 것 앞에서는 한없이 왜소한 자기 자신을 느낀다. 영혼을 잃는다는 것은 간단한 일이 아니다. 벌써 그런 모험에 뛰어든 자들이 있다. 가장 뛰어난 기사인 란슬롯이 그런 사람 중 한 사람이다. 그는 서사시 안에서 긴 손을 가진 켈트 신화에 나타나는 위대한 신 루를 체현하고 있다. 루 신은 다재다능한 대장장이였는데, 신족인 투아하 데 다난들은 그 없이는 승리를 쟁취할 수 없었는데도 그에게 아무런 신적 위계도 부여하지 않는다.

란슬롯의 실패는 고통스럽지만 영광스러운 실패이다. 란슬롯은 전설의 모든 영웅들처럼 끝까지 간다. 그는 성배를 알고 싶다는 끈질긴 의지를 포기하지 않는다. 그는 성배를 알게 되지만, 그것을 소유하지는 못한다.

원탁의 로망들이 씌어진 시대에는 용서받지 못할 죄로 여겨졌던 불륜을 저질렀다는 것이 그 실패의 유일한 원인이다. 신화적인 이야기 안에서 불륜의 이야기는 아주 흔하다. 따라서 그는 대죄를 지은 상태에 있기 때문에, 어떤 경우에도 절대와 한몸이 될 수(영성체의 성체 배령 행위는 신과 한몸이 되는 것을 상징한다—역주) 없다. 절대에 대한 그의 비전은 불완전한 것으로 남아 있다. 하지만 성배에 접근하지 못하도록 어둠 속에 내버려두기에는 란슬롯이 지니고 있는 상징성이 너무 크다.

그는 빛의 신, 문명자인 신의 이미지이며 어둠 속에 갇혀서 끊임없이 빛을 찾아가는 인간의 이미지이다. 이러한 점은 그의 절망적인 시도를 가치 있는 것으로 만들고, 실패하도록 예정되어 있는 그의 행동을 아름다운 것으로 만들어 준다. 따라서 그를 그의 아들인 순결한 갈라하드의 형태로 되살려 내어야만 했다.

갈라하드는 육체를 완전히 벗어버린 란슬롯의 다른 얼굴이다. 그는 지상의 기사의 진정한 영적인 연장이다. 지상의 기사가 이룩한 무훈은 일상의 영역에 속할 뿐이다. 또는 정신이 아니라 가슴에 속할 뿐이다. 란슬롯의 유일한 오류는 귀네비어로 체현되는 신성의 여성적 측면만을 바라보았다는 것이다. 그러나 신적인 것은 모든 이분법을 배제하는 전체성 안에 있다. 란슬롯은 목표를 잘못 설정했다. 또는 스스로 자신의 목표로 삼은 대상에게 개인적인 환상을 지나치게 투사했다. 그런데도 그의 실패는 감동적이고 아름다워서 우리는 기꺼이 그를 용서해 주게 된다. 그는 불나방처럼 날개를 태우면서도 빛을 향해 돌진하는, 태양에 매혹된 인간의 영원한 상징이 되는 것이다.

란슬롯의 친사촌인 보호트도 마찬가지이다. 뛰어난 용기와 출중한 무공에도 그는 실패한다. 란슬롯처럼 그 역시 온전한 현실 속의 존재이기 때문에 물질의 유혹을 벗어나지 못한다. 성배 가까이 받아들여지기는 하지만 특권을 부여받은 증인의 역할에 머물러 있다. 어쨌든 추종자의 역할일 뿐이다.

가웨인과 퍼시발이 남아 있다. 이들은 아마도 성배 탐색자들 가운데에서 가장 매력적인 인물일 것이다. 가장 인간적이고 가장 느긋하기 때문이다. 웨일즈 판본인 『페레두르』에 따르면, 가웨인은 원시적 탐색(피에 의한 복수)의 영웅이었던 것 같다. 그는 대담무쌍함, 끈기, 단호한 의지 등의 특성을 보인다. 그는 오만 때문에 자주 헤맨다. 비록 그 방황은 그를 사랑한다고 말하는 수많은 '처녀들' 이 파놓은 덫에 매번 걸려드는 형태로 나타나기는 하지만 말이다. 게다가 아더 왕의 예정되어 있는 후계자로서, 가웨인은 최고가 되고 싶다는 욕망, 비밀을 발견하는 자가 되려는 강한 욕망을 지니고 있다. 그런데 악착같이 찾으려고 하면 아무것도 찾을 수 없는 것 같다. 그것이 가웨인의 실패가 가르쳐 주는 교훈이다.

퍼시발은 전혀 다르다. 그의 성격의 가장 커다란 특징은 순진함이다. 거기에 '감동' 잘하는 능력이 덧붙여져 있는데, 그 때문에 그는 눈에 보이는 것을 잘 이해하지 못한다. 그는 어떤 정해진 것을 찾고 있는 것이 아니다. 그는 발길 닿는 대로 헤매고 다니고, 기대하지 않았던 광경을 보며 영혼을 채운다. 그 광경의 충만함에 만족하는 것처럼 보인다.

그 때문에 퍼시발의 초기 경험은 매번 실패에 이른다. 이 실패한 경험들은 입문의 여러 단계를 구성하고 있다. 그는 그 단계들을 특별히 마음 쓰지도 않고 경쾌하게 뛰어넘어 버린다. 이런 행보는 감각적인 단계(관능적인 단계라고 말할 수도 있다)를 넘어 의식적인 깨달음에 이를 때까지 이어진다.

이제 제2의 퍼시발이 모습을 드러낸다. 그는 제1의 퍼시발에게서 태어난 존재이지만 성숙하고 명석하며 정해진 분명한 목표를 향해 걸어갈 줄 알게 된 퍼시발이다. 불행하게도 그는 순진한 성격 때문에 어부왕의 궁으로 가는 길을 잃어버리고 말았다(아니면 알아보지 못하게 되었다).

성배 전설 안에는 이상한 모순이 한 가지 있다. 모두들 어부왕이 누구인지 알고 있다. 그는 아더 왕의 궁을 때로 방문하기도 하고, 기사들 여러 명이 코르베닉 성에 들르기도 했다. 사실, 코르베닉이 어디에 있는지, 펠레스 왕의 영토가 어디인지 모두 알고 있다. 그러나 어떤 이들은 아무것도 보지 못했다는 듯이 행동하고, 다른 이들은 이 황폐한 불모의 땅에 들어가는 것을 망설인다.

성배 왕국의 근본적인 모호함이 여기에 있다. 그곳은 아더 왕의 최고 왕권에 복속되어 있는 매우 현실적인 땅으로서, 어부왕은 아더 왕의 봉신에 불과하다. 그러나 용어의 엄밀한 의미에서는 '이방의 땅' Terre Foraine, 즉 외국이다. 그곳에서는 아더 왕 왕국의 관습이 더 이상 통용되지 않는다. 어부왕의 영토는 켈트의 '저승' 에 속해 있다. 이 세상과 비슷하면서도 다르다. 어떤 경우에는 그곳에 들어갈 수 없다. 켈트의 옛 신화들은 모두 이 저승을 중심으로 형성되고 있다. 어부왕은 드루이드 시대의 신이 가지고 있던 특징을 보이기까지 한다.

크레티엥 드 트르와보다 후대에 쓰이기는 했지만 이러한 가정을 뒷받침해주는 프랑스어 문헌이 있다. 이 문헌은 크레티엥의 『성배 이야기』의 서문임을 자처하면서, 부유한 어부왕인 펠레스가 '강신술' 과 변신술을 가지고 있었다고 주장한다. 요컨대 그는 추격하는 자들에게서 끊임없이 도망치면서, 필요하면 따돌리기도 하는 프로테우스 신과 같은 존재이다.

그의 웨일즈 원형은 매우 암시적인 이름을 지니고 있다. 프윌 펜 아눈, 즉 심연의 우두머리인 프윌이 그 원형이다. 이 원초적 심연은 저승이다. 카이사르가 들려주는 드루이드 교리에 따르면, 켈트인들은 전부 이 심연에서 왔다고 한다. 또한 게일어 원형은 쿠로우 막 다크레이인데, 그는 성배의 최초의 밑그림이라고 할 수 있는 마법의 솥을 가지고 있다. 그는 지하 세계의 신으로서 모습을 끊임없이 바꿀 수 있다.

이 인물의 이해를 더욱 어렵게 만드는 것은 후대에 쓰인 문헌 안에서 그가 다른 존재로 분화되고 있다는 사실이다. 이른바 시토 수도회 판본이라고 불리는 판본은 펠레스(엄밀한 의미에서의 어부왕)와 그의 아버지 모드레인, 즉 '메헤이그네 왕'('부상자' 라는 뜻)을 구분하고 있다. 그러나 '모드레인' 은 옛 이교도 왕인 에발라흐, 또는 아발라흐의 세례명이다.

아발라흐는 아발론의 웨일즈어 이름이다. 세계의 서쪽 어딘가에 있다고 하는 이 섬에서는 사과나무(아발라흐)가 일 년 내내 열매를 달고 있으며, 역시 변신술을 지니고 있는 요정들에게 둘러싸인 모르간이 다스린다. 모드레인은 드루이드 시대의 옛 신화를 기독교적으로 변형시킨 것에 불과하다. 볼프람 폰 에센바흐의 독일어 판본에서 어부왕은 이해하기 힘든 안포르타스라는 이름을 가지고 있다. 그러나 그 역시 부상당한 상태이며, 그의 아버지인, 밀교적이며 엘리트주의적인 성배 파수꾼의 가문을 창시한 티투렐이라는 수수께끼 같은 인물과 어느 정도 혼동되고 있다. 여기에서도 역시 시간과 공간 안에서 분간해 내기 어려운 고대 전승에서 유래한 요소들을 만나게 된다.

이러한 조건 안에서, 어부왕의 모호한 성격과 그의 왕국이 그 덕을 보고 있는 일종의 탈영토성을 염두에 둔다면, 이러한 '금지된 영역'에 침투하는 것을 경계하고 주저하는 것은 조금도 놀라운 일이 아니다. 멜레아간트가 귀네비어 왕비를 납치해 가는 일화에서도 마찬가지이다. 케이와 란슬롯 그리고 가웨인 같은 영웅만이 사납고 위험한 물이 에워싸고 있는 이 고르 왕국(또는 브와르 왕국. 웨일즈 전승에서는 카어 구트린, 즉 '유리성'이라고 불린다)이라고 불리는 저승의 경계를 돌파할 수 있었다. 고르 왕국은 크레티엥 드 트르와가 말하고 있듯이, '아무도 돌아올 수 없는' 나라이다. 아더 왕의 기사들은 어부왕의 왕국 역시 똑같은 운명을 마련해 두고 있다는 사실을 알고 있다. 그들의 태도는 투아하 데 다난 족의 신비한 세계인 시이('평화')에 들어가는 것을 망설이는 게일어로 쓰인 아일랜드 서사시의 영웅들의 태도에 비견될 수 있다. 시이는 일반적으로 신들과 고대의 영웅들이 살고 있는 거석 문화적인 석총石塚을 가리킨다.

일상생활의 틀을 훌쩍 뛰어넘는 모험에 뛰어든다는 것은 따라서 전혀 쉬운 일이 아니다. 아더 왕의 기사들은 인간이 가지고 있는 힘의 한계에 다다를 때까지 싸울 준비가 되어 있는 백전노장들이지만, 초자연적인 힘과 대적할 때마다—괴물, 거인, 유령을 꺾으려는 그들의 의지와 상관없이—절망과 공포를 느낀다. 그들의 모험의 끝에 초자연적인 존재가 있다. 그 존재는 초월에 대한 강렬한 열망을 지니고 있다. 그러나 그 존재는 여전히 불안하고, 예상할 수 없으며, 특히 탐색자들의 능력과 무관하다. 그들은 보들레르처럼 하늘과 지옥이 인접하고 있거나, 심지어는 분리할 수 없이 뒤섞이는 저승에 대한 미칠 듯한 욕망에 이르지 못한다. 아더 왕의 기사들은 그들의 높은 무공에도 불구하고, 보통 사람들처럼 약한 모습을 보이고, 두려워하고, 망설인다.

이 명백한 무기력—차라리 이 기회주의—의 근원에 멀린의 그림자가 있다. 예언자는 이미 오래전에 사라졌다. 그는 아더 왕의 왕국이 자신의 고유한 리듬에 따라 살아가도록 내버려두고 떠나 버렸다. 그러나 그의 말은 왕과 왕의 동지들의 기억 속에 수시로 떠오른다. 역설적이게도, 멀린의 육체적인 부재는 그의 현실적인 현존보다 더 강압적이다. 그가 남긴 유산이 너무나 무겁기 때문이다. 멀린은 모든 것을 예상했고, 모든 것을 예언했다. 모험이 그가 예언한 때에 이루어지리라는 것을 모두 알고 있다. 조건이 충족되지 않으면, 탐색을 시작하는 것은 소용없는 일이다. 그 때문에 왕국은 징조로 여겨지는 초자연적인 현상을 기다리는 것이다. 위험한 자리에 앉아도 벌을 받지 않는 자, 커다란 기둥에 매달려 있는, 대머리 아가씨가 가져온 방패를 떼어낼 자, 왕비 궁에 있는 작은 개가 뛰어나와 기뻐하며 맞이할 자의 도래를.

왕은 상반되는 두 가지 감정을 동시에 느끼고 있다. 한편으로는 그의 치세의 절정을 나타낼 뿐만 아니라, 그것을 정당화시켜 줄 탐색이 시작되기를 열렬히 바라면서도, 다른 한편으로는 두려워하고 있다. 그는 옛날에 꾸었던 꿈을 기억하고 있다. 그는 꿈속에서 용을 맞아 처절하게 싸우다가 용이 내뿜는 끔찍한 화염에 타서 죽는 곰을 보았었다. 그는 그 꿈에 대한 멀린의 해몽도 기억하고 있다. 그 해몽에 따르면, 왕은 곰이며 용은 왕이 자신도 모르는 사이에 저지른 근친상간으로 태어난 존재이다. 멀린의 말은 아직도 왕의 귓가에 울리고 있다.

"아더 왕이시여, 폐하는 그 위대한 날이 행복을 가져다준 뒤에 얼마 사시지 못할 것입니다. 꿈속에 보였던 용이 폐하를 파멸시킬 것입니다."

왕은 희망을 품을 수가 없다. 탐색의 당당한 성공은 그의 개인적인 몰락과 비극적인 종말의 피할 수 없는 징조이다. 왜냐하면 언제나 상반성이 있기 때문이다. 권력은 끊임없이 재구성되는 작업의 일시적 통제에 불과하다. 작업은 시간과 공간에 따라 언제나 다른 모습으로 나타난다. 왕인 아더, 창조적인 힘과 파괴적인 힘 사이의 불안정한 균형을 유지시키는 자인 아더는 게임의 축이다.

그는 그 게임의 규칙을 알지 못한다. 그는 규칙을 수납한다. 아니 차라리 견딘다. 곰곰이 생각해 보면, 우터 펜드라곤의 생물학적인 아들인 아더는 멀린의 순수 창조이다. 게임의 규칙을 알고 있는 사람은 멀린뿐이다. 멀린만이 운명의 위대한 책을 읽고, 그 책에 쓰인 대로 말들을 체스판 위에 배치할 뿐이다. 멀린의 물질적 현존을 빼앗긴 아더는, 계시되고 조물주—즉, 희면서 동시에 검은, 악마적이며 천상적인, 인간이 된 모호함, 그 없이는 아무것도 존재할 수 없는 드루이드—에 의하여 발현된 신의 의지를 실현시키는 특별한 도구에 불과할 뿐이다. 신의 손가락이 그려 놓은 길을 별들로부터 읽을 수 있는 유일한 존재인 멀린이 다시 한번 인간의 운명에 개입한다. 그는 자신이 초자연적인 현상을 촉발시키지 않는 한, 아무것도 완결될 수 없다는 것을 알고 있다. 인간은 자신의 감각 안에 갇혀 있기 때문에, 삶의 의미를 이해하기 위해서 구체적인 이미지를 필요로 하는 것이다. 오래전부터 멀린은 기호들을 제공해 왔다. 그 덕택에 아더 왕과 그의 동지들은 어부왕의 성으로 이르는 위험한 길에 접어들 수 있는 것이다.

기호의 해독에는 아무 문제도 없지만, 여정은 여전히 불확실성과 무지의 안개 뒤에 숨겨져 있다. 예언자의 역할은 입문식의 도정을 그려 보이는 것이 아니다. 어떤 길을 어떤 방법으로 따라가 목표에 이를 것인지는 제의 참가자 각자가 자신의 자유 의지에 따라 결정해야 한다. 촉발자로서의 역할을 수행하고 난 뒤에, 멀린은 다시 보이지 않는 공기 탑 깊은 곳으로 숨어 버리지만, 그가 성배를 향해 떠나보낸 사람들의 서투른 행동을 때로 장난스럽게 곁눈질하기도 한다.

과연, 탐색의 내용은 무엇일까? 퍼시발과 가웨인에 대한 이야기를 문자 그대로 따라가면, 어떤 질문을 던져 왕의 상처를 치유하고 그의 병든 왕국에 풍요를 되돌려 주는 일과 관련되어 있다. 그 질문은 피 흘리는 창과 찬란한 빛을 발하는 잔과 관계되어 있는 질문이다. 멀린은 성배와 관련된 여러 가지 이야기들을 해 주었지만, 대부분의 기사들은 성배의 본질이 무엇인지, 그 안에 무엇이 들어 있는지 알지 못한다. 게다가 성배는 판본에 따라 다르게 나타난다.

『페레두르』의 익명의 웨일즈인 작가에게 성배는 핏속에 잠겨 있는 잘린 머리를 올린 쟁반이며, 볼프람 폰 에센바흐에게는 매주 금요일 비둘기가 성체를 올려놓는 하늘에서 떨어진 돌이며, 로베르 드 보롱 이후의 작가들에게는 아리마테아의 요셉이 예수의 피를 받았던 고난의 잔으로서 나중에 브리튼 섬 한가운데에 있는, 글래스턴베리와 동일시되는 신비한 아발론으로 옮겨진다. 시토 수도회적인 탐색의 작가에게는 마지막 만찬 당시에 예수가 유월절의 양고기를 담아 먹었던 그릇이다. 판본에 따라 매우 다르다.

그러면 창은? 사람들이 주장하듯이 백부장 롱기누스가 십자가에 매달린 예수의 허리를 찌를 때 사용했던 그 창일까? 이것은 의심스러운 가설이다. 롱기누스라는 이름은 '길이' longueur라는 말(연상에 의해 '창' 이 되었다)에서 파생되었다는 것을 알고 나면 특히 더 의심스럽다. 만일 가웨인이 피 흘리는 창의 비밀을 밝혀냈더라면, 다른 모든 성배 탐색은 불필요한 일이 되고, 모험은 끝났을 것이다. 왜냐하면 성배의 비밀은 실상 피 흘리는 창이기 때문이다. 아니 오히려, 한 가지의 의미는 다른 한 가지의 의미 없이는 구성되지 않는다.

창은 켈트 신화에서 직접 유래한 것이다. 게일어로 쓰인 이야기 『모이-티라 전투』에 따르면, 그 창은 투아하 데 다난 신들이 '세계의 북쪽에 있는 섬들' 에서 가지고 온 것이다. 그것은 '루가 가지고 있던 창으로서, 그 창을 들고 있는 사람은 전투에서 결코 패하지 않는다'. 루 신의 명칭 중의 하나는 **람파다**, 즉 '긴 손의 신' (또는 '긴 팔의 신')이라는 사실에 주목할 필요가 있다. 아더 왕 로망에 나타나는 루그 신과 정확하게 동격同格인 인물은 바로 호수의 기사 란슬롯이다(프랑스어로 '창' 은 lance이다—역주).

이 창은 게일어 이야기 『투렌의 아이들의 죽음』에 따르면 아주 이상한 힘을 가지고 있다. 그 창은 불을 일으키고 번개를 치게 하는 엄청난 능력을 가지고 있다. 그래서 그 창이 있는 성에 불이 나지 않게 하기 위해서는 창끝을 언제나 솥 안에 담가두어야만 한다. 다른 특징들도 아주 흥미롭다. 그 파괴적인 힘을 누그러뜨리기 위해서, 창을 넣어놓는 솥 안에 '검은 액체', 즉 어느 정도 응고된 피를 가득 채워 두어야 한다. 피 흘리는 창이라는 주제는 이처럼 먼 옛날의 신화에서부터 피가 들어 있는 그릇과 연결되어 있었던 것이다. 이러한 특징은 아일랜드나 웨일즈의 여러 가지 이야기 안에 무수히 나타난다.

우테하르의 아들 켈트하르의 이야기는 더더욱 암시적이다. 게일어로 쓰인 이야기 『막 다호의 돼지』에서 우테하르는 어부왕과 똑같은 불구로 고통당하고 있다. 그의 적이 말한다. "너는 협로에서 나를 만났다. 너는 나에게 투창을 던졌다. 나도 너에게 창을 던졌다. 너는 넓적다리와 고환의 윗부분을 찔렸다. 그때부터 너는 방광에 병이 생겼지. 그래서 아들도 딸도 낳을 수 없게 되었다."

『켈트하르의 갑작스러운 죽음』이라는 다른 아일랜드 이야기에서 주인공은 아내가 블라이 브리우가라는 자와 통정했다는 사실을 알고 복수를 결심한다. 어느 날 블라이 브리우가가 울스터의 콘호보르 왕의 궁에서 체스 놀이를 하는 것을 보고, 켈트하르는 브리우가를 창으로 깊이 찔렀다. 그러자 '창끝에서 피 한 방울이 흘러내려 체스판 위로 떨어졌다'.

다시 '피 흘리는 창' 이다. 이 창은 복수를 증언하고 있다. 이야기는 거기에서 끝나는 것이 아니다. 왜냐하면 켈트하르는 왕의 궁에서 손님을 환대해야 하는 법을 위반했기 때문이다. 그는 저주를 받게 된다. 켈트하르는 나라를 쑥대밭으로 만들어 놓고 있는 괴물 같은 개를 맞아 싸우러 나가야만 했다. 그는 임무에 성공하지만, 동물의 몸에서 창을 뽑아내어 승리의 표지로 흔드는 순간, '개의 피 한 방울이 창대를 따라 흘러 내려 땅에 떨어졌다. 켈트하르는 그 때문에 죽었다'. 이렇게 여러 가지 상황이 중첩되는 것을 단순한 우연의 일치라고 생각할 수 없다. 피 흘리는 창은 피가 가득 담겨 있는 그릇 옆에 있으며, 어부왕에게 나을 수 없는 상처를 입힌 치명적인 고통의 일격을 떠올리게 한다. 이 창이 피에 의한 복수 이야기에 깊이 침윤되어 있다는 것은 부정할 수 없는 사실이다.

웨일즈 판본인『페레두르』에도 같은 주제가 나타난다. 영웅은 그가 그 의미를 이해하지 못하는 장면에 배우로 참여하고 있다. 그 장면을 살인(핏속에 잠겨 있는 머리)과 슬픔(통곡)이 지배하고 있다. 그 장면은 어부왕의 아들을 죽인 카얼로이우의 마녀 학살로 이어진다. 이것은 성배의 기독교 주제와 아무런 상관이 없다. 그런데, 자세히 살펴보면, 크레티엥 드 트르와나 크레티엥 드 트르와 작품의 속편을 쓴 여러 작가들에게서도 똑같은 주제가 나타난다. 그 때문에 퍼시발의 '경력' 의 앞부분이 아버지를 죽인 원수에게 복수하는 데 바쳐지고 있는 것이다. 퍼시발은 그의 가족에게 저질러진 잘못을 바로잡고 난 뒤에야 엄밀한 의미에서 성배를 목표로 하는 그의 탐색을 시작할 수 있는 것이다.

이 주제는 기독교화 이후에도 전혀 변하지 않았다. 성배 안에 예수의 피가 들어 있었다는 사실은 복수 이야기를 확인시켜 줄 뿐이다. 예수는 희생되었고, 그의 피는 옛날에 저질러진 인류의 죄악을 **속죄하기** 위해 흘려졌다. 예수는 저주받은 인류를 위해 복수하고 왕국에 풍요와 잃어버린 생명력을 돌려주기 위해 온 영웅인 것이다. 이 점에 있어서, 어부왕이 치유되는 방법은 전형적이다. 갈라하드가 왕을 괴롭히고 있는 상처 위에 창날을 가져다 대는 것만으로 상처는 즉시 아물어 버렸다. 순환의 원이 완결되었다. '고통의 일격'

의 원인이 되었던 창이 치유한 것이다. 그 치유가 이루어질 수 있게 하려면 영웅이 자신의 임무가 지닌 깊은 뜻을 먼저 이해하지 않으면 안 된다. 편력만으로는 충분치 않기 때문이다. 모든 입문식에서와 마찬가지로, 뛰어넘은 단계들은 내적인 깨달음으로 가는 문턱들이다.

그렇게 해서 처음에는 단순한 복수 이야기에 불과했던 성배 탐색이 보편적 차원, 더 나아가 우주적 차원에서 이루어지는 제의 드라마가 된다. 제의를 집전하는 사제들은 멀린의 경고에 따라 여러 가지 모습을 가지는 어부왕의 이해할 수 없는 영역을 향해 전진하는 아더왕의 기사들이다. 왕국에게 고통을 주는 왕의 상처는 세계를 고통스럽게 만드는 악이 된다. 세계 전체가 그 악으로 인해 상처를 입었으며, 상처가 치유되지 않는 한 어떤 조화도 회복될 수 없다. 그것은 형이상학적 상처이며 더 나아가 신비주의적인 상처이다. 성배는 물질 안에 갇힌 바 되어 어둠 속에 머물러 있다.

또는 다른 상징을 이용하여 말한다면, 심연의 용이 너무 높이 솟아올라, 빛의 대천사가 그 용을 붙잡아 놓는 데 애를 먹고 있는 것이다. 따라서 인간은 대천사를 도와 용을 땅속 깊은 곳으로 몰아넣고, 성배가 발하는 빛이 세계를 밝히도록 해야 하는 것이다. 이것이 원탁의 기사들이 설정한 목표이다. 그것은 멀린이 원탁을 설립하여 우터와 아더 같은 세상의 왕들에게 맡겼을 때부터 정해진 목표였다.

예고된 초자연적 현상들이 일어났기 때문에 모두 아더 왕의 궁을 떠나 어두운 오솔길에 접어들게 된다. 란슬롯, 가웨인, 보호트와 퍼시발처럼 코르베닉에 이미 가 보았던 기사들까지 전부 탐색에 뛰어든다. 비록 두 번째의 시도가 또다시 실패할지 모른다는 두려움을 지니고 있기는 하지만(적어도 란슬롯과 가웨인은 그렇다), 그들은 예전에 힐끗 보았던 수수께끼를 풀고 싶다는 간절한 열망에 떠다 밀리고 있는 것이다. 모든 사람들이 부름을 받는다. 누구나 다, 명예를 잃을 각오를 하고 멀린이 정해 놓은 운명을 받아들여야만 하는 것이다. 원탁에는 자유의지가 작동하고 있다. 그런데 이처럼 모든 것이 정해져 있다는 끔찍한 운명론이 이상 사회를 짓누르고 있는 것이다.

이것은 이해하기 쉽지 않은 역설이다. 우리는 단 한 사람만이 마지막 시험을 통과할 것이라는 것, 그런데 그가 누구인지 이미 지정되어 있다는 사실을 알고 있다. 문헌들은 거의 전부 퍼시발에게 이 영광을 예비해 두고 있다. 그것은 매우 논리적인 선택이다. 왜냐하면 어부왕의 누이의 아들(즉, 켈트의 옛 관습에 따르면, 퍼시발은 어부왕의 계승자로 정해져 있다)로서 이미 복수를 수행했기 때문이다. 그는 모험에 뛰어들 당시에는 알지 못했지만, 실은 왕족이었던 것이다. 이처럼 모든 것은 잘 짜인 제의의 순서를 따르는 것처럼 진행된다. 더욱이 그 제의는 왕의 즉위식과 관련되어 있는 켈트 전승과 일치하고 있다. 타라는 아일랜드의 상징적인 중심으로 매우 신성한 장소인데, 아일랜드의 미래의 왕이 그곳에 자리 잡으면 팔의 돌Pierre de Fâl이 소리를 질렀다. 성배의 영웅이 위험한 자리에 앉았을 때, 그가 미리 예정된 자임을 인정하고 확실하게 하기 위해 말을 한다. 퍼시발은 성배의 왕이 되도록 신(아니 신들일까?)에 의하여 분명히 선택된 자이다.

퍼시발을 이 역할에서 (적어도 표면적으로는) 비껴가게 하고 있는 유일한 판본은 『성배 탐색』이다. 고티에 맙이 썼다고 알려져 있는—이것은 오류이다—이 작품은 시토회 수도사들의 영감을 받아 씌어진 13세기의 산문이다. 매우 기독교화한 이 판본을 쓰면서, 작가는 퍼시발이라는 인물이 지니고 있는 뚜렷한 이교도적 요소들에 공포를 느꼈던 것 같다. 퍼시발을 완전히 제외시켜 버리는 대신, 그는 순전히 정해진 결말을 위해 구상된 인물에게 퍼시발의 역할을 넘겨 버린다. 그러나 전설군의 초기 신화들 안에서 호수의 기사 란슬롯과 어부왕의 딸 사이에서 태어난 갈라하드의 존재가 오래전에 예고되어 있기는 하다.

우리는 또다시 왕의 계보를 만나게 된다. 이번에는 켈트식 계보가 아니다. 손자로서 갈라하드는 어부왕의 직계 후손이다. 뿐만 아니라, 란슬롯에게 영광스러운 성서의 조상이 주어진다. 그는 다윗과 솔로몬의 후손이며, 그의 아버지인 베노익의 반 왕은 그에게 갈라하드(갈라하드는 영국식 표기. 프랑스어 표기는 갈라드Galaad, 또는 갈랏. 이 이름은 성서에 나오는 히브리 12지파 중 한 지파의 이름이다—역주)라는 이름을 주었었다. '란슬롯' 은 나중에 얻게 된 별명일 뿐이다. 란슬롯은 세례명을 사용할 자격을 잃어버렸던 걸까? 그의 중대한 잘못, 즉 귀네비어 왕비와의 불륜관계가 어떤 의미에서는 그의 본명을 지워 버린 것이다. 그의 아들은 그의 순결함 덕택에 아버지의 이름을 다시 얻은 것이다. 그는 그 이름에 합당한 존재라는 것을 보여 줄 것이다. 얼마나 모호한가! 순결한 갈라하드의 잉태는 '불순함' 의 소산이다. 뿐만 아니라, 추악한 속임수의 결과였다. 어부왕의 딸에게 귀네비어 왕비의 모습을 줌으로써, 사람들은 란슬롯에게 (이중의) 불륜을 저지르게 만든다.

물론, 성배 전설 전체에 걸쳐서 '잘못된' '비정상적인' 관계는 어쩔 수 없는 것으로 나타나기는 한다. 아더 왕은 속임수와 불륜으로 태어나며, 장차 아더 왕의 왕국을 파괴하게 될 모드레드는 근친상간으로 태어나고, 란슬롯의 형인 늪의 기사 헥토르는 베노익 반 왕의 불륜에서 태어난다. 보호트의 아들인 순결한 하얀 헬레인도 비밀스러운 비합법적 관계에서 태어난다……. 멀린은 처녀와 악마 사이의 결합으로 잉태되었다. 이 모든 것이, 기독교적 도덕과 성적 순결, 정결을 설파하는 이야기 안에서 아무렇지도 않게 이야기되는 것이다.

갈라하드라는 이름 자체가 다의적이다. 다윗과 솔로몬이라는 이름을 통해 살펴보면, 이 이름은 성서에 나오는 요단 강 동쪽에 있는 산악 지대의 이름이다. 따라서 히브리어이다. 그러나 '힘센' 또는 '이방의' 라는 뜻을 가진 켈트어 어근 '갈' gal이 존재했다는 사실을 잊어서는 안 된다.

이 어근은 갈리아인 또는 갈라테아인이라는 이름 안에서 발견할 수 있다. 갈라하드는 혹시 '강한 자' 또는 '이방인' 이라는 뜻은 아니었을까? 『아발론 연대기』 안에서 성서에 나오는 이름과 켈트 이름이 끊임없이 뒤섞여 나타난다는 것을 염두에 둔다면, 그럴 가능성은 얼마든지 있다. 기독교적이며 성서적인 덧칠은 아주 종종 아주 오래된 이교적 요소를 감추기 위하여 사용되고 있다. 그 요소를 잘못 이해했기 때문인 경우도 있고, 또 없애 버려야 한다고 생각했던 것처럼 여겨지는 경우도 있다.

게다가 원탁의 기사들 가운데에서, 갈라하드는 란슬롯의 아들이기는 하지만 분명히 '이방인' 이다. 또 잘 분석해 보면, 탐색 동안에 그가 하는 행동에는 이상한 구석이 있다. 물론, 그는 멀린이 예견하고 예언했던 징조를 드러내 보인다. 그는 완전무결한 기사이며, 법을 수호하며, 정의로운 사람들을 옹호

한다. 그는 검을 다루며, 위험한 처지에 빠지게 되더라도 망설이지 않고 싸움에 뛰어든다. 그러나 그는 정말로 땅 위에 발을 딛고 서 있기보다는 어쩐지 겉돌고 있다는 느낌을 준다.

그는 란슬롯과 가웨인과는 달리 육체가 없는 인간이다. 코르베닉으로 가는 길에서 그의 동료가 되는 퍼시발과 보호트와도 다르다. 우리는 그가 안내자의 역할을 하고 있을 뿐이라는 것을 알게 된다. 그의 임무는 성배의 진실한 '발견자들' 인 두 사람이 자신을 잘 따라오게 하는 것으로 구성되어 있다. 따라서 그가 성배 안에 있는 것을 응시하고 난 직후에 죽은 것은 비논리적이지 않다. 그에게만 그것을 응시하는 것이 허용되어 있다. 퍼시발도 보호트도 잔 안에 무엇이 들었는지 알 수 없다.

갈라하드는, 들어왔던 것만큼이나 빠르게 아더 왕의 세계를 빠져나간다. 이제 전면에 나서서 가장 중요한 역할을 수행할 준비를 하는 사람은 퍼시발이다. 보호트는 성배의 경이를 증언하는 특권적인 증인에 불과하다.

퍼시발의 이후의 운명은 판본에 따라 다르게 나타난다. 고티에 맙의 판본에서만 퍼시발은 몇 주 뒤에 죽는 것으로 되어 있다. 그는 성배를 새로이 모실 장소가 된 사라스 궁 옆에 자신을 위한 암자를 하나 지었는데, 그곳에서 숨을 거두었다. 다른 작가들은 모두 퍼시발을 성배의 왕으로 만들고 있다. 그러나 아더 왕의 궁으로 돌아가게 하는 작가들도 있다. 볼프람 폰 에센바흐는 그를 몽살바주라는 이상한 곳에 정착시킨 뒤, '백조의 기사' 로엔그린의 아버지가 되게 한다. 혹

날 고드프르와 드 부이용과 발루아 왕가의 마지막 왕손의 라이벌이었던 로렌 공들은 로엔그린이 자신들의 신화적 선조라고 주장하게 된다. 각기 다른 여러 가지 해석에도 불구하고 게임은 이미 끝난 것이다. 어부왕은 치유받았고 그의 왕국은 충만함을 되찾았다.

이제 성배는 그것을 약화시키는 어두운 세력으로부터 벗어나서 그 빛을 마음껏 찬란하게 발할 수 있게 되었다. 그러나 그 빛은 초자연적인 빛이기 때문에, 우리는 그것이 인간의 시야를 벗어나, 깨달음에 이른 자들만이 알고 있는 현실 바깥의 어떤 장소에 보관되리라는 것을 쉽게 알 수 있다. 이제 성배를 만나기 위해서는, 연금술의 공식에 따르면, '닫혀 있는 왕궁의 열려 있는' 문을 지나가야 한다.

그것이 탐색의 유일하고도 진정한 증인인 보호트가 아더 왕과 탐색에서 살아 돌아온 기사들에게 들려준 이야기였다. 많은 기사들이 영원히 사라져 버렸거나, 서로 알아보지 못하고 죽였다. 성배의 온전한 빛을 되살려 내기 위해서 희생자들이 필요했던 것이다. 어쨌든 그것은, 복수 이야기, 따라서 보상의 이야기가 아니었던가? 보호트가, 그가 참여했다가 속세에 돌아와 보고한 제의의 진정한 의미를 이해했다는 증거는 아무것도 없다. 아더 왕의 기사들이 과연 멀린의 유산이 얼마나 무거운 것인지 이해했는지도 확실치 않다. 왜냐하면 영웅들의 기억이란, 특히 그들이 피로에 지쳐 있을 때 잊어버린 수많은 비밀들을 간직하고 있기 때문이다…….

1995, 풀 페탕에서.

아발론 연대기 7

갈라하드와 어부왕

초판 2쇄 발행 2006년 2월 13일

지은이 장 마르칼
옮긴이 김정란

발행 편집인 김홍민 최내현
편집장 임지호
표지 디자인 이혜경디자인
본문 디자인 이혜경디자인 차동환
용지 청운지류
출력 경운출력
인쇄 청아문화사
제본 정민제책

펴낸곳 도서출판 북스피어
출판등록 2005년 6월 18일 제105-90-91700호
주소 121-130 서울특별시 구수동 21-1 범우사 3층
전화 02) 701-0427
팩스 02) 701-0428
홈페이지 www.booksfear.com
전자우편 editor@booksfear.com

ISBN 89-91931-08-1 (04860)
ISBN 89-91931-01-4 (전8권)

≫값은 뒤표지에 있습니다.